二見文庫

背徳の愛は甘美すぎて

レクシー・ブレイク／小林さゆり＝訳

Ruthless
by
Lexi Blake

Japanese translation rights arranged with Writers House LLC
through Japan UNI Agency, Inc.

凄腕編集者ケイト・シーヴァーに謝意を表する。このたびの移行にお力添えくださったバークレー社の皆さまにも感謝申し上げる。なにからなにまで自分で決断をくださずにすむのはいいものだ。スタッフのキム、リアン、ストーミー、そしてすばらしい夫リチャードにも感謝する。

本書はエージェントのメリリー・ハイフェッツに捧げる。誰にも見向きもされなかったときに、ただひとり、チャンスをくれた。ここにたどりつくまでの道のりは長かったけれど、わたしについてきてくれてとても嬉しいわ。

背徳の愛は甘美すぎて

登　場　人　物　紹　介

エレノア(エリー)・ストラットン	通信会社重役
ライリー・ラング	ローレス家の次男。弁護士
アンドルー(ドルー)・ローレス	ローレス家の長男。IT企業経営者
ブランドン(ブラン)・ラング	ローレス家の三男
ミア・タガート	ローレス家の末っ子。事件記者
ケイス・タガート	ミアの夫。警備コンサルタント
イアン・タガート	ケイスの兄。 軍事・諜報世界の伝説的人物
ベネディクト・ローレス	ライリーの父親。故人
フィリップ・ストラットン	エリーの父親。故人
リリー・ギャロ	エリーの親友。秘書
シャリ・ストラットン	エリーの異母妹。ファッションモデル
コリン	エリーの元夫。シャリの恋人
スティーヴン・カスタラーノ	エリーのビジネスパートナー。 通信会社のCEO
ビル・ハチャード(ハッチ)	ベネディクトの親友
フィービー・マードック	〈マッケイ・タガート〉の会計士
パトリシア・ケイン	ライフスタイル専門家

プロローグ

テキサス州ダラス

ライリー・ローレスは勧められた椅子に座ったが、その場にいるのは彼ひとりではなかった。警察署の小さなオフィスに椅子はふたつしかなく、ライリーたちは四人だったので、ひとつの椅子にミアと並んで腰掛けた。

四人。

もともとは六人家族だったのに。

「ねえ、ライリー、疲れちゃった。おうちにいつ帰れるの？」ミアが青い目を見開いて尋ねた。

ライリーは長兄のドルーと顔を見合わせた。どう返事をすればいい？　なにが起きたか、自分自身まだ信じられずにいた。それをミアになんと説明すればいいのか。妹はやっと六歳になったばかりだ。二週間まえ、バービー人形がテーマの誕生日会を開いてもらったところだった。お姫さま風のティアラをつけたミアはプレゼントの包みをあけながらにっこりと笑い、乳歯が初めて抜けた口もとを見せていた。父親から強制され、兄弟はそろってパーティーに出席した。六歳児の少女たちの輪にほうりこまれた三人の少年。

父さんはいまどこにいる？　なにがなんだかわからない。

ブランドンが目に涙を浮かべてミアを見た。「たぶんもううちには帰れないよ、ミア」

ドルーは弟の肩に手を置いた。「だいじょうぶさ、ブラン」

果たしてそうなのか、ライリーにはわからなかった。ほんとうにあれはたった二時間まえのことか？　そもそも実際に起きたことか？　もしかしたら夢を見ているのかもしれない。そんなことを思いながら、ライリーは二時間まえに起きたことをなんとはなしに思い返した。

起き上がろうとすると、シーツが足もとにからまっていた。くそっ。どういうわけかパチパチいう音がする。なんとかシーツから抜けだし、ベッドの上で体を起こした。兄弟で共有しているコンピュータの電源はつけっぱなしで、画面の緑色の光が部屋を照らしている。目をこすった。

なにかがおかしい。煙のにおいがする。

突然、コンピュータの画面が真っ暗になり、小さな水槽も真っ暗になった。

ブラン?

弟は二段ベッドの上段で寝ている。ベッドの梯子をよじのぼった。

ブラン、起きろ。

部屋のドアをたたく音がした。トミー・ファーガソンの家で観たホラー映画を思いだす。ほんとうなら観てはいけない映画だったけど、トミーのお母さんはいつも睡眠薬を飲み、なにがあろうと朝まで目を覚まさない。だから観たやつだ。ブランが身を起こした。暗がりのなかでもその姿が見える。手をつかんできた。ブランはまだ八つだ。こっちは数カ月まえに十二歳になったけど。ブランをぎゅっと抱きしめた。ブランの面倒は見るのはぼくの役目だ。

隠れろ。クロゼットにはいって隠れていろ、ブラン。あとはこっちにまかせるんだ。

パチパチいう音はさらに大きくなったが、ドアが蹴破《けやぶ》られた音はそれとはくらべようもない。自分の体を楯にして弟をかばおうとした。心臓がばくばくしている。不気味な赤い光が部屋に満ち、煙が流れこんできた。煙にかすんだ室内に背の高い人影が現われた。

ドルーだ。ミアを抱え、顔は煤《すす》で汚れている。口を開くと、声がかすれ、いつもよりも大人びて聞こえた。

さあ、早く。逃げるぞ。裏の階段はたぶんまだ通れる。だめなら窓から出る。さっさとしろ。いますぐだ。

いったいどういうことだ？

わけがわからない。

うちが火事だ。逃げないと。

でも、母さんと父さんは？　家族に命令するのは父さんの役目だろう？　ドルーが首を振った。世界がひっくり返ったのだと悟ったが、その結果、自分がどこに落ちたのかはわからない。

弟の手をにぎり、兄のあとにつづいた。

「余計なことは考えるな」ドルーはライリーを見下ろし、現実に引き戻した。険しい表情を浮かべ、十四歳の実年齢よりはるかに年長に見えた。

「お父さんに会いたい」ミアが泣きだした。

ドルーはすぐにミアを抱き上げ、痩せた体にしっかりと抱き寄せた。「ごめん、ミア。でも、だいじょうぶだ」

ほんとうにだいじょうぶなのか、ライリーはよくわからなかった。「喉が渇いた。外に水飲み場があるらしいね」

「すぐに戻ってこいよ」仕切っているのはおれだ、と知らしめる声でドルーが言った。ライリーはべつに水が飲みたいわけではなかった。吐き気がしていたのだ。

青い制服を着た男女が受付デスクにつき、話をしていた。そのふたりは別として、警察署のなかは不気味なほど閑散としていた。「かわいそうな子たちだ。親父が一家無理心中を図ろうとしたなんてな。知ってたか？　出入り口に全部鍵をかけて、子どもたちが逃げないように外からつっかえ棒もしていたらしい。わが子を道連れにする気満々だったってわけだ、くそったれが。状況からすると、窓から家のなかに戻ったようだが、子どもたちはその逃げ道に気づかなかったかもしれない。なにせ、親父は自殺するまえに家に火をつけたのだからな」

「ええ、そうよね。奥さんにはもっとひどいことをしたらしいわ」婦人警官はそう返事をして首を振った。「身元確認ができるかできないかってところみたい。なんて死にざまかしらね」

ライリーは胃がむかむかした。自分の噂《うわさ》をされている。あの警官たちは父さんのことを話している。母さんのことも、だ。

ふたりともほんとうに死んでしまった。キャッチボールの相手をしてくれた父さんは、仕事をじゃましてもけっして怒らなかった。働き者だったけれど、ライリーたちが仕事部屋にはいっていくと、いつも笑顔を向けてくれた。にこにこして、ちょうど手を休められてよかったよ、と歓迎してくれたものだ。仕事は退屈でもおまえたちは

愉快だからと言って。あの家には父さんらしい活気が満ちていた。

「母さんは父さんに殺されたんじゃない」母さんに危害を加えっこない。父さんは母さんを愛していたのだから。

警官たちが振り返った。どちらもさも気の毒そうな胸くそ悪い表情を浮かべている。

婦人警官がすかさず立ち上がり、近づいてきた。「坊や、警部さんのお部屋にいないとだめよ。もうすぐやさしい女の人が来て、世話をしてくれるわ」

「自分たちのことはドルーとやります」とライリーは言った。世話係を勝手にあてがわれるのはごめんだ。母さんの代わりはいらない。

「あらあら」婦人警官は首を振った。「そんな心配はいいのよ。だいじょうぶだから」

ライリーが戻りかけると、また雑談を始めた警官たちのひそひそ声が聞こえてきた。

「それにしても嫌なものだね、あの子たちがばらばらになるのは」誰にも聞かれていないと思ったのか、男の警官が声を落として言った。

ばらばらになる?

「だって身寄りがないのよ。子どもを四人も引き取れる人なんていないわ」

ライリーはもといた部屋に駆け戻った。心臓が口から飛び出そうだ。

「ばらばらにさせられるぞ」離ればなれになるわけにはいかない。兄とも弟とも妹と

も離ればなれになるわけには。ミアはまだほんの子どもだ。

　ドルーは目を閉じた。再び目をあけたとき、その目は野球の試合で投手に立ち向かうときのような冷たい光を放っていた。「いいか、ライリー、どうなろうと、おまえに会う手段は見つける。おまえたちを見捨てはしない。大人になったら、必ず迎えに行く」

　しかし、それまでは何年もかかる。

　ブランとミアはもたれ合って椅子に座っていた。眠ってしまったようだ。自分も眠ってしまえたらいいのに、とライリーは思った。すべて悪い夢であってほしい。

「父さんが母さんを殺したんだって」

「ちがう」ドルーはきっぱりと言った。「それは嘘《うそ》だ。誰がなんと言おうと、そんな話は信じるな。父さんも母さんも殺されたんだ」

「誰に？　誰が父さんと母さんを殺そうなんて思う？」まったく筋が通らない話だ。

　ドルーは首を振った。「わからない。でも、いずれ見つけだしてみせる。事件の一部をこの目で見た。警官に話そうとしたけど、誰も信じちゃくれない。お父さんが悪いことをしたと思いたくないんだな、と子ども扱いされておしまいさ」

「父さんのしわざじゃない」どうして父さんは死んでしまったのだろう。いったいど

こへ行ってしまったのか。よくわからない。なにもかもわからなかった。

ドルーが肩に手を置いた。その瞬間、静かなオフィスの薄明かりのなかで、兄の顔に父の面影が重なった。「大人になったら、おれたちで犯人を捜しあてて恨みを晴らそう。いや、恨みを晴らすのはおれの役目だな」

その提案にライリーは元気づけられた。なにを失ったかくよくよ考えるよりもいい。

「だめだ。最初の案がいい。みんなで恨みを晴らすんだ。兄さんとぼくとブランとミアで。みんなで犯人を懲らしめてやろう」

ドアが開き、書類かばんを提げた年配の女性が部屋にはいってきた。当座の住まいや、悲しみを癒すための心理カウンセリングについて説明を始めた。そして、里親制度の話題をやんわりと切りだした。四人一緒に引き取ってもらうのはいかにむずかしいか。

しかし、ライリーはただドルーに目を向けた。

そして、いつかまた一緒になる日が来るとわかった。結局のところ、自分たちにはやるべきことがある。

1

二十年後
ニューヨーク市

「ミスター・ラング？　なにかご入り用なことはありませんか？　なんなりとお申しつけください」

ライリー・ローレスは受付係のブロンド美女に目を上げ、なにをほのめかされたのかはっきりと察した。生きたまま食べんばかりの目つきでこちらを見ている。

「彼女の頭にあることをいたす暇はないな」ドルーが声をひそめてつぶやいた。隣で椅子にゆったりと腰掛け、忍び笑いを洩《も》らしている。

ライリーは首を振った。兄の言うとおりだからだ。ひとつのことだけに集中しなければ。つまり、エリー・ストラットンに自分を印象づけることだけに。「お気遣いはありがたいが、けっこうだ」

ブロンド娘は顔を赤らめて、ライリーに名刺を手渡した。「気が変わったら、ご連

絡を」

そして、かなり高さのあるハイヒールの音を大理石の床に響かせて立ち去った。仕事でラング姓を使いはじめて何年もたつが、ライリーはいまだにその名前に慣れていなかった。ラングに改名したのはローレス家の過去と距離を置くためである。ドルーと容易に結びつけられないよう、ライリーとブランは父方の祖母の旧姓を名乗っている。それでも、両親と同姓ではないことがライリーとしてはいたたまれなかった。

ライリー・ラングであると証明する書類もきちんとととのっているが、だからといってローレス家の人間であることを忘れられるものではない。

「解せないな。どう見てもおれのほうがいい男なのに、どうしてああいう女たちはこぞっておまえのほうに行く？」かたちのよい尻をゆすりながらデスクに戻る受付係のうしろ姿をドルーは眺めていた。

ライリーはふんと鼻であしらった。月に一度は持ちだされるお決まりの話題だ。

「兄さんは女性を怖がらせるからさ。ひと皮剝けば獲物を狙う捕食動物だと勘づかれるんだろう」

ドルーはライリーにほほ笑みかけた。「ほら、おれだってにこやかにできる。いたって人畜無害だ」

今度はライリーが笑った。「なにを言うかと思えば……いくら笑顔を振りまいても、女たちを仕留めようとしているように見える。せいぜいぼくを見習わないと」

「つまり、能天気な色男になれと?」

「こっちは仮にもハーバード・ロースクールの出だ、能天気はないよ。そうじゃなくて、兄さんに必要なのは気さくな雰囲気だ。ごく普通に見せることだ。普通の男は爪を立て、牙を剝くようには見えない」兄も人並み以上に女性から注目を集めはするものの、会社を大きくし、兄弟を養ってきた年月のあいだに、その目から光が消えてしまった。ライリーはネクタイの位置をまっすぐに直し、表情を引き締めた。

魅力的な男が必要となる作戦はライリーの担当だった。人あたりがよく、暗い影を見せず、人の期待に応えるすべを心得ているからだ。ドルーは強面で、ブランはといえば……内面に鬱屈《うっくつ》したものをくすぶらせていた。そのせいかブランは女性たちに警戒されがちに思われる。

つまり、ちょっとした色仕掛けが必要となったので、ライリーが抜擢《ばってき》されたというわけだ。

「準備はいいか?」ドルーの目はふたつの重役室に通じる廊下に向けられた。事前に出入りする機会がなくても、オフィス全体のレイアウトが頭にはいっているにちがいない。ライリーはそう確信していた。兄はけっしてものごとを運まかせにしない。万事抜かりないのである。

「ああ」エリー・ストラットンと対面する準備ならできている。フィリップ・ストラットンの娘であり、スティーヴン・カスタラーノのビジネスパートナーである女性と会う心の準備はできていた。

フィリップ・ストラットンとスティーヴン・カスタラーノは両親の死に関与した人物だ。彼らは人殺しであり、とうとうその罪を償わせるときが来た。あいにく、フィリップ・ストラットンはすでに鬼籍に入ったが。

父親の罪はまもなく娘の身に降りかかる。エリー・ストラットンは父親の借りを返さなければならない。

「さあ、行くぞ」スティーヴン・カスタラーノが廊下を歩いてくると、ドルーがやる気に満ちた声で言った。

準備に二十年かけたゲームが始まるのだから、気合がはいるのも当然だ。負けが決まるまでは、当のカスタラーノは自分が参加していることに気づきもしない。そういうゲームだ。

「弁護士か?」カスタラーノは儀礼的な挨拶を省き、藪《やぶ》から棒に切りだした。働き盛りをとうに過ぎた歳のころで、ドルーが入手した写真を見るかぎりではわからなかったが、赤ら顔をしていた。その彫りの深い顔はしわだらけで、夜遊びが祟《たた》った跡が刻まれている。身辺調査によれば、女と酒に溺れて結婚と離婚をくり返し、ベネディクト・ローレスとその妻が殺害された二カ月後に横取りした資産の大半を失った。三番めの妻は夫の財産について真実を知っているのだろうか。ライリーとしては疑問だったが、カスタラーノは昔からの手口で金を手にしていた——人を死に追いやり、金をかすめ取った。

カスタラーノにとって、新規株式公開のほうがひとりの善人の一生よりも大事だったというわけだ。

そう、もうすぐカスタラーノ本人も人生を棒に振ることになる。

ライリーは立ち上がり、手を差しだした。この男と手が触れ合うと思うとぞっとするが、計画の第一歩を首尾よく踏みだすためなら、握手でもなんでもやってやる。

「ライリー・ラングです。こちらは助手のアンディ・フーヴァー。予定では、ミズ・ストラットンと面会のはずですが」

カスタラーノは目を細くして、ライリーたちをしげしげと見た。「ああ、そのとおりだ。ただ、わたしは敵を知るのが好きでね」ドルーに視線を注いだ。「きみには見憶えがある」

四人のなかで生き写しの子どもはひとりもいないが、ドルーがいちばん父親似だった。父と同じ薄茶色の髪と青い目を受け継いだのはドルーとミアで、ライリーとブランの髪の色はもっと濃く、目も緑色だった。

億万長者のソフトウェア開発者アンドルー・ローレスは有名人でありながら人まえに姿を現わさないが、めずらしく記者に撮られた写真をカスタラーノも目にしたのだろう。ドルーは当時二十三歳の若さで、不正アクセスを防御する、いわゆるファイアウォールのシステムを構築した。いまでは〈ストラトキャスト〉も含めたほぼすべての企業で使用されるほど普及しているシステムで、ドルーはその稼ぎで弟と妹の学費を出し、全員大学を卒業させた。そしてみずから開発したソフトウェアに残した小さな抜け道、バックドアを使って敵を監視していた——真っ先にその標的に定めたのがカスタラーノだった。

ドルーはすこしも動揺を見せなかった。「マイティ・ソー役を演じているあの俳優にそっくりだと言われたことがある。あなたにハンマーを投げつけはしないと約束しますよ」

ああ、そうだろう、とライリーは思った。この男にはむしろナイフを使ってやりたい、とドルーなら思うはずだ。あるいは、いっそ焼き殺すか。カスタラーノがライリーたちの父を炎のなかに置き去りにしたように。

カスタラーノは肩をすくめた。「それはどうも」

「もうひとつ確認ですが、本件は友好的買収のはずでしたが」ドルーをどこかで見た気がするというカスタラーノの意識をそらすためなら、ライリーはなんでもするつもりだった。なるべく人目につかないようにと万全の注意を払ってきたが、ドルーの写真が何枚か流出してしまったのは事実だ。

「ああ、そうだ」カスタラーノは断言した。「わが社はエリーが取り仕切っていて、なんの問題もないが、わたしは引退して、悠々自適の老後を送ろうと思っている。引き継ぎは簡単にすむはずだが、すべてが適切かつ公正に処理されるよう万全を期しておきたい。だからこそわれわれはふた組のやり手の先生がたに手を貸してもらうことにした。言うまでもなく、弁護士の先生がたという意味だが。エリーが手に入れるべきものに対して誰にも異議を申し立てさせたくない。彼女は昨年、大変な思いをしたから、この件でストレスを感じてほしくない。こちらの弁護士も午後ここに来る。あらかじめ言っておくが、わたしは一流弁護士を雇っている」

いや、それはちがう。ライリーたちの調べによれば、せいぜい中流レベルの法律事務所の弁護士が雇われるはずだ。というのも、この男は無一文も同然だからだ。株式公開を理由に父を亡き者にして莫大《ばくだい》な金を奪い取り、やがてその金を酒と商売女に浪費したのだ。

ライリーとしては、この男の懐にまたぞろ大金がころがりこむことだけは阻止するつもりだった。そして、ゲームの最後には〈ストラトキャスト〉を完全にたたきのめす。血で汚れた金で設立された会社をたたきつぶしてやる。「なるほど、警告と受け止めておきましょう」

カスタラーノの目が細められた。「ついでにもうひとつ。エリーをよろしく。さっきも言ったが、父親を亡くしたり、離婚をしたりと、エリーはずいぶん苦労した。きみを雇うことにしたのはエリーの発案だ。亡父の弁護士が先日引退し、きみを推薦したそうだな。きみの評判は耳にしていないが」

その弁護士は脅迫にあっさりと屈した。ロバート・ダンフォード先生は事務所の共同経営者《パートナー》をだまして百万ドルを超える大金を横領していた。その証拠をにぎられていると知るやいなや、苦笑いを浮かべ、ドルーの要求をすべてのんだのだ。

ライリーたちはすでに手を汚していた。

「ミズ・ストラットンのために尽力すると約束します」とライリーは応えた。

「彼女は特別な存在でね」カスタラーノはため息をつき、思わせぶりな表情を一瞬浮かべた。「しっかりと安定させてやりたい。エリーは離婚でひどい目にあった。甲斐性なしの亭主に財産の半分を持っていかれて。自分の持ち分を守るために、離婚で取られた株を、大金をはたいて亭主から買い戻さなければならなかった。エリーの資産はすべて〈ストラトキャスト〉につぎこまれていて、今回の買収が完了するまではそのままだ。彼女は会社に愛情を注いでいる。誰からも奪われないよう、よろしく頼むよ」

エリー・ストラットンをよろしく？　カスタラーノはやけに彼女を心配しているようだ。同僚を気づかう柄ではないのに。ということは、ふたりは訳ありなのかもしれない。彼女が年配のビジネスパートナーとベッドをともにしている可能性はあるだろうか。

「きっちりと取引を成立させますよ」そして、そのあと最初のドミノを倒し、ドミノがすべて倒れていくのをとくと見物する。

「こんにちは、わたしのビジネスパートナーともう顔を合わせたのね」やわらかな女性の声に注意が惹きつけられた。

ライリーが振り向くと、エリー・ストラットンの姿が初めて目に飛びこんできた。

写真写りが悪いのか、会報や業界誌に掲載された写真では、まじめくさった、すこしとっつきにくいタイプに写っていた。少々退屈な女性で、一キロほど余分な肉がついている気もしていた。

その余分と思われた肉はつくべきところについていた。エリー・ストラットンの茶色がかったブロンドは、写真ではくすんで見えていた。朝の光のなかでなら見て取れる繊細な色合いが再現されていなかったからだ。肩の下までおろされたその髪は、ブロンドに栗毛色と濃い褐色がまじり合い、マホガニー色も差しこまれている。写真では味気ないスーツ姿だったが、いまは体の曲線に貼りつくラップドレスを身につけていた。ストッキングはなし。十センチのハイヒールに延びるむっちりとした女性らしい脚を首にからめられたら、さぞそそられることだろう。

あの胸はどこに隠れていた？

兄が咳払いをした。もたもたするな、という合図だ。

「ミズ・ストラットン、お会いできて光栄です」彼女を手玉に取る方法を見つけなければならない。まずは親しくなり、オフィスに出入りし、ドルーが発見できなかったデータにとにかくアクセスしなければ。〈ストラトキャスト〉が提供するすべてのデータにアクセスしなければならないのだ。カスタラーノに近づけば近づくほど、好都合だ。

復讐《ふくしゅう》は計画の一部にすぎない。正義も果たさなければならないのだ。

ライリーは手を差しだして握手を求め、エリー・ストラットンはそれに応じた。しっかりとにぎったが、手を離そうとすると、ライリーはもう一方の手を重ね、彼女の手を離さなかった。そして、目をまっすぐにのぞきこんだ。茶色の目には黄金色の斑点が浮かんでいる。きれいな目だ。それもまた仕事用に撮影した写真で隠されていた美点だった。まじめに見せようとしてか、写真では眼鏡をかけていたのだ。「必ずお力になると約束します。われわれの仕事にご満足いただけるでしょう。依頼人のために全力を注ぎますので、今回の株式譲渡契約も円滑にことを進めさせていただきます」

エリー・ストラットンの目が見開かれた。じっと見つめられていることを意識したようだった。

直接会ってみると、発見があった。男性優位の業界で、女性の管理職であることは並大抵の苦労ではないだろう。まともに扱ってもらうためには冷淡な態度で知的に見せ、女らしさを隠さなければならない。自分のオフィスでは肩の力も抜けるだろうが。

仕事の現場では、おそらく慎重に壁を築いている。

かわいそうに。その壁をこちらは切り崩しにかかるというわけだ。

エリー・ストラットンはライリーにほほ笑みかけた。すると、まじめな顔つきが一瞬にして魅力的に変化した。彼女がほほ笑むと、暗い部屋の明かりがついたようだ。「ありがとう」自分がなにをしたか気づいたようで、ライリーににぎられていた手を引っこめた。頬を真っ赤に染めている。警備会社の調べによると、彼女は離婚している。それについては、今日の午後の打ち合わせで、ダラスから戻ってきたミアから、くわしい事情がわかるかもしれない。「正直な話、法律事務所があらたに見つかってほんとうによかったわ。父の顧問弁護士は、それはもう堅苦しい人たちだったから。手に負えないとわたしは思われていたはずよ」

カスタラーノは冗談まじりに笑って言った。「きみは野生児だからな、お嬢さん。自由にさせるのがいちばんだ」

いけすかない初老の男に彼女が笑みを向けると、ライリーは心拍数が上がった気がした。「あなたはわたしにやさしすぎるわ、スティーヴン。それに、あなたのように思う人ばかりじゃないの」

「だったら、そういうやつらはうせればいい」カスタラーノはにやりと笑った。「きみならここでちゃんとやっていける。それから、弁護士のことは心配いらない。すべて問題なくまとまるにちがいない。わたしが保証する」

「ただの形式的な手続きだものね」エリー・ストラットンは一歩、うしろに下がり、ライリーのほうにうなずいた。「では、始めましょうか、どうぞこちらに。スティーヴン、わたしたちはそろそろ失礼するわ。よい一日を」

カスタラーノは急に明るい顔を見せた。いや、いかつい赤ら顔なりの明るさだが。「今日はよい日に決まっている。〈チェルシー・ピアーズ〉で週に一度のゴルフのレッスンに友人と参加する日だから、クラブ持参で出掛けてくるよ。きみはこちらのふたりとうまくやっていけそうだな。では、また」

エリー・ストラットンはカスタラーノに手を振り、重役室が並ぶほうへ廊下を歩きはじめた。「さあ、おふたりとも、どうぞこちらへ。依頼を引き受けてくださってよかったわ。急な話だったのに、ほんとうに感謝しています」

ライリーは彼女のすぐうしろをついていきながら、ふと疑問に思った。ぴったりしたワンピースのヒップラインがいかにくっきりと浮き出ているのか本人は気づいているのだろうか。目を見張る腰つきをしている。お堅い優等生かと思いきや、これは予想外だ。そして、上半身にも豊かなふくらみがある。苦行を覚悟して臨んだ色仕掛けの作戦はにわかに様相を変えた。これならこの先の数週間を楽しめそうだ。

だ。


「さあ、兄さん」ライリーは声を落として言った。「いよいよ始まりだ」

　二十年間待ちに待ち、とうとうここまでたどりついた。

　兄のドルーはスティーヴン・カスタラーノが立ち去る姿を眺めていた。例によってあの表情を浮かべている。女性たちを怯えさせる、捕食動物のような凄《すご》みのある表情だ。

　やがて体の向きを変え、ライリーに追いついた。そして、エリー・ストラットンの尻に気づいたようで、視線がそこに向けられた。「ほう、これは想定外だ。おまえ、ほんとに先頭に立ちたいか？」

　まさかおれにまかせろと言いだしはしないだろうな。この作戦にはお楽しみがついてきそうだとわかったのだから、いまさらそれはだめだ。「計画どおりに進めるべきだ」ライリーが前方に目をやると、エリー・ストラットンはすでに足を止め、期待をこめた目でこちらを見ていた。彼女から話しかけられていたことを思いだした。応答するべき内容だった。「ご依頼くださって、こんなに嬉しいことはありませんよ、ミズ・ストラットン」

　彼女は首を振り、鼻にしわを寄せた。おっと、そんなしぐさも魅力的だ。「エリーでけっこうよ。形式ばるのはあまり好きじゃないの」

「では、エリーで。それならぼくはライリーと呼んでもらいましょう」ライリーはエリーに倣って言った。突然、今後の数週間を楽観的に思えるようになっていた。

〝完璧にプロらしい振る舞いだな、エリー。新任弁護士の足もとで溶けてしまいそうだとは。好印象をあたえるどころではなかった〟

なぜよりによって今週から装いを変えることにしたのだろう。エリーは親友を絞め殺してやりたい気分だった。手持ちの黒い服を全部捨てるべきだと力説してきたのはリリーだ。黒いビジネススーツを着ていれば、ほかのニューヨーカーとはちがい、サイズ4ではない体型を隠せる、とエリーはわかっていた。そんな彼女に、その気になればセクシーになれるし、セクシーになっても仕事でのイメージは傷つかない、とリリーは言い聞かせたのだ。

ただし、男の色気をむんむんさせた弁護士と息をのむほど魅力的な助手の相手をするのはリリーではない。

あれほどの容姿をしているのに、なぜあのふたりはロースクールに進んだの？　ライリー・ラングともうひとりの男性――ライリーに見とれたせいで一瞬ＩＱの数値が下がり、名前は失念した――は、紳士服の広告モデルとしてタイムズ・スクエアの看板に登場するべきだ。岩のように硬いはずの腹筋を、父の長年の共同経営者と交わす株式譲渡契約の詰めの作業に使うのではなく。

「迷わずに来られたのならいいのだけれど。ここへは地下鉄で？　この時間帯は道路が〝激混み〟になることもあるのよ」あらま、口がすべったわ。

またしても父の声が聞こえるようだ。〝ウォートンを主席で卒業しようと関係ない。ばかげた振る舞いをすれば、ばか者と見なされる。まともには相手にされない。いい体をしているという目でしか見てもらえまい〟

父は息子が欲しくてたまらなかったのだ。

とはいえ、エリーもうしろを振り返るつもりはない。新任の弁護士と助手に野暮ったい女重役だと鼻で笑われるのだけは避けたかった。

プロに徹すること。それも、超人的にプロらしくあらねばならない。エリーの地位までのぼりつめた女性はそうせざるを得ないのだ。そして、ビジネスの世界では奇抜な言いまわしは受けが悪い。語頭に〝激〟とつけるようなくだけたことばはご法度だ。

「たしかに〝激混み〟だった」ライリー・ラングは長い歩幅で楽々と追いつき、いきなりエリーに肩を並べた。「幸い、われわれは地下鉄で来た。それにしても、ホームレスの歌うブリトニー・スピアーズの『ベイビー・ワン・モア・タイム』で一日が始まる場所はほかにない」

なんの話かぴんときて、エリーは思わずくすりと笑った。「オスカーのことね。九十六丁目の歌唄いと呼ばれているのよ。持ち歌には新しい曲もあるの。ワン・ダイレクションの歌も唄うしね。ダンスもするにはするけど、あまり見られたものじゃないわ。動きと曲が合わなくて」

ライリーが笑みを浮かべると、愛嬌《あいきよう》のあるえくぼが見えた。「憶えておこう」そして、窓のほうへ手を振り向けた。「すばらしい眺めだな」

アッパー・ウエストサイドの絶景を見渡す窓辺を歩いていた。遠くにリヴァーサイド・パークが広がり、その向こうにハドソン川が流れている。エリーは子どものころ、よくこの窓辺に佇み、いつかここで仕事をすることを夢見たものだ。ここに立ち、街を見下ろしていると、いまでも気分が浮き立つ。

魅力的で、それでいて威圧的でもある助手はライリーの向こう隣を歩いていた。上背は百九十センチをゆうに超えるにちがいない。薄茶色の髪とは対照的にサファイアブルーの目をしている。どこかのアメフトチームでラインバッカーとして試合に出ているような目立つタイプの男性だが、エリーの心を惹きつけたのはライリーの細い体型と甘いマスクだった。甘いといってもヤワではない。隣にライオンが控えているせいで柔和に見えるだけだ。あの助手はいまにも人を殺しかねない顔つきをしているのだから。

「ありがとう」エリーはうまくことばが出てこなかった。まるで幼児並みね。それだけどぎまぎさせられているわけだが、それでいいのかよくわからない。とりあえず考えないことにした。この人は弁護士で、自分には弁護士が必要だ。双方とも同じ弁護士に依頼すればいいのではないかと主張したが、スティーヴンに却下されてしまったのだ。彼の説明によれば、友好的買収といえども注意を要する案件だから、円滑にことを進めるために法的助言が必要だという。「父とスティーヴンがこの物件を購入したのは、十七年ほどまえに〈ストラトキャスト〉を設立したときだったの。これからご案内する、わたしのオフィスからも同じ景色が見えるわ」

ライリー・ラングが評判どおりに有能なら、〈ストラトキャスト〉は数週間のうちにエリーのものになる。

ライリーはほかになにが得意なのかしら。ベッドで愛することだろうか。エリーの頭にはセックスが思い浮かんだ。胸をときめかせただけでリリーに大喜びされるわ。コリンと離婚してから、エリーは性欲そのものを凍結させていた。出会いもそれほど多くはなかった。恋愛に醒めきったエリーの心を溶かしてくれそうだと見こんだ男性をリリーは何度も引き合わせようとしたが、エリーは仕事を盾に取っていた。

そして、いまもそうするつもりだった。リリーに紹介された警察官や銀行員や、はたまた無料の食事目当てで会おうとしたとしか思えないあのライターをうまくあしらえないなら、ギリシャ神のようなライリー・ラングを夢に描くことさえ考えもしない。想像をたくましくすれば、すてきな姿が思い浮かぶだろう。空想のなかで、ライリーは正義の神になり、法と真実をはかりにかけている。トーガ一枚を腰にまとい、その下に隠された部分があらわになりそう……。

「オフィスに向かうはずでは？」助手の低い声が聞こえ、エリーは夢想から引き戻された。そう、この人の名前はなんだったかしら。スケジュール帳で確認していたのに、どうしても思いだせなかった。

エリーは足を止めた。しまった、自分のオフィスを通りすぎていた。恥ずかしさで頬が赤くなるのがわかった。まるでボーイズバンドのコンサートに来た十代の少女じみた行動だった。燃えるような高揚感しか共通点はないが。いかにも仕事ができる女に見えることを願って、とびきりの笑みをふたりに向けた。「やっぱり会議室でミーティングしたほうがいいんじゃないかと思ったの。すぐそこだから」

どういうことかちゃんとわかっている、といわんばかりの目をライリーは向けてきた。じつに官能的な口もとを引き上げてほほ笑んでいる。「選べるなら、あなたのオフィスのほうがいい」

人間の姿を借りたライオンのようなセクシーな助手がうなずいた。「そのとおり。今後の段取りを説明したいので、くつろげる環境で話を聞いてもらうのがいちばんだ」

くつろげる環境ですって？　おそらくこぢんまりした場所という意味なのだろうが、エリーの頭に浮かんだのは寝室だった。それも自分の寝室を思い浮かべていた。

エリーはその邪念を振り払った。セックスのことばかり考えたりしないのに。普段ならば。そうよ、一年くらい誰とも寝なくてもどうってことないわ。自分のオフィスへと廊下を戻り、ドアをあけると、手ぶりでふたりに入室を勧めた。

「いい部屋だ」ライリーはそうつぶやきながら、エリーの横をすり抜けた。

ライリーはにおいもよかった。サンダルウッドの香り。アフターシェーブ・ローションの香料にちがいない。それがなんの香りであれ、エリーの体は反応していた。まったく、リリーのせいで困ったわ。このワンピースは見栄えがすると太鼓判を押してくれたのはいいけれど、生地がとても薄くて、乳首が浮き出てしまうとは聞いていなかった。「それはどうも。父が引退まで使っていたオフィスなの。ほとんど模様替えはしていないわ。時間がなくて」

それはほんとうの理由ではなかった。父のオフィスは内装が男性向けの設えで、それは会社全体の縮図でもある。幹部社員も、取締役会も五十代以上の男性で占められているからだ。エリーとしてはガラスの天井を破り、女性幹部を増やすまでは、男性たちに足並みをそろえるに越したことはない。〈ストラトキャスト〉の過半数の株式を取得したら、状況は好転する。二十一世紀にふさわしい企業へと変革を進めるつもりだ。必要なら、波風を立ててでも。

エリーはセーターを手に取って肩に掛け、吹雪にさらされて乳首がとがったように見える胸もとを隠した。

あいにく胸の先端がやけに反応しているのは寒さのせいではなく、興奮しているせいだとはっきりと自覚はしていた。

「どうぞお掛けになって。空調の温度を上げるわね。ここは冷えるから」

ライリーも〝ライオン〟も立ったまま、エリーの様子を見ていた。

「むしろ温かい気がするけどな」エリーが設定温度を上げていると、ライリーはつぶやいた。「どうだい、アンディ?」

アンディ。そう呼ばれているのね。ライオンのような風貌とはうらはらに、五十年代のような響きがする。のどかに聞こえる呼び名なら、凄みのある見た目の印象をやわらげられると思ったのかもしれない。

「さあ、よくわからない」とアンディは言って、デスクにブリーフケースを置いた。「おれから始めるか、それとも、きみからか？」

エリーはデスクに戻ってきた。父が使っていたデスクに。資金に余裕が生まれたら、暗い色の木製家具を一掃して場所を広く使い、明るい部屋に改装しようと思っていた。暗いところには長くいすぎた。

「こちらから送った契約書は届いているかしら？　見直しはいまじゃなくていいわね。今回は顔合わせのちょっとしたミーティングのつもりだったから、じつはまだ契約書に目を通していないの」あまり時間がないと思って、ほかの問題を処理していたのだ。

「契約書は受け取っている。読まなくてけっこうだ」ライリーはブリーフケースをあけながら説明した。「その件でわれわれは来たのだから。アンディ、始めてくれ」

そうは言われても、エリーもいちおう目を通すつもりだが、法律用語全般を苦手としていた。人とかかわる仕事のほうがずっと得意だった。おまえは甘い、と父にいつも言われていたが、そんな父でさえ、エリーが社内の誰よりも仕事をこなし、すぐれたアイディアを出すと認めていた。

娘が会社をどうするか知ったら、父ならどうしただろう？

その計画をエリーは誰にも洩らしていなかった。生前の父にさえ打ち明けなかったし、スティーヴン・カスタラーノにも弁護士にも話していない。話せばどう言われるかわかっていた。いずれは話すつもりだが、それは実権をにぎり、誰にも阻止されないときが来てからだ。

父がモンスターであると知った瞬間、自分のやるべきことを悟ったのだ。

アンディがブリーフケースから小さな道具を取りだし、それを書棚にかざしはじめた。

「彼はなにをしているの？」とエリーは尋ねた。まさかビジネス書の蔵書を弁護士に調べられるとは思いもしなかった。

ライリーはデスクの向かいの椅子に腰をおろした。「よからぬものが隠れていないかチェックしている」

害虫駆除の話ではなさそうだ。エリーはいつのまにか目を丸くし、口を半開きにさせていた。「どうして誰かがわたしの話を盗み聞きしようと思うの？」

ばかげているし、ちょっぴりばつも悪かった。残業中、ひとりきりになると音楽をかけ、仕事をしながら歌うことがあるからだった。九十六丁目のオスカーの向こうを張るほど喉に自信はない。

　助手が入念に盗聴器の有無を調べるあいだ、ライリーは書類をめくって探しものをしているようだった。「数百万ドル規模の契約だから、安全対策は徹底させなければ」

　やれやれ、この人は考えすぎの変わり者だ。「大金のかかった案件だとわかっているけれど、これは家族間の取引のようなものなの。スティーヴンは会社の半分の株を持っていて、それをわたしに売却したいと思っている。まえまえから引退するときにはそうするつもりだったの。彼には息子がいるけれど、カイルは経営者の柄じゃないし、じつは親子仲もいいわけじゃないの。高校生になるまで、カイルの存在をスティーヴンは知りもしなかったのよ」

「それはカイル・カスタラーノの話だね。カスタラーノ氏の非嫡出子の」ライリーは書類から顔を上げずに言った。

　すこし決めつける言い方になってしまったとエリーは考え直し、つけ加えた。「カイルは悪い人じゃないわ。粗野に育ったけれど、スティーヴンは彼をきちんと扱おうとしている。引退したら、親子の距離も縮まるでしょう。ねえ、ミスター・ラング？」

　彼は目を上げて、エリーを見つめた。「ライリーだ」

つぎに弁護士を雇うときには、こちらをうろたえさせる美男はやめておかなくちゃ。

「ライリー、あなたがやり手だということはわかっているの。〈4Lソフトウェア〉の顧問弁護士だと聞いたわ。きっと心配性の人たちと仕事をすることに慣れているのね」

ライリーは笑い声をあげた。「これだけは言っておくが、ローレス氏ほど心配性から程遠い人はいない。誰もが連絡を取りたがっているが、彼はほんとうにくせ者さ」

「いたるところに情報網も張りめぐらしている」アンディがそう小声でつぶやく声がエリーに聞こえた。

〈4Lソフトウェア〉はインターネットの安全性に革命をもたらした。同社の代表にも、世捨て人という評判にもエリーは魅了されていた。けれど、いまは噂話をしている場合ではない。

「ひと言で言うなら、わたしはドルー・ローレスのような経営者ではない。だから肩の力を抜いていいのよ。これは双方にとって都合のいい取引なの。書類に目を通して、問題ないか報告してくれればそれでけっこう」選択をまちがえたのかもしれない。父の顧問弁護士から引退すると聞かされ、推薦された人物にエリーは連絡を取った。面会の約束を取りつけたあとで、大物を依頼人にしている弁護士だと気づいた。すでに

〈ストラトキャスト〉の法務部の責任者に契約書を見てもらっていたが、外部の意見も聞いたほうがいいと説得されたというわけだった。

「肩の力を抜いて仕事をしたことはないし、ここの仕事を引き受けているあいだは、あなたにも肩の力は抜かせない。あなたがぼくに求めているのはたんなる買収契約書ではない。こちらがあなたになにを提供できるか、話し合ったほうがいいでしょう」とライリーは提案した。「ぼくのことはあなたがこれから参戦する戦争の司令官と考えてほしい。そう、あなたの軍隊の司令官だ」

「これは戦争じゃないのよ、ミスター・ラング。わたしが弁護士さんにお願いしたいのは、すべての資産が滞りなく譲渡されるか確認することなの。その後は、法務部の一般的な監査をしてもらうだけでいいわ」エリーは提示された弁護士費用の一覧表にすでに目を通していた。エリーの求める業務内容に対して、すこし高すぎる気がした。「そういうわけだから、そちらの契約書の細かな点についても協議するべきね。見直してみてもいいんじゃないかしら」

「ああ、もちろんだ、ミズ・ストラットン。だが、買収契約の準備に向けた取り組み方を見てもらえば、こちらがどれだけお役に立てるかご理解いただけるはずだから、まずはそこから始めさせてもらう」ライリーは真顔になり、書類の束をエリーのほうにすべらせた。契約書だとエリーは気づいた。意見があるページを示すおびただしい枚数の付箋から察するに、問題点がどっさりと見つかったようである。「この契約が締結されると、新しい冷却装置の知的財産権はなんら支障なくすべてカスタラーノ氏に譲渡される」

エリーは口をあんぐりとあけていた。突然、契約書の内容についていけなくなった。

「なんですって?」

開発中の冷却装置はコンピュータのバッテリー駆動時間を倍増させ、過熱を二百パーセント削減する設計だ。〈ストラトキャスト〉で現在開発している技術の目玉で、エリーが管理してきたプロジェクトでもある。

「いま話したとおりだ。カスタラーノ氏は最大のプロジェクトを独り占めして引退しようとしている。退職手当の一部として、七十九ページに目立たないように記載されている」ライリーは姿勢を崩し、脚を組んだ。「アンディ、なにか見つかったか?」

アンディは小さなディスクをエリーのデスクに置いた。「盗聴器だ。ウォートン・スクールの卒業証書が飾られた額縁の裏にあった。仕掛けられたのは最近にちがいない。さもなければ、あなたがこのオフィスに移ってきたときに見つけたはずだ。機能は停止させたが、盗聴器が発見されたことは仕掛けた者に知られてしまう。ここはもう安全だが、私的な会話が盗聴される危険がないかどこでも確認できるよう、この道具の使い方を教えておこう」

エリーは小さな盗聴器をじっと見つめた。誰かがわたしの話を盗み聞きしている？　まさかスティーヴンが？　それは信じられない。でも、契約書には問題がある。スティーヴンはどういうつもりなのだろう。「理解できないわ」考えているうちにエリーは気分が悪くなった。

「ミズ・ストラットン、これはビジネスだ。そして、この手のビジネスはつねに戦争だ」ライリーは肩をすくめた。依頼人のオフィスで盗聴器が発見されたぐらいで騒ぐことはないといわんばかりだった。「さあ、これでわれわれが知っているということが向こうに知られる。あなたがもはや無防備ではないと。あえて盗聴器を放置して、うまく利用する手もあるが、ここは正攻法で行くほうがいい。だからこちらの強みを見せつける必要がある」

スティーヴンがこんなことを？　会話を盗聴していたの？　たしかに冷酷だという評判はエリーも耳にしているが、子どものころからスティーヴンおじさんと呼ぶ間柄だった。ウォートン・スクールの卒業式には父と並んで参列してくれたし、助言をしてくれる人でもあった。

足もとの地面がゆらぐような気がした。スティーヴンを頼りにしていたけれど、いまや彼の言動を一から十まで疑わざるを得ない。

こらえなければ泣いてしまいそうだが、いまは泣いていられない。「わたしに強く勧めたのはスティーヴンなのよ、外部の専門家の意見を聞くべきだと」

「金でぼくを抱きこむつもりだったのかもしれない。もしくは、別の弁護士をあてがうつもりだったか。あるいは、ただの誤りということもありうる。弁護士が強気で、提案された要求をカスタラーノ氏は理解していないのかもしれない。どういういきさつか知らないが、とにかくこれだけははっきり言えるが、契約書にくだんの条項は明記されている。われわれとしてはそれに同意はしない」

裏切られて胸が苦しくなったが、その苦痛をエリーは押し殺した。そう、契約書にひっそりとまぎれこませていても、いずれこちらに見つけられるとわかっていたはずだ。スティーヴンは知らされていないのかもしれない。もしかしたら。「ええ、同意できないわ」

「契約書に関してメモを取ってある」とライリーが言った。その声は先刻よりもやわらかな響きだった。

エリーが顔を上げると、同情の目でライリーに見られていた。同情だけはされたくない。エリーは決意を固くした。「メモを検討しましょう」

「ミズ・ストラットン……いや、エリー、メモは少し時間を取って、じっくり読んだほうがいい。午後は休みにしたらいいかもしれない。こちらの指摘で穏やかならぬ気持ちになったことだろう。動揺を隠せないようだから」

弱々しく見えているということか。エリーは日ごろから表情に気をつけていた。自分のような立場の女性に許されないことがあるとしたら、弱さを見せることだ。弱さをさらすくらいなら、きらわれ者になったほうがましだった。「とんでもない。ぜんぜん平気よ。最大の利益が見こめる開発の権利を手離す契約書にもちろんサインはしない。どうやって反撃するの？　というか、反撃するべきなの？」

「ああ、反撃する。敵の情報収集で力になってくれる会社に調査を依頼することにした。このあと、そこの調査員たちとミーティングの予定を入れている。〈マッケイ-タガート〉は警備と情報に関して世界有数の専門家集団だ」

エリーもその会社のことは聞いたことがあった。メンバーは全員元軍人か、元ＣＩＡのエージェントで固められ、二十一世紀ならではの安全保障上の問題に対処しているという。ちょっと待って、そんな会社に家族同然だった男性を調べてもらわなければならなくなるなんて。

「それなら安心ね」少なくともライリーは問題をしっかりと把握しているようだ。エリーは世間知らずな自分が恥ずかしくなった。けれど、ライリーたちに仕事を依頼した決断はまちがっていなかったようだ。「さっそく午後、法務部長を解雇するわ。こんな契約を承認したのだから」

それで憂さ晴らしになる。なんなら社屋からつまみださせてもいいだろう。守衛の大男たちをてこずらせたら見物だ。

「それはやめておいたほうがいい」アンディがライリーの隣に腰をおろした。

エリーの聞きたいことばではなかった。「法務部長はわが社の最大の利益に反する行為をしたのよ」

「株式譲渡契約が成立するまでは、ここはカスタラーノの天下だ。採決を取られたら、カスタラーノは数であなたに勝る。妹さんにも株を遺し、お父上はあなたを危うい立場に置いてしまったからだ」

その事実を考えただけでエリーはいまだにぞっとした。父は〈ストラトキャスト〉の議決権のある株式をシャリに遺していた。あの子の頭はからっぽなのに。「妹の分はわたしが投票するわ。それはなんとかするから心配しないで」

ライリーはとまどったように眉を上げた。「ぼくの認識では、先日、その株は売却されている」

「ええっ?」胃がよじれる思いをさせられるのはこの日二度めだ。シャリは会社の株を五パーセントしか持っていなかったが、その議決権株式をエリーはあてにしていたのだ。「誰に? 妹は誰に株を売ったの? なぜわたしに相談しなかったのかしら。あの五パーセントがなければ、わたしは支配権を獲得できない」

ライリーはなだめるように手を上げた。「連携関係を結ぶのは簡単だ。それはこちらも力になれる。妹さんが株式を売却した相手は個人だが、名前まではまだ突きとめていない。カスタラーノの株をあなたが無事に取得すれば、どうでもいいことだが」

話を聞いているうちにエリーはすっかり疑心暗鬼になっていた。過度な不安は鎮めなければ。

ライリーはブリーフケースのふたを閉じて手首に視線をおろし、ロレックスの腕時計を確認した。「法務部長の解雇についてだが、この際、厄介ごとはまとめて処理したほうがいい。株式譲渡契約が締結されてから解雇すればいい。カスタラーノに忠実だと思われる人物の解雇もお勧めするが、まあそれはまだ先の話だ。この件はしばらく時間がかかる。さて、これからタガートと会合がある。七時に迎えに来るから、タガートの調査で判明したことの報告がてらディナーでもどうかな?」

ディナーですって？　ライリーと？　それはまずい気がする。そう、かなりまずいわ。「だったら、またここで会うべきでしょう」

「盗聴器が仕掛けられていた場所で？」ライリーは立ち上がり、愛想よくエリーにほほ笑みかけた。

そう言われると、そっちのほうがまずい気がしてくる。「わかったわ。じゃあ、住所をお教えするわね」

愛想のよさは突然消え失せ、彼の目にいくばくかの熱気が宿った。「ご心配なく。こちらで調べる。では、七時に」

ライリーはくるりと背中を向け、アンディを従えてオフィスから出ていった。

ふたりが退室したとたん、エリーはまた息ができるようになった気がした。

やがて、停止させた盗聴器に目を留めると、胃がよじれた。まだ昼にもなっていないこの短いあいだにすべてがひっくり返ってしまうとは。

「エリー？　だいじょうぶ？」秘書がマグを手にオフィスにはいってきた。「モデルばりの男性たちが部屋から出てくるのを見て、神経を鎮めるものが飲みたくなるんじゃないかと思ったの。あの人たち、すてきだったわね」

リリー・ギャロは忠実な部下で、大親友でもある。友人を雇うのはよくないと父から苦言を呈されたが、大学時代からのつきあいで、リリーがいなければ自分がどうなっていたかエリーはわからなかった。ときとして頼れる相手はリリーしかいないこともあった。

「妹にひどい仕打ちをされたの」

リリーはマグをおろした。「毎度のことでしょう。あなたにはもう夫はいないのだから、寝取られる心配はない。今度はなにをされたの？」

「あの子、お父さんに遺してもらった株を売り払ったの」

リリーは目を剝いた。「あの泥棒猫が」

シャリがコリンと不倫をしていたときより裏切られたという思いは強かった。結局、エリーはコリンよりも仕事を愛していた。「それだけじゃない。もっとまずいことがあるの。どうやらスティーヴンは冷却装置をわがものにして引退しようとしているのよ」

リリーはデスクのまえの椅子にどさりと座りこんだ。「そんな。エリー、なんてかわいそうなの。そうそう、それはお茶じゃないの。ウォッカのクランベリー・ジュース割りよ。さっきも言ったけど、飲みたい気分だろうって思ったから」

エリーはカクテルを呷《あお》った。これだからふたりのチームワークは最高だ。こちらになにが必要か、リリーはつねに知っている。

〝ビジネスはつねに戦争だ〟とライリーは言っていた。

「手分けして見てくれる？」エリーは契約書を半分リリーに手渡した。

たしかにリリーはビジネススクールを出ているわけではないが、仕事の心得なら十二分にある。「いいわよ。徹底的に調べるわ」

エリーは深々と息を吸い、なんとか目のまえの契約書に意識を集中させた。

どうやら戦うときが来たようだ。

2

　ライリーはニューヨーク本部として使用している建物のひんやりとした空間に足を踏み入れた。表には〈ラング・アンド・アソシエイツ〉であると示す法律事務所のしゃれた表札がかけられている。

　指の先から髪型まで完璧にととのえた受付係を置き、振りの客がはいってきたら、当事務所は会員制で、新規の顧客は受けつけていない、と説明させることになっていた。

　じつのところ〈ラング・アンド・アソシエイツ〉に在籍する弁護士はライリー・ラングだけで、そのライリーが実際に抱えている依頼人はひとりだけだった。

　そのほかに、偽の依頼人がひとりいるが、その人物のせいでライリーの法律家としてのキャリアに終止符が打たれてしまうかもしれない。ライリーがロースクールに進学したのは、信頼できる弁護士がドルーに必要だったからだ。ライリーとしてもほかにやりたいことはとくになかった。選択の余地があったら自分がどんな道に進んだか、想像もつかない。とにかく家族を助けたい一心だったのだ。現在、ライリーはふたつの州の弁護士資格を保有している。本社の所在地であるテキサスと、彼らのゲームのおもな舞台となるニューヨークだ。ゲームの最後でエリー・ストラットンに反撃されたら、弁護士資格を剝奪される恐れがある。しかし、この復讐計画はどんな代償を払ってでも実行する価値がある、と承知の上だった。

だったら、なぜエリーが動揺するのを見て、大きなショックを受けたのだろう？

「やあ」ドルーが受付係に声をかけた。

ゲイルは電話の対応や、ふらりとやってくる冷やかし客をあしらうのが得意で、さまざまな武器を操る達人でもある。イラクに従軍した経歴から、ボディガードとして高く評価されている。「こんにちは。あの人たち、会議室でお待ちかねよ」

ライリーはまえから気づいていたが、ゲイルはめったに人を名前で呼ばない。たぶん偽名を憶えきれないからだ。「ありがとう。それから、エリー・ストラットンからぼくに電話がかかってきたら、取りこみ中だと断って、今夜会うのを楽しみにしていると伝えておいてくれ」

「了解」ゲイルはうなずいて、コンピュータの画面に視線を戻した。受付に座っている長い時間、彼女はなにをしているのか、ライリーはいつも不思議に思っていた。上司のために書類を作成しているわけではないことはたしかだ。

誰も信用していないので、ライリーはすべて自分でこなしているからだ。

実際にはオフィスではないオフィスに通じる、万全の防犯対策を講じた出入り口を通り抜けながら、ドルーに背中をたたかれた。「デートをキャンセルされないか心配か？」

兄のことばをあえて訂正しなかったが、あれはデートではない。少なくともエリーの認識ではデートであるはずはないが、ライリーとしてはデートのかたちで締めくくるつもりだった。エリーから手に入れたいものを手っ取り早く手に入れる方法は、心をつかむことだ。そして、心をつかむ手っ取り早い方法はといえば、恋人になることだ。「そんな真似はさせないさ。それに、この時点で断られても、それはエリーが当惑している証拠にすぎない。妹とカスタラーノの動向をそれぞれ指摘したとき、エリーは動転していた。だから、たとえキャンセルされても、ぼくの問題というよりそっちの問題だろう。エリーはまちがいなくぼくに惹かれている。あのオフィスは寒くなかった」

エリー・ストラットンは予想とはまったく異なる女性のようだ。父親について長年調べをつづけていたので、お父さん子は父親そっくりの冷たく、理知的なタイプかと思っていたのだ。美意識を持ち合わせているとは思っていたが、艶めかしさを漂わせているとは思いもしなかった。そして、エリーの笑みにあれほどそそられるとは予想外のことだった。

あるいは、ワンピース越しに輪郭が浮き出た乳首にあれほど丸みがあり、熟れているとは。

そういうわけで気を引き締めて仕事にあたった。もしかしたらあまり楽しい任務ではないかもしれない。

「たぶんおれだろう、彼女が惹かれたのは」ドルーは会議室に通じる両開きのドアを押しあけた。全員が顔をそろえているようだった。

「いや、まちがいなくぼくに気がある」エリーが兄に気のあるそぶりを見せたかと思うだけで、不本意ながら焼けつくような嫉妬が胸に忍びこんできた。そう、これこそまったく予期せぬ感情だった。

ふたりが足を踏み入れた空間はセントラル・パークを一望する洗練された会議室だった。訪問者を感心させるたぐいの部屋で、それがこの物件を購入する決め手となった。つまり、入念に組み立てられた芝居のセットのようなものだ。やるべきことを終えたら、一家はここを売り払い、ライリーはオースティンに帰る。

　ふたりの到着は最後になったが、注目を浴びて登場するのはドルーの好みだった。全員が会議テーブルについていた。片側にブランが座り、反対側にミアとケイスが座り、手をつないでいた。

「ミア、ケイス、ふたりとも都合がついてよかった」ドルーは妹が最近結婚した、感情を表に出さない巨漢に手を差しだした。「ダラスでごたごたしていたらしいな。間の悪いときに呼びだしてすまない」

　ケイスは立ち上がり、ドルーとがっちりと握手を交わした。「ミアの家族のためならなんなりと」

　ミアはにっこりとほほ笑み、ドルーと抱き合った。兄弟のなかで、無邪気さを失わずに養護制度の利用を終えたのはミアひとりと思われた。両親の死後、二カ月もたたないうちにある家庭に養女として引き取られ、念願の安定した生活をあたえられたのだった。

　ブランも同じようにしてもらえたらどんなによかったか。ミアを養女にしたカップルはブランも引き取ろうとしたが、ブランの審理を担当した判事はその女性同士のカップルの味方になってくれなかった。ミアの養子縁組は運よく成立したが、同性愛者の女性たちに少年を育てさせるのはいかがなものか、というのが判事の判断だった。お役所にじゃまをされたというわけだ。

「じつは、間が悪いどころじゃなかった」ケイス・タガートは深みのある声で言った。「弟が死の淵《ふち》から生還した。案外よくあることだが。とくにうちの家族では。それはそれとして、ミアをひとりでここによこすのは嫌だった。ひとりでふらふらさせると、ミアは面倒に巻きこまれる。二、三日はダラスに戻らなくてもだいじょうぶだ。いちばん年長《うえ》の兄貴から報告書が届いている」

ケイスの長兄は軍事及び諜報《ちょうほう》活動の世界の伝説的人物、イアン・タガートだ。ライリーはこれまで何人もの恐ろしい男たちに遭遇してきたが、そのなかでも通称ビッグ・タグは最強だ。頭がよくて、陽気な妹が、そのイアン・タガートの弟にぞっこんになったことをライリーはいまだに納得できずにいた。

もっとも、身内になれば、なにかと役に立ってくれるものだ。

「報告を聞こうか。すべてを知りたい」ライリーは椅子に座り、報告書のコピーをつかんだ。「エリー・ストラットンは予想に反していた。調査報告書にすべて目を通していたが、彼女が父親とはまったくちがうという事実に備える情報はなかった」

ドルーが隣の席についた。「彼女は父親と似ておらず、かなり友好的な人物のようだが、どうかかわっているのかわかったものではない。豊満な体をしているからといって、見かけで判断したらだめだ」

「ちょっと待ってくれ」ブランが顔をしかめて言った。「色っぽいのか？　写真では色っぽく見えなかった。これって不公平だよ。ぼくの担当は西の悪い魔女で、ライリーの担当はセクシー美女か？　担当を決め直そう」

ドルーは目を細くした。「決め直しはしない」

「ずるいよ。ほら、指相撲で決めたらいい。三番勝負で、先に二勝したほうがセクシー美女を担当する」ブランは手を上げ、子どものころのように親指を立てた。

弟はときどきすっとんきょうなことを言いだす。ライリーは言った。「いいか、ぼくが〈ストラトキャスト〉の件を担当するのは法律の学位を取得したからだ。七年かけてビジネス法務を勉強したいか？」

ブランはおえっと吐くような音を立てた。「どうしておばさんと寝なくちゃいけないのかわからないよ」

「誰もおまえがパトリシア・ケインと寝るものとは思っていない」ドルーは辛抱強く言い聞かせた。「彼女はおまえより三十五歳も年上だし、おまえを派遣するかどうか、おれはまだなんとも言っていない。それについてはまだ決めていないからだ」

その言葉に、ブランは上半身に手を走らせた。「若い男に目がないおばさんなら、我慢はできない」

テーブルの端から鼻で笑う声が聞こえ、ビル・ハチャードが同席しているとライリーは気づいた。通称ハッチ。父の親友だった男だ。どうしようもない大酒飲みだったが、ドルーが満年齢で養護施設を退所したあと、心を入れ替えさせたのだった。ドルーはハッチを見つけだして協力させ、弟たちを引き取らせた。その見返りに、数百万ドルの謝礼金を〈4Lソフトウェア〉の資金から捻出したのだった。

ハッチは手を伸ばし、ブランの後頭部をはたいた。「そのうちおれが送る報告書を読むだろうが、この任務からはずされなかったら御の字だぞ。彼女に面が割れていなけりゃ、おれがやるのにな」

ハッチに表に出てもらうわけにはいかない。仕事仲間だったため、ターゲット全員と知り合いだからだ。ベネディクト・ローレスと妻のアイリスが殺されると、ハッチは酒浸りになり、何年もその状態がつづいた。いまでも素面にさせておくのはひと苦労だが、仕事はできる男だ。

「当面の問題に戻っていいか?」とドルーが尋ね、ライリーに視線を戻した。「エリー・ストラットンが父親とはちがうと思う理由は?」

ライリーは横目で兄をじっと見た。「いくつもあるが、はっきりした理由がひとつある。カスタラーノが自分を陥れようとしている策略に彼女は大きなショックを受けた。そして、オフィスに盗聴器を仕掛けられていたことにもショックを受けた。まさかそんなことになろうとは思いもしなかったにちがいない。ところで、こっちの盗聴器は仕掛けたか？」

ドルーはファイルをめくりながらうなずいた。「もちろんだ。彼女にはほかの盗聴器を検知する道具を渡した。おれが仕掛けた盗聴器が見つかることはない。彼女の自宅の分を渡しておくから、今夜そこまではいりこめたら仕掛けてくれ」

「ああ、部屋まではいるさ」玄関先で追い払われるつもりはない。したがって、仕掛けるべき盗聴器を仕掛けてこられるはずだ。

エリーの寝室に。そこにうまうまとはいりこんで盗聴器を仕掛け、彼女のことばを一語一句捕える。こちらと交わす会話も、だ。しかも親密な会話に持ちこむつもりでいる。

そんなことを考えていると、計画を決めてから初めて、ライリーは胃がひっくり返る心地がした。

忘れてはいけないが、彼女は目的を達成するための手段だ。ローレス家の犠牲の上に成り立つ、申し分ないといってもいい人生を彼女は歩んできた。私立の学校で最高の教育を受け、何不自由なく育てられたが、それはすべて彼女の父親がライリーの父親を殺したからだった。

エリーの送ってきた生活は、本来こちらが送るべき生活だった。いや、自分のことはさておき、ドルーとブランとミアが送るべき生活だった。それはどんなときも忘れてはいけない。兄弟の苦労や両親の死と背中合わせにエリー・ストラットンの完璧な人生がある。

自分がどうなろうと、かまわない。それはどうでもよかった。つらさならはねのけてきた。気がかりなのは兄と弟と妹のことだ。ライリーにとって大切なのはその三人だった。

憎むべき女性に惹かれる一過性の気持ちより、兄弟が大事だ。

なぜエリーの笑顔は死ぬほどすてきだったのだろう?

「ちゃんと仕掛けておく。必要な情報は手にはいるさ。〈ストラトキャスト〉の株を買い取っているのは兄さんだと、エリーに気づかれないだろうか?」頭の片隅にその不安があった。「妹の持ち株だった五パーセントのことを話したから、エリーは調査を始めるかもしれない」

答えるまでもない愚問だといわんばかりにドルーは天を仰いだ。「おれはいっさい買っていない」

もちろんそうだ。代わりがきく場合、ドルーはけっしてみずから手を汚さない。「買ったのはこのおれだ」ハッチが説明を買って出た。「ただし言っておくが、〈4L〉所有のダミー会社二社を通じて買ったから心配するな」ハッチはいつもと同じく〝半スーツ〟姿だった。それはライリーがつけた呼び名で、ハッチはスラックスを穿《は》くし、ワイシャツも着る。ばか高いルイ・ヴィトンのローファーに足を入れさえするが、死んでもネクタイは締めないし、ジャケットも着ない。「万事計画どおりに進んでいる。彼女の妹は金欠になった。そこにわれわれは登場し、いくらか工面してやった」

説明は省かれたが、シャリ・ストラットンが金に困るように仕向けたのはこちら側だった。ハッチは仲間たちをシャリの行きつけのナイトクラブに送りこんでいた。彼らはシャリに近づき、湯水のように金を使わせ、性質《たち》の悪い連中から金を借りさせた。あっという間にシャリは売り払えるものを探しはじめ、株を売ったらどうか、と新しい友だちのひとりに勧められたのだった。

こちらのやることに抜かりはない。

「計画をさらに進めよう」ドルーが言った。「ぎりぎりまで連邦取引委員会の取り締まりは避けたい。エリー・ストラットンに行き場を失わせなければならない。買収契約が成立しないという先行きは彼女には見えない。そのためにわれわれはここにいる。会社の半分の持ち株をカスタラーノに現金化させないようにした上でわれわれは会社を乗っ取り、あいつにはびた一文渡さない。おれが乗りこむ段になったら、エリー・ストラットンの下に安全ネットなどない状態にしておきたい」

ケイスがドルーのほうに顔を向けた。この復讐計画に古くからかかわってこなかったのは彼ひとりだった。「乗っ取ったら、そのあと会社をどうするつもりだ?」

ケイスは厄介な存在になるかもしれないという心配はまえまえからあった。いかにもアメリカ的な正義感の強い軍人で、単純に正しいと思うから行動するタイプのようだ。ここはケイスにわかりやすく言い換えなければならない。

「やるべきことをやる。いいか、おれたちはエリー・ストラットンを破産させるつもりもなければ、従業員を軒並み路頭に迷わせるつもりもない。だが、これは戦争であると理解しなければだめだ」ドルーが話しはじめた。「戦争を始めたのはわれわれではない。カスタラーノとストラットンとパトリシア・ケインが二十年まえ、金目当てにおれたちの両親を殺害して、始めた。つまり、金とビジネスが戦場だ。敵の追尾を断つために橋を破壊したことはあるか？」

「もちろんある」ケイスが答えた。

「〈ストラトキャスト〉はやつらが利用できる資源だ。こっちは資源を根こそぎ奪い取る。やつらには報いを受ける道しかない」ブランは椅子に背をもたれて言った。

「ぼくらは接近し、必要な証拠を集め、塩を撒《ま》きながら撤退する」

「連中に不利な証拠を集めただけなら、財力にものを言わせて制度の裏をかかれる」ドルーが話をつづけた。「まえに一度それをやられた。二度とその手は食わされない。カスタラーノを〈ストラトキャスト〉から分離させる必要がある。〈ストラトキャスト〉で働く全員を懲らしめようというわけではないからだ。助けられるものなら従業員は助ける。ちょっと聞かせてくれ。復讐という概念はわかるか？　自分に対してであれ、家族に対してであれ、恨みを晴らすためならなんでもやりかねないと思うほど、許しがたい仕打ちをされたことはあるか？」

　ケイスは石のように冷たい目をして言った。「ああ、あるさ。いつかあの女に思い知らせてやる」

　ミアはケイスの指にしっかりと指をからめ、どこであれはいりこんでしまった暗い場所からケイスを現実に引き戻した。「これは復讐じゃない。そうじゃなくて、正義の問題なの。わたしたちは両親を殺した人たちに裁きを受けさせるのよ。残念だけれど、ドルーの言っていることは正しいわ。あの人たちにそこそこお金を残したら、そのお金を使って逃げおおせるでしょうね。思うんだけど、エリー・ストラットンには害を及ぼさない道を見つけるべきじゃないかしら。すごくいい人みたいだから。彼女、とってもやさしくて、楽しい人なのよ。きっとみんなも好きになると思うわ」

部屋に集まった全員の目がミアに向けられた。

ブランは身を乗りだして言った。「なにをしたんだ、ミア?」

彼の妹はため息をつき、ブロンドと呼んでもいい薄茶色の髪を肩から振り払った。

「なにって、訓練されていることをしたの。対象者と知り合いになることよ」

ミアは事件記者だ。記事の題材に取り上げる人々に近づき、個人的に親しくなるやり方を好んでいた。ミアの場合、それが危険をはらむこともあった。今回は全員に危険が伴う。ミアはなにをしでかすかわからない。ライリーはかつてドルーと同じ養護施設に入所していた。ふたりは支え合い、引き取れる時期が来たら、できるだけ早くブランを引き取った。そうして三人は復讐心を燃やしながら大人になったのだ。

ミアはちがう。ミアは正義を信じている。ミアがその気になれば、計画をすべてぶち壊してしまうことも考えられる。

ケイスは目を細くしてミアをじっと見た。「てっきりコーヒーを飲む友だちができたと聞いたかと思っていたけどな」

ミアは肩をすくめ、あどけない目をぱっちりとさせて夫を見つめた。そう、あいつは二歳のころからその手を使っていたよ、とライリーはケイスに言ってやりたかった。

ミアは言った。「そうよ、エリーとコーヒーを飲んで、友だちになったの。ほんとにいい人なのよ。人殺しの娘とはとても思えないの。〝ゆるゆる〟の妹に苦労させられているのよ」

「きみにいつか殺されそうだよ、ミア」ケイスはぼそりとつぶやいた。椅子の背に腕をまわし、ミアを引き寄せた。「誓ってもいいけど、こっちにいるあいだミアから目を離したのはそのとき一回きりだ。兄弟と電話会議があってね。おれが電話を取らなきゃならないぎりぎりのタイミングを見計らってミアはひとりで出掛けていって、そういうことをしてくれたってわけだ」

ブランは妹をまじまじと見た。「〝ゆるゆる〟の妹って？　どういうことだ？」

ミアはうなずいた。「結婚生活がだめになった原因が妹だったからそう言ったの。妹はエリーの元夫とつきあっている。それ、兄さんたちは知らなかったでしょ？」

エリーの妹の生活まではくわしく調べていなかった。〈マッケイ・タガート〉にはエリーの調査を重点的に依頼していたのだ。妹にも元夫にも注意を向けていなかった。調査方針に抜かりがあったのかもしれない。「ああ、知らなかった。父親が遺した金を散財したってことしか知らない。財政面を調べて、行きつけのナイトクラブを探しだしたけど、義兄と関係を持っていたことは聞いていない」

「身辺調査書を読めば、元夫は不誠実だったと考えられるが、こいつは用心深いやつだ」とケイスが言った。「あまり接近しないようにというあんたがたの要望がなければ、その事実もこっちでつかんでいたはずだ」

「いいニュースもある。ミアは時給で料金を請求しない」ドルーは椅子にゆったりともたれた。「たぶんそんなにまずいことでもないだろう。友だちになれば、貴重な情報が手にはいるかもしれない。エリーの日課はもう把握しているんだろう？」

「〈マッケイ・タガート〉から調査員をこっちに二週間派遣した」とケイスが説明した。「エリー・ストラットンの習慣とスケジュールはすべて調査ずみだ。報告書に全部記載されている。二週間尾行したところ、彼女はほとんど職場に出ていた。職場にいないときは、たいてい自宅アパートメントでひとりきりで過ごしている。映画に一度、友人と出掛けた。リリー・ギャロだ。秘書でもある。デートも一度したが、うまくいかなかったようだ。それから、カスタラーノの息子と昼食をともにした」

「なぜデートはうまくいかなかったんだ？」ライリーとしては同じ轍《てつ》を踏まないためにぜひとも知っておきたいことだった。

「電話がかかってきて、エリーはそそくさと帰っていった」とケイスが説明を始めた。「思うに、はずれの相手から逃げるために友人に電話をかけてもらったんだろう。出会い系サイトで危険を冒したことは別として、かなり静かな生活を送っている。銃の登録もなし。いかなる前科もなし。円満離婚ではなかったものの、離婚協議中、家庭内暴力の通報もなかった。エリー・ストラットンが危険である恐れは最小限だと言えよう」

ミアがうなずいた。「元夫はめちゃくちゃ撃たれたみたいにぼろぼろになっているから、話を聞きに行ったほうがいいかもしれないわね」

「おれはそんなに撃たれた経験はないな。二度か三度か……いいだろう、けっこう撃たれたことはある」ケイスは譲歩した。「つぎはもっとがんばって弾丸《たま》をよけてみる。だけど、最近で言うと、ほとんどはきみを狙った銃弾だっただろ、お姫さま。それは忘れないでくれよ」

ミアは口もとをほころばせ、秘密めいた笑みを浮かべた。「わかってるってば。あなたに借りがあるわよね、ありがとう。ちゃんとひとつひとつお返しするから、何回だったか数えておいてね」

ドルーは首を振った。「いちゃいちゃするのはやめてくれ。吐き気がしてくる。夫婦の会話はおふたりさんだけのときにしてもらおうか。おれにしてみれば、おまえはいまでも六歳でお下げ髪の女の子なんだからな」

「お下げにすると色っぽい」ケイスはそう口走ってから顔をうっすらと赤らめた。「おっと、失礼。みなさんのまえでは慎むよ。目下の問題に話を戻すと、エリー・ストラットンは離婚で夫から金を巻き上げられ、無一文になった。婚前契約は交わしておらず、彼女が一家の大黒柱だった。〈ストラトキャスト〉の株を除けば、資産は皆無だ。アパートメントさえ抵当に入れられている。相続した遺産はすべて会社に注ぎこまれている状態だ」

「会社を買収するまえに彼女が死亡したら、株は誰のものになるんだ?」とドルーが尋ねた。

ブランがおかしくもなさそうに喉の奥で笑い声を立てた。「ビジネスパートナーのものだ。カスタラーノがすべてを手に入れる。エリーの相続人から時価で株式を買い取る取り決めで、株買い取りを放棄する選択肢もカスタラーノにはある。共同経営契約書にその条項が組みこまれたのは何年も昔だ。エリーの親父さんがそんな手はずをつけておいてくれてよかったよな。万が一の場合、こっちも多少はおこぼれにあずかれるわけだから」

いかにもブランらしい言い草だ。にこにこしていても、いつも最後にちくりと皮肉がまじる。

「ストラットンが死んだあと、なぜカスタラーノは株をエリーにみすみす譲り渡したんだ?」とドルーが尋ねた。

「適正な市場価格で買い取るだけのお金がなかったからよ」ミアが答えた。「書類上はまともに見えるけれど、現金収支に問題があるの。はいってくるものも多いけど、借金も多い。法廷会計士に頼んで、カスタラーノの個人資産を調べさせたのよ。パトリシア・ケインについても調べを進めているわ。それで、興味深いことがひとつわかったの」

「どれもこれも興味深いけどな」ドルーはぼそりとつぶやいた。

「〈マッケイ-タガート〉の会計士、フィービー・マードックは奇跡を起こす働きをしてくれたのよ。すべてがかなりこみ入っていて、カスタラーノたちの仕事がらみでいろいろな会社が出てくるのだけど、あるひとつのことであの人たちは結びついているの」とミアは説明した。

ジャーナリストとして何年も仕事をしてきた経験でミアの感覚は研ぎ澄まされていた。だからこんなふうにミアの目の色が変わったときには、ライリーは耳を傾けるのだ。身を乗りだして尋ねた。「証拠を見つけたと?」

ミアは深々と息を吸ってから話しはじめた。「こういうことよ。わたしたちのお父さんとお母さんが殺される三日まえ、ストラットンとカスタラーノとケインの三人は、スイスの銀行の同一の匿名口座にそれぞれ五万ドルを送金している」

ライリーは腕に生えた体毛が総毛立つ感覚を覚えた。証拠。ローレス兄弟は証拠をずっと探してきた。

ブランは目を見開いた。「それはすごい。あとは、その銀行口座の持ち主が殺し屋だと証明するだけでいい」

ミアは手を上げて制した。「待って。まだつづきがあるの」

これは大きな前進だ。なぜ妹が浮かない顔をしているのかライリーは理解できなかった。すばらしい仕事をやってのけたというのに。何年も兄弟で奮闘してきたことをミアはやってのけたではないか。「実行犯は殺し屋だったということはずいぶん昔にわかっている。ドルーはその殺し屋が誰だか突きとめもした。ブランの言い分ももっともよ。その匿名口座と殺し屋を結びつける手立てを見つければ、カスタラーノたちをつかまえられる」

ケイスが一枚の写真を取りだした。「ああ、身元は確認ずみだ。ユーリ・ヴォルチェンコという殺し屋だ。複数の犯罪組織からちょくちょく仕事を請け負っていた。残念な報告になるが、五年まえに殺害された。おそらく雇い主に殺されたようだ」

ドルーは残念ではないというように手を振った。「それはどうでもいい。問題は金だ。ライリー、われわれのつかんだ証拠で有罪に持ちこめるか？」

ライリーは首を振らざるを得なかった。「証拠としては悪くないが、金と殺し屋を結びつけなければならないし、三人の懐が潤ったことも証明しなければならない。とはいえ、状況証拠も含まれている。それなりの弁護士をつければ……」

「四人だ」ケイスの口から小型爆弾が落とされたようにそのことばが飛びだし、一同の注意を否応なく惹きつけた。

「どういう意味だ？」ドルーが尋ねた。

「ヴォルチェンコを知る人たちと話をしたのよ。ケイスには家族の関係でおもしろいコネがあるの。当時のヴォルチェンコの言い値は二十万ドルだった。クーポンを配るような男じゃないわ。それに、その日ヴォルチェンコの口座に送金されたのは二十万ドルだったということも裏付けが取れている」とミアは言った。「ただし、最後の五万ドルはケイマン諸島の銀行から送金されたというのが問題なの。見たところ、そのお金はストラットンのものでも、カスタラーノのものでも、ケインのものでもない。口座は取引前日に開設され、翌日に解約されているの」

ライリーはめまいがしそうだった。「つまり、何十年もたったいまになって、関与していた四人めの人間がいるとわかったというのか？」

「ああ。その人物を突きとめるにはカスタラーノかパトリシア・ケインを通じて割りだすしかないだろう」とケイスが説明した。「こっちはこっちで調べを進めている。ハイテク担当の連中はパトリシア・ケイン個人の商取引についてすでに調査中だ。二、三週間もあれば、すべて用意できる。〈ストラトキャスト〉の実際の会計についてうちのフィービーが報告書にまとめるためにはある情報が必要だが、その情報こそライリーに入手してもらうことになっているやつだ。それさえ手にはいれば、フィービーはやることをやれる」

「ライリーも二、三週間で情報をそちらに渡せるはずだ」ドルーは口もとをこわばらせていた。新事実を耳にし、ローレス家の長男の胸に不安がよぎったことは一目瞭然だった。「もうひとつの件だが、カスタラーノが株を奪うためにエリーを殺害する可能性も考慮に入れなければならない」

「そういう気配はないわ」根っからの楽観主義者であるミアが首を振った。

「それがこの男のやり口だ」ドルーが主張した。

「だったらなぜ株式譲渡契約書で小細工をするんだ?」とブランが尋ねた。「エリーを殺すつもりなら、例の開発技術の権利をかっさらおうとする理由は? 自分のものにしたがっているなんてことは隠しておくもんじゃないかな」

ライリーは肩をすくめた。「両面作戦に出ているのかもしれない。あるいは、契約交渉を長引かせ、時間稼ぎをする駆け引きに利用しているとも考えられる。エリーが死んでも、妹から株式を買い取る金がない。知ってのとおり、会社をめぐって人殺しをした男だ。また同じ手に出たっておかしくない」

「エリーに危険が迫っていると本気で考えるのなら、本人に話しましょうよ」とミアが言った。「なにが起きているのか打ち明けて、エリーに協力を求めるのよ」

妹にはひどく世間知らずなところがある。「ああ、そうだな、何百万ドルもの稼ぎのもとである会社をつぶす手助けをしてくれる」

「エリーは頭がいい人だから、たぶん別の道を見つけるわよ」ミアは言い返した。

「それより計画どおりに進めるほうがいいだろう、かつてないほど敵に接近しているのだから」ハッチが突然話に加わった。「ミア、世界は光り輝き、薔薇が咲き誇る場所であってほしいと願う気持ちはわかるが、現実を考えれば、エリー・ストラットンに計画が発覚し、こちらの動きに反撃する時間的な余裕が生まれたら、われわれはこれまで積み重ねてきたことをすべて失う」

「お父さんとお母さんを殺したのはエリーじゃないわ」ミアの青い目が涙で光った。

「事件が起きたとき、彼女はまだ七歳だったのよ」

「それは関係ない」ライリーは妹の訴えを突っぱねた。ミアはわかっていない。愛情深いカップルに育てられ、残念ながら平等と正義を求める幾分変わった考え方を植えつけられてしまった。「必要とすることは彼女を介して手に入れるしかない」

ライリーとドルーとブランはないないづくしで生きてきた。身内はそばにいない。ときに食べるものもない。希望なんかありはしない。そんな彼らが生きのびてこられたのは、いつか悪事を正してやるという一念があったればこそだ。あるいは、悪事を正すとはいわないまでも、少なくとも借りは返させてやると胸に誓ってきた。

あの愛らしいエリー・ストラットンが父親の責任を負わされるのは公平ではないものの、世の中は不公平なものであるとライリーはとうの昔にわかっていた。

ドルーは昔ライリーを怖がらせたあのじっと据わった目でミアをにらんだ。自分は一歩も引かないぞという目だ。「残るのか降りるのか、はっきりさせてくれ、ミア。

計画から降りるなら、テキサスに帰ってけっこうだ。おまえは新しい家族を見つけたようだしな」

ミアは顔を紅潮させ、ケイスは椅子から腰を浮かせた。

「そんなふうにミアを追いつめるなら、おれを通してくれ、ローレス。いいか？」ケイスは目を細めて言った。

ミアはすぐさまケイスの手に手を伸ばした。「だいじょうぶよ、ケイス。だいじょうぶだから。座ってちょうだい、お願いよ」

「あんな言い方はさせない。誰であれ、きみにあんな言い方はさせない」ケイスはなおも食い下がった。

「ミアに説明させてくれ」ドルーはいくらか態度を軟化させたようだった。「参加する気がなければ、テキサスに帰ってもいい。だからといって、おまえは妹でもなんでもないと言っているわけじゃない。ただ、残ったおれたちでやるということだ。ミア、おまえのことは愛しているが、計画は中止しない」

ミアは身を寄せて、夫に小声で話しかけた。ケイスは見る見るうちに気を鎮め、深く息を吸った。

「外でミアを待つ。うちの会社にできることがあれば知らせてくれ」そう言い置くと、大男はのしのしと部屋を出ていった。

ミアは目を細くして言った。「あの人を二度と怒らせないで。あの人もあの人で大変な思いをしてきたの。血を何滴か流すとかなんとかそういう儀式でもやらせて、ローレス家の人間だとわたしに証明させたい？　やっぱりこっちに残って、ひとりひとりに目を光らせないとね。わたしも愛してるわ。味方になるほど愛しているけれど、兄さんがまちがったことをしているのを見たら黙っていないから、そのつもりでいて」

「おれの良心になってもらう必要はない」ドルーは突っぱねるように言った。

「あら、悪いことは言わないけど、その必要はあるわ。みんなもそうよ。それに、あたかもわたしが自分の役目を果たしてこなかったような態度はやめて。わたしがいなかったら、ブランはまだ大学を出てないわ。ライリーはいまだに五歳児みたいな食生活だったでしょうね。ドルー、あなたは〈４Ｌ〉を軌道に乗せられなかったはずよ。なぜなら、会社の名前を恐竜かスーパーヒーローにちなんでつけかねないんだもの。それからハッチはいまだに薄汚い売春婦と寝ていたでしょうし」

ハッチはうなずいた。「それについてはミアの言うとおりだ。いまはストリッパーたちと寝ている。ずっと格上の女たちだよ」

ドルーは眉をひそめた。「やっぱり社名を〈超猛禽《メガ・ラプター》・ソフトウェア〉にしても成功していた気がする。いかにも力強い響きがするだろう?」

妹は正しいことも言っている。しっかりと自立しているミアがライリーは誇らしかった。「いや、おたくじみた響きがする。だけど、ぼくの食生活はまだ五歳児並みさ。サラダはたまにしか食べない。ブランについてはミアの言い分は大正解だ。代数がまるっきり苦手だったからな」

弟は目をくるりとまわし、むっとしたように中指を突き立てた。「授業には二回しか出なかった」

ミアはしたり顔で一同ににっこりと笑いかけた。「教授にかけ合って、新聞に記事を載せる代わりにうちの兄に単位をくれませんか、とわたしが頼みこんだおかげよ。それでどうにか卒業できて、やさしい、やさしいドルー兄さんの会社にはいったのよね。だから、あなたたちはみんなわたしが必要なのよ。これも言っておくけど、わたしの旦那さまにはよくしてあげてね。あの人もいろいろあったのよ。それに、まだここに残ってわたしたちの助けになるつもりでいるんだから」

ドルーは席を立ち、ミアのところに歩み寄ると、ミアに腕をまわして抱きしめた。

「ケイスはいいやつだ。怖い男だが、悪いやつじゃない。さっきはすまなかった。いよいよ計画を本格的に実行する段階になって、みんなぴりぴりしている」

　ブランも立ち上がり、ふたりに加わった。「もうすぐすべて終わる。終わったら……まあ、そのあとどうするのかってこともいまはわからないけど、とにかく終わったらやれることをやれる」

「そうだな、これが一段落したら、ストリッパーをみんなにあてがってやるよ」とハッチが言って、抱擁の輪に加わった。

　ライリーが椅子をうしろに引いて立ち上がった。輪のまんなかにいるのはミアだった。ライリーはドルーとブランに手をまわした。「すべて終われば、それぞれの人生を歩んでいける。ストリッパーはこっちで引き受けるから、みんなには高級コールガールを手配してやるよ。ミア、文句はだめだぞ。よく仕こまれたお楽しみのプロの手にかかれば男のストレス解消にどれだけ役立つか、きみには知りようがない」

　ミアは顔を上げ、目を輝かせた。「身長百九十三センチの元米海軍特殊部隊員《ネイビーシール》の手にかかれば女の性感帯がどう開発されるか、ってことなら知ってるわ」

　これで感動的な雰囲気がぶち壊しだ。

「ミア、勘弁してくれ」ドルーが言った。

「行きずりの売春婦と関係を持つ話をライリーがしてもいいなら、新婚夫婦のすてきな愛の営みについてわたしが語ってもいいはずよ。男性のあそこにまるで興味のないふたりの女性に育てられたでしょ。だから、あれがどれだけ気持ちいいか知ったときはほんとにびっくりしちゃった」ミアはにんまりと笑った。そう、兄貴たちをからかって楽しんでいるのだ。

「おしゃべりはもうおしまいだ」ドルーがきっぱりと言った。「ビールでも飲みたくなったよ」

ハッチがため息をついた。「やれやれありがたや。もうすぐ三時だ。そろそろ禁断症状が出るところだった」

「お手洗いに行ってくるわ。すぐに戻るとケイスに言っておいて」ミアはそう言い残し、廊下に出ていった。

兄弟とハッチのあとにつづいてライリーも反対側のドアから廊下に出ると、ケイスがたくましい胸のまえで腕を組み、アッパー・ウエストサイドを見下ろしている姿に気づいた。

この計画が妹にとって悩みの種にならなければいいのだが、とライリーは心から願っていた。警備コンサルタント兼私立探偵に転身したネイビーシールの元隊員と結婚して、妹はとても幸せのようだからだ。「ミアは化粧室に行っているが、すぐに戻る。さっきのやりとりをお見せしてすまなかった。うちの家族は、なんと言うか、屈折していてね」

ケイスはライリーに顔を向けず、まだ外の景色をじっと見つめていた。「どの家族も屈折しているものだ。おれが心配しているのは、そこをあんたがたは計算に入れていないってことだ。このオペレーションに支障が出るとしたらそこだ」

「オペレーション？」

ケイスはようやく振り返り、かすかに笑みを浮かべた。「失礼。うちの兄貴はおれたちがまだ全員、軍隊にいるのかって具合に会社を運営している。オペレーション、つまり作戦というか、ミッションというか、あんたがたが乗りだしている計画だ。そいつはトラブルにぶつかるだろうな。なぜかと言えば、その屈折した部分を想定していないからだ」

「それは理解しているつもりだ。計画に二十年かけ、ビジネス上の戦略も数年まえから手を打ちはじめた。今後計画を進める上での法律上の問題も把握している」おまえには手に負えないぞ、とチャーミングな元兵士に見くびられているかと思うと腹が立った。

「個々の動きについて問題にしているわけじゃない。だが、あんたがたはまるでチェスでもするように計画を進めている。だからこそへたを打つ気がしてならない。相手も人間で、チェスの駒じゃない。あんたがたは兄弟そろって、カスタラーノとケインは極悪人だと頭から決めつけている。そんな目でやつらを見ないほうがいい。たしかに二十年まえに極悪非道なことをしたが、二十年のあいだにはいろいろある。まっさらな目でやつらを見てみるべきだ。やつらについて知っていると思っていることをいったん取り払ってみろ。その上で、やつらが望んでいることはなにか、ほんとうに欲しいものはなんなのか答えを出せ」

「金だ」それはまえから知っていた。子どものころでさえ、両親は金目当てに殺されたのだとライリーはわかっていた。

「それは単純明快な答えだ。単純明快な人間なんていやしない。人はときがたつうちに変わっていくものだ。二十年まえといまとでは、たぶん同じではない。いいか、条件次第では、もっと短いあいだにも変化は起きる。嫌なものだが、ごく身近な人間が変わってしまうこともある。もとに戻そうにも、なすすべがないことだってある」

ケイスがなんの話をしているのか、ライリーはよくわからなかったが、ケイスはそれ以上話す気がないようで、黙りこんでしまった。気まずい沈黙をライリーはなんとか埋めようとした。「ぼくたちのことは心配しないでくれ。ミアをよろしく頼むよ。

守ってやってくれ」

「ああ、そのつもりだ。ミアはおれにとって大切な存在だが、ミアにとってはあんたがたが大切な存在だ」とケイスは言った。「エリー・ストラットンには気をつけろ。彼女とベッドに行かずに必要なものを手に入れる方法はないのか？」

ボーイスカウトからこう言われることは予想してしかるべきだった。「彼女のことは心配いらない」

「それは心配じゃないさ。あんたが心配なんだ。おれは銃を振りまわすだけの男だとあんたがたに思われていることはわかっているが、じつはこの美貌の陰になかなかすばらしい頭脳がひそんでいる。あんたのことは長いあいだ観察してきた。だから、あんたの求めているものはなんなのか知っているのさ」

それを知り得たからといってケイスが切れ者である証明にはならない。身近にいれば、誰でもすぐにわかる答えだ。「ぼくの望みは復讐だ」

「それだけじゃない。それは教えこまれた望みであって、心の隙間を埋める本心ではない。あんたが欲しくてたまらないものは安定だ。自分を大事にしてくれる人を求めている。義務からではなく、あんたの世話を焼きたいと思う人を求めている。どうしてもほうっておけないと思ってくれる人を。自分を第一に考えてくれる人が欲しいのさ。で、そういう女性とは……そうだな、うまくいけばいいが、相手を信じられなくて苦しめてしまうかもしれない」

　どうやら義弟は心理学の一般書を読みあさったようだ。「エリー・ストラットンに入れこんで、情にほだされるつもりはない」

「ああ、そういう宣言は聞いたことがある。たいてい結婚式の直前にな」ケイスはライリーのうしろに目をやり、ぱっと笑顔になった。「ミアだ」

「ミアに入れこまないと思ったのか？」ぎゃふんと言わせてやりたくなって、ライリーはケイスに尋ねた。

「初めて会った瞬間、そう思うかもしれないなと思った。二分後、それはまちがいだと気づいて、距離を置こうとした。その五分後、ミアとベッドにいて、それでおしまいさ。人生、最高のまちがいだった。やあ、お姫さま」

　ケイスのそばに戻ってきたミアは、見るからに顔を輝かせ、ライリーにウィンクして見せた。「この人と帰るわ。明日また話しましょう。エリーにやさしくしてあげて。ほんとにすてきな人だから」

　ふたりが手をつないで立ち去る姿をライリーは見送った。

　エリー・ストラットンにすてき《クール》でいてもらわなくてもけっこうだ。それより、その気《ホット》にさせる方法を見つけなければ。

ケイスは思いちがいをしている。この一件に片がついたら、ただ背を向けて立ち去るのみだ。うしろは振り返らない。

3

エリーは弁護士にもう一度メールを送った。どうやらライリー・ラングから避けられているようだった。食事会をよりしかるべき時間帯に変更しようとオフィスに電話をかけたが、秘書にうまくかわされてしまったのだ。ミスター・ラングは非常に重要な会議に出席しています、と言い渡されただけだった。今夜お目にかかるのを楽しみにしているとのことです、と。

携帯電話とにらめっこした。返信はなし。約束では、あと十五分前後で彼はここに来る。

服を着替え、夜の外出向けに化粧を直し、ハイヒールを履いた。このまま食事に行くしかないようだと観念して。

理屈こそ、わが友だ。これはデートのようなものではない。弁護士との会合だ。世間ではよくあることだ。弁護士を雇えば、その弁護士と会うものだ。人は生きるためにものを食べなければならない。したがって弁護士と食事をしながら会うのは普通のことだ。

　夜の終わりにすこぶるセクシーな弁護士とシーツにくるまり、体を重ね、いかにも弁護士らしい名前を叫ばされることになるわけではない。

まさか。そんなことには行きつかない。目を閉じれば、そんな光景がまざまざと瞼《まぶた》に浮かんでしまうのだとしても。

　それにしてもとんでもない一日だった。

　ライリー・ラングが契約書のなかから見つけたあの条項のせいで、一時間は泣きどおしだった。スティーヴン・カスタラーノはエリーにとって、非道極まりない所業に及んだ、まさしく悪の塊のような実の父親よりも父親らしい存在だったのだ。

　父のことを考えてしまうたびに、父が息を引き取った夜がよみがえる。父から打ち明けられた秘密が頭に浮かぶのだ。

　そしていま、ドルー・ローレスと同じ弁護士に仕事を依頼している。これは偶然であるはずがない。おまえにはなすべきことがあるという天の声だ。おまえは正しい道を歩んでいる。いつか説明するときが訪れ、背負わされた父親の秘密の重荷をすこしは降ろせるかもしれない、というお告げだ。

それについて考えなくては。新任のあの弁護士がそばにいたら考えごとができるかわからないけれど。

ライリー・ラングはとてつもなくセクシーだ。彼が部屋にはいってきたら、胸の先端が硬くなってしまいそうだけれど、しばらくはひとりきりの時間が必要だ。

玄関ドアをノックする音がした。約束の時刻より早く来たようだ。エリーはライリーを遠ざけておこうと思いつつ、念のために着替えもすませていた。先週クロゼットを整理したときに徹底的に片づけなければよかった、といまさらながら後悔していた。

野暮ったいスーツを一掃し、厚手のブラウスや、ずどんとしたスカートもすべて処分していた。手持ちの衣類の色は、そのほとんどが黒かベージュか紺だった。

そういうつまらない服に何年も身を隠し、父からプロ意識について小言を食らいませんようにと願っていたのだ。服装についてならまだしも、おまえは母親に似て、余分な肉がついていると必ず言われたものだった。一方、妹のシャリは父方の家系の容姿を受け継いでいた。ブロンドの髪、青い目、スーパーモデル顔負けのほっそりとした体型。エリーが幾度となく言われてきたのは、そのボリュームたっぷりの体をブランドもののスーツと眼鏡で隠さなければ、ビジネスの世界ではまともに相手にされない、ということばだ。

夫からは、金以外のことも誰かに求められたいのなら、すこし痩せるべきだと言われる始末だった。

悪い知らせ？　お金は離婚で取られたり、会社に投資したりで、あらかた消えた。ビジネスパートナーの株式を買い上げる分はあるが、あとはたいして残っていない。

いい知らせ？　もはや父の話も夫の話も耳に入れなくていい。

古い衣服を捨てて、ワードローブをすっかり入れ替えたところ、貯えは底をついたが、買い替えは必要なことだった。新しい自分に生まれ変わる必要があったからだ。

新生エリーは自分の弁護士である超弩級《ちょうどきゅう》にセクシーな男性にドアをあけることをためらわない。ハイネックのセーターで体を隠せばよかったとも思わない。新生エリーはVネックで勝負する。

もう一度ノックの音がした。ドアマンつきの建物にまだ住んでいられる身分ならよかった、とエリーは思った。というか、マンハッタンにまだいられたらよかった。豪華なマンションは売り払い、折半した売却代金はパートナーの株式買い取り用に貯蓄にまわしていた。ブルックリンの自宅周辺は閑静な地域だけれど、アッパー・ウエストサイドの賑《にぎ》わいと活気がエリーは恋しかった。

鏡のなかの自分に目をやった。契約書の打ち合わせのためにディナーに連れていってくれなくてもいい、とライリー・ラングをなんとしても説得するつもりだった。打ち合わせならオフィスですればいい。彼のような男性と親しくなるつもりはない。コリンとうまく折り合いをつけることはできなかった。ライリー・ラングはセクシーな男性の序列でいえば、コリンに十段以上は差をつけている。こちらを操ろうとしているような魅力的な男性にのぼせるわけにはいかない。

女の子たちはみんなスタイルがよかった。胸はほどよい大きさで、ヒップとのバランスも取れていた。エリーはといえば、昔から砂時計のような体型だった。いまはその体型にふさわしい服を身につけていた。化粧もきれいに直してあるし、髪はおろしていた。

ライリーと顔を合わせる準備はできている。

結局のところ、こちらも相手をうまく利用しようとしているようなものだ。契約書を見てもらうだけではなく、ドルー・ローレスに近づくために必要としているのだから。

残念ながら、ドアをあけてみると、玄関先に立っていたのは妹とコリンだった。

妹のシャリは仏頂面をしていた。だが、まえに本人から聞いた話によれば、しわの原因になるから笑わない主義なのだという。「よかった、あのオフィスじゃなくて自宅にいて。あそこはいやだもの。こっちのほうがましってわけじゃないけど。ねえ、話があるの」

エリーは血圧が上がりそうだった。コリンはうつむいたまま、シャリのあとからなかにはいってきた。

持ち株を売り払ったことについて妹をなじってやろうかと思ったが、そんなことをしてもなんの意味もないだろう。七つの歳の差があり、ふたりのあいだにはいろいろな波風が立っていた。シャリは甘やかされて育った二番めの子だ。エリーの母が自動車事故で亡くなったあと、美人だけれど、あまり頭はよろしくないモデルと父は親しくなり、再婚した。クリッシー・ストラットンは性根が腐るほど娘を甘やかし、無秩序な放任主義が娘にどんな影響をあたえるのか考えもしなかった。クリッシーが乳癌《にゅうがん》で他界したあと、エリーは妹を引き取ってしつけようとしたが、すでに手遅れだったのだ。

「なにがいるの？」話すことなどなく、いきなり本題にはいるしかなかったが、その本題はといえば、欲しいものがあるという用件に相場は決まっていた。

シャリは目をぐるりとまわした。「言ってくれるじゃない？　もっと感じよくしてもいいでしょ。ブルックリンくんだりまで会いに来てあげたんだから」

シャリはめったにマンハッタンから出ない。出るときは、パリやミラノといった異国情緒のある街が目的地だ。十五歳のときからモデルの仕事をしているのだが、稼いだ端から使っていた。

おそらくエリーの稼いだ分も使っている。結婚が破綻し、コリンが半分を手にしたエリーのお金もいまではシャリのものなのだから。

「わたしに会いに来たわけじゃない。欲しいものがあるのでしょうよ。迎えに来る人がいるから、早くして」妹と元夫を一刻も早くアパートメントから追いだすためなら、どんな口実でも使ってやるわ。

このずるずるした関係をライリーにだけは知られたくない。プロ意識が高く、ものごとを仕切れる人物だと思われなくてはいけない。妹を相手にするときほど、思うようにことが運ばないとつくづく思い知らされるのだが。

「デートか？」コリンは目を丸くして尋ねた。

出会ったとき、コリンは仕事でキャリアを積むことに真剣だった。会計学の講座を取っていて、エリーの協力のおかげで試験に合格したのだった。ふたりは友だちになり、やがて恋人同士になった。コリンと結婚するのは自然なことに思えたのだ。

いまは本人を目のまえにしても、誰だかすぐにはわからなかった。かつては魅力的な人だったが、いまはボーイズバンドの脱退者のようななりをしている。あんなに髪がばさばさと顔にかかっていたら、ものが見えるのか疑わしいところだ。

「そうよ、デートよ」セクシーでハンサムな男性がじつは顧問弁護士だなんて言うものですか。このふたりに知らせる必要はない。

シャリはため息をつき、肩にかけたばかばかしいほど高価なシャネルのバッグをかけ直した。「最近はネットでどんな出会いがあるのか知らないけど、そういう相手と鉢合わせするのはごめんだわ。いいわ、はっきり言う。現金がいるの」

「ATMに行きなさい」妹はつねに現金を必要としている。

「顔写真を更新しないといけないの」シャリが説明した。「押しかけちゃって悪いけど、ほかに頼みに行けるところがないのよ」

エリーはコリンに顔を向けた。「あなたのガールフレンドでしょ。写真を撮らせてあげたくないの?」

コリンは目を合わせようとしなかった。「先立つものがなくてね」

エリーは気づくと、口をあんぐりとあけていた。「去年、一千万ドルあったでしょう?」

離婚でコリンの懐にはいったお金だ。持ち株を保有しておくためにエリーが元夫に支払わざるを得なかったお金。

シャリの遺産相続分は残念ながら信託基金に固定され、二十五歳になるか、大学を卒業するまでは引きだせない。株式も同様に固定しようと父が考えていてくれたらよかったのだが。

「それが……その、投資でちょっとへたを打ってね。だから金がいる。大金じゃない。二万ドルもあればじゅうぶんだ。借りた金は返すから」とコリンは力説した。

依存症になっているのだ。コリンの好みの麻薬は株取引で、無謀なやり方で投資している。それが結婚生活で口論の種だった。コリンは生半可な考えで、資金を出してくれるものとエリーをあてにしたものだった。コリンの出費にはきびしく目を光らせざるを得なかった。地下鉄で乗り合わせた男から聞いた注目株とやらの情報をもとに、ほいほい大金をつぎこんだりするからだった。つねに裏をかこうとして、博打に出る。

一生懸命に働いて積み重ねてきたものはすべてコリンに台無しにされたのだ。

泣きたくなったが、このふたりのまえで泣こうとは思わない。

「だめよ。融通できるお金はいまないの」とエリーは言った。「ローンを組むか、エージェントに頼んで撮影代を出してもらいなさい。わたしは貸せないわ」

会社を手離さずにいるには、あり金をすべてつぎこむことになりそうなのだ。

シャリは口を一文字に結び、目を吊り上げた。「あたしの面倒を見るって、ママに約束したくせに」

そう、妹は罪悪感を利用することを恥とも思わない人間だ。たしかに、シャリに目を配るようにする、と継母に約束することは約束した。実際にその努力もした。「それはあなたが十代のころの話よ。わたしの夫を寝取ろうとするまえの話。だからもうあなたを助けるつもりはない」

誰にも彼にも踏みつけにされるのはもうおしまい。

「仕方なかったのよ」シャリは目に涙を浮かべた。ここぞというときに泣いてみせるのは大の得意だ。「あれは恋だったの。姉さんにはわかりっこない、だって自分の夫を愛してなかったんだから。一度も人を好きになったことなんかないのよ」

「エリー、いつまでも彼女を恨んでいるわけにいかないだろ」とコリンが言った。「妹なんだから。残されたたったひとりの身内なんだからな。きみもわかっているはずだ、ぼくたちの結婚がだめになったのは、シャリとぼくが恋に落ちるずっとまえのことだったって。きみは仕事ばかりして、結婚生活にもぼくにもすこしも時間を割かなかった。言っちゃなんだが、セックスにも興味がなかった。信じてくれる相手をぼくが見つけて驚いたか？　求めてくれる相手をぼくが見つけて？」

「そんなことを聞かされるのはもうたくさん」小言ばかり言って自由にはばたかせてくれない、とエリーは何度となく文句を言われたのだった。ぼくの投資にお金を出そうとしない、だから、しくじったのはきみのせいだ。自分が一人前の男だと思わせてくれたのはシャリだ。「ふたりとも帰ってちょうだい。あなたたちにあげるお金はびた一文ないわ」

「だったら、株は売らなきゃだめよね」シャリは強情そうに口を結んだ。

コリンは肩をすくめた。「こっちにはその手もある。売りたいときにいつでも売れる。なんだかんだ言って、あの会社はきみの命だ。株を売却させるわけにはいくまい」

はいはい、そう来るとはね。血圧が急上昇するようだ。こっちをだませると思っているの？　ライリー・ラングが実力を発揮して切れ者であるところを見せていなかったら、こちらもあのふたりにしてやられていたかもしれない。悪い知らせを聞かされて憎々しく思ったけれど、そのおかげでこの対決に備えることができたのだ。「もちろん売れるわよ。わたしに売ったらどう？　ええ、そうなさいな。市価の二倍払うわ」

妹は顔を青ざめさせ、一瞬ことばを失った。「パパが遺してくれたものはあれしかないのよ。姉さんに取られてたまるもんですか」

出ていきなさいとエリーが妹に言おうとした矢先、またもやノックの音がした。なんて間が悪いの。不実な妹と元夫の二人組と角突き合わせている現場をセクシーな弁護士さんに見られることだけは避けたいのに。

エリーは全身を緊張させて、ドアをあけた。案の定、訪問者はライリーだった。服装は昼間よりもカジュアルで、白いシャツにズボンという恰好だった。ネクタイははずされており、小麦色に日焼けしたたくましい胸板がちらりとのぞいている。

「やあ、エリー。支度はできているかい？　一ブロック先にイタリア料理を出す雰囲気のいい店を見つけた」深みのある声に女性ならではの恥部が刺激された。この人とふたりきりで出掛けるべきではない、また別の証拠だ。

エリーは戸口に立ちはだかり、ライリーの目から室内の様子を遮ろうとした。「こんにちは。じつは、不意の来客中なの。雰囲気のいいお店って、〈マリオの店〉のことね？　十分後に落ち合うから、先に行っていてもらえない？」

「あるいは、紳士らしくきみを待っていてもいい」ライリーは身を寄せてきて、エリーの手に手を伸ばした。彼が体をかがめると、アフターシェーブ・ローションのにおいがした。「なかに入れてくれ、エリー。困っているなら、力になれる。それがぼくの役目だ。きみの人生を楽にするためにここにいる」

〝お客さま〟に話を聞かれたくない気持ちを察したかのように、ライリーは小声で話していた。

エリーもそれに合わせて声を落とした。「妹がボーイフレンドと来ているの」

シャリのボーイフレンドはかつての自分の夫だと説明をつけ加えるのは憚《はばか》られた。それだけでも、エリーはいたたまれない気持ちだった。ディナーの約束は仕事がらみの食事会だとこのふたりにすぐにばれてしまうかと思うと、恥ずかしさで肌がほてってくるようだ。

この人にデートに誘われるわけがない。お話にもならない。

ライリーは口もとをほころばせ、この上なくセクシーにほほ笑んだ。「ぼくがうまく対処する。客人にはさっさとお引き取り願おう。じつはかなり飢えている」

〝飢えている〟と口にしたときの声はあたかも低いうなり声のようで、エリーは肌がさらにほてった。

どうしてこの人はほかの弁護士のようじゃないのかしら？　これまでに会った弁護士は皆、退屈で、面白みがなかった。腹筋を鍛えるよりも、相談料の時間計算に興味を示す人ばかりだった。

新しいボーイフレンドとして妹にライリーを金で買わせはしない。

エリーはうしろに下がり、ライリーをなかに通した。

ライリーはまったく予想外の行動に出た。手を左右とも上げて、エリーの顔を包みこんだのだ。そして片手を首の裏側にまわし、うなじにあてがうと、エリーを引き寄せ、顔をうつむけて、口と口を近づけた。

「ほんの数時間がこれほど長かったのは初めてだ。きみのオフィスを出てから午後は時間の流れが遅かった。結局、きみのことしか考えられなかったよ」

エリーが抗議の声をあげるより早く――抗議するつもりがあったとして――ライリーの唇で口がふさがれてしまった。強引に唇を奪われたわけではなかった。もともとキスはそれほど好きではなく、それはいつも面倒くさい気がするからだった。けれど、ライリーとはちがった。ぜんぜんちがう。ライリーのキスはいかにも彼らしいキスだった。シルクのようになめらかで、それでいてたまらなく情熱的だった。エリーは瞬く間に体がとろけ、離婚のしばらくまえからしていなかったことをライリーに許しながら、その場に立ちつくしていた。

彼の腕に抱かれ、胸が触れ合うと、またしても厄介なことに、心ならずも胸の先端が反応した。

ライリーは忍び笑いを洩らし、唇を離した。「出前を頼むべきかな」

「あんた、誰なんだ？」とコリンが尋ねた。

エリーはぎょっとした。ふたりきりではないことを一瞬忘れてしまっていたのだ。体の向きを変えたが、ライリーがするりと腕をまわしてきた。

大きなてのひらがヒップにあてがわれ、そこから離すつもりはないと知らしめる程度に手に力がこめられた。「ライリー・ラング。エリーの……弁護士だ」

〝弁護士〟のまえに意味ありげに間が空き、エリーは思わず赤面した。

「株式譲渡契約の件で力になってもらっているの」

「いろいろなことで力になっているみたいね」シャリはライリーの全身をじろじろと眺めまわし、目にしたものを気に入ったようだった。「あたしも弁護士さんを頼もうかしら」

ライリーはエリーにまわした腕にさらに力をこめ、彼女を引き寄せた。「悪いが、エリーにかかりきりになりそうだ。ついていくのが大変でね、どういう意味かわかる人にはわかるだろうが。しっかりと見守らなければ。誰にも食いものにされないように。ところで、ご機嫌伺いに来たのか、シャリ？　シャリと呼んでもいいね？　ご機嫌伺いでないのなら、おおかたお姉さんからまた金を借りることにしたんだろう、株を売り払った金を残らずナイトクラブやら新しい靴やらリムジン代やらに使い果たしたから?」

シャリは息をのんだ。「どうして知ってるの?」

「なぜならきみの姉さんの利益を守るために目を光らせているからであり、彼女が自分の仕事ができるように世話を焼くことがぼくの仕事だからだ」そこでライリーはコリンに目を向けた。「元夫だな。へえ、もっと背が高いのかと思った。彼女の男性の好みはおたくよりもずっとたくましいタイプだからな」

コリンは赤面した。「弁護士と寝ているのか? どういうことだよ、エリー?」

「あなたの知ったことではないでしょう」まったく、どの口が言うの? してもいないことを元夫に非難されるとは。エリーは堂々と胸を張り、セクシーな偽の恋人にすこしだけもたれかかった。「わたしたちの関係はごく自然に始まったの」

ライリーはエリーに顔を向けてウィンクした。「そのとおりだ、ベイビー。仕事で彼女と出会って、もう離れられなくなった」

コリンは首を振った。「なあ、きみは頭のいい人かと思っていたよ。タフな女実業家でいることがすべてなのかと。この男はきみで金を稼いでいる。きみを利用しているんだよ。それがわからないのか？」

シャリは顔をかすかに紅潮させ、コリンの手をつかんだ。「もう行くわよ。姉さんには夜の予定があるみたいだから。エリー、これで終わりじゃないわよ。あの株を売ったからって、あたしに〈ストラトキャスト〉の権利がなくなるわけじゃない。もらえるものはもらいますからね。パパとママがあたしに譲りたかったものをもらうわ。あたしを見くびらないで」

ふたりが部屋から飛びだしていくと、エリーは知らぬ間に肩を落としていた。

ライリーはエリーから手を離し、さも満足げに両手をぽんと打ち合わせた。「上出来だ。さあ、ごみ出しはすませたから、食事に行こう。腹ぺこだよ」

おかしなものだが、エリーはすっかり食欲が失せていた。

半時間後、ライリーはエリーのグラスにワインのおかわりを注いだ。エリーはまだわずかに震えているようだった。痩せぎすの妹と愚かな元夫が帰ってからというもの、エリーはやけにおとなしくなった。バッグを取ってきたらどうだと言われると、バッグを肩にかけ、慎重に戸締りをした。連れ立って歩きながら、訊《き》かれた質問にどれも一本調子で返事をした。

まるで人形のようだった。言われるがまま席につき、用意された飲みものを飲み、料理の注文もライリーにまかせた。

たしかにエリーには大変な一日だった。そこにつけこむのはライリーもさすがに気が引ける。だからといって手加減するわけではないが、驚いたことに良心が痛んだ。

「なぜしたの？」

自発的に口を開いたのはそれが初めてだった。「したって、なにをだい？」

エリーの顔はこの上なくきれいな薄紅色に染められた。その赤みがセクシーなVネックの襟ぐりを下へと降りていく。顔も胸もとも赤らめた姿に、ライリーは思わず股間を硬くした。エリーが言った。「わたしにキスしたことよ。なぜあんなふうにキスをしたの？」

ああ、あれか。理由ならいくつもあるが、いちばん切実な理由を答えた。「したかったからだ」

ドアがあき、心細い顔で玄関に立っている姿を見たとたん、エリーをなだめる方法がライリーにはわかったのだ。エリーに手を伸ばすだけでよかった。それだけでふたりのあいだに奇妙なつながりが芽生え、情熱が燃え広がった。エリーに抵抗の気配はまったくなかった。つづけられるものならもっとキスをつづけていてもよかったが、体を離したのはライリーのほうからだった。

エリーの部屋に足を踏み入れた瞬間、彼女にとって自分しかいないも同然だった。そんな気がして有頂天になったが、同時に彼女を喜ばせてやりたい気持ちにもなった。心がかき乱されるような興奮だった。

エリーは手を上げて、テーブルの両サイドをつかんだ。「なにを訊かれているかわかっているはずよ。わたしがひとりきりじゃないとあなたは気づいていた。なぜボーイフレンドのふりをしようとしたの?」

妹や元夫と鉢合わせにならないよう、レストランで待っていてほしかったというエリーの気持ちは透けて見える。彼女が玄関のドアをあけたとき、なにかまずいことになっているのだとライリーはすぐにわかった。妹の姿をちらりと見て、おそらくエリーには助けが必要だと察しをつけたのだった。情けない男とはいえ、夫を妹に寝取られるのは女性としてつらかったはずだ。

「きみはたったひとりで、妹と、妹が寝た夫を相手にしていた。失礼、夫ではなく、元夫か」

エリーは首を振った。「当時はまだ夫婦だった。彼が元夫だとどうしてわかったの?」

「きみの元夫はきみの純資産の半分を手に入れた。ぼくはきみの弁護士だ。これくらいの規模の事案になると、よい弁護士とは法律顧問というよりも軍事顧問に近い。男の趣味が悪いことも含め、きみのすべてを知らなければ、適切に職務を果たせない」

エリーは眉をひそめた。「そんなに大勢のボーイフレンドがいたわけじゃないのよ。どんな趣味かなんて、自分でも知らないわ」

なぜあの見るからに嫌な男と結婚したのか、その理由をライリーはどうしても知りたかった。「あいつのどこに惹かれたんだ？　というのは、ぼくの目には、二十一歳に戻ろうと悪あがきしているまぬけに見えたもんだから」

エリーは下唇を嚙《か》み、目をそらした。「昔からああだったわけじゃないの。実際、出会ったとき、彼は二十一歳だったけど、あのころのほうがずっと大人だった」

率直な話しぶりにライリーは好感を持った。「きみは大学生だった？」

「学部の最終学年だった。二年つきあって、自然の成り行きで結婚したわ。〈ストラトキャスト〉でわたしが仕事につくために、マンハッタンに戻ってきたの。てっきり彼は大学院に進学するものと思っていたけど、ちがう道を選んだ」

「どんな道を？」

エリーは右の眉だけを吊り上げた。「知らないの？」

もちろん知っていた。なにもかも知っていた。「元夫のスイングの傾向はホームラン狙いか？　投資の話だけど」

つまりライリーが呼ぶところの〝荒唐《こうとう》無稽《むけい》な儲《もう》け話に投資するまぬけ〟のことだ。そういう連中は地道に金を稼ごうとはしない。濡れ手で粟《あわ》をつかもうとする。ただ出塁すればいいだけのときに満塁ホームランを狙って大振りをするのだ。

たったひとつの思いつきで何百万ドルも稼ぐのは本物の天才だけだ。ドルーがそうだった。

エリーは肩を怒らせた。「あの人は安易な解決策がよかったの。手軽な金儲けの手段に走った。最初はそうじゃなかったわ。ひところはとても理知的な人だった。そんなところに惹かれたの。世界に関心を向けていて、政治から社会正義、ふたりで観た映画まで、あらゆることを話題にしたわ。彼は変わってしまったの。わたしは変わらなかった。わたしとつきあったせいで彼はああなったと、ある意味で責任も感じているわ。わたしの父が身近な存在になって、本物のお金持ちを知って、自分もお金が欲しくなったのでしょうね。出会ったとき、彼の夢は教授になることで、学生に指導したいと思っていた」

少なくともエリーをここまで誘導した。彼女は話をしている。さあ、今度は耳たぶの近くまで怒らせている肩の力を抜いてやらなくてはいけない。一瞬だけ、抱き寄せて唇を重ねたあの瞬間、エリーは緊張をほどき、身をゆだねてきた。体の力が抜け、もたれかかってきた。もうひと押ししていたら、どうなっていたかわかったものではない。部屋にほかにも人がいることをすっかり忘れ、エリーはキスをつづけていたかもしれない。こちらは彼女の曲線のふくらみを手で包みこんでいたかもしれない。伸ばしたいところに手を伸ばせていたかもしれない。

ふたりきりではないことをエリーは気にもしなかった。彼女の頭にはぼくのことしかなかった。

「大学院には進まなかった。ひとクラスも授業を受け持つこともなかった。きみの言うとおりだろうな。安易な解決策がよかったんだろう。それをきみがあてがってやった」ライリーはエリーについて少々調べていた。仕事の取り組み方に特徴があると有名だった。「きみは従業員の自尊心をくすぐるのをかなり得意としている。思うに、夫にも同じことをしていたんじゃないだろうか」

この上なく無愛想な発明家を連れてきて、チームの一員として溶けこませることでも有名だった。

それはエリーの才能だった。〈ストラトキャスト〉の経営者としてエリーが適任かよくわからないものの、研究開発部門の管理をまかされるべきであるのはまちがいない。下調べとして従業員に話を聞いたところ、大部分がエリーを敬愛していた。父親が強権的に支配していたのに対し、エリーは従業員をうまくおだてて仕事をさせていた。

きわめて優秀なソフトウェア開発技術者を引き抜いて、〈ストラトキャスト〉の業務を改善したのはエリーの手腕だ。

エリーは事情を知らないのだが、その技術者をドルー率いる〈4L〉から奪い取っていた。これについてはエリーを褒めなくてはならない。ドルー・ローレスが負けることはめったにない。勝つのがあたりまえなのだ。

「最初はわたしも頑張ったわ」エリーは認めた。「あの人の言うことにも一理あるのよ。わたしは途中であきらめちゃったの。あの人がいい仕事を見つけると、わたしは大喜びして励ましたものだった。でも、そのうち仕事をやめてしまうの。もっといいことを思いついたとか、上司と衝突したとか、そういう理由で。わたしはだんだんオフィスに残っているほうが楽になって、骨身をけずって仕事に打ちこんだ。父がいずれ引退することもわかっていたし、そうこうするうちに父は病気になった。だから、やるべきことが山ほどあったの」

「彼は理解するべきだった。いい夫ならきみとの結婚生活をつづける努力をした」調査報告書によれば、あのへっぽこ亭主は義父が病気のさなかにエリーを捨てたのだという。

コリンはシャリの信託基金のことを知っていたのだろうか。おそらく知らなかったはずだ。あのカップルがあと二年持つかどうか、これは見物だろう。

コリンが金をもらうのかと思うと、ライリーは嫌な気持ちになった。コリンとシャリの仲を引き裂くのは、楽しいおまけになるかもしれない。

エリーは肩をすくめ、ライリーが注文したピノ・ノワールをまたひと口飲んだ。

「ものごとには裏と表があるものだわ。いろいろな意味で、ふたりとも結婚するには若すぎたんだと思う」

「なぜ結婚したんだ？　最近は結婚せず、ただ一緒に暮らしているカップルも多い」

「スタートさせたかったの」エリーは説明をした。「自分の人生をね。わたしは隔離された環境で育ったの。女子高に通って、高校はとても厳格な全寮制の学校だった。大学にはいったとき、自分の人生を始めたいと思ったの。自分らしいことがしたかった。昔からずっとせっかちな性格だったの。落ちつきなさい、と母にはよく言われたわ。子どものころはそれができなかった。欲しいものがあると、そこに突進してしまう子だったわ」

これは意外な話だ。エリーから自信を奪ったのは結婚だったのではないかと思っていた。あるいは、頑固な父親の下で働くようになったからではないかと。「それは欠点じゃないさ。ぼくにもそういう傾向があるが、欠点とは思わない」

ほんとうはなにが欲しいのだろうか、と考えてしまうことはあるにはあるが。子ども時代を台無しにした連中を破滅させる目標に向けて人生の大半を過ごしてきた。それが終わったら、なにが欲しくなるのだろう？　この道の果てにたどりついたとき、世界はどう見えるのか。

「さっきあなたに言われたように、たしかにわたしは男性の趣味が悪いわ。そのせいでここ何年もごたごたしてしまった。当時のわたしは、大人になりたかったの。〈ストラトキャスト〉で仕事をして、家庭を持ちたかった。コリンを愛していると思っていた。だから結婚したの」エリーはグラスをおろし、首を振った。「こんな話、死ぬほど退屈させちゃうわね。あなただって今夜、心理カウンセリングの会を開きたいわけではないでしょうし。そういえばどうしてミーティングを開くことにしたの？」

「ミーティング？」わかりやすい態度だったとライリーとしては思っていたのだが。

ウェイターがサラダをテーブルに並べ、エリーの胸もとを直視した。「ほかになにかご用命はありませんか、お客さま？」

エリーは顔を上げ、にっこりとほほ笑んだが、その笑みに媚《こ》びはまったく感じられなかった。このウェイターが気を引こうとしていることに彼女は気づいていないのか？「とくにないわ、ありがとう」

ウェイター野郎はエリーにウィンクまでよこした。

「こちらもけっこうだ」ライリーはあてつけるように言った。

「かしこまりました」ウェイターはテーブルをあとにした。

男たちにちらちら見られていることにエリーは気づいていない。そもそも自分の美しさにまったく気づいていないようだ。たしかに、きれいではあるが、正統派の美人ではないかもしれない。痩せぎすの妹のように雑誌の表紙を飾ることもないだろう。シャリには写真映えする高い頬骨があるが、エリーは蜂蜜に群がるハエさながらに男たちを惹きつける無垢《むく》な色気を漂わせている。

無垢といっても処女性ではない。処女膜があってもなくても、ライリーはどうでもよかった。女性の性についてはまったく別物だ。ベッドに連れていったら、エリーは恥ずかしがりはしないのではないか、となんとなく思った。思わせぶりな態度もしないだろう——男を手玉に取るような性質《たち》でもない。

エリーはため息をつき、もうひと口ワインを飲んだ。「このワインはほんとにいいわね。いつもは白ワイン派だけど、これはすごくおいしいわ」

そう、喉に流しこむものと同じように、彼女はセックスにも夢中になる。自分を抑えたりせず、無邪気に快楽を求めるだろう。

レストランにいながらライリーは股間を硬くしていた。こんなことは初めてだ。自分を律してきたのだから。つねに。それは養護施設に入所した一年めに学んだ教えだった。〝かっとなるな。気をゆるめるな。つねにおのれを律し、まわりの状況を把握しておけ〟

一度ひどく殴られて身につけた教訓だ。

「気に入ってくれてよかった。それから、これはミーティングじゃない。デートだ」

エリーは目を見開き、また顔をぽっと赤く染めた。ビジネスの世界では成功しそうにない理由はこれだ。この女性は嘘をつけない性分だ。赤面していることから察するに、こちらは彼女に影響を与えているとわかろうというものだ。

「デート？」エリーは疑うように右の眉を吊り上げた。ライリーは彼女の反応を引きだしはじめた。「どうしてわたしをデートに誘おうなんて思ったの？」

正直に話さなければ、どんな理由を挙げても見透かされてしまうのではないか、とライリーはなんとなく思った。「きみと寝たいから。まずはデートをするのが昔ながらのやり方だ。ほら、男は女性を普通二回以上はデートに連れだす。でも、こういうことに関して、社会通念を無視したければ完全に無視してもいいだろう。二、三度デートして、おたがいの気持ちを確かめてもいいし、とりあえず最後まではしないで、いちゃいちゃしてみてもいいかもしれない。その上で判断すればいい。ぼくが何度も絶頂に導いて、きみに悲鳴をあげさせる男かどうか」

エリーはまた目を丸くしたが、笑みも浮かべていた。「驚いたわ、弁護士さん。売りこみがお上手ね」

「交際の流れについては冗談で言ったわけじゃない。きみはとても現代的な女性だ。自分にふさわしい進め方でつきあうべきだな」女性を口説くのは久しぶりのことだった。「最後の質問の答えを出してみようか。絶叫するほどの絶頂についての質問についてはイエスだ。ぼくこそそれができる男だ」

「そう、少なくともあなたは自信家だってことね」エリーはくつろいだ様子でライリーを見つめた。「いつもこんなふうにぐいぐい行くの？」

「ああ。きみが控えていると言っていたことをぼくはしている。欲しいものを見ると、それを追い求める。今日きみに会って、広報用の写真とはちがうと気づいた。流行遅れのビジネススーツなんか着てなんのつもりだったんだ？　おだんごの髪型も？　いまの恰好のほうがきみはすてきだ」ライリーはＶネックの襟もとにちらりと視線をおろした。エリーに惹かれている事実について誤解を招くのは望ましくない。

彼女に惹かれるのは容易なことだ。

「父にはビジネスウーマンはかくあるべきという厳しい基準があったの。わたしの体重を弱さのしるしだとも考えて、なるべく体を隠すべきだと言われていたわ」エリーは椅子に背をもたれた。「父はいけすかない人だった」

ライリーはくすりと笑ったが、思わず胃がよじれた。エリーの父親は人殺しに加担したひとでなしだ。「それでパパが死んで、自分の殻から出てきたのか？」

「変化が必要だったの。コリンと結婚した自分である必要はもうないわ。長年父親に自分の人生を左右させられていた女性である必要はなくなった。だから自分を隠していたものを全部捨てて、気分がよくなる衣服を買ったの」エリーは顔をしかめたが、鼻にしわを寄せる可愛げのある表情だった。「昔のスーツを捨てなければよかったと思うこともあるわ。鎧《よろい》のようなものだったから。調子のいい日は、自信を持てるわ。でも、たいていいつも、自分の服装が人にどう思われるのかなんてべつに気にしない。でも、昔のように体の線を隠したくなることもじつはあるの。ちょうどいまみたいに」

「なぜいまなんだ?」最大限の努力を払って、魅力的な男を演じているというのに。

「公私混同はあまりよくないと思うの」

「仕事を別としたら、私生活はあるのか?」

「とくにはないわ。出会い系サイトも試してみたけど、うまくいかなかった。たぶんいまは仕事に打ちこむべきなんだと思う。女はつねに男性がいなくても生きていけるの。でも、弁護士さんは必要よ」エリーはまた体を引いて、ライリーを値踏みするような目で見つめた。「あなたは予想していた人じゃなかったけど」

なぜならエリーにとって弁護士といえば父の顧問弁護士たちだったからだ。エリーを相手にしそうにない年配の男性たち。なぜ相手にしそうにないかといえば、学校の制服を着ていたころからエリーを知っているからであり、頭のいい女性は拒絶するものだと教えられてきたからだ。

「それはよかった。なぜかと言えば、きみもぼくの予想とはちがったからだ。ぼくのなにが気になるのか教えてくれ」

エリーはどう返事をするべきか考えているのか、ふと黙りこんだ。衝動的に行動しないようにしているようだったが、ライリーとしては膜を剝がすようにその警戒心を剝ぎ取らなくてはならない。やがてエリーは口を開いた。「あなたはわたしのことをいろいろ知っているようだから不安になるの。以前の弁護士たちはしょっちゅうわたしの名前も忘れているようだったのよ」

「ぼくの顧客は二社だけだ。〈ストラトキャスト〉と〈4Lソフトウェア〉を受け持っている。ロースクールを卒業してすぐに〈4L〉に雇われた」嘘はついていない。ライリーがロースクールに進学したのは兄が家族以外は誰も信用しないからだった。最初はハッチの古い友人に法律顧問を頼んでいたが、ライリーが資格を取得すると、ドルーはすぐにすべての業務をライリーにまかせたのだった。

この一件が終わったあとも弁護士稼業はつづけられるだろうか。

「〈4Lソフトウェア〉はもっと経験豊富な弁護士を雇おうとは思わなかったのかしら？」とエリーが尋ねた。「だって、あの人は国内でも指折りのお金持ちでしょ。学校を出たばかりの新人を起用したとは驚きだわ」

説明なら用意してあった。「ぼくたちは大学時代に友人になった。ドルーは忠誠心を大事にしているのさ」

「なるほどね。それなら理解できるわ」エリーはテーブルに両手を置いて、背筋を伸ばした。「なぜあなたは〈ストラトキャスト〉の仕事も必要なの？〈4L〉の収益にわたしは足もとにもおよばないわ。格がちがうもの。〈4L〉の仕事だけであなたは手一杯なんじゃないかしら。あちらとは時給計算で契約しているの？　それとも、社内の一部門に所属しているの？」

　ライリーは会社の大きな割合を所有していたが、それをエリーに話すつもりはない。

「相手がドルーでも時給では請求しない。きみに提案した契約と似たような契約をしている。ぼくの業務に対して、きみは同意に基づき株式をぼくに譲渡する。その見返りにきみはぼくの頭脳と経験を利用する」

「その書類にはまだサインしていないわ。あなたの求める株の数は少なくなかったから」

　ライリーもばかではない。エリーはすでに決断をくだしている。そうでなければ、ここに一緒にいるわけがない。書類はなんの意味もない。「だが、ぼくの提供するサービスはきみが手離すものよりもはるかに価値があるといずれわかる。これははったりでもなんでもない。ぼくの仕事は、きみがきみの仕事をできる環境を整えることだ。ぼくは〈４Ｌ〉の法務部を油をきちんと差した機械のように動かしている。ぼくの雇ったチームにボスもようやく満足したから、ぼくもすこしほかの仕事をする余裕ができた。そういうわけで、またべつの挑戦をしてみたいと思っている。きみの開発している冷却装置は、従来のコンピュータをはるかにしのぐ影響力がある。量子コンピューティングにどんな意味をもたらすか考えたことはあるかい？」

市場で最速の機械には小さな問題点がある。まだ実験段階だが、試作機は計算も動きも速いため、ほぼ絶対零度（マイナス約273度）でのみ機械が駆動する。

この問題を解決した人物は巨額の金を稼ぐはずだ。

エリーはにっこりとした。自分がなにをしているのかわかっていることを物語るセクシーな笑みだ。「口外しないようにしているの。好意的な取材も断ったわ。生産準備がととのうまえに情報を流したくないの、おそらくあと一、二年は。そうね、可能性は理解しているわ。開発について秘密にしておこうとはしているけれど、実現性をちらつかせて投資家を引き寄せてもいる。数週間以内に試験も予定しているから、かなり注目を集めるはずよ」

「事業についてはすでに調べてある」ライリーは断言した。「この手の革新的な技術に集まる金は問題を起こしやすい。そういう問題を解決するにはぼくのような人物が必要だ。ぼくが代わりにやるから、きみは手を汚す必要はない」

「だからわたしの私生活をすべて知る必要があるということなの？」

ライリーは兄の右腕だ。この関係がどれだけエリーのためになるか納得させなければならない。エリーはこういう関係がうまくいくタイプの重役だ――こちらが誠実ならば。「そのとおりだ。きみは通信技術分野の大手企業の最高経営責任者《CEO》に就任する。きみに関するあらゆることが会社の攻撃に利用されかねない。株価を操作したり、きみを貶《おとし》めたりして。冗談で言ってるわけじゃない。ここまで来ると、ビジネスは戦争だ。きみに将軍役を務める覚悟があるのかわからないが」

「わたしがそれほどタフではないと思うの？」挑発のつもりで訊いたとは思えないが、エリーはすでに答えを知っているようだった。

「きみがタフであるべきだとは思わない。ぼくが思うに、きみは頭がいいから、よきリーダーなら権限を委任するという心得がある」

エリーはまたもや眉を吊り上げたが、今度はワインをたっぷりと喉に流しこんだ。

「よきリーダーなら話がうますぎるときには裏があるという心得もあるわ」

「いや、話がうますぎるってことはないさ。ぼくは冷酷なやつだよ。買いかぶらないでくれ。ぼくがいまきみの弁護士としてここにいるのは、レベルアップするためにきみの会社が必要だからだ。〈ストラトキャスト〉でたっぷり金を稼ごうってわけだ。ひとりの男としては、きみのことをもっと知りたいからだ」

「てっきりあなたにはすべて知られているのかと思っていたわ」エリーはライリーをじっと見つめながら言った。

「仕事に関してはそうだ。さっきも言ったように、きみは予想していた人物とはちがった。それに、ぼくには私生活はない。仕事づけの毎日さ。出会いがあるとしたら、仕事で知り合う相手だろう。長所を挙げるとするなら、うまくいかなければ、きみはいつでもぼくをクビできるってことだ」

「いいえ、それはできない契約でしょ」エリーは反論した。「ひとたび契約したら、相当な大金を支払う覚悟がなければ、あなたを解雇できない。なぜ従来のやり方で契約するべきではないか、納得できる理由を教えて。なぜただたんに弁護士を雇って、時間単位で料金を支払って、必要なくなったら支払いも発生しないというやり方ではだめなのか。あなたを雇うと、莫大なお金がかかることになるのよ」

金はエリーにとってささいなことだ。〈ストラトキャスト〉内部にはライリーが操作するまでもなく利用できる問題がある。エリーは一般の従業員たちからは崇《あが》められているものの、重役クラスのなかにはエリーに会社の運営をまかせるべきではないと考える者たちもいる。「ぼくはすでにきみがひと財産失う危険を未然に阻止した。例の株式譲渡契約書はそちらの法務部ときみの父上の弁護士たちにも見てもらってある。例の条項について誰からも指摘がなかった。それはなぜだ?」

エリーは口もとをこわばらせた。「指摘しないよう買収された可能性が高いわね」

食いついた。あとはリールを巻いて引き寄せるだけだ。「CEOらしい思考になっているね。そう、時間単位で雇えば、第三者に忠誠心を買収されることもある。ぼくの報酬はきみときみの会社の最大利益に直結している。ぼくはきみの擁護者になる。ぼくを買収することは誰にもできない。すでにきみに買われているからだ」

「なるほどね。そんなふうに言われると、ビジネスがいかに汚いものかいやでも思いだすわ」

ライリーとしてはちょくちょく思いだしてもらいたかった。そうすれば、きびしい状況になったとき、エリーに頼りにされるだろう。子どものころから知っていた男よりも、こちらに信用を置くことになる。「だからこそ、きみにはぼくが必要だ。きみは自分の仕事が好きで、従業員と仕事に取り組むのが好きだ。あとのことはぼくにまかせればいい。株式譲渡は難航が予想される。きみは楽勝だと思っていたが、契約書のあの条項がはっきり示しているように、きみのビジネスパートナーは戦うつもりでいる」

「彼からそんなことをされるなんて思ってもみなかった」エリーは深く息を吸い、手つかずのサラダに視線を落とした。「てっきりかわいがられているものだと思っていたの」

「そういう気持ちはあるのかもしれないが、この手の交渉に情をはさむものではないとカスタラーノはわかっている」ライリーは手を伸ばし、エリーの手に手を重ね、ぬくもりを感じた。「ぼくに仕事をさせてくれ、エリー。きみの面倒をぼくに見させてくれないか」

エリーが顔を上げた。その心細そうな目の色を見て、ライリーはあたかも鹿を仕留めようとするハンターになった心地がした。彼女はうなずいた。「いいでしょう、契約書にはサインするわ。でも、ほかのことは考えさせて。いい考えなのかまだわからないから」

そう言いつつも、エリーは席を立ちはせず、フォークを手に取った。まだ望みはある。

その望みをなんとしてもかなえてみせる、とライリーは思った。

4

注文するつもりはなかったケーキの最後のひと口をエリーは平らげた。デザートを載せたワゴンをテーブルに呼び寄せたのはライリーだった。エリーは断ろうとしたが、ライリーは甘党が大喜びしそうな大きなチョコレートケーキを注文し、エリーにフォークを手渡したのだった。

なにを隠そう、エリーはチョコレートに目がなかったが、しばらくまえからデザートを楽しむ余裕がなかったのだ。昨年は仕事を詰めこみすぎて、通常の夕食の時刻をはるかに超えるまで残業していたので、なんであれチームの面々が食べているものや、電子レンジで調理できるものをお腹に入れて食事をすませていたのだった。

生活らしい生活はどこかに消えてしまったように思われた。だからなんだと言うわけではなかったが。離婚してから、エリーは仕事だけに打ちこんでいた。最近では気晴らしをすることもめったにない。

それがいま、ライリー・ラングとお楽しみに耽ることを考えている。最後においしいデザートを食べたのがいつだったか思いだせないとするなら、満足のいくセックスをいつしたのかも思いだせなかった。

近ごろはバイブレーターにさえ飽き飽きしているのはたしかだ。

「なぜ父親の会社にはいったのか教えてくれ」ライリーは体を引き、〝ぼくは捕食動物ではないけれど、きみを食べようかな〟とでもいうようなくつろいだ様子でボックス席の背にもたれた。「きみの父上はいいお父さんではなかったようだが」

これまで出会ったことがないほどセクシーな男性が、どうしてわたしの弁護士さんじゃないといけないの？　エリーはあの射るような目を見つめてしまうのではなく、彼の質問にどう答えるか、意識を集中させようとした。「たしかに父は善人ではなかったわ。父の会社だからというよりも、会社自体が決め手だった。全寮制の学校に進学したから、ほとんど自宅にはいなかったけれど、夏のあいだは帰省していたの。その学校は意地悪な女子生徒たちにとって、大げさにいえばサバイバル映画の『ハンガー・ゲーム』のようなところだったと理解してもらわないとね。わたしはクラスで浮いていたわ。ほかの女の子たちより大柄だったの。発育も早かった」身ぶりで自分の胸を指し示した。「それに、ファッションやポップミュージックにたいして夢中にならなかった。わたしが好きなのはSFドラマの『ドクター・フー』で、スティーヴン・キングの小説やロマンス小説を読んでいたの。町に古本屋さんがあって、安いペーパーバックを買いこんだものだわ。実家は裕福だけれど、お小遣いは限られていたから。ほかの子たちは化粧品を買ったり、変質者じみたおじさんに頼んで煙草やビールを買わせていたりしたけれど、わたしは本の山をかかえて寮に帰ったものだった」

「本にかじりついている姿が目に浮かぶようだ」ライリーはピノ・ノワールを飲み干した。「つまり、きみは自宅にはあまりいなかったということだね」

「ええ。六歳のときに母を亡くして、その後父が再婚して、シャリが生まれた。継母とは問題なかったの。いい人だった。でも、金持ちの妻という地位に満足しているだけで、子育ては放棄していたの。だから、夏休みに帰省すると、妹のベビーシッターにわたしも面倒を見てもらっていたのよ。さすがに十歳くらいになると、わたしの世話までベビーシッターにまかせるのはどうかと父も思ったようで、わたしを仕事に連れていって、郵便集配室でおとなしく本でも読んでいるようにと言い渡された」

「夏のあいだずっと？」ライリーは声をひそめて尋ねた。

お金持ちのかわいそうな女の子。それがエリーだった。「一週間くらいつづいたわ。

そのあと、スティーヴンが降りてきたの。アシスタントがいてもいいだろうと彼は決めて、社内を案内してくれた。不思議な話だけど、わたしは研究開発室に落ちついて、そこのマスコット的な存在になった。いわゆるおたくの人たちとウマが合ったのね。話についていけたの。はっきり言って、わたしは数学の天才じゃないけれど。あの人たちは孤独な少女によくしてくれた。それ以降、夏休みとクリスマス休暇は研究開発室で過ごすことが楽しみになったの」

「愛社精神が育まれたってわけか」

実家の自分の部屋よりも研究開発室にいるほうがまるで自分の家にいるように居心地がよかった時期が子ども時代にあったのだ。理数系の才能に恵まれなかったことを恨めしく思ったものだ。「会社と会社の未来に恋をしたのよ。わたしがビジネススクールに進んだのは、それが期待されていた道だということもあったけれど、わたしもなにかに貢献できるのではないかと気づいたからでもあった。研究開発以外のことならわたしにも担当できる——取締役会に提出する膨大な報告書や、予算案、広告、マーケティングといったことならね。外部に向けた業務をわたしが管理すれば、開発者は自分たちの仕事に専念できる。世の中をよりよくする仕事に専念できるというわけよ」

「これは驚いた。ずいぶん優等生だな」ライリーは首を振った。「よりよいインターネットに身銭を切らせる以外にも、〈ストラトキャスト〉のような企業が世のためにできることがあると、まさか本気で考えているわけじゃあるまい」

この人が皮肉屋だとはね。エリーは肩をすくめた。皮肉屋とは議論はしない。なにを言っても考えを変えられっこないからだ。「より快適なインターネットは万人に求められているわ。そろそろ出ましょうか？」

ライリーは手を伸ばし、エリーの手をそっとにぎった。「ちょっとからかっただけさ。きみの本心をぜひ聞かせてくれ」

どう言えばおめでたい人のように聞こえないだろう？　でも、おめでたく聞こえたところでなにが困るの？　どんなことにかかわることになるのか、この人に理解してもらうに越したことはない。彼が父と似たような人だとしたら、きみは世間知らずだと言うだろう。株式の大半を遺してもらうため、ここ数年は父のルールに合わせた言動を心掛けてきた。父には後継者が必要で、エリーはその役目を演じていた。そろそろ役の衣装を脱いでもいいころだ。

「できることはもっとあるわ。企業は従業員と従業員を支える人たちのために、彼らを取り巻く世界のなかでよりよい市民である義務があるの。アメリカ人の生活のなかで企業はなによりも大切なものとして扱われている。だから、企業の経営者は世間に対して務めがある。通信手段をより安く、より快適に、どこからでもよりアクセスしやすくする助けができたら、わたしは自分の務めを果たせたことになる」

「本気でそう信じているのか?」ライリーは真剣な面持ちで尋ねた。

少なくとも笑われてはいない。「父は人使いが荒かったの。従業員を歯車のひとつのように扱っていたわ。わたしは七年間、夏のあいだ実習生として、すばらしい人のもとで過ごした。ハーブこと、ハーバート・シモンズという人で、〝教授〟というあだ名がついていたわ」

彼ほど親切な人はめったにいない。忍耐強く、物静かな人だった。社内の技術部門についてエリーに教えてくれたのは誰よりも彼だったのだ。

ライリーはうなずいた。「ああ、ハーバート・シモンズの業績はぼくも知っている。ハイテク企業のほとんどが現在使用しているケーブルシステムを考案した」

これはすごい、とエリーは感心した。事務職の人間はたいてい金勘定しか頭にない。ハーブの名前と成果を知っているということは、ライリーは収支だけを気にする普通の人たちより一段上ということだ。「そう、〈ストラトキャスト〉の基盤はそのシステムよ。高機能、高速性能、耐久性。数十億ドルもの収入になり、父は財力をひけらかそうとして、すぐにほかの企業をいくつも買収して資産を浪費した」

「ああ、〈ストラトキャスト〉が危うく倒産しかけたことは憶えている。ケーブル技術がなければ、おそらく倒産していた」ライリーはエリーの指をいじりながら言った。

手を引っこめるべきだとエリーもわかっていたが、そうする気にはなれなかった。

「言うまでもなく、〈ストラトキャスト〉は特許を所有していた。たいていの会社は設計者に見返りをあたえるものだけれど、父は数年後に解雇した。ハーブが末期癌に侵されて、もう働けなくなったから。業績不振で辞めたように見せかけたけど、父はそういうことが得意だったの。定年を迎えていたら、ハーブは膨大な数の株を取得していたはずよ。結局、療養施設で亡くなったわ。彼には頼る人が誰もいなかったから、埋葬代はわたしが出したの。すばらしい人だったわ。世界をよりよくした。そして一文無しで孤独に死んだの、わたしの父が人をだますことがうまかったせいで」

「それがビジネスさ、エリー」ライリーはぽつりと言った。「世間で成功と呼ばれるものはそういうことだ」

「だったらことばの定義を見直さないと。それは考えてみてちょうだい、ライリー。あなたはわたしの将軍になりたいと言うけれど、わたしが戦いたいと思う戦争を理解していないわ。争点がお金になるとは限らないのよ」

「きみは変わった人だな、エレノア・ストラットン」ライリーはエリーの手をそっと離した。

そうよ、どこへ行ってもいつもそうだった。うまくなじめなかったが、〈ストラトキャスト〉にどうにか居場所をつくったのだった。父の娘であるけれど。「考えるべきだわ。あなたから見て、わたしがCEOにふさわしいのかわからないわ。わたしにはあなたのような鋭い直感はない。契約書にサインするのはまだ控えておくわね」

「だめだ」ライリーは目を上げて、エリーの視線を捕えた。「契約書にサインするんだ、エリー。もうひとつのほうではなく、ぼくたちの契約書に。社会正義に対するきみの変わった考えにぼくなら対処できる。ぼくに法律相談をまかせてくれれば、莫大な金を稼ぐことになるときみもわかるはずだ。それに、〈ストラトキャスト〉で変化を起こすつもりなら、きみの足を引っぱろうとする者を調べる、ぼくのような人間がきみには必要だ。取締役会がきみに敵意を示す可能性がある。変化を好む者はいないものだ」

問題になるとエリーもわかっていた。「わたしの主張を理解してもらわないといけないでしょうね」

「理解しようとしなかったら？　きみは議論を戦わせるだけ戦わせればいい。実務はぼくが担当する。きみの望むものを用意しよう」

「どうやって？」

「その答えは知りたくないんじゃないかな、お嬢さん。取締役会の連中はきっと小賢しい戦法でくる。こっちはさらに小賢しく戦うまでだ」

そそられる提案だ。エリーもばかではない。行く手に醜い争いが待ち受けているとわかっている。もしかしたら自分の手も汚さなくてはならないかもしれない。それが心配だった。ライリーが本人の言い分どおりの人物だったら？　ビジネスの非情な部分に対処できて、こちらは〈ストラトキャスト〉を理想に近づける仕事に専念できるとしたら？

「ひと晩考えるわ」

「でも、ぼくと夜を明かしながらではなく」ライリーは先を読んで言った。

「一緒に仕事をするのなら、距離を置くべきだと思う」ああ、口ではそんなことを言ったけれど、ほんとうはちがう。彼を自宅に連れて帰って、さんざんな一日のことを忘れたかった。われを忘れてひと晩を過ごしたいというのがエリーの本心だ。

けれど、そんなのはとんでもない過ちだ。この人のことはろくに知りもしない。たぶん雇うのがまちがいのもとなのだが、彼は推薦されてやってきた弁護士で、しかも、るのだ。

ただたんに父の元弁護士から紹介を受けたというだけの話ではない。〈4Lソフトウェア〉の顧問弁護士であるからこそ、自称どおりに優秀だと信じられ

ほかのことはたぶん知りようもない。セックスのことは。結局のところ、自分の才能は自薦するしかない。昔の恋人たちからもらった五つ星の評価を載せたパンフレットを持ち歩いているわけではないのだから。持ち歩いてみればいいのに。そうすれば、役に立つはずだ。そのパンフレットが目に浮かぶようだった。ライリーのセクシーな写真が表紙を飾り、元恋人たちが全員集合して、オーラルセックスをするときの彼の極上のテクニックについて語り合った座談会の記事が掲載されている。

「なにをにんまりしているんだい？」

エリーは頭に浮かんだ雑念を振り払った。あらぬ方向へ想像を広げてしまうことがときどきあるのだ。「なんでもないの。もう帰らなくちゃ。明日は長い一日になるもの。ディナーをごちそうさま。こんなふうに外食したのは久しぶりだった」

ライリーはウェイターから領収書を受け取った。ウェイターはエリーに会釈をして立ち去った。とても親切で気のきくウェイターだった。ライリーがチップをはずんでくれたならいいのだけれど、とエリーは思った。

ライリーは腰を横にすべらせて席を立って手を差しだし、腰を上げるエリーにやさしく手を貸した。「それなら、ちょくちょくきみを引っぱりだすとするか。業務以外でつきあうべきではないというきみの考えは聞いたが、ぼくたちのような人間が仕事仲間とくっつくのは必然性がある。私生活がない上に、話題は仕事のことばかりというときには、理解者が必要だ。それに、きみは重役だ。インターネットで相手を探して、きみを理解してくれる男に出会えると本気で思うのか？」

自分をわかってくれる男性はいない。エリーはそうにちがいないと思っていた。

「会社と結婚する運命なのかもしれない」

「それはどうかな」ライリーは手を差しだした。「家まで送ろう。無理に迫ったりしないと約束する。きみが降参するまでは変なまねはしない」

悩殺されてしまいそうだ。知り合ったばかりなのに、申し出に応じなかったら早くも後悔しそうだ、とエリーは確信した。しかし、こちらはビジネスウーマンだ。現実的に考えれば、彼と交際したら痛い目にあうのがおちというものだ。目標を見失ってはいけない。買収契約が締結され、必要な株式を手に入れた暁には私生活を考える余裕も生まれよう。

おそらくは。

エリーはひんやりとした春の風にあたりながら、ライリーのあとについて階段をのぼり、路上に戻った。ディナーに出かけたときは日が沈みかけていた。いまは十時過ぎだ。かれこれ三時間、レストランのテーブルをはさんで向かい合い、彼と話をしていた。おもにエリーが話し役にまわり、時間はあっという間に過ぎていた。

話題の中心になるのもたまにはいいものだ。

エリーは足を止めた。「あなたはここでタクシーを拾ったほうが帰りやすいわね」

ライリーはエリーをじっと見た。

参りました、というようにエリーは両手を上げた。「それならそれでいいのよ。帰り道からはずれてしばらく歩くのはあなただから」

「それはかまわないさ」ライリーは歩幅を合わせ、エリーと並んで歩いた。「こういう夜はめったにない」

「そうでしょうとも、あまりデートをしないんでしょう、ハンサムさん？」

きっとライリーは赤面したはずだ。

「意外かもしれないが、じつはそうだ。デートをそんなにしていない。オースティンとここをしょっちゅう行き来していてね。移動にかなりの時間を取られて、ろくにデートをする暇もない。しばらくまえにガールフレンドがいたが、自然消滅した。彼女はどこかのプロジェクト・マネージャーとつきあいだして、やがて結婚式にぼくを招待してきた」すこしむっとした様子でライリーは言った。「当然ながら、その週末、ぼくは暇じゃなかった」

ざっくばらんに話すライリーにエリーは好感をいだいた。ディナーの途中から彼はリラックスしていた。まだ仕事の話もしていたが、どことなく気持ちがなごんでいるようで、アメリカンフットボールや野球など、好きなスポーツの話題も織りまぜていた。「ということは、かなりの打撃を受けたのね？」

ライリーは一瞬考えこんだ。「そうだな、打撃を受けたとするなら、大学時代の知り合いのほとんどが結婚し、せっせと子づくりに励んでいる一方、ぼくはといえば同《どう》棲《せい》すらしたことがない、という事実に気づいたことかな。男だけの集団生活の経験はあるが、女性と暮らしたことは一度もない。女性の部屋でひと晩過ごしたこともほとんどない」

「同棲は世間で言うほどいいものではないと思うわ」とエリーは言った。「誰かと暮らすのって、妥協の連続だもの。結婚まえにコリンと暮らせばよかったと思うけれどね。歯磨き粉をどこにでも置きっぱなしにするタイプの人だとわかっていれば、お金をうんと節約できたもの。ふたくらいちゃんと閉めてよってわけ」

「なるほど、部屋を散らかすやつだったってことか。いらいらするのは当然だ」

自宅の手前の角を曲がると、エリーは知らぬ間に足取りをゆるめていた。「学生時代に男子寮にはいっていたの？」

学生会館で暮らすライリーの姿が目に浮かぶようだ。キャンパスで王者のごとく目立っていたのではないだろうか。

「十代のころ、養護施設に入所していた。きみは元夫が散らかし魔だったと思うんだろう？　十二人の、基本的に住む家のない十代の少年たちを同居させて、どうなるか見てみるといい。片づかないどころじゃない。そのころの影響で、病的なほど神経質になったんだと思う。かなりのきれい好きなんだ」

いま聞いた話をすぐにはのみこめなかった。養護施設。学生会館ではなく。「養護施設？」

「歳を取りすぎて引き取り手がつかない子犬たちの孤児院と考えてくれればいい。十二歳のときに両親が死んだ。十八歳になるまで二カ所の施設で暮らした」

孤児院育ちなの？　「十八歳のときにどうしたの？」

「満年齢を迎えて先に退所していた兄に引き取られた」ライリーは淡々と説明した。

「まじめに学校に通って、勉強熱心だったおかげで、奨学金を給付された。すてきな孤児院生活に待ち受ける落とし穴は、どうにかほぼ避けてとおった」

「落とし穴？」ライリーがひどく不安定な生活を送っていたと聞いて、エリーはまだ頭が混乱していた。

「麻薬、暴力。自棄《やけ》になった子どもが手を出せることならなんでもだ。しかし、ぼくはおとなしくして、学校のことだけに集中していた。とにかく勉強をしっかりやれ、と兄がうるさかったんだ。兄は責任感が強かった。父が生きていたとしても兄ほど尻をたたかなかったはずだ。父は穏やかな人だったから。ああ、たしかそうだった気がする。よく思いだせなくなるときもあるけれど」

ライリーに対する認識ががらりと変わってしまった気がした。誰かに訊かれたら、育ちのいい人だとエリーは答えていただろう。礼儀作法は申し分なく、名門校の卒業生。自信に満ちた態度ひとつとっても、特権階級の一員だと思わせるものがあった。もっとも、そういう人に見られがちな感じの悪さはなかったが。こうなると、目のまえのひたすらセクシーな男性にありし日の姿が重なった。孤独で、不安に怯えながらも意志の強い少年だったことだろう。「あなたが施設で育ったことを思うとつらいわ」

性的な魅力にばかり目が行っていたけれど、ハンサムな顔の裏にはひとりの人間がひそんでいる。人は誰しもつらい思いをし、心に傷を負っているものだ。それを隠すのがうまいかへたかの差があるだけで。

ライリーは立ち止まり、エリーの手に手を伸ばすと、彼女を見つめた。「きみはやさしすぎるよ、エリー。でも、ぼくもそのころのことは考えたくない。なぜ話題にしているのか、自分でもよくわからないよ。過去の話はめったにしない。現在と未来のほうがずっと興味深いからね」

エリーは玄関のドアをちらりと見た。玄関にはいるべきだが、ライリーと別れがたい気持ちになっていた。こんなふうに帰るのはいやだ。とはいえ、彼の過去について話をつづけたら、泣きだしてしまうかもしれない。これから雇う男性のまえで泣くのはよくない。「未来と言えば、重役会議のまえに株式譲渡契約は締結にこぎつけると思う？　自分の手札がそろった状態で会議に臨みたいの」

そう、仕事の話だ。ライリーと一緒にいるときには仕事に集中することを忘れてはいけない。

「やるだけはやってみる。重役会議まではあとひと月で、残念ながらカスタラーノが例の条項を契約に突っこもうとしてきたから、改めて交渉のテーブルにつくことになる。あの条項をあのまま受け入れることはできないと、明日、先方のチームに伝えて、こちらの要求もいくつか送り返そうと思う」

「要求は株の買い取りと、次期CEOのわたしを支援してほしいということ以外はべつにないわ」スティーヴンは取締役会に残らないけれど、重役たちは彼の意見を尊重するはずだ。彼が支援を表明すれば、選挙は楽勝だ。

「それは契約書に盛りこめるが、重役会議が終わるまで資産と株式の譲渡を先送りしないかぎり、カスタラーノはいつでも嘘をつける」

エリーはそんな駆け引きをしたくなかった。そんなやり方をしたら、弱く見える。地位を金で買ったように見えてしまう。脅さなければビジネスパートナーから支援を得られないか不安だからというように。

「だめよ、重役会議のまえにしたいの」

「やるだけやってみる」とライリーは約束した。「だが、これはデリケートな交渉で、マスコミも注目する。だから慎重にならざるを得ない。きみの妹の株は内々に売却されたようだからまだよかった。さもなければ、報道されていたところだ。そうなる可能性はまだ残っている。買い手とその理由次第では」

どんな記事か、エリーも想像がついた。身内も引き留めておけないのなら、若い女にハイテク企業を統率できるのか、というわけだ。株価には影響が出るだろう。トップの座からすべり落ちる可能性もある。

それにしても、妹の票はどうしても必要だった。シャリにも、シャリにされたあらゆることにも我慢しようと思えば我慢できたのだ。父の死期が迫っていると知ったときから、いずれシャリの支援が必要になるとわかっていたからだ。こうなったら、支援者をほかに見つけなければ。

もちろん、契約書にサインさえすれば、ライリー・ラングは取締役会で投票権を持つ一員になる。万事休すではないのかもしれない。

「だいじょうぶだ、うまくいく」ライリーがすぐ目のまえに立っていた。エリーの顎を上に傾け、目を合わせてきた。「どうなろうと、ぼくがなんとかする。それは憶えていてくれ。たとえ悪いほうにころがっても、いずれぼくがいい方向に戻すから」

そのことばをエリーはなににもまして信じたかった。ひしひしと孤独を感じているときに、彼はそばにいて、相談相手になろうとしている。

「キスをしてもいいと言ってくれ」ライリーは声を落として要求した。「いまは勤務時間外だ。仕事中にべたべたされたくないのなら、それは慎む。これはふたりだけの秘密にできる」

「職業倫理に大いに反するわ」エリーは警告のつもりでそう言ったのだが、吐息まじりの艶めかしい声が出てしまった。

「たしかにそうだが、べつにいいんじゃないか。それがボスであるということだ。自分のやりたいことを、やりたいときにやる。欲しいものは自分で取らなければ、ほかの誰かに取られてしまう、とずいぶん昔にぼくは身をもって学んだ。欲しいものを手に入れるんだ、エリー」ライリーはエリーの口もとに口を近づけた。彼のぬくもりが感じられ、ミントの息の香りがかぎ取れるほど、その距離は近かった。

ほんのすこしエリーが背伸びをすれば、唇が重なり合うほどだ。

けれど、ビジネスの世界において女性であることはなにを意味するか、彼はわかっていない。こちらは三十歳にもなっていない若い女だ。みんなに見られているのだ。しくじるのをみんなは待っている。しくじれば、わたしをつぶし、会社を自分たちで分けられるからだ。

本能の赴くままに行動するわけにはいかない。

ライリーは一歩うしろに下がった。「きみがその気になったときに。さあ、階段をのぼって帰るといい。きみが無事に屋内にはいるのをここで見送る。部屋に上がってもいいが、きみにはその心の準備がまだできていない」

たしかにそうよ。心の準備はまったくできていない。信じられないほど理想的な男性が相手だからだ。エリーはくるりと彼に背を向けて、臆病者よろしく逃げるように立ち去った。

「もうお帰りとは驚きだ」ドルーはノート型のパソコンから顔を上げ、数カ月まえに購入したアッパー・ウエストサイドのペントハウスに満ちる暗闇に目を凝らした。

「てっきり朝まで彼女とベッドで過ごすのかと思った。餌に食いついてこなかったのか？」

室内を照らしているのは、床から天井まで広がる窓に差しこむハドソン川流域の街の明かりだけだ。ライリーの兄の世界によく似て、ペントハウスはいつも闇に包まれているようだった。

エリーがわが家と呼ぶ、ブルックリンの狭いながらも明るい住まいとは大ちがいだ。あまりの狭さに、さっきはライリーも驚いた。きれいに片づいた居心地のよさそうな居間と小さな台所、そしてもうひと部屋あるだけだった。ドアしか見えなかったが、あいにくはいりこめなかった寝室にちがいない。エリーの自宅にはいくらもいなかったが、数百万ドルの兄のペントハウスとついくらべてしまったのだ。最高級を誇る物件だが、家庭らしさを感じたことは一度もない。オースティンの自宅もそうだが。

「内気なタイプなんだよ」エリーは思っていた人物像と大きくかけ離れていた。厳密には内気ではない。それはちょっとちがう。〝用心深い〟と呼ぶほうが合っている。「弁護士と寝るようになったら自分がどう見えるか、ちゃんとわかって慎重になっている。そこはいずれなんとかなると思う、脈はあるから」

エリーは官能的な女性だ。手を触れられたときには喜んでいた。しかし、こっちもことを急ぎすぎたかもしれない。彼女は一度ひどい目にあわされている。男に慎重になって当然だ。

強情で、欲しいものは手に入れる性格だろうと予想していた。フィリップ・ストラットンの娘は父親と同じく冷たい人間だろうと思っていたのだ。

企業国家アメリカをよりよい場所にしたいだって？　そんな話に誰がだまされる？　青くさい理想を掲げていたら、経営計画を取締役会に提示するより早く、ＣＥＯの地位から蹴りだされるのがおちだ。

エリーには保護者が必要だが、その役目をこっちがやるわけにはいかない。

「いつものおまえなら警戒されてもそこを突破する」ドルーがパソコンのふたを閉じると、スコッチウイスキーのグラスが目のまえに置いてあることにライリーは気づいた。ドルーが夜ごと行なう儀式のひとつだ。酒を一杯だけ。自制心を失うまねはけっしておのれに許さない。

エリーもワインを何杯か飲めば、羽目をはずすはずだ。たしかに一杯飲んだあとはリラックスしていたが、ほんとうにくつろいでいたら、すこしは酔ってもいいかと警戒をゆるめ、その気になっていただろう。

「バーで女性を口説けば落とせる自信はある。エリーはそういう一夜かぎりの相手じゃない」

ドルーはグラスを手に、姿勢を崩した。「ああ、そうじゃない。彼女は標的だ。それは忘れないほうがいい」

「どういうことだ？　ふたりでエリーに会いに行ってからまだ半日だ。そのあいだに、ぼくが彼女を標的以外の対象と見なしている、と兄さんに思わせるなにをしたって言うんだ？」

ドルーはウイスキーを呷り、半分空けてからグラスをテーブルにおろした。「今夜は妹夫婦と食事をした。ケイスは興味深い男だ」

ケイスはひと言で言えば、タフな男だ。この一年にわたり、ライリーを鍛えたのはケイスだった。ケイスのおかげで、ライリーは過去最高の肉体を手に入れ、世に知られる武器という武器の使い方を把握している。さらに、ケイスは哲学者のような一面も持ち合わせているとわかった。「復讐の落とし穴について講義を受けたか？」

「いや、それはなかった。ぜんぜんちがうことだが、考えさせられた。ケイスはミアを気づかっていた。ケイスがそばにいると、ミアは文字どおり輝いている。幸せなんだな。あいつがうらやましかった。おれがうらやましくなるのなら、おまえもブランもきっとそうだ」

かんべんしてくれ。こんなふうに胸のうちを明かすとは、いったい兄貴になにがあった？ ドルーはけっして弱音を吐かない。ただの一度も。長年一緒にいて、ドルーが泣く姿もライリーは見たためしがなかった。「ミアはちがう。ぼくたちのような経験はしなかった。ミアのように自分が幸せになれるものかわからない」

ドルーが立ち上がり、窓辺に行くと、川面に反射する月光に大きな体が照らされた。

「だからうらやましいのさ。おれたちが幸せになれるのか、それはおれにもわからない。わかるのは、いまさらあともどりできないほど標的に近づいているということだけだ。それに、彼女の魅力はおれにもわかる」

「エリーのか？」

「美人で、ストラットン家の人間にしてはかなり寛大だ。人間的にも思いやりがある。身上書を読んで、彼女が過去につらい思いを味わったことは理解している。そんな彼女をおまえは傷つけることになっている。心をずたずたにすることに。ほんとうに実行できるのか？」

こういう言われ方はライリーも不本意だった。「最終的にエリーは金を手に入れる。会社を手離すことにだってならない。こっちは買収交渉を長引かせるだけだ。エリーの会社には開発中の冷却装置という強みがある。たとえわれわれが株価を暴落させても、エリーは持ち直すはずだ」

「ただし、第三者が急に出てきて、会社を乗っ取られなければの話だ」とドルーは指摘した。

リスクはつねにある。「考えても仕方ない。エリーは頭のいい女性だ。ぼくも彼女についている。いざとなれば、敵対的買収から会社を守る協力もするつもりだ」

ドルーは振り返り、ライリーに指を突きつけた。「それが心配なんだ。早くもおまえはどうやったら彼女を救えるか考えている。彼女の味方になって戦うことを考えている。知り合ってたったの一日で、彼女を助ける算段をしている」

「ほんの一瞬も罪悪感を覚えないのか、ドルー？　エリーに罪はないとわからないほど頭がおかしくなっているのか？　もちろんカスタラーノを追いつめて、当然の裁きをくだす必要はあるが、エリーへのダメージは軽減できないものなのか？　なにも弱腰になっているわけじゃない。やるべきことはやるが、エリーへの被害を減らせるものなら減らすつもりだ」

ドルーはライリーを見据えた。「良心の呵責に捕らわれてはだめだぞ、ライリー。戦争になったら、それはだめだ。カスタラーノがおれたち四人を心配して思い悩んだと一瞬でも思うか？　それはない。あの男はおれたちのことも殺すつもりだった。子どもを巻き添えにしようと気に病みもしなかった」

「自分たちはスティーヴン・カスタラーノよりましだと思いたい」

「そういう贅沢《ぜいたく》は許されない。オースティンへ帰れよ、ライリー。エリー・ストラットンの相手はおれが代わる」

怒りがライリーの胸に広がった。「嫌なやつになるのはやめてくれないか？　今夜はいったいどうしたのか知らないが、とにかくぼくはどこにも行かない。明日は〈ストラトキャスト〉に行って、何年もまえにやると決めた計画に取りかかる。エリーを兄さんより重視するわけではないし、父さんと母さんより重視するわけでもない。必要に迫られれば、エリーを倒しもするだろうが、ぼろぼろにしなくてもすむ道があれば、そっちを検討する。小言はもうすんだか？　ふたりのうちひとりは明朝仕事があるんだからな」

「けんかはやめてくれ。兄さんたちがけんかをするのはいやだ」穏やかな声がした。

ドルーは一瞬目を閉じて、振り返った。「ブランか。ハッチと出掛けたものかと思っていた」

ブランが部屋の入り口に立っていた。大柄な体が暗がりに浮かび上がった。「早めに帰ってきた」

「ブランはけんかしたんだよ」ハッチがブランのあとから部屋にはいってきて、頭を掻《か》きながらため息をついた。「心配はない。お巡りとはおれが話をつけた」

ドルーはハッチの横をすり抜け、部屋の明かりをつけると、首を振った。

ライリーは弟の顔をまじまじと見ながら、知らぬ間に両手とも拳をにぎっていた。

「相手はもっとひどいご面相になったと願いたいね。入院したほうがいいんじゃないか？」

ブランの唇は裂け、左目は腫れていた。「だいじょうぶだよ。こんなのましなほうだから」

それが問題だった。ブランはもっとひどい顔で帰ってきたこともあった。ひどい悪夢を見ることがある、とふとライリーは自分のことを思ったが、そもそもブランが夜ぐっすり眠れるのか、わからなかった。

「なにがあった？」ドルーがハッチに顔を向けて尋ねた。

「なにがあったと思う？」ハッチは質問に質問で返した。白いワイシャツに飛び散った血痕は見逃しようがない。おそらくブランの血だ。「ブランと話をしたストリッパーがしつこくおさわりをされたんだ。それでブランはふたりのあいだに飛びこんでいったというわけだ」ハッチはブランを横目で見た。「で、そういう店には用心棒がいる」

控えめに言えば、ブランは怒りの感情に問題を抱えている。女性が嫌がらせをされると、とりわけ頭に血がのぼるのだ。

とはいえ、里親家族の妹が死ぬのを目撃した過去があるのだから仕方ない面もあった。当時ブランは十六歳で、里親制度から抜けだしてハッチの保護下にはいるにはまだ数カ月足りなかった。もっとも、実際に兄弟の面倒を見ていたのはつねにドルーで、更生施設を中途退所し、身辺を整理したハッチはただ年長者というだけで後見人になったのだった。

ブランは里子同士だったその妹のことをけっして話題にしなかった。名前さえ口にしなかったが、心の片隅にはつねに里子の妹の存在があると、どういうわけかライリーはわかっていた。ドルーはブランをしばらく無理やり精神分析医に診せたが、ブランはどうしてもカウンセリングをやめたいと訴えた。ドルーもライリーも、弟にだめだとは言いづらかった。

さらに言うなら、弟が誰にも見えない悪魔と戦うのを黙って見ているのもつらいものだ。

「相手はブランより五十キロくらい目方がありそうで、仲間も三人連れていた。ついていたんだよ、向こうがナイフを持っていなくて」ハッチが指摘した。「そのうち、つきに見放される日だって来る」

「そんなことをしている場合か」ドルーは腹立たしげに、一語一語を吐き捨てるようにして言った。「けんかはもうするな」

ブランは強情な顔をした。「彼女はあんなふうにさわられたくなかったんだ。嫌だと言う権利はある。ストリッパーだろ、とは言わないでくれ。彼女はひとりの女性であって、修道女のような服を着ていようが素っ裸でいようが、嫌なものは嫌だと言える」

「ああ、わかってるさ、ブラン。おれも同じ意見だが、そんなことをして自分の身を危険にさらしてはいけない。突っ走るまえに立ちどまって考えないとだめだ。自分の命を大事にしないと。明日改めて話し合おう。今日はもう顔を洗って寝ろ」ドルーはブランを下がらせると、ハッチに顔を戻した。「また訴訟を起こされそうか？」

ブランのけんかはライリーが考えたくないほどドルーに負担をかけていた。ブランが乱暴者から女性を助けだそうとするのはべつにかまわない。それが問題になることはほとんどない。しかし、その乱暴者が弁護士を雇って、ブランを捜しだしてくることもある。そうなると、ライリーの出番とあいなるわけだ。「なんならぼくが担当する」

ハッチは首を振った。「いや。お巡りを呼んだとたん、向こうの連中は逃げていったし、バンビがブランの肩を持ってくれた。お咎《とが》めはなしだ。ブランの身元もばれなかった。だけど、両親は娘の名づけを考え直せばよかったと後悔しているだろうな。まさかグラディスちゃんがポールをのぼったりするようになるとはな。おれに娘がいたら、グラディスって名前だったと思うよ」

「彼女は医学部の苦学生だよ」ブランは部屋を出ていきしな、そう言った。

ハッチは目をつぶった。「この坊やに殺されそうだ。ほんとに。いつか無事ではすまない日が来る。自殺願望があるようなものだ」

つまり、あっちもこっちもさんざんな夜だったというわけか。

帰ってきたときのライリーの心境は、さえない夜に終わったというだけのことだった。エリーと一緒にいたときは……。そんなふうに考えてはいけない。あと一歩だったとおたがいにわかっているからこそ、残念だったのだ。ふたりとも、もうすこし待つ必要があった。気を散らさないようにしなければならないからだ。

ライリーとしても、エリー・ストラットンに惑わされている場合ではない。兄弟に必要とされているのだ。両親にも、だ。

「ブランをまたセラピーに通わせようと思う」ドルーはコンピュータのまえに戻りながら言った。椅子に腰をおろし、電源を入れ直した。こうやってドルーは引きこもる。自分だけの世界に。

ライリーにはそういうものがなかった。仕事はある。そして目下のところ、仕事のせいでまたもやエリー・ストラットンのことを考えていた。「〈ストラトキャスト〉はぼくが担当することになると思うよ、ドルー。そっちの心配はいらない。まかせてくれ」

ドルーはちらりとだけ目を上げた。働いて、倹約して、犠牲を払わなければならなかった少年時代の兄の面影をライリーは思いだした。ライリーに食べさせるために、ドルーがひもじい思いをした夜もあった。弟たちを引き取るためにあらゆる手を尽くしたのだ。

ドルーをがっかりさせるわけにはいかない。

「おまえならだいじょうぶだとわかっている」ドルーはぼそっと言った。「おれはおれで仕事をする」

「じゃあ、おれはそのスコッチを引き受けるから、寝酒に空けちまおうかな」ハッチが冗談めかして言った。

ドルーはクリスタルのデカンターに手を伸ばした。「ウイスキーは台所にある。こっちの味はあんたにはわからない」

ハッチは眉をひそめた。「おまえはおれの息子じゃない。運がよかったな、おれが上品ぶったスコッチが好きじゃなくて」

弟たちを養護施設や里親から引き取る以前、ドルーとハッチはどんな感じだったのだろう、とライリーは思いをめぐらせることがたまにある。しばらくふたりだけの時期があり、ライリーにはわからない絆《きずな》で結ばれているようだった。

ドルーはくすりと笑った。「上品なものはお気に召さないもんな、ハッチ。ぐっすり眠ってくれ」

ハッチは首を振った。「そもそも眠りにつけたらの話だな。終わりが見えてきたと思っていたのにな。ストラットンが死んで、カスタラーノは仕留めたのも同然。残るはケイン。それで最後のはずだったのに。マーサ・スチュワートばりに気取りくさったパトリシア・ケインの帝国を滅ぼしたら……くそっ、やっとゆっくりできるはずだったんだろうが」

四人めがいた。ミーティングでケイスから明らかにされたその新情報について、ライリーはエリーと一緒のあいだ、すっかり忘れていたのだった。いまは一気にすべてを思いだしていた。両親を殺害する計画の首謀者に四人めの人物がいたということを、ライリーたちはこれまでずっと知らなかった。

「会社の組織を調べ直してみる」とドルーは言った。「大金を手に入れたと考えられる人物がほかにいないか。結局は金目当ての犯行だ」

ハッチはドルーをじっと見た。「おれがいる。おれだった可能性があるぞ、ドルー。おれが仕こんだ頭脳の半分もあれば、おまえは今夜おれを追いだす」

「すこし寝ろよ、ハッチ。明朝、計画を見直してみよう」ドルーはコンピュータの画面から目を動かさなかった。「それから、はっきり言っておくが、あんたを疑ったことは一度もない。あんたの秘密にはとうの昔に気づいていた。父の計画をたとえ知っていたとしても、あんたは父を殺そうとは思わない。どう考えてもそれはない」

ハッチは引き下がらなかった。「だったら、その理由は？　金は大きな動機になる。おまえのお父さんに株式公開を妨害されたら、おれはうなるほどの大金を失っていただろう」

「金よりも大事な女性がいたからだ」

ハッチはもう反論しなかった。「ああ、そうとも」

踵《きびす》を返し、ペントハウスの裏手へ立ち去った。

そのうしろ姿をライリーは見送った。「ハッチは母さんに恋愛感情をいだいていたことをぼくたちに知られているのを知らなかったのか？」

「自分は頭がいいと買いかぶっているのさ」ドルーはほほ笑むともなくほほ笑んだ。「ハッチは母さんに恋していた。それは母さんが死ぬまえから知っていた。その気持ちにハッチの行動が左右されはしなかったことも知っている。ハッチは母さんのことはもちろん、父さんのことも同じくらい大事に思っていた。だからハッチはあれほど深く落ちこんだ」

〝深く落ちこんだ〟とは丁寧な物言いだが、要するにハッチは酒に走り、何年も酒びたりの生活から抜けだせなかったのだ。

ドルーは口で言うほど斜にかまえていないのかもしれない。ハッチを疑っているのではないか、とライリーは思っていたのだ。

五人の友人同士が事業を始めたところからすべてが始まった。ベネディクト・ローレスにはビジョンがあった。パトリシア・ケインとハッチには当時、資金があった。スティーヴン・カスタラーノとフィリップ・ストラットンには人脈があった。彼らは株式公開まえに大金を稼いだ。株式公開後、何者かが株価を操作していたことにライリーらの父ベネディクトは気づいた。裏取引は到底容認できず、連邦取引委員会に相談しようと面談の約束を取りつけた。

その面談の二日まえに父は死んだのだ。

株式公開で会社に数百万ドルもの資金が生まれたが、ローレス家にはいっさい支払われなかった。

ハッチも金を手に入れたが、そのころはすでに酔いどれで、金は飲み代に消えていった。ストラットンが莫大な利益を狙って身売りする計画を持ってきたときにも、ハッチは関心を示さなかった。

ライリーが知るかぎり、ハッチはベネディクトとアイリスのローレス夫妻が焼死した翌日から堕落した日々を送った。ドルーに見つけだされ、無理やり更生させられて、ようやくどん底から抜けだしたのだった。そしてドルーは〈4L〉を設立した。

それがハッチに目的をあたえたというわけだ。

もちろん、罪悪感から同じ道を歩んだとも考えられる。ハッチが忠誠心より金を選んでいたとするなら、酒に慰めを求めたのも不思議ではない。

ライリーはドルーのようにはハッチを知らない。ドルーのほうに近づき、声をひそめて言った。「当時の重役は何人もいなかった。どうしてハッチを除外できるんだ?」

「どうしてもこうしてもない。ハッチのことはよく知っている。そんなことをできる人じゃないんだ。答えは別のところにある。フィリップ・ストラットンのコンピュータの中身をどうしても手に入れたい。エリーがなにもかも捨てるとはどうしても思えない」

「どうしてバックドアを使わないんだ?」

「ストラットンは極端に用心深いやつだった。個人的なファイルはオフラインで保存していた。おそらく娘にもそうするよう教えた。そのシステムを見つけて、USBメモリーにダウンロードできるだけダウンロードすればいい。たぶんなにかしらわかるだろう。当時ストラットンが誰とやりとりしていたか知りたい」

「ストラットンが通信を保存していたと本気で思っているのか?」ライリーならそんなことはしない。

「おれはすべて保存する。父さんがつくった会社の全従業員を調べて、経済状態をくまなくチェックする。やれやれ、大変な作業だな。どうして四人めの件を見落としたんだろうか？」

「気づきようがないさ。だけど、どうもしっくりこないな。あの会社のおもな株主は五人だった。カスタラーノ、ストラットン、ケイン、ハッチ、そして父さんだ。外部に目を向けたほうがいいのかもしれない」とライリーは提案した。「新規株式公開中に誰が株を買ったのか調べてみないと」

「調べてみる」ドルーは頭をうしろに傾け、首をさすった。「もうじき終わるんだとおれも思っていたんだけどな」

兄弟が共有する同じ悪夢にまだしっかりと捕らわれているようだった。

ライリーは兄の向かい側に腰をおろした。長い夜になりそうだ。

5

「あの人、まるであなたが豪華なビュッフェかって目で見てるわね。でもって、自分は何年もダイエット中だというような」一週間後、リリーはエリーのオフィスに入室しながらそう言った。「ブラインドを閉じてあげたほうがいいわね。さもないと、仕事が手につかないでしょうよ」

エリーは顔を上げ、秘書のリリーをじろりとにらんだ。連れがいたからだった。カイル・カスタラーノが一緒に部屋にはいってきていた。

それでも、エリーはライリーをちらりと見た。目と目がしっかりと合い、エリーは無理やり目をそらした。

スティーヴンの息子カイルはハンサムな男性で、いつも一分の隙もない服装をしていた。着るものに気を配るように仕事にも目を配れば、エリーと次期CEOの地位を争っていたかもしれない。実際は、カイルは副社長の座に満足しているようで、もっぱら午後は重役秘書を追いまわして過ごしているらしい。

とはいえ彼がスティーヴンの息子である以上、エリーも我慢していた。そして最近はリリーを狙っているのかと疑わざるを得ないほど、リリーのデスクのあたりをうろうろしていることが多かった。

「誰の話だい？」カイルは膨大な書類をまとめた大きなファイルを両手で抱えて、大部屋のオフィスとライリーのオフィスを見通せる窓に目を向けた。「まさかあの弁護士のことじゃないだろう？　エリーを口説いてものにできると思うほどばかだと思っているのか？　エリーは何年もしてないんだろ」

そう、ほんとに感じの悪い人だ。「なんの用なの、カイル？」

ここ数日は大変な毎日だった。妹からかかってくる電話の対応があった。シャリは扱いが不公平だと泣きごとを言ってみたり、姉さんはケチだの、妹がしくじればいいと思っているだのとわめいてみたりした。

スティーヴンは職場に不在だった。数週間まえから業務を離れ、すでに隠居生活を始めたのも同然だった。とはいえ、あくまでもまだＣＥＯであるわけで、スティーヴンの承認を得なければ進められない案件もある。

株式譲渡契約書を返送したという報告はライリーからまだなかった。エリーにしてみれば、弁護士の仕事というのは遅々として進まないものだ。

ライリーが向かいのオフィスに移ってきたせいで気が散って仕方がない、という現状は言うまでもない。そのオフィスは父のオフィスを引き継ぐまえにエリーが使っていた場所だった。エリーのオフィスのドアをあけておけば、ライリーが動きまわる姿を見ることができた。彼は電話で話していることが多かった。電話中に歩く癖があり、野生の捕食動物を思わせる優雅な身のこなしで引き締まった体を動かしていた。夕方になるとたいてい、ネクタイをゆるめ、シャツの袖をまくるので、日焼けしたたくましい体がちらりと見えるのだった。

「経理上の問題が見つかった」カイルは分厚いファイルをエリーのデスクにおろした。

「どういう問題なの?」目のまえに置かれた書類は千ページもあるにちがいない。これに全部目を通せと?

カイルはきれいな顔を困ったようにゆがめた。「さあ、よくわからないな。なにかに割り当てた資金を別のなにかに使われたんだとか」

つまり、この案件も片づけなくてはならない。すばらしい。エリーは書類の山に手を置いた。「わたしが担当するわ」

「もちろんそうしてくれ」カイルはそそくさと言った。そして、リリーのほうに顔を向け、ウィンクした。「それじゃ、かわいこちゃん、またあとで」

リリーはあきれたように目を上に向けた。「あとではないわね、今度来たら隠れるわ」

「そうくるか。そうだ、エリー、きみの猛犬に言っておいてくれ、ぼくの仕事に口出しはするなと」カイルはライリーのオフィスを手で指し示した。

ということは、ライリーは仕事に精を出しているということだ。各部門の部長たちに報告書を出すよう求めているとエリーも聞いていた。「あなたの仕事に口を出しているのなら、それ相応の理由があってのことでしょう。彼は株式譲渡と取締役会に向けてすべてがきちんとととのっているか確認に努めているの。お願いだから協力してあげて」

カイルはドア枠にもたれた。「株式譲渡を成立させるためならなんなりと協力する。ただし、彼にこっちの仕事まで調べてもらわなくてけっこうだ。ぼくはきみと最愛の父の助けになりたいんだよ」

「ライリーに迷惑をかけないでくれたらありがたいわ」

カイルはなだめるように手を上げた。「迷惑をかけようなんて夢にも思わない。その会計報告書のコピーを彼にも届ける。役立たずで申し訳ない。財務責任者の話すことばが難解でね。なにを言っているのか半分もわからない。大学で会計学の授業は受けていたけど」カイルはちらりとうしろを見てから話をつづけた。「ついでだから訊いておくか。きみとあの新しい弁護士のあいだにほんとはなにかあるのか、ぼくが知っておくべきことでも？」

「べつにないわ。どうして？」

カイルは肩をすくめた。「噂になってる」

「噂って？」とエリーは尋ねた。

「ほら、きみはファッションモデルばりの美男弁護士を迎え入れただろ？　当然噂にもなる。ほかの男性従業員と一緒にいるよりも、あの弁護士と一緒にいる時間のほうが長いとなると」

エリーは顔が赤くなるのがわかったが、なんとか平然とした表情を保とうとした。

「彼はいまとても重要な人だから。株式譲渡と取締役会での採決が円滑に行なわれるべくここで仕事をしているの。だから、おのずとわたしたちが一緒に過ごす時間は長くなっている。噂好きな人たちの興味も、そのうちもっとましな話題に移るでしょう」

「すぐにはそうはならないさ」カイルは穏やかな目つきで言った。「きみのことは妹のように思っている。だからきみが傷つくのは見たくない。ああいう男は偶然近づいたりはしない。きみのまわりをかぎまわっているのなら、たぶんなにか魂胆がある」

そうね、カイルなら意地悪な兄といったところかしら。おたがい十代のころに初めて会って以来ずっと、カイルは底意地が悪かった。「ライリーとは業務上の関係に徹するつもりだから、わたしの心配はけっこうよ。さっきあなたが言っていたように、わたしはセックスに左右されたりしない。それはみんな知っているでしょ」

「きみには逆らえないな。さすがはボスだ。きみは完璧さ、エリー。それもみんな知っている。親父も口を酸っぱくして言ってたよ、成功したければ、きみのようにならないとだめだぞって」

カイルとスティーヴンの親子関係は強固ではない。カイルが十五歳のときに、母親が援助を求めて現われるまで、スティーヴンはカイルの存在すら知らなかったのだ。その後、実子鑑定と何回かの公判を経て、スティーヴンは私立高校と大学の学費を出した。やがてカイルに〈ストラトキャスト〉での職をあたえ、仕事を通じて父子はそこそこ良好な関係を築いていた。

スティーヴンが退職したら、エリーはカイルを相手にしなければならない。

いずれ我慢の限界が来ることは目に見えている。その予感にエリーは気が滅入った。

ストレスにのみこまれてしまいそうだ。すでに冷却装置の件で不意を突かれていた。部下たちの手に余ることではないが、間が悪かった。そして今度は経理上の問題が持ち上がり、どうやら噂話もあれこれささやかれているようだ。ささいなことから綻びは生じる。ひとつひとつは問題ではなくとも、まとまれば深刻な問題を招く恐れもある。〈ストラトキャスト〉が信頼性のある会社に見えなければまずいのだ。

「わたしがもうひとりいる必要はないわ」エリーは思いをめぐらした末にそう言ったが、カイルをどうあしらえばいいのかよくわからなかった。「あなたのお父さまがそんなことを言ったなんて残念だわ。あなたとわたしを対抗させるつもりだったのではないでしょうけれど」

「ああ、そのとおり。親父はきみをべた褒めしているだけだ。きみのことを娘のように思っているんじゃないかな。それはそうと、経理の問題をきみに押しつけてすまない」カイルは顔をしかめて言った。「ぼくは数字が苦手だし、シャロンがあと三週間産休中でね。でも、いい知らせもある」

「あら、ありがたいじゃない」リリーは皮肉まじりに言って、エリーのデスクの縁に腰をおろした。

「役に立つものやら」エリーは小声でぶつぶつ言った。

ふたりのやりとりにカイルは口をはさまず、話をつづけた。「有望な女性重役としてきみを記事にしたいという新聞記者がいる。テクノロジー業界でガラスの天井を破ったことについて書きたいのだとか」

エリーはうめき声を洩らした。「わたしはまだCEOじゃないのよ。ちょっと時期尚早だわ」

「それでも、好意的な報道はいい知らせだと思うよ。記者の電話番号をリリーのデスクに置いておくから、連絡して、取材の日程を決めるといい」とカイルは言った。

エリーはわかったというようにカイルにうなずいた。鼻持ちならない人だけれど、段取りをつけるのは得意で、直属の部下たちからは仕事をやりやすい上司として評判は悪くなかった。カイルは踵を返し、オフィスをあとにした。

「さてと、向かいの部屋にいるおいしそうな男性の話をしてもいい？」とリリーが尋ねた。「なぜかと言えば、もしあなたにその気がないのなら、わたしがいただいてもいいかしらってことなんだけど？」

「あの人はステーキ肉じゃないのよ、リリー」エリーは抗議の声をあげた。これまでに出会ったなかでとびきりセクシーな男性。ひと言で言えば、そう。

サメの群れがぐるぐると泳ぎまわっているようなものだった。デザイナーズスーツにハイヒール姿のサメたちがライリーのオフィスに入れ替わり立ち替わり押し寄せる姿をエリーは目撃していた。社内の女性たちがこぞって、この新顔のオフィスにはいる道を見つけたように思われた。彼女たちはコーヒーやらクッキーやらを持ってきたり、あるいは、ただたんに大きな胸をゆさゆさfavorさせたりしながらやってきた。

ライリーはコーヒーを受けとり、クッキーを一緒につまみはしたが、これまでのところ、豊満な肉体の提供にはエリーの知るかぎり応じていなかった。

ただの時間の問題だ。〈ストラトキャスト〉に社内恋愛の規則はない。試してみたと申し出てくる女性たちを、ライリーは自由に味見できる。

「すこしプロ意識に欠けると思わない？」エリーは無意識にそう尋ねていた。そして首を振った。またしてもライリーを見つめていたからだ。電話で話しているときの彼はじつによく動く。オフィスのなかを行ったり来たりし、手ぶりをまじえている。通話をスピーカーフォンに切り替えると、ドアの陰に置いてあるパターを取りだし、打ち方を練習することもしょっちゅうあった。とはいえ、オフィスにライリーの私物はほとんど持ちこまれていない。家族の写真も友人の写真も飾られていない。本が数冊にパターが一本、ゴルフボールが二、三個といったところだ。

「すでに噂は広がっているわ」リリーは黒髪をゆすりながら言った。「あなたが実際にしてもしなくても、噂はささやかれつづける。どうせ刑務所にはいるなら、罪を犯したほうがいい。それがわたしの意見」

「わたしが彼と寝ていると、みんな本気で思っているの？」ライリーと一緒にいるときにはプロに徹したふるまいをしようと、エリーは心がけていたつもりだった。

「女たちはみんな、できれば彼に抱かれたいと思っている。男たちは男たちで嫉妬しているの、ひとりとしてあなたに見向きもされなかったから。あきれたような顔をしないで。あなたはわかっていないのよ。あなたは女ボスでしょ。そこにぐっとくる男性は大勢いるの。あなたを手なずけられるか、腕試しをしたいのよ。だから、そうね、あなたが色男さんをクビにして、ぱっとしないおじさんを後釜に座らせたくなるまで、噂は立ち消えない。あまり気にしないで」とリリーは励ました。「悪夢のような経理問題をあなたが処理するあいだ、電話は取り次がないでおくわ。でも、彼とベッドをともにすることは考えるべきよ。いずれ誰かが彼のお相手になるのだから」

自分であってはならない、とエリーは思った。とても無理だというこちらの意志がライリーに伝わったとたん、ほかの女性が彼のベッドにもぐりこむのを指をくわえて見ているしかない。そうした現実に折り合いをつけるほかないだろう。ライリーもそのうち飽きて、あきらめをつけ、エリーのオフィスに立ち寄って、強引にランチに誘ったり、ディナーに連れだしたりしなくなるだろう。

この一週間、日に一度はライリーと食事をしていた。打ち合わせを兼ねた会食と称し、業務について話し合ったが、個人的な話のほうがどうしても多くなった。ライリーがスリラー小説を好んで読むことを、いまではエリーも知っている。法廷ものは誤りが気になるから敬遠しているということも、だ。好物はイタリア料理で、好きなカクテルはラム・コーク。男兄弟がふたりに妹がひとりいるが、いちばん親しい相手はお兄さんなのだとか。

エリーはライリーのことを好ましく思っていた。だからこそ彼を拒むのは至難の業だった。

「カイルに言い寄られているの？」自分の殺伐たる恋愛事情を思うより、リリーの性生活について訊くほうが気は楽だ。

リリーは肩をすくめた。「スカートを穿いている相手なら誰にでも声を掛けるのよ」

「カイルは遊び人だから」

リリーは口をへの字に曲げた。「そんなに親しい間柄だとは知らなかった。あなたが彼をあまりよく思っていないのは知っていたけど、その言い方はちょっとひどいんじゃない？」

エリーはリリーのこういう口調を聞いたためしがなかった。きわめて有能で、つねに正確な仕事をするうちの秘書がカイル・カスタラーノのような男にころりと引っかかった？「彼はいろいろな相手とデートをしているでしょ。意地悪を言ったつもりはないけど」

リリーは、それはそうだと言うように言った。「もちろんよ。あなたはそんなことを言う人じゃない。カイルが浮気者だと知っているわ。だけど、彼に夢中になっているんじゃないの。わたしたちは友だちなのよ。おもしろい人だと思うけど、わたしのシルクの下着のなかに手を伸ばすことはないわね。暇な時間にはもっとましなことをしているから。それはそうと、お父さんが引退したら、カイルの立場はどうなるの？」

いい指摘だ。「さあ、どうなるかしらね。頭がよくて、てきぱきした人だけれど、副社長の器か疑問が残るわ。しょっちゅう遅刻をするし、わからないことを自分で解決しようともせず、ほかの人に丸投げする。カイルの処遇をどうするかまだ決めていないけれど、ライリーにまかせるかもしれない」

なにしろ、汚れ仕事を肩代わりするためにいるのだとあの人は宣言しているのだ。

カイルが襟を正せば話は別だが、さもなければ辞めてもらう。そのためにエリーもカイルにたっぷり時間をあたえるつもりだが、特別扱いの遊び人を経営陣にくわえることはできない。仕事をきちんとこなす優秀な人材が大勢いる場合にはだめだ。カイルに目を光らせ、納得のいく決断をくださなければ。

リリーは腰掛けていたデスクから降り、ドアのほうへ歩いていった。「そのミーティングにはぜひ立ち合いたいものだわ。ここで仕事をするの？　それとも研究開発室に行く？」

エリーは椅子から立ち上がった。階下へ降りて、どうなっているのか様子を見にいかなくては。「研究開発室。しばらくそっちにいるわ」

「わたしはここに残る」とリリーは言った。「住みかにいるライオンを見張っているわね」

リリーは自分のデスクにつき、案の定、部屋のなかを歩きまわるライリーが見える角度に体の向きを変えた。

このままオフィスに残っていたら、エリーも同じことをしただろう。まったく、もう。午後はずっと物欲しげにライリーを見つめ、目のまえの仕事は手つかずに終わったとしても不思議ではない。

席を立ったが、エリーがたどりつくより先にドアがひらき、見慣れた顔が突きだされた。

どうやら契約書が戻ってきたということか。エリーはひと息つきたくて、午前中はライリーを避けていたが、彼はやるべきことをやったようで、今度はエリーが対処する番だった。

「エリー、話がある」スティーヴンはゴルフシャツに淡い色のジャケットをはおっていた。「重大なことだ」

この話し合いをできるだけ先送りしたいと願っていたが、やっぱりいまやるしかない、とエリーは決意した。さあ、覚悟を決めるのよ。「わたしも話し合いたいわ。なかへどうぞ」

スティーヴンは入室し、ドアを閉めた。「いや、驚いたよ、きみの弁護士からメモのついた契約書が戻ってきて。わたしたちはもはや話もできないのか？」

電話一本かけなかったことをエリーも心苦しく思っていたが、個人的に連絡を取るなとライリーに固く指示されていたのだ。「もちろん話はできるわ。でも、公私は分けるべきじゃないかしら。そこはきっちりしようと思うの」

スティーヴンは深刻な表情を浮かべてエリーをじっと見つめ、顔じゅうのしわといた。

うしわを寄せた。「エリー、あの条項を契約書に入れたのはわたしではない」

その問題にスティーヴンはどう対処するのだろうか、とエリーはずっと考えていた。

「わたしに送るまえに、契約書に目を通さなかったの？」

エリーはデスクに戻って奥の席につき、スティーヴンとのあいだに距離を置いた。

スティーヴンはかぶっていた野球帽を脱ぎ、向かい側の椅子に腰をおろした。「送付する契約書にすべて目を通すのか？　それとも弁護士に話を聞くか。そのために弁護士を雇うものだ。わたしがきみにあんなことをすると本気で思ったのか？」

スティーヴンの話を聞いていると、エリーはどういうわけかまた十代の少女に戻った気持ちにさせられた。罪悪感が胸に迫った。スティーヴンには昔からよくしてもらっていた。実の父親よりもかわいがってくれたときもあった。「どう考えればいいのかわからないの」

スティーヴンはエリーを見た。目の下にはくまができている。「誰かが株式譲渡契約を妨害しようとしているんだよ、エリー」

「誰がそんなことを？」これは誰にとっても満足のいく取引だ。スティーヴンは引退に向けて準備をしている。持ち株を一般市場で売却すれば、取締役会が弱体化する。だからこそエリーの父とスティーヴンは共同経営契約書に株式譲渡の条項をそもそも設けていたのだ。譲渡契約がまとまらなければ、膠着《こうちゃく》状態に陥る。買い取る資金がエリーにあるかぎり、スティーヴンは持ち株をエリーに売却しなければならない。

「わからない」スティーヴンの声はしわがれ、飲みもので喉を潤したほうがいいようだった。「弁護士に問い合わせたら、それは自分たちが送った契約書ではないと言う。ところが、正しい契約書をメールで送ってくれと頼んだところ、システム上でファイルが置き換えられていたらしい」

「契約書はベンから手渡しされたのよ」

スティーヴンは首を振った。「冷却装置をわたしがどうするというんだ？　開発をつづける資金などない。いまはいいアイディアがあるだけで、かたちにはなっていない。わたしのような者が持っていても宝の持ち腐れだ」

しかし、宝なら売り払える。スティーヴンに疑念をいだくこと自体嫌なものだが、エリーは疑問に思わずにいられなかった。ライリーから〝ビジネスは戦争だ〟と聞かされて、ひどく疑い深くなっていた。

ビジネスは戦争であると考えているのは、なにもライリーひとりではない。エリーの父はそれをうまく実践していた。やりすぎることもあったが、自分の頭のよさを証明する機会をつねにうかがっていた。父のビジネスパートナーはそうではないなんてことはあるのだろうか。うまくやりおおせると踏んだら、父ならなんのためらいもなくパートナーを食いものにしただろう。

家族だからといって、相手を優先するとはかぎらない、とエリーは幼いころに身をもって学んでいたのだった。

「まちがいが見つかったのはいいことだわ。これでまえに進められるもの」エリーはできるだけ前向きに解釈しようとした。

「この株式譲渡契約が成立しないと困る」スティーブンは指の節から血の気が引くほど、椅子の肘をがっちりとつかんだ。

「わかったわ。至急ライリーに手を打ってもらいます」スティーヴンのぴりぴりした様子がエリーには解せなかった。「新しい契約書がそちらの弁護士から了承されたら、ひととおり目を通して、送り返すわね」

「そんな手順では何週間かかるかわかったものじゃない。金がいるんだよ、エリー」

「どうしてお金が必要なの？」

「ある人たちに借金をしている」スティーヴンは目をそらした。「理由はそれだけだ。いいか、われわれ双方にとって、この件が片づくに越したことはない。きみの新しい弁護士が関与している気がする。契約書は差し替えられたんだ。最初に渡された契約書にはわたしも目を通したが、例の条項ははいっていなかった」

「なぜ引退するあなたに冷却装置のプロジェクトを持たせたいと思う人がいるのかしら？　その人にとってなんの得になるっていうの？」明らかに動機は金だろうが、スティーヴンの言い分は正しい。アイディアを開発して製品化するには元手がかかる。

「さあ、なんだろうな。わたしはその件ではめられた。思うに、きみもわたしもふたりとも、だ。何者かに家にはいられていたんじゃないかと思う」

「誰があなたの家に侵入するの？」エリーは穏やかに質問をつづけたが、スティーヴンは頭がおかしくなったのではないか、と思いはじめていた。

スティーヴンは顔をこわばらせ、表情は消えていた。「わからない。わたしには何人か敵がいる。きみのお父さんは亡くなったから、そうだな、仮にある男が自分もいつか死ぬということを考えはじめたとしよう。ひとたびそういう思考になると、自分の犯した罪のことしか考えられなくなる。きみのお父さんは善人ではなかった」

それはエリーもよく知っていた。「ええ、父はそうだったわ」

「わたしもつねに善人だったわけじゃない。撤回できるものなら撤回したい決定もくだした。とはいえ、ばかげたまちがいに足を引っぱられるわけにはいかない。わたしには金が必要だ。できるだけ早く二百万ドルほど」

「わたしにお金を借りたいの？」エリーは株式買収のための資金を用意してあった。

スティーヴンはこれまでに見たこともないほど冷ややかな目でエリーを見ていた。

「当然のことをきみに要求しているだけだ。こんなことは言いたくないが、二百万ドルを用立ててくれなければ、取締役会で別の人を支援せざるを得ない」

エリーは胃が下に引っぱられたような気がした。こんなことをスティーヴンが言うなんて。「わたしを脅迫するつもり？」

「わたしには提供できるサービスがある。きみにその気がなければ、ほかの希望者を見つける。シャリが持ち株を売ったことは知っている。その分と、あのモデルばりの弁護士先生に譲る分を差し引くと、きみは株主の過半数を獲得できない。わたしが説得を始めれば、ほかの株主たちは別のCEO候補の支援にまわるだろう。取締役会に席は残っても、わたしの持ち株を支配するまできみはCEOの座につけない。来年、強引に道を切り拓くこともできるかもしれないが、それまで待ってもいいのか？ほかの誰かが権力をにぎるのを見ていたいか？」

CEO職は最短で一年間の契約だ。取締役会が望めば、新しいリーダーと五年契約を結ぶこともできる。つまり、エリーは五年間も締め出されてしまう可能性がある。

「現金は持ち合わせがないのよ、スティーヴン。それはわかっているでしょう。株式譲渡契約が成立するまで待ってもらわないといけないわ」

「前払いを検討してもらわないと」とスティーヴンは提案し、口を引き結んだ。

エリーは深く息を吸った。「弁護士に相談して、書類を用意してもらうわ」

「だめだ」スティーヴンは身を乗りだした。「弁護士に用はない。連中が介入すると、すべてややこしくなる。小切手を切ってくれ。一週間以内に用意してほしい」

ドアをノックする音がしたかと思うと、ライリーがオフィスにはいってきた。

「ミーティングが開かれているようだな。弁護士を同席させずにいまふたりで話し合うのは得策じゃない。友好的な話し合いのようだが、体裁はととのえておいたほうがいい」

友好的ではなくなったところだった。エリーはまだ頭がくらくらしていた。

スティーヴンは椅子から腰を上げ、目つきをやわらげて言った。「すまない、エリー。ほかに手立てがあるなら、そちらを選んだ。進退窮まれり、でね」

エリーはライリーの視線を感じたが、彼に目を向けることができなかった。スティーヴンの要求は裏切りのような気がした。いや、〝のような気がした〟ではない。れっきとした裏切りだ。ものごとを取り繕うのはやめなければ。スティーヴンに脅迫されている。それは疑いようがない。

支援と引き換えにお金を出しても、それはただの口約束にすぎない。スティーヴンが約束を破っても、当局に通報するわけにもいかない。ビジネスパートナーの支援を〝金で買った〟と人に知られたら、エリーは笑いものになり、おそらく失脚する。

そうなっていいわけないでしょう？

「ぼくが知っておくべきことは？」ライリーは、エリーとスティーヴンを交互に見ながら尋ねた。

エリーには考える時間が必要だった。ほんとうなら、まずは椅子に座ったまま泣きだしていたはずだ。スティーヴンからこんな話を聞かされるとは思ってもいなかったのだから。

そして、支援なんかけっこうよ、とスティーヴンに啖呵《たんか》を切っていたはずだ。

そのどちらの反応もちらりとも見せず、顔が引きつりませんようにと願いながら作り笑いを浮かべた。「とくにないわ。スティーヴンは送別会の計画について相談に来ていたの」

ビジネスパートナーはうなずいた。「ああ、あと一週間だ。みんなで集まって楽しい会になるだろう。きみからのすてきな贈りものを期待しているよ、エリー。お母さんはきみを立派に育てた。感謝のしるしの記念品も進呈せずに、老いぼれを退職させはしない、そうだろう？」

二百万ドルという大金の記念品。「なにかいい手が思いつくか考えてみなくちゃね」

「きみなら思いつくとも」スティーヴンはエリーにうなずいて、踵を返し、オフィスをあとにした。

スティーヴンが出ていったあと、ドアが閉まった。

「ほんとうはなんの話だったんだ？」ライリーが尋ねた。

それはライリーに話せない。最後には泣いて、意気地なしに見えるのがおちだ。エリーは背筋を伸ばし、椅子から立ち上がった。

「ただの雑談よ。心配はご無用」

ライリーは目を細めてエリーをにらみつけた。「きみは嘘をついている」

「あなたはあなたで、ここでは誰がボスか忘れている」エリーはライリーの横を素通りした。「例の契約を終わらせないといけないの。やるべきことをやってちょうだい」

「かしこまりました」ライリーの口調はそれとわかるほど冷ややかになった。

それについてエリーにできることはなにもない。もしかしたら、これでよかったのかもしれない。エリーはくるりとうしろを向き、研究開発室へ歩きはじめ、ほんのひとときでも夢に見ていた男性を振り返りもしなかった。

夢から覚めてみると、火薬のにおいがした。友好的買収契約は戦争になっていた。

エリーがずんずんと歩き去るうしろ姿をライリーは見送った。

いったいなにがあったんだ？

さっきまで人事部に電話をかけていた。ある訴えの対処方法に不服があるからだった。〈ストラトキャスト〉の法務部長は、社内の時間は前世紀で止まったままだという認識のすっとこどっこいだった。この部長にまかせていたら、会社は全国の女性団体から突き上げを食らうだろう。株式譲渡契約が成立したら、法務部長はクビだ。なんなら法務部の従業員を全員解雇し、自分の部下たちを連れてきてもいいだろう。

言うまでもなく、友好的買収を成立させるつもりはさらさらない。なにが起きているかエリーが気づいたときには、ライリーこそここから出ていくところだ。

予期せぬ結果への対応はエリーにゆだねられる。

そのとき、エリーはどうするのだろう？

「なにかご用かしら？」エリーの秘書がドアのまえに立ち、きれいな顔をしかめていた。「そういうことなら、お手伝いするわ」

つまり、さっさとここから出ていけ、とはっきりほのめかされている。

「いや、とくに用はない。ぼくに用事のある人はいないか様子を見にきただけだ」ライリーはとびきりの屈託のない笑顔を秘書に向けた。「エリーがなにか必要なら、ぼくは向かいのオフィスにいる」

「そのときは知らせるわ」秘書も愛想よく笑みを返したが、ライリーがオフィスを出ていくまでドアを押さえていた。

秘書はオフィスをあとにせず、ライリーが出ていくと、ドアを閉めた。ライリーが振り返ってみると、秘書はブラインドをおろしていた。

なにをするつもりだ？

それを探るいい方法がある。ライリーは自分のオフィスに戻り、椅子に座ると、閉じたブラインドに目を向けながら、私用の携帯電話を手に取った。番号をダイヤルする間もなく、着信音が鳴った。

「ブラン、どうなってる？　エリーとカスタラーノのあいだでなにかあったようだ」

「ああ、それなら喜んでいいよ、ぼくが聞いていたからね。あいつはくそったれだよ」ブランは嬉《うれ》しそうな声で言った。

弟はわかりきったことを言う癖がある。「知ってる。で、会話は聞いたのか？」

「ああ。音声をずっと流しっぱなしにしているから。エリーが独り言を言うのは知ってたかい？　歌を歌うときもある。たいていポップソングだけど、ときどきロックバラードも入れてくる」

「それで、ブラン？」ブランを仕事に集中させておくのはなかなか大変なときもある。「おっと、ごめん」ブランはライリーの反応に気づいて返事をした。「ぼくは彼女が好きだよ。かっこいい。そこらのボスとはちがう。人にちゃんと気遣いができるタイプって気がする」

「そうか、気に入ったのならよかったよ。さて、そろそろカスタラーノが彼女になにを言ったのか聞かせてもらおうか」

電話の向こうですこしだけ沈黙が流れた。ややあって話しはじめたブランの声は、一転して厳しい響きがあった。「カスタラーノはエリーを脅迫している。二百万ドルを用立ててくれなければ、取締役会でほかのやつを次期CEOに推す、と」

「あの外道が」さっきあの場でつかまえて、あいつと話をつけておくべきだった。

「ああ、ほんとにそうだ。カスタラーノは焦っているんだろうな。ドルーがつくらせた借金の取り立てで、あのくそったれにそれなりのプレッシャーがかかってる。盗聴したテープは使えるかい？　警察に持ちこめるかな？」とブランは尋ねた。

あいにく警察でテープを再生するとなると、問題がいろいろある。「いや、それは無理だな。ニューヨークの盗聴規定は明確だ。エリーが進んで嘘をつき、盗聴されていることは事前に知っていたと供述しないかぎり、テープは使えない。それに、カスタラーノの発言内容も問題になる。エリーを痛めつけると脅していないのならだめだ」

ブランはため息をついた。「身体的な脅迫ではなかった。それについてはカスタラーノも慎重だった。くそっ。まさかあの男がエリーのところに出向くとはな。エリーがあいつに金を払ったらどうなる？」

「エリーは払わない」そうさせるわけにはいかない。これは微妙な状況で、打つ手をひとつまちがえれば、必要とするものを得られない。カスタラーノは金欠でなければならない。弱い立場でなければ。借金が返済されれば、あの男にいささかの力をあたえてしまう。

「ほかの話も聞いた」とブランが言った。「カスタラーノは自分の健康状態についてなにか言っていた。調査員の報告によれば、カスタラーノは診療所がいくつかはいっているビルに定期的に出入りしている。本人にあまり接近しない方針だったけど、様子を探ってみるべきかもしれない。ぴったりと張りつかないやり方は正解だったけどね。カスタラーノはすでにびくびくしている。兄さんは敵だと思っている」

つまり、あの男はすぐれた生存本能を備えているということだ。「距離を詰めて尾行するよう調査員に伝えてくれ。現時点では、尾行になんの問題もない。カスタラーノがすでに不安を感じているのなら、不安材料をあたえてやればいい。プレッシャーをかけて、どうなるか様子を見てみよう」

「エリーがカスタラーノに小切手を切ったら？」

その可能性を思うと、ライリーは胃が痛くなった。「実行に移す手がある。その場しのぎの解決策だが」

エリー自身とエリーの立場に打撃をあたえる可能性があるため、実行せずにすめばいいと思っていた手立てだ。

「了解。ドルーに知らせておく」

「株の状況はどうなっている？」とライリーは尋ねた。

「かなり目標に近づいている。少数株主の身元を何人かすでに確認した。話を持ちかければ、適正価格で株を手放してくれるかもしれない。そっちの心配はしなくていいよ。エリー・ストラットンに目を光らせていてくれ。小切手を切らせないように。もしそんな事態になったら、ドルーはどうするのかな」

打つ手はなく、ドルーは精神的に壊れてしまうかもしれない。そして〈ストラトキャスト〉も崩壊する。ライリーらの根まわしのおかげで、エリーは窮地を切り抜け、会社か大金を手にすることになるだろう。ドルーがとことん汚い手を使えば、エリーは一文無しで会社を追われる可能性もある。

ライリーはエリーをそんな目にあわせたくなかった。彼女に事情を打ち明けさせ、自分を信頼させなければ。

「ぼくにまかせてくれ」エリーのことは、という意味だ。ライリーは廊下の向こうに目をやった。「いまはなにか聞こえるか?」

隠しカメラを設置して、映像を入手できればよかったのだが。

しばらく静かになったが、ブランがまた電話口に戻った。「なにも聞こえない。そこでなにかしているとしても、物音は聞こえない」

ドアがあき、リリーがオフィスから出てきた。ドアを閉め、自分のデスクに戻った。ライリーと目が合うと、一瞬、視線をあわせてきた。

ライリーは目をそらした。「エリーの秘書を調べてくれ。なにかありそうだ」

ケイスのことばをふと思いだした。〝屈折していること〟について持論を展開されたのだった。あのとき、義弟のケイスが話していたのは、実際のエリーは調査からわかる人物像より屈折しているかもしれないということだった。たしかにそれはあたっていた。

事態のすべてがじつはもっと屈折していたら?

「了解。名前はこっちで把握している。それからライリー、ゆうべは悪かったよ」ブランは神妙な声で言った。

「けんかのことか? もっと気をつけろよ」とライリーは言った。

「わかってる。カスタラーノと秘書の調査を手配する。今夜は会えるかな?」

残念ながら、その答えはイエスになりそうだ。「ああ、またあとで」

エリー・ストラットン嬢を追い求めた挙げ句、分厚い壁に突き当たっていた。すぐにはその壁を跳び越えられそうにもない。

一介の従業員を相手にするように、さっきはエリーに体よくあしらわれた。冷たく拒絶され、女王然としてオフィスをあとにする彼女をライリーは見送るしかなかった。エリーはうしろを振り返りもしなかった。つきまとわれたくないといわんばかりに。

ああ、きっとそうだ。

エリーのあとを追おうか、ライリーも迷うことは迷った。彼女はカスタラーノを父親のように思っているのに、あのくそ野郎はそんな彼女の気持ちを踏みにじった。たしかにエリーの態度は強情だった。女王さまのような高飛車な言動でこちらの自尊心を傷つけたと思ったかもしれない。

ライリーの自尊心はそんなちんけなものではない。プライドを傷つけられたことよりも、エリーがどんな気持ちでいるか、はるかにそれが気がかりだった。

嫌な男だといまはエリーに思われているかもしれない。まわりにいるほとんどの男たちと同じだと。彼らは年長者たちだ。まじめで親切な者もいるが、〝自分たちの〟会社が若い娘に引き継がれるのが気に入らない者もいる。そこをなんとかまるくおさめようとしているエリーの姿をライリーは見ていた。

日程をこなすとしたら、エリーは夕方の会議のあと、オフィスに戻って、味気ないテイクアウトで夕食をすますのだろう。ひとりで。

ならば、騎士が女王に頼りがいのあるところを披露する頃合いかもしれない。

ライリーはオフィスの外に目をやった。リリーはノートパソコンに向かっていた。彼女はいつも上司の残業につきあわない。そこを今夜うまく利用できそうだ。

電話に手を伸ばし、計画を立てはじめた。優秀な兵隊は、ときとして壁を乗り越えない。強引に突破してしまうこともある。

ゲームの段階を引き上げる潮どきだ。

6

経理の問題はほっぽらかして、もう家に帰ろうかとエリーは本気で考えていた。ワインを一本買って帰り、お風呂にはいって、ロマンス小説を読んで、悲しみをまぎらわせようか。どうせこれからもこうやって人生を送ることになるのだから。

〝あなたはあなたで、ここでは誰がボスか忘れている〟

いったいなにを考えていたの？　あれでは平手打ちをして、彼をたたきだしたようなものだ。

エリーはオフィスにつづく廊下へと角を曲がったところで足を止めた。

たがいの立場をあらためてはっきりさせただけだった。たしかに、この一週間でだからといって借りがあるわけではない。

そして、貸しがあるわけでもない。向こうは最高の仕事をすれば義務は果たされる。エリーもそれで満足してしかるべきなのだ。

夜もこんな時間になれば、ありがたいことにどこも静かだ。いや、階下ではまだ仕事をしている者たちがいる。あらたに試験中のキャリブレーションで不具合が起き、やり直しを余儀なくされていた。しかし、上階のこのフロアは平穏だった。清掃スタッフさえ仕事を終えて、引きあげていた。照明は薄暗くしぼられている。

そして、ライリーのオフィスは暗かった。もう彼は帰ったあとだ。こっちの様子を確認したり、真相を聞きだしたりするために居残ってはいなかった。やるべきことをやり、荷物をまとめ、会社をあとにし、私的な時間を過ごしている。

それでいいのだ。契約書のことは明日、尋ねるとしよう。そして、仕事上の立場をわきまえて、うまくやっていけばいい。そもそもそこから逸脱するべきではなかった。

エリーは疲れきっていた。プロに徹することに疲れ、仕事の進め方をめぐって意見がまとまらないエンジニアたちのあいだにはいって、仲裁役を務めなければならないことに疲れ、自分が気にかけている人にことごとくがっかりさせられることに疲れていた。

いつの間にか頬が濡れていることに気づき、エリーは手で頬をこすった。いよいよ職場で泣きだす始末だ。なんということかしら。

オフィスの明かりはついたままだったが、ブラインドは誰かが閉じていた。たぶんリリーだ。エリーは鼻をすすり、リリーのデスクの上からティッシュペーパーを一枚抜き取った。都合のいいことに、リリーはハッピーアワーの酒場に飲みに行っていた。用事はないか、と尋ねるメールがさきほど送られてきたのだ。

会計報告書を一緒に調べてくれる相手がいれば、それはそれでよかったかもしれないが、エリーはむしろひとりになりたかった。これは自分が負うべき責任だ。いいから楽しんで、とリリーには返信したのだった。

最後にハッピーアワーに飲みに行ったのはいつだろう? 経営者として働きはじめてからは一度もない。実習生だったころは、エンジニアたちと連れだって、よく出かけたものだった。まだお酒が飲めないころも彼らの仲間にはいり、クイズをしたり、映画の話をしたりした。彼らの披露する変わった理系ジョークに耳をそばだて、一緒に笑ったものだ。

やがて結婚し、経営部門に異動したが、そこではあまりなじめなかった。そして父親が病気になり、そうこうするうちにエリーは離婚騒ぎの真っただなかに置かれた。思い返せば、踏んだり蹴ったりの二年間だった。

エリーは自分のオフィスのドアをあけ、目を丸くした。

休憩スペースのソファにライリーが座っていた。運びこまれたテーブルの上いっぱいに料理が並んでいる。じつにおいしそうなにおいが漂い、ワインのボトルと、休憩室から持ちこまれたコーヒーマグもふたつあった。

「きみから苦情が出るまえに言っておくが、ぼくがここにいるところは誰にも見られていない。そして、きみにはこういう息抜きが必要だ。肩に力がはいりすぎているからね。できることなら幼児用のふたつきカップにワインを注いで、昼寝用の毛布でも持ってきてあげたいものだよ」

ライリーは厳しい面持ちでエリーをにらんでいたが、やがてにやりと笑って、せっかくつくったしかめ面を台無しにした。エリーは不愉快な態度を取ったのに、ライリーはごちそうとワインを用意して、彼女につきあって居残ってくれた。

顔から笑みが消え、ライリーは立ち上がった。「なんとか言ってくれないか、エリー。きみとカスタラーノのあいだにさっきなにがあったのか知らないし、きみもそれをぼくに話す必要はないが、きみが動揺したことはわかっている。ぜひ力になりたい」

ライリーは立ち去らなかった。立ち去ってもおかしくなかったのに。あれっきり出ていっても不思議ではなかった。

そろそろこの人ができすぎていて信じられないと不安がるのはやめて、あたえられたものを素直に受けとってもいいのかもしれない。

「さっきはごめんなさい」

「べつにいいけど、そのことを話したいか？」

それは考えたくなかった。関連することはどれもこれも。ここ数カ月の試練が心に重くのしかかっていた。不安な気持ちをコートのようにまとい、引きずっていた。ほんのひとときでいいから、自分がボスではない、重役ではない時間が欲しい。ひとりの女性である時間が。「話はしたくないわ、ライリー。キスしてほしいの。まだわたしを欲しいと思っていてほしい。気が変わっていないと言ってほしいの」

もしも拒絶されたらどうするか、エリーはわからなかった。

ライリーはためらいもしなかった。長い歩幅の二歩で距離を詰め、エリーの目のまえまで迫った。「きみが欲しくてたまらないんだよ、エリー。疑問の余地もなく」

エリーの顔を両手で挟み、顔を下げ、ライリーがあの官能的な唇を近づけてくると、エリーは迷いを捨て、心を決めた。

まちがった選択かもしれない。プロ意識が完全に欠如しているかもしれないが、彼に抱かれる決心がついた。情事に身をゆだね、その結果にはくよくよすまい。いまだけは奔放になり、自分の思うままに行動する。

自分をさらけだし、すべてを捨てて、重ねた唇の感触だけを味わった。

エリーがライリーのために唇をひらくと、キスはたちまち熱を帯びた。あの出会った日のような冷静さも自制心もライリーにはなかった。抑制されている、とあの日エリーは感じたのだ。いまはライリーの舌が口のなかに挿しこまれ、首筋に手をまわされながら、狂ったように興奮が胸にこみ上げていた。ライリーはエリーをしっかりと抱き寄せると、自分がどれだけ欲情しているか、その度合いを彼女に実感させた。

エリーの全身に火がついた。まるで体に電線が張りめぐらされ、電流が流れているような心地がした。そして、その感覚を手放すつもりはなかった。セックスも以前はいいものだった。楽しい時間の使い方だったが、爆発を待つ時限爆弾のようであったことは一度もない。ライリーとはちがうことになりそうだ。ぎくしゃくすることもたぶんない。

ライリーがかすかに顔を引いてキスが中断したが、両手がエリーのお尻までおろされたかと思うと体を密着させ、彼の中心で硬く勃起《ぼっき》したものをエリーに意識させた。ライリーの息づかいは荒く、あたかも静止状態からほんの数秒で全力疾走したかのようだった。エリーと一緒にいるだけでめまいがするかのようだった。「キスだけかい、エリー？　ぼくならそれでもかまわない。ほんとに。きみがしてほしいところまでででいい。でも、それがどこまでなのか、先に決めておかないと」

ここまでにしておくのが賢明だろうが、エリーの気持ちはそこをはるかに通り越していた。「なかに来てほしいの」

エリーの腰にあてたライリーの手に力がはいった。「おいおい。本気じゃないなら、そんなことを言うもんじゃない。いったん始めたら、途中で止めようにも止まらない。いまこの瞬間のことを言っているんだよ、ベイビー。きみにノーと言われたら、いつでもぼくはやめる。でも、いまきみを抱いたら、もっと欲しくなる。きみが必要になる」

エリーは甘えるようにライリーの頬に頬を押しつけた。どれだけこの人の近くにいたかったたか気づかずにいた。どれだけ肌と肌を触れ合わせたかったことか。気の赴くままに手を動かした。イエスと言えば、こんなふうにライリーに手を触れることができる。素肌をやさしく愛撫《あいぶ》し、彼がどれほど大切な存在か態度で示す権利が得られるだろう。

「わたしもあなたが必要よ。ほんとうは必要だと思いたくなかった。タイミングが悪いから。でも、抑えられないの。あなたに夢中なのよ。日々の生活にあなたが欠かせないの」

「これからはきみの生活にかかわっていく」ライリーは熱のこもった声で言った。「きみのベッドに入れてくれ。友人にはもう戻れない。きっといつでもきみが欲しくなる」

これでふたりの考えは一致した。「いいわ、ライリー。ぜひそうして」

ライリーは再び顔を下げ、エリーの口もとに唇を寄せた。彼の飢えをエリーは感じ取った。ライリーはエリーのヒップのふくらみに両手を這わせ、自分のものをエリーにこすりつけた。その愛撫にエリーはその気にさせられた。これほど男性に求められた憶えがない。ライリーはただ誰かとセックスがしたいようではなかった。エリーを求めているようだった――エリーだけを。

エリーはライリーに腕をまわし、しっかりと抱きつき、彼にリードさせた。

ライリーの口が位置を下げ、エリーの顎にキスをし、耳へと移動した。「きみになにをしたいかわかるか？」

すこしなら。エリーはいつもセックスの最中は口数が少なかった。感覚に意識を集中させたいからだったが、ライリーの話は聞きたかった。一緒にいることを実感したかったのだ。「なにをしたいの？」

ライリーの舌に耳の輪郭をなぞられ、その熱気でエリーはぞくりとした。そして、耳たぶに歯を立てられて、興奮が体を突き抜けた。

ライリーの声は低く、セクシーなうめきが耳に響いた。「きみを脱がせることをいつも考えている」

ライリーはいきなりエリーにうしろを向かせ、彼女のヒップに体の前面を押しつけた。エリーは隆起した硬いものがお尻にあたっているのを感じた。ライリーに腕をまわされ、体をしっかりと引き寄せられていた。

「裸にしたいの？」エリーは会話をやめたくなかった。これまでの性的な触れ合いは自分の築いた壁で狭められていたのだといまになってわかってきた。相手はいたけれど、どんな歓びであれ、基本的にはひとりで見つけていたのだ。元夫とは、まず電気を消し、することをしたら、黙って眠りについた。夫婦のあいだの愛情表現は体のまじわりだけだったのだ。

ライリーとはそんなふうにしたくなかった。

手が上がってきて、ブラウスとブラの薄い生地越しに乳房をつかまれた。ライリーは温かな吐息を洩らしながらエリーの首筋に唇を這わせた。「ああ、そうだ、きみを裸にする。きみとぼくを隔てるすべてを取り払う。すっかり脱がせて、体の隅々まで手で触れる。取締役会ではきみはボスかもしれないが、ここではぼくがリードする。

できるかぎりの方法できみを抱きたいんだよ、エリー。ひとたびきみのなかにはいったら、きっと去りがたくなるから」

ライリーはまだ逃げ道を残してくれているが、エリーに逃げるつもりはなかった。

「答えはイエスよ、ライリー。もう迷ったりしない」

ライリーは左右の親指でエリーの胸の先端をさすった。「その気持ちを変えさせるようなことはしない。約束する」

なぜそれほどきっぱりとした口調なのかエリーはわからなかったが、ライリーの手がブラウスのボタンに伸びてきた。ボタンをはずされ、裾をスカートのウエストバンドから引きだされ、ブラウスをうしろから脱がされてしまった。

素肌がひんやりとした空気にさらされた。欲情してエリーの頭のなかは靄《もや》がかかったようだった。これまでになく、心身から無駄な力が抜けていた。体がほてり、欲求で筋肉が張りつめたが、ライリーにすべてをまかせた。ブラがはずされた。そして、ライリーはまたもや乳房に手をあてがい、エリーの素肌に吐息を洩らした。

「うーん、最高のさわり心地だ。きれいな胸をしているね。どれくらいまえからここに手を伸ばしたいと思っていたか、知っているか?」

エリーはライリーに寄りかかり、たくましい胸板に頭を預けた。この人は体じゅうどこもかしこもがっちりとしている。皮膚の硬い手でなでられていると、その男性的な感触にかつてないほど自分が女であることを意識させられた。

乳首をつままれて、エリーは一瞬、息もできなかった。

「欲しいものをすべてぼくにくれる、そうだね、エリー？　ぼくにこの体と戯れさせてくれる。ぼくを包みこみ、ずっと夢見ていたように、自分のものにするのを許してくれる。無条件に、なんのこだわりもなく、たがいにたがいをどう感じさせるかということだけを考えて」

ほかのことはいっさい忘れてしまおうというのは最高のアイディアに思えた。エリーにはそれが必要だった。すべてを手放して、頭をからっぽにする必要がある。もう何年もそんなことはしていなかった。いや、もしかしたら一度もしたことはないかもしれない。

けれど、ライリーと一緒にいると、しっくりくる。これだという気がするのだ。

「ええ。あなたと一緒にいたいの。あなたとだけ」

スカートのうしろのボタンに手間取り、ライリーは思わず毒づいたが、最後にはどうにかボタンをはずした。「くそっ。きみのなかにはいったら、長くは持たない。でも、きみのことは喜ばせるぞ、エリー。それは約束する。うんと喜ばせてやる」

興奮のあまり発するライリーのうなり声がエリーは好きだった。手の震えもだ。興奮しているのはエリーだけではなかった。すぐそばにライリーがいて、じれったそうにしている。エリーは彼に協力し、スカートを押し下げ、蹴るようにして靴を脱いだ。パンティだけの姿になると、くるりと振り返り、ライリーの腕のなかに飛びこんだ。

エリーはややぽっちゃりとした体型で、胸はとても大きかった。同年代の多くの女性たちとちがい、寄せたり上げたりしたこともなかった。その豊かな胸はいくらかたわみ、エリー本人も重々気づいていたが、ヒップは不格好なほど突き出ている。彼にそっぽを向かれる？　案外きれいじゃなかったと思われてしまう？

ライリーは目を見張り、胸に視線を釘づけにした。「きみはほんとにすてきだよ、エリー。最初の日からぼくがどう過ごしてきたかわかるか？　先週ほど自慰に耽《ふけ》ったことはこれまで一度もなかった」

ああ、こちらになにを言えばいいかこの人はわかっている。顔が赤くなっているとエリーは自覚した。「わたしもあなたのことを考えていたわ」

「その話をくわしく聞かせてもらいたいが、あとにしよう。いまはきみに出会った瞬間からずっとしたかったことをする」ライリーは身をかがめ、エリーを軽々と抱き上げた。そして、しっかりとした足取りで彼女のデスクに向かった。

デスクの整理整頓を心がけていてよかった。さもなければ、気が急いているライリーに、デスクの上に載っているものを一切合切、腕で床に払い落とされていたはずだ。彼はデスクの真ん中にエリーを座らせた。

「体をうしろに反らしてくれ。これも脱がすから」ライリーの指がビキニパンティの両端にまわされた。

エリーは言われたとおりにしながら、デスクマットのなめらかな革を素肌に感じた。ライリーがゆっくりとパンティをヒップから引きおろし、太腿の下へ下げていった。エリーに視線をおろし、はっと息をのんだ。迫るようにしてエリーの目のまえに立っていた。彼がまだしっかり服を着こんでいることに、エリーは気づいた。こちらはといえば、捧《ささ》げもののようにデスクに座らされ、肌身をすっかりさらして彼を待っている。

なぜこの状況にこれほど興奮させられるの？　なぜライリーに貫かれる瞬間を予期して、心拍数が跳ね上がり、血が全身を駆けめぐるの？　エリーの秘められた部分は欲求で脈打ち、かつてないほどやわらかく、濡れていた。

ライリーはエリーの内腿に手を走らせ、脚を開かせた。エリーは彼を見つめた。そっと体に触れられながら、彼の目をのぞきこんだ。その緑色の目は熱を帯びていた。

興奮で顔を上気させながら、目を輝かせている。いよいよ自分の服を脱ぐのかと思いきや、ライリーはエリーの体を引き寄せ、デスクの縁にお尻をつかせた。そして、膝を突いた。

なにをするつもりかに気づき、エリーは体を震わせた。「だめよ、ライリー」

ライリーはエリーの体を見上げ、脚を大きく広げさせながら目を合わせた。「出会って五分たつかたたないかするうちにしたくなったのがこれだ。きみを味わってみたくなった。きみに口をつけ、甘い顔立ちと同じく、味も甘いのかたしかめてみたかった」

ライリーが顔を下げてきた。エリーは素肌に彼の熱い吐息を感じたかと思うと、次の瞬間には秘部に口をつけられ、甘い炎に身を焦がすようだった。

からかいも挑発もなかった。ライリーはふざけようとしなかった。エリーをすみやかに絶頂に導こうとした。舌で攻め立てられ、エリーの体は弓のようにぴんと張りつめた。湿った熱気が全身に広がり、どこよりも敏感な場所の奥へと忍びこむと、エリーは思わず体が動きそうになるのをじっとこらえた。舌の動きに合わせて腰を動かしたかったが、ここはライリーの持ち場だ。エリーはここ以外ならどこでも主導権をにぎっている。ここで支配するのはライリーだ。ライリーに押さえつけられながら、彼の手に権力がにぎられているのはいいものだ、とエリーは思った。ライリーを信頼しているからこそ、これは成り立つのだ。けっして傷つけられはしないからこそ。ライリーと一緒なら、自分を解き放ってもだいじょうぶだった。身をゆだね、すべて彼のしたいようにさせてもだいじょうぶだ。

快感に溺れ、正気を失いそうだ。やわらかな部分につけた口からライリーのうめき声が洩れ、興奮がエリーの素肌に広がった。

「きみはとても甘いよ、エリー。こんなにおいしいものは初めてだ。いくらでも味わえる」ライリーの右手が上に移動し、指が二本、体の奥にはいってくるのがエリーにわかった。ライリーが言った。「すごくきついね。なかにはいったら、きゅっと締めつけられるんだろうな」

「しばらくぶりだから」二本の指でさえ、ライリーが内側で動かしはじめると、エリーには太く感じられた。

ライリーはやさしく愛撫しながら、目を上げた。「離婚してから誰とも?」

エリーは首を振った。すごく気持ちいい。話をするどころではなかったが、彼には話しておいたほうがいい。「デートは何度かしたけれど、心が動かされる人はいなかった。そのまえも一年くらいはほとんどセックスレスだったしね」

二年間、玩具《おもちゃ》を相手にするしかなかったが、それも結局、使わなくなっていた。父の残したごたごたを片づけ、会社をまったくちがう場所へ導く準備に全力を傾けていたのだ。そういうわけで、自分の欲求のことはすっかり忘れていた。彼に欲求を呼び覚まされるまで。

ライリーは指で愛撫をつづけながら、舌で突起を見つけた。口をつけて吸い、二本の指で体の奥をそっとかきまぜた。

エリーはじっとしていようとがんばっていたが、ついに拳をにぎり、叫ばないように必死でこらえた。

やがて内側の魔法のような場所を探りあてられるや、もうこらえきれなかった。ここがオフィスであろうとかまわなかった。誰かがまだ残業していたとしても、どうでもいい。ライリーの指が導く興奮と、彼の唇と舌以外は、なにもかもどうでもよかった。エリーは最後の限界を超え、絶頂へ昇りつめた。そして、その興奮がおさまるより早く、ライリーは立ち上がり、もどかしげにベルトをはずしはじめた。

エリーはデスクに体を倒し、仰向けになった。体が消耗し、ぐったりしたが、血が全身を駆けめぐる感覚は悪くなかった。そして、なにからご無沙汰していたのか思いだした。情熱や、心のつながりや、親密な営み。それらはすべて、ライリー・ラングのなかにひとまとめにされている。

顔を上げると、ライリーがズボンとボクサーショーツをおろし、股間のものを解放していた。手に小さな包みを持っている。どうやら新しいお相手はボーイスカウトのようだ――用意周到という意味で。手を震わせながら、包みを破った。エリーは彼の陰部に目をやった。太く、長さがあり、先端はきれいな紫色をしている。そこにゴムを装着すると、ライリーはエリーの脚のあいだに戻ってきた。

「あなたが見たいわ」

床に脱ぎ捨てられたズボンは別として、ライリーはまだ服を着ていた。勃起したものを入り口に押しあてた。「もう待てない。きみがイエスと言ったらどうなるか、あらかじめ言っておいただろう」

ライリーにほどよく脚を広げられ、エリーは思わず顔をほころばせた。全身はまだ快感の余韻でざわめいている。ライリーは髪を振り乱し、真剣な面持ちでエリーの内側に分け入りはじめた。

その様子にはエリーの影響が見て取れる。ライリーはつねに汗ひとつかかず、その物腰はつねに洗練されているのに、いまは必死になっているようだ。必死でエリーを求めている。どうしてそんなことになるの？　ギリシャ神のような彼がエリーの内側に突き進んでいる。腰を押さえ、なんとか押し入ろうとしている。

「きみを痛がらせたくない」

エリーは首を振った。「ううん、だいじょうぶよ。ただ、ちょっと……ねえ、よくわからないのよ、なぜあなたがわたしとこうなっているのか。でも、すごく嬉しいわ」

ライリーは小さく息をのみ、あたかもエリーになにごとか知らしめようとするかのように、強く突き入れた。「ぼくを見てくれ。ぼくがこうしているのは、きみを自分のものにできないでいると思うのが耐えられないからだ。きみほどその気にさせられる女性はこれまでひとりもいなかった。きみのことは理解できないし、この先もそれは無理かもしれないが、これから知ることになると思う、きみという人をね、エリー・ストラットン。なにがきみを笑顔にするのか、なにがきみにぼくの名前を叫ばせるのか、ぼくは知ることになる」

ライリーは歯を食いしばり、奥まで身を沈めていった。つけ根まですっぽりとはいると、エリーはかつてないほど満たされた。オーガズムに達した疲れが残っていたが、体がまたしてもほてってきた。彼の引き締まったウエストに両脚をからめ、腰を持ち上げて角度をつけた。もっとライリーが欲しかった。彼のすべてが欲しかった。

ライリーは話をやめ、身を落ちつけると、頭を垂れた。腰を突きだし、その動きにエリーも合わせ、彼を迎え入れた。

「きみの抱き心地は最高だ」ライリーは手を動かして、突起を探しあて、強い突きに合わせて、指でも愛撫した。

エリーは腰を突き上げ、もう一度絶頂に達した。手に余るほどの悦びにひたり、感極まった。涙がこみ上げ、エリーが再び叫んだのは、ライリーのリズムが乱れ、突きが激しさを増し、やがてライリーがエリーの腰をしっかりと押さえて果てた瞬間だった。

ライリーは前方に倒れこみ、エリーの胸に頭をつけた。

エリーはライリーを抱きしめ、困ったことにはならないだろうと思った。ライリーに腕をまわしたのは、真っ先に頭に浮かんだのが離したくないという願望だったからだ。

つぎに浮かんだのはもうすこし現実的なことだった。

いったいわたしはなにをしたの？

シャワーブースのすりガラス越しにエリーの体の曲線を見つめ、この女性は自分にとって究極のバイアグラではないかとライリーは思った。エリーを抱いてから一時間もたっていない。十分後にはもう硬くなっていた。彼女を眺めながら、獣のような欲望がむくむくと湧き上がっていた。「そこにふたりではいれるかい、ベイビー？」

　デスクの上での刺激的な出来事のあと、ライリーはエリーに服を着せていた。目を見開いてライリーを見上げたエリーの表情は穏やかで、思わず彼女に洗いざらいぶちまけてしまいそうだった。

　口先まで出かかって、知り得た情報をなにもかも話してしまうところだったのだ。エリーを抱きしめて、自分がなにをしているのか打ち明け、許しを請おうかと考えた。ほら、心のやさしいエリーのことだから、すべてを理解し、仲間になってくれるかもしれない。

　そうまで思ったが、性行為の様子を兄弟どもに盗み聞きされたかもしれないという事実を思いだし、ぎょっとして、ライリーは正気に戻ったのだった。

　エリーの着衣を手伝い、自分も身支度をととのえると、食べものを包み直した。

　タクシーで家に帰るあいだ、エリーは無口になり、時速百キロもの速さで頭を回転させているようだった。タクシーが自宅のまえで止まると、エリーはこちらに顔を向けてきたが、おやすみなさいとか、考える時間が欲しいとかなんとかつまらないことを言いだすより早く、ライリーは彼女にキスをしたのだった。

それで、お決まりの押し問答はすこし先延ばしにできたようだ。

エリーに部屋に通されたあと、ライリーが差し入れで持ってきた夕食を温め直し、ふたりはニュース番組を見ながら、オレンジチキンと牛肉とブロッコリーの炒めものと餃子を食べていた。エリーの手にワインのグラスを押しつけていたのだが、グラスは半分ほど空いていた。

スコッチウイスキーを一本、ここに常備しなくては。

シャワーを浴びて、寝る準備をしたらどうかと勧めると、驚いたことにエリーはあっさりとその勧めに従った。

それはそうだろう。オーガズムの余韻が薄れたとたん、エリーの頭もまたまともに働くようになったはずだ。ライリーとしては、一線を越えた事実にエリーの意識を向けさせる必要がある。ふたりは親密な関係になった。そう、ソーシャルメディアの交際ステータスは変更しないかもしれないが、やることはやったのだ。ここそこ逃げだして、なにもなかったふりはしない。

とうとうエリーを望みどおりに手に入れたのだから、この関係を維持するつもりだ。

「えっ、でも、すぐに出るから」返ってきたのは、明らかにどぎまぎした返事だった。

「タオルを取ってくれたら、交代してあなたにシャワーを浴びてもらえるわ」

よかろう、そんなつまらぬ提案は却下しなければ。さもなければ、エリーは上品ぶった悪夢のような寝巻きのボタンを上までしっかり留めて、シャワーを浴びて服を着たライリーを待ち、玄関へ見送りに立つ。

そうはさせてなるものか、だ。せっかくエリーを裸にしたのだ。しばらくはそのままにさせておこう。とにかく彼女ほどの美女にはお目にかかったためしがない。手を触れたためしも、手を出したためしもだ。

ライリーはまたもや硬くなっていた。

手に入れた陣地を失いたくないのなら、攻めていくしかない。戦争中であることをすこし忘れていた。この戦いにかぎっていうなら、これでは服を着こみすぎだ。

ライリーは手早く服を脱いだ。もったいぶっている暇はない。初めて裸を見せてうろたえさせれば、隙を突いてまたエリーを腕に抱けるかもしれない。

だめだと言われたら、素直に引き下がるが、それは双方にとって得策だとライリーはまったく思わなかった。

エリーには奔放になれる場所が必要だ。その場所をライリーは提供する。

すべてが終わったあとの影響からエリーを守るつもりでいた。安全を守ってやるつもりだ。エリーはいくらか面目を失うかもしれないし、株価も一時的に下落するかもしれない。しかし、ライリーは楽観的に考えていた。

自分ならうまくできる。復讐を成し遂げて、なおかつエリーも手に入れられる。なぜならこの女性が欲しいとはっきりわかったからだ。悔しいけれど、エリーにめろめろだった。

ライリーはシャワーブースのドアをあけて、なかにはいった。

エリーは振り返り、出ていってと命じようとしたのか、口を開いたが、そういうことばは出てこなかった。目を見開いて、ライリーをじっと見つめていた。「裸なのね」

ワット数の高い笑みに見えるよう願いながら、ライリーはエリーにほほ笑みかけた。

「ああ。きみもそうだね、美人さん。さあ、こっちにおいで。体を洗わせてくれ。なにしろきみの体を汚したのは、このぼくだからね」

エリーはライリーの股間から無理に目をそらそうとしているようだった。狭いシャワーブースにふたりで閉じこもった恰好になったが、エリーはどうにかライリーとのあいだに距離を取ろうとしていた。「わたしたちはまちがいを犯したかもしれないわね」

ライリーは両手を腰にあてた。感情を装う必要はなかった。これは演技ではない。

こういう話にはうんざりだというのが本音だった。「踏ん切りをつけてくれと言ったはずだ」

エリーは目をそらした。「つけたと思ったのよ。ねえ、ライリー、自分を見て。わたしもばかじゃないのよ。あなたは……すばらしい肉体美の持ち主よ。それに引き換え、わたしは平凡だわ」

ライリーは言われたことがよくのみこめず、まじまじとエリーを見つめた。「きみは平凡なんかじゃない。きれいだ」

「なぜあなたがここにいるのか、考えあぐねているの」エリーはライリーを見ようとしなかった。彼の肩の上のあたりに視線を据えていた。「わたしになにを求めているの？　あなたはファッションモデル級の容姿をしているのよ。こんなの、おかしいわ」

ライリーは頭に血がのぼりはじめた。筋が通らないというのはわかっている。ここにいるほんとうの理由は別にあるが、今夜エリーに求めているのはセックスだけだ。いや、それだけじゃなく、愛情もだ。それから……まあ、いろいろあるが、とにかくエリーが欲しい。それに尽きる。「なにを求めているのかだって？　それははっきりさせたはずだ。きみの服を脱がせ、デスクの上できみを抱いたときにははっきりさせている」

エリーはうなずいた。「そうね、わたしが知りたいのは、なぜあなたがああしようとしたのかということなの。あなたならどんな女性でも選り取り見取りだわ。オフィスにもわたしよりきれいな女性はたくさんいる。だから、あなたがわたしとつきあうのは、わたしから別のことも期待しているからだと考えざるを得ないの」

女性とつきあう理由はなにかと訊いているのか？　ライリーは血圧が上昇したような気がした。ふたりのあいだにみなぎる性的興奮に疑問の余地はないだろうが。ほかの相手であんな経験は皆無だ。それもわからないのか？　ライリーは体の脇で拳をにぎった。「エリー？　ぼくのあそこがなにを考えているかわかるか？　きみが平凡な女性だと思っているように見えるか？　出世を気にしたり、ボスをものにできるか躍起になったりしていると思うか？　さもなければ、セックスをした直後にまた硬くなるか？　きみを欲しがっている男を追いだそうとするほど、きみは不安なのか？　欲しくないと言われたら、ぼくはすぐに消えるつもりだが、ぼくたちのあいだにつまらない不安を持ちこませはしない」

言い方がきつすぎただろうか、とライリーは一瞬思った。じっくり考えたわけでもなく、こういう演説を計画していたわけでもなかった。ライリー・ローレスの本心から出たことばだった。自分たちはなんとかやっていこうとしている男女だという前提であるかのように。

やがてエリーは近づいてきて、ライリーの上半身に腕をまわし、あの魅力的な胸を押しつけてきた。「ごめんなさい」

ライリーは安堵のため息をつき、エリーを抱きしめた。「きみはいい女だとぼくは思っているよ、エリー。ほかのやつらがどう思うかはどうでもいい。出会った日からぼくはずっときみを追いかけてこなかったっけ？」

たしかに始まりは別のことだったかもしれないが、惹かれる気持ちは本物だった。欲求は変化し、もはやそれなしではすまないものになっていた。

「理解できないの。こんなことは一度もなかったから」

ライリーはやさしい手つきでエリーに顔を上げさせようとした。「ぼくが毎日こういうことをしていると思うのか、エリー？　きみにしているように女性に言い寄ったことはない。まえにも言っただろう。だいたい気まぐれに、軽くつきあう程度での交際ばかりだった。きみを追いかけたように女性を追いかけた経験は生まれて初めてだ。きみに夢中なんだよ」

そのことばに嘘はない。エリーをデスクに連れていくあいだに口にしたことを全部は思いだせないが、あれは演技だったと兄弟が信じることを願わずにはいられない。さもなければ、標的に惚れてはならない、ときつい小言を食らうことになるからだ。

くそっ。すでに標的に惚れているのかもしれない。

ライリーはその考えを脇に押しやった。ひとたびエリーのなかにはいったら、ただのセックスだと実感するだろうと期待していた。そう、ただのセックスどころではなかったが、いまはその問題に対処する暇はない。

まずは絆を固めなければ。爆弾が破裂したあともエリーをつなぎとめる見こみがあるとしたら、強い絆を結んでおかなければならない。

「わたしもあなたに夢中よ、ライリー」エリーは下唇を嚙み、ライリーを見上げた。「これはどういうことなの？」

とうとう彼女は訊くべきことを訊いている。ライリーはどうしても抑えきれず、あのやわらかな唇にキスをした。キスはいつ、じっくりとしてみたい行為になったのだろう？　セックスに持ちこむきっかけだったのに、いつの間にかエリーとキスに耽っていた。この女性にかかると、もっと意味のあるものになる。「ぼくたちはもうつきあっているということだ。一夜かぎりの関係は望まないと言ったはずだ」

エリーはライリーの背中にまわした両手を上げていき、触れ合わせた体をさらに密着させようとするかのように体をうごめかせた。「職場ではどうなの？」

ライリーはキスをやめられなかった。エリーの額に唇を動かし、目のあいだの小さな場所にキスをした。ライリーの血はシャワーの湯よりも熱くなりはじめた。「職場ではどうかだって？〈ストラトキャスト〉に社内恋愛禁止の規則はない」

「体裁が悪いでしょう」

「なあ、ぼくたちのことはすでに噂になっているのだから、関係ない。まわりはぼくたちがチームだと知っているし、ぼくたちと仕事をしなければならない。ただそれだけのことだ。つまり、ぼくたちはなかなか正直だよ」

「やってもいいことだと思うの？」

「ただの仕事仲間だというふりはしたくない。交際をオープンにすれば、人事部のロンやら、あのいけすかないグレッグやらにきみもつきまとわれなくなる」

「あなた、正気じゃないわね」しかし、今度はエリーもまたライリーにもたれ、不安は消えたようだった。

朝になればまた言い争うかもしれないが、今夜のところはライリーが勝ったようだ。

「男たちにどんな目で見られているか、きみは気づいていないのさ。ぼくとしては喜ぶべきだろうな、きみが誰かにさらわれていたかもしれないのだから。賭けてもいいが、きみが地味なスーツをやめて、あの薄手のワンピースを着るようになって、男たちの見る目が変わったはずだ。それでもって、きみの裸を見た日には、男どもはけっしてきみをほうっておかない」

ライリーはキスをして、心のおもむくままに口でエリーを堪能した。内なる獣に餌をあたえたのだから、いまはゆっくりと時間をかけられる。いや、またもや飢えは覚えていたが、いまならその飢えを手なずけられる。時間をかけて、たっぷりと五感でエリーを味わえるのだ。

甘い香りをかげば、臭覚で味わえる。柑橘《かんきつ》系の芳香とセックスのにおいは、心を酔わせる組み合わせだ。

素肌に触れれば、触覚で味わえる。エリーの肌はとてもやわらかく、ぬくもりが感じられる。夜の終わりに、きっと名残惜しくなることだろう。

姿を見れば、視覚で味わえる。デスクの上で脚を広げてくれたその姿がどれだけ官能的だったか、けっして忘れまい。エリーを見下ろし、どれだけ求められているか目の当たりにしたあの刹那は、人生最高に欲望をかき立てられた瞬間だった。

そして味覚だ。エリーの体に口をつけると、いつまでもそうしていたくなった。甘く、艶めかしい味がする。口をつけた感触も、けっして忘れない。

残りの味気ない人生を送るあいだ、エリーを夢見ることだろう。

それについて考えるのはやめて、ライリーはエリーを抱きしめた。

「裸になるのは遠慮しておくわ。会議に裸でうろうろしていたら、きっと変に見えるもの」エリーはつぶやいた。

「セクシーに見えるさ。そんなことされたら、みんなお手上げだ」この企ての最後におそらくエリーに憎まれるという事実をライリーは考えまいとした。いまこのときに気持ちを集中させるつもりだ。エリーほど惹きつけられる女性は初めてだった。

エリーのことは好きだが、ライリーももともと女性は好きだった。エリーが欲しいが、女性を欲しくなるのももちろん初めてではない。つまり、なにが問題かといえば、エリーと一緒にいるときの自分を好きになりはじめていることで、それはまったく新しい自分だった。

エリーの保護者になったり、相談相手になったりするのがライリーは好きだった。エリーにとって、なんでもできて頼れる男になりたくなったのだ。だから、真の目的とは関係のない点で、ライリーは腹が立っていた。エリーを孤立させられるとカスタラーノが考えたことが腹立たしかったのだ。あの野郎はエリーを食いものにし、脅し、震え上がらせることができると思っている。

殺せるとも？

むちゃくちゃな話だが、あの男にはいわゆる前科がある。

「そろそろ体を洗わなくちゃね。お湯を使いきらないうちに」エリーはため息をつき、また体をすり寄せて、ライリーにわがもの顔で抱きしめられていることは無視した。あるいは、気にも留めなかった。

性的に満たされて、エリーの物腰はやわらかくなった。

「うしろを向いてくれ」ライリーはそっとエリーの体を動かし、自分に背を向けさせた。そして、石鹸《せっけん》を手に取り、しっかりと泡立てた。

いままでしたことのない親密な行為だ。ライリーは両手をエリーの肩からうなじへすべらせた。髪はすでに洗ったあとで、オレンジの花の香りがシャワーブースに満ちていた。

エリーを思いだして、今後はオレンジで股間が反応するかもしれない。

「今日はひどい一日だったのよ、ライリー」エリーはそう言いながらライリーに頭をもたれた。ライリーは手を下へ動かし、エリーの胸に石鹸をつけ、ふくらみを手で包むようにして洗っていた。

「知ってる。話したければ、ぜひ話してくれ」ライリーは背後に立ち、エリーの体をせっせと洗っていたが、穏やかな態度を心がけ、彼女の気を鎮めることにより意識を向けていた。

エリーを悩ませたくはない。エリーが悩みを抱えれば、ライリーも具合が悪くなった。エリーがぴりぴりして、不安に駆られていると思うだけで、胃が痛くなるのだ。

「スティーヴンに二百万ドルゆすられているの」

ライリーは石鹸を取り落とした。エリーの口から直接聞いて、どういうわけか憤りが蘇ったのだ。エリーを自分のほうに振り向かせた。「あの男になにをされているって？」

エリーは顔をしかめた。「いやね、入浴が中断するとわかっていたら、打ち明けなかったわ」

そして、ひざまずいて、石鹸を拾い上げた。

「エリー、これはまじめな話だ。いったいどういうことだ？」すでに知っていたとエリーに気づかせるわけにはいかない。いま初めて聞いたことにしなくては。

エリーはライリーの胸板にていねいに石鹸をつけながら言った。「スティーヴンは次期ＣＥＯに推すことを餌にわたしを脅しているの。浅はかな妹が持ち株を売って、それによって議決権も譲渡したせいで、わたしは不安定な立場に立たされている。いまはあなたが味方についているけれど、あなたの席を確保するために自分の株式を使わざるを得ないから、プラスマイナスはゼロだわ」

ライリーに話すことでエリーの気持ちは落ちついたようだった。肩から緊張がほどけ、彼女は率直に打ち明けていた。

ライリーがそう仕向けていたのだ。エリーは問題に一緒に取り組む相手として彼を信頼していた。ライリーは両手を上げて、エリーの顔をはさみ、自分に目を向けさせた。「きみが必ずその職につけるようにすると約束する」

エリーの希望どおりすぐにとはいかないかもしれないが、ライリーは必ず実現させるつもりだった。

エリーは口の端をわずかに引き上げた。「なにごとも必ずというわけにはいかないわ。スティーヴンを信頼して小切手を切るか、わたしは決断を迫られているの。要するに、買収の前借りのようなものだわ。でも、融資ではない。ちょっとした手付け金といったところね」

「それなら書面にして、カスタラーノにサインさせよう」ライリーはエリーに小切手を切らせるつもりはなかったが、あまり強く出過ぎてもいけない。とにかくカスタラーノにその金は拝ませまい。その上で、さらにもう少々痛い目にあわせてもいいだろう。あのくそ野郎はエリーを困らせているのだから。誰もエリーに手出しはできない。

そう、手を出せるのは、ぼくひとりだ。

エリーは首を振った。「そういうことは断るとはっきり言われたわ。スティーヴンはちょっとまずいことになっているみたいなの。たぶん闇賭博がらみのトラブルじゃないかしら」

ライリーはじっとしたままエリーに手で体を洗ってもらっていた。そろそろ避けられない事実にエリーの目を向けさせる頃合いだ。もしかしたら、どのみちショックを受けるにせよ、自分で気づけばすこしはましかもしれない。「エリー、彼はなんらかの違法行為をすると思うか？　会計に問題があると言っていただろう。カスタラーノが会社の金を着服した可能性はあるだろうか？」

「昨日だったら百パーセントないと言ったでしょうね。いまはわからないわ。明日、調べて、経理に話を聞くわ」

「法廷会計士に調べさせようか？」〈マッケイ‐タガート〉に法廷会計士がひとりいる。

「それはいい考えじゃないと思う。いまはマスコミの目がある。へたに噂が流れたら、株価が下がるわ」

「そうなれば、きみがカスタラーノへ支払う金額が減額する」悪い考えではないだろう。実際、そういう筋書きをライリーたちは期待している。

「自分から会社の価値を下げようとは思わないわ。それは不適切だもの。会計の問題やら研究開発室の騒動やらで、株価は暴落してもおかしくないわ。でも、わたしはそれに手を貸すつもりはない。たとえ、スティーヴンの態度が目に余るようでも、それだけはしない」

ライリーの体を洗うエリーの手つきはじつに気持ちよかった。まともにものも考えられなくなるほど、股間は硬くなっていた。「エリー、きちんとした借用書もなしにカスタラーノに金を渡してはだめだ。あの男はきみから金をくすねようとしている。会計の問題はぼくにまかせてくれ。表沙汰にしないで解決する」

エリーはライリーの腕を洗っていた。「わかったわ。でも、二、三日しか猶予はないのよ」ライリーに目を上げて、急ににんまりとして、唇をほころばせた。「あそこがあんなふうになっていて、どうやって頭を働かせているの？　脳みそに血は残っている？」

ライリーは思わずうめき声を洩らした。エリーの言うとおりだからだ。彼のものは脈打ち、かまってくれといわんばかりの状態だ。「頭を働かせるのは楽じゃない。ぼくは自分を抑えることに慣れているが、あいにくあっちはいま、抑えがあまりきかない」

笑みに官能的な気配がただよった。「ほんとうに？　この場を支配しているのはてっきりわたしかと思っていたわ、弁護士さん」

エリーの低い声が股間を直撃し、睾丸《こうがん》にも伝わった。その刺激は、研究開発室の名前が出たときにライリーの胃を締めつけた緊張とせめぎ合いをくりひろげた。深夜にライリーが研究開発室に忍びこんだことを、エリーは知る由もない。一昨日の晩、やるべきことをやったのだが、侵入した痕跡は残さなかった自信がある。「いいか、エリー、この件は話し合っておかないと。研究開発室の騒動がなんなのか教えてくれ。きみは一日じゅうそっちのフロアにいた。てっきりぼくを避けているのかと思っていたんだよ」

エリーはライリーの腹に石鹸をこすりつけ、思惑ひとつでどうにでもできる部分に危険なほど近づいていた。さわってくれ、とライリーは懇願しそうになっていた。

「実際、あなたを避けていたのよ。でも、研究開発室で問題が起きていることは起きている。三台ある機械のキャリブレーションがどれもおかしかったの。まちがったデータが出てきたのよ。故障はわたしが直したけど、かなり手間取らされたわ。誰かのせいで」

エリーの手がライリーのものの先端をかすめた。彼女はこちらの正気を失わせようとしている。やめさせなくては。いまは話がある。しかし、いたずらっぽい笑みを見て、ライリーは躊躇《ちゅうちょ》した。いまのエリーは幸せそうだ。やめろとはとても言えない。そして、いくつか質問せずにもいられなかった。

「つまり、誰かが機械を壊したのか?」誰かに疑いをかけているか知りたかった。そうではないといいのだが。なにしろやったのは自分だからだ。これも計画の一環だった。ここまで利用するには及ばないとライリーは思っていた。いわば最後の手段だ。

「まあそういうことになるわね。あらあら、ここはかなり汚れているわ」エリーは両膝を突き、片手で彼のものをにぎって、愛撫した。

ほんとうにそれをするつもりか? かんべんしてくれ。いまは集中しなくては。こちらが壊した部分はエリーが修復したのか確認しなくては。それによって、問題が不本意なほど大きくなっていないかどうか。ライリーとしては、冷却装置に問題があったとする報告がひとつかふたつ上がっていればそれでじゅうぶんだった。それならエリーにも簡単に直せるが、買収契約の成立を遅らせる程度の小さな混乱はおそらく招くことになる。

「機械の調整は誰が？」ことばを口に出すのがひと苦労だ。

エリーは身をかがめ、手のなかのものの先端を舐めた。その瞬間、この世で大事なことはただそれだけになった。

「実習生にやらせているわ。簡単な仕事だから。わたしも昔やっていたの。どうやらこの実習生は取扱説明書を読むのがあまり得意じゃないようね」もごもご言うエリーの声が先端からつけ根へと響き、彼のものは硬くなった。「わたしがもとどおりにしたの。なんだか楽しかったわ。またあの部署で仕事ができて。静かで、仕事に打ちこめるの。わたしはね、ライリー、なにかに打ちこむのが好きなの。きちんと仕事をするのが好き。まえに気づいたのだけれどね、どんな仕事にもきちんと注意を払わなくちゃいけないのよ、その仕事がどれほど小さくても……または、どれほど大きくても」

ベッドに連れていったら、エリーは艶めかしい姿を見せてくれるだろうと、心の奥底でわかっていた。ただ、こういういたずらな一面も持ち合わせていようとは思いもしなかった。ライリーはまた緊張をほどいた。エリーのした仕事はこちらの読みどおりだった。報告書はファイルに入れた。エリーは問題を解決した。うまくいけば、この報告書の出番はない。いずれにしろ、いまはどうでもいい。エリーと一緒にいる心地よさがいまはすべてだ。「そう、細部にまで注意を怠らない仕事ぶりはよく知られているね、ミズ・ストラットン。だからこそきみは有能な重役であるわけだ」

上目遣いに見上げたエリーの目は嬉しそうに輝いていた。「そこまでの自負心がなかったら、悩んでいたわね。そうね、あなたの言うとおりよ。わたしは仕事ができるわ」

「ボスにはたてつかない主義さ」ライリーは研究開発室の問題を深追いせず、そのままエリーに先端を舐めさせていた。

焼けつくような熱が背筋を伝った。ライリーは視線をおろし、ピンク色の舌が魔法を起こしはじめる様子を眺めた。

「いったい、きみは何者なんだ、エリー？　目を疑うようだよ。ほんの数分まえのきみは、ぼくを追いだそうとしていた。なぜならぼくに求められている事実を受け入れられなかったから」

エリーは彼のものを手に取り、さすりはじめた。「あなたはわたしに腹を立てた。いつもは鷹揚にかまえているのに、まるでわたしを手なずけているかのように。そんなあなたがかっとなって、わたしのまえで感情をむき出しにした。ほんのひととき、あなたは素の顔を見せた。だから残りの部分も、それはそれで嘘ではないのでしょうね。あなたの人となりというだけで。あなたのことをいつも考えているのだけれど、はっとする瞬間があるの。あなたのことを考えるのはやめられないと気づいたときや、わたしにとってあなたは大切な人で、それは仕事で必要だからとか、いい気晴らしになるからというだけじゃないとはっきりわかったとき。あなたが子どものころの話を聞かせてくれたとき。ご兄弟のことを話題にしたとき。そして、自分のことを信じてくれないとわたしに怒ったとき。そういうときのわたしこそ、わたしがなりたいわたしなのよ、ライリー。あなたと恋人同士になるのなら、そういうわたしでいたいの。誰にも見せたことのないほんとうのわたしをあなたには知ってもらいたい。いま挙げたいろいろな瞬間に、あなたが引きだしてくれたのだと思うわ」

ライリーはエリーの髪に手をあてて、彼女のことばに触発された感情を必死で抑えようとした。心を動かされすぎた。これほど入れこむわけにはいかない。安全圏内に戻らなくては。「それ以上のものを引きだしてあげよう、エリー女史。ここまでなかなか楽しんできたことと思う。だから、シャワーブースはぼくが担当する」

エリーはまたもや目を輝かせると、雰囲気が変化した。「シャワーブースでは、あなたの要求になんでも従うわ、弁護士さん。わたしのことは忠実なアシスタントだと考えてちょうだい」

たとえこれまでに夢中になっていなかったとしても、いたずらなエリーに夢中にさせられただろう。性的関心をあっけらかんと見せつけられて、ライリーは血が騒いだ。

「きみに口でしてもらおうか」

「その仕事もこなせると思うわ。これはもう言ったかしら、裸のあなたはかわいいって、ライリー？」エリーは身を乗りだし、彼のものを口に含んだ。

誰からもかわいい呼ばわりされたことはなかった。魅力的とかセクシーとかならあるが、かわいいと評されたのは初めてだ。そう言われて嬉しいのか、ライリーはよくわからなかったが、正直なところ、エリーの口から聞くのは嬉しかった。

エリーの舌が彼自身の先端につけられ、ぐるりとまわされ、気まぐれな蝶《ちょう》のように動きまわった。エリーにどこに触れられても、ライリーは結びつきを感じた。

そう、これこそ必要だった。セックス以外のすべてを忘れる必要があった。欲求が胸に降りそそいだ。エリーのやわらかな髪をつかんで、無理にでも深くくわえさせたかったが、彼女の好きにさせることにした。

ことを終わらせたくなかった。ことが終わったら、家に帰らなければ。あえて添い寝する覚悟はなかった。女性と同じベッドで眠ったことは一度もない。誰かがそばにいると、休めたためしがなかった。

エリーは舌をころがし、軽く吸った。

あやうくライリーは白目を剝きそうだった。自分を強いて、意識を集中させた。エリーの口は気持ちいいどころではない。抑えがきかなければ、彼女の口のなかであっという間に果ててしまう。長く持たせなければだめだ。

「それだよ、してほしいのは。もっと奥まで」ライリーが腰を動かすと、エリーは貪りはじめた。

ライリーが見ているうちに、彼のものはエリーの口のなかに姿を消した。

エリーは両手を上に伸ばし、それぞれ睾丸をつかみ、手のなかでやさしくころがした。

舌と唇を駆使し、ライリーを高みへ引きあげた。エリーの手が太腿に降ろされ、尻のほうにまわされた。爪がわずかに食いこむと、それだけでライリーは吐息を洩らし、さらに欲しくなった。

いきそうになったが、口ではなく、秘部の奥がよかった。

ライリーはエリーの髪に手を差し入れ、そっと彼女の体をうしろに引いた。「そこまでだ。ひとりでいくのはごめんだ。さあ、立ってくれ」

ついきついきつい言い方になったが、本能そのものに突き動かされていた。エリーは今夜、身をゆだねてくれた。ライリーは自分の求めるかたちでエリーを抱き、彼女に必要なかたちで抱いている。エリーが求めているのはやさしい恋人ではない。ライリーの別の顔を求めている。ライリーが見せていない、エリーと出会うまでそんな一面があったとは彼自身も知らなかった顔を求めている。

独占欲が強く、取りつかれたようにのめりこむ恋人。

エリーは最後にもう一度彼のものにキスをして、立ち上がった。ライリーに体を近づけ、乳房を彼の胸にこすりつけた。「ライリー、わたしはピルを飲んでいるの。離婚してからも服用をやめなかった。前向きに考えていたんでしょうね。結局、恋人はひとりもできなかったわ。そして、たまたま知っているの、あなたは最近健康診断を受けて、なにも問題なかったってことを」

てっきりこれ以上は硬くならないと思っていた。あいだになにもはさまずに入れてもいいと提案され、ライリーは思わずエリーを抱き寄せた。たしかに彼女の言うとおりだ。株式譲渡の代理人を引き受けるまえに会社から義務づけられた健康診断で、なにも問題はなかった。「ああ、そうだ、なにも問題ない。でも、ひと言っておくと、コンドームをつけずにセックスしたことはない。これまでただの一度も」

「そう」エリーは口をすぼめ、ゆっくりとうなずいた。「わかったわ。予備は持っている？　ここには用意がないの。そこまで楽観的じゃなかったから」

エリーにすっかり誤解されてしまったが、ライリーはそれを訂正して時間を無駄にしようとは思わなかった。許可をあたえられたのだから、請けるまでのことだ。エリーを抱え上げ、壁に押しつけると、なかに突き入れた。きゅっと締まっていた。内側は狭かったが、濡れていた。エリーの体はすぐに反応し、ライリーを受け入れた。

「気持ちいいよ。すごくいい」

ライリーはエリーに腕をまわし、重力に仕事をさせた。彼が身を沈めると、エリーはうめき声を洩らした。ライリーはエリーのやわらかなヒップをつかみ、彼女の体を上下に動かした。

「ねえ、まえにこう言ったことがあるの、筋骨たくましい男の人にべつに興味ないって」ライリーに体を上げ下げされながら、エリーはあえいだ。「その発言はたったいま、全部撤回させてもらうわ」

その筋骨たくましい男である以上、ライリーはそれでちっともかまわなかった。

「しがみついてくれ」

エリーの脚がウエストに巻きつき、背中にすこしだけ爪を立てられた。

激しく抱いているうちに、長く持たせようとする気持ちはもう消えていた。エリーを満足させるまでつづけばそれでよかった。ライリーは体を引き、もう一度エリーを壁に押しつけ、角度をつけて、エリーの突起を骨盤で刺激した。そして腰をまわしながらキスをした。エリーの内側にいたいという切迫感に駆られていた。唇を重ね、しっかりと抱きしめ、深く身を沈めた。エリーに包まれ、その刹那、世界をすべて遮断した。エリーが彼の世界だった。

エリーの爪が食いこみ、脚に締めつけられ、ライリーは彼女の体の奥が脈打つのを感じた。

「ライリー」エリーはかすれ声で言った。「ああ、どうやったらこんなに?」

そして、ライリーにぎゅっとしがみつき、極みに達した。エリーのオーガズムに火をつけられ、ライリーも昇りつめた。

興奮が背筋を駆け抜け、野火のごとく全身に燃え広がった。ライリーは落ちつきを完全に失い、何度もエリーに腰を突き上げ、悦楽の瞬間を引き伸ばした。

奥の奥で空になるまで精を放ちながら、エリーから離れられるのだろうか、とライリーは自分の胸に問いかけた。

エリーはゆっくりと脚をほどいたが、まだライリーに抱きついていた。眠そうな目で彼を見上げてほほ笑んだ。「また汚れちゃったみたいだわ、ライリー」

ライリーはしっかりと唇を重ねた。ああ、たしかに。ほかにはどうしようもない。

一時間後、エリーをベッドに寝かしつけた。ライリーの胸に頭を預けたエリーは彼のほうを見た。

「じゃあ、朝になったら、あなたはここにいないのね？」

なじるようには聞こえなかった。すこし悲しそうであり、あきらめが口調ににじんでいた。エリーはライリーに体をすり寄せた。彼女が眠りにつくのを見届けたら、起きて、服を着よう。帰って、と言われるのはいやだった。いつもそばにいてやれる男だという幻想をいだかせたかった。添い寝してやれる男だという。

「いるよ。目覚めたらすぐに戻ってくる。近所で部屋探しをしたほうがいいかもしれないな」ライリーはため息を洩らし、エリーの素肌になにげなく指を這わせた。胸にあたる彼女の髪の感触が心地よかった。いつもはおだんごやポニーテールにまとめられていることが多い。その髪が自由に広がるさまをライリーは愛おしく思った。

「コーヒーとドーナツを買ってくるよ」

エリーはライリーに頭をつけたまま首を振った。「けっこうよ。朝食をつくるわ。

鍵を持っていっていいから、外からドアに鍵をかけておいてね」

「泊まりたくないわけじゃないんだ」ひとりじゃないとよく眠れないという説明を納得してもらったとはいえ、ライリーは罪悪感を覚えていた。かえって文句を言われたほうが気は楽だ。エリーは不満のひとつもこぼさず、キスをすると、寝入るまで抱きしめていて、と頼んできた。なぜエリーは聞き分けがいいんだ？　聞き分けがなければ、こっちもなんとか理解してもらいたいと焦ることもないだろうに。「養護施設時代に、寝ているあいだも用心する癖がついたんだ」

エリーは頭を起こし、ライリーと目を合わせた。「いいのよ。納得しているから」いや、彼女は納得していない。納得できるわけがない。ライリーは突如として、エリーに心から納得してもらいたくなった。誰かに自分のことをわかってもらいたい。エリーの髪をなでた。この話は誰にもしたことがなかった。かたくなに避けてきたのだが、どういうわけか今夜は話したいという気持ちが湧いてきた。恐れと心の傷が安全な隠れ家を見つけたかのようだった。「兄が満年齢に達して施設を退所したら、ぼくはひとりぼっちになる。施設から逃げだして、ついていってもいいか、と兄に訴えたが、ぼくは高校卒業まであと一年あった。施設を抜けて、住所不定になったら、退学させられる。ばかばかしい話だ。それでぼくは施設に残った」

エリーはなにも言わなかった。ただライリーの手を取り、指をしっかりとからめた。

「兄は施設で何人かを敵にまわしていた。そういう連中のあしらいが兄は得意だった。兄が退所して二日後の夜、連中はぼくに八つ当たりすることにした。当時、ぼくはいまほどたくましくなかった。まえにも言ったが、学校がすべてで、勉学に打ちこんでいたが、体は鍛えていなかった。その夜以降、ぼくは体を鍛えるようになった。かなりだ。そして、あまり眠れなくなった」

悪夢も見る。おそらくブランが見る悪夢ほどではないが、話せばエリーを怯えさせるはずだ。

「ゆっくり休んで、ライリー」エリーは穏やかな声で言った。「必要なことがあれば、わたしがしてあげる。だから、家に帰って、睡眠を取って、朝になったらここに戻ってきて」

「ぼくは普通になりたい」ライリーは当時ショックを受けたのだ。それはほんとうだった。長い目で見てよかったことはなんだったか、考えつづけていた。たしかにけんかには強くなった。

普通になって、恋人と一緒に眠れるようになりたいのだ。

「普通なんて存在しないのよ」エリーはささやき声で言った。「普通という魔法のようなものがあって、これさえすれば、あれさえ信じればそこにたどりつけるとみんな考えたがる。でも、ほんとうはそうじゃない。普通というのは奮闘しないと手にはいらないわ。わたしたちはみんな、なんとかやっていこうとがんばっている。そうしているうちに、なにが自分のためになるのかわかるようになるの」

エリーはもう一度キスをした。やがてエリーの呼吸が落ちついたのがわかった。

しばらくして、ようやくライリーはエリーのそばを離れた。

7

オフィスに訪ねてきたライリーを見て、エリーは顔がゆるみそうになるのをぐっとこらえた。ドア枠にもたれた見事な肉体美の持ち主は、デザイナーズスーツにその身を包んでいる。

注文仕立てのスーツ姿の男性よりもセクシーな生き物はいるだろうか。

ああ、そうね、いるわ。裸になったこの人だ。

「おはようございます、ミズ・ストラットン」とライリーは低い声で言った。

ライリー・ラングとつきあいはじめて十日ほどがたっていた。いまではあの深みのある声で話しかけられるだけで、エリーのエンジンがかかった。毎晩彼と寝ているためだ。

寝ているというか、愛を交わしていた。夜ごとに。朝から抱かれることもある。午後、どちらかのオフィスで求め合うことも何度かあった。

た。

「おはよう、ミスター・ラング」顔が赤くなっている、とエリーははっきりと自覚し
ライリーがオフィスにはいり、ドアを閉めた。「今朝は会えなくて残念だった」

初めて体を重ねた夜以来、この人と暮らしているも同然だった。ただし、一緒に眠りにはつかない。何度も愛を交わしたあと、寝つくまで抱きしめていてくれるが、起きたときに彼は隣にいない。何回か、エリーが目覚めるまえに戻ってきて、朝の挨拶がわりにコーヒーを買ってきてくれることもあった。一度などは彼のせいで仕事に大遅刻してしまったこともあるが、とにかく彼は毎晩、自宅に寝に帰った。

「会議はどうだったの？」エリーは勤務中らしい顔をしようとした。ライリーがそばにいると、計画を胸に秘めた次期ＣＥＯ、エリー・ストラットンでいることをうっかり忘れてしまいそうになる。お気楽なエリーでいるほうがずっと楽しかった。

それでも、ライリーと仕事をするのは好きだった。廊下の向かい側に彼がいて、必要ならば、そこに行って助言やキスをもらえるとわかっているのはいいものだ。そして、エリーがぴりぴりすると、どうすればリラックスさせられるか、ライリーは心得ていた。エリーは人生で初めて、真のパートナーができた気がしていた。

スティーヴンに関する事柄が緊迫してからというもの、エリーはパートナーを必要

としていたのだ。

ライリーは表情をくもらせながらデスクへ近づいてきた。「きみは気に入らないだろうな」

エリーは胃がちくりと痛んだ。今朝ライリーが出席した会議は、会計の問題が議題になっているはずだ。ライリーは自腹で法廷会計士を雇っていた。エリーはあとで彼に費用を払うつもりだが、深刻な金銭問題にまつわる会社のゴシップを洩らすわけにはいかず、内々に処理することにしたのだ。

四日まえ、カイルから紹介された記者にエリーは取材を受け、どことなくその男性記者に不快感をいだいたのだった。とりわけ気になったのは、父とそのビジネス手法についての一連の質問だ。要するに、フィリップ・ストラットンは盗人だったとでも言いたげだったのだ。あなたのお父さんは知的所有権を盗んだと非難し、返す刀で、あなたがCEOに就任したら、同じことをするつもりかと尋ねてきたのだ。

取材は早々に打ち切った。好意的な記事を書いてくれる見込みはかなり薄い。

「悪い知らせでもいいから聞かせて」まるで万力にはさまれて、じわじわと締めつけられているかのようだった。

あるいは鍋のなかのカエルだ。投げこまれるのではなく、水を張った鍋にそっと入れられ、火にかけられるから、温まっていくお湯に徐々に慣れる余裕がある。鍋から飛びださなければと気づいたときにはすでに湯が煮え立っている、というわけだ。

スティーヴンに操られているの？　これはいつのまにか参加させられていたゲームなの？

ライリーは書類ばさみをエリーに手渡した。「過去十年にわたって、一千万ドル以上が何者かに巧妙な手口で横領されている。すべて研究開発費として計上されているが、会計士のフィービーが確認したところ、該当する領収書は存在しない」

これはまずい。エリーは深いため息をつき、ファイルを開いた。「領収書がない場合もあるの」

「一千万ドル分の領収書がなくなったわけではないよ、エリー」ライリーはデスクをまわりこみ、エリーに近寄った。「それにフィービーはハードディスクのまとめ買いに関する問題も発見した。別々の日付で、それぞれ五万ドル以上で購入したと記載されている。購入当時、そのハードディスクは旧型で、ロットあたりせいぜい二千ドルだった」

それで、いままで誰も気づかなかったの？　どうしてそんなことがありうるのだろう。「注文書には誰のサインがあるの？」

「書類はなくなっている」

でしょうね。「経理部の部長に話を聞かないとね」

ライリーは首を振った。「彼女は一年まえにきみに採用され、最近産休にはいった。この資料をきみに送ってきたのは彼女だ。当時の事情をよく知る人物はすでに退職し、居どころはわからない。彼も加担していたか、仕事がまるでできないやつだったか、どちらかだと考えざるを得ない」

「その人は父が連れてきたの」父親のことをライリーにまだ話していなかった。エリーはそれにうしろめたさを覚えた。彼は心を開いて、正直にいろいろ話してくれたのに、こちらは秘密を抱えている。

なぜかといえば、ライリーがドルー・ローレスの仕事をしているからで、エリーはライリーの目を見て、知っていることを打ち明ける決心がまだつかなかったのだ。

「きみのお父さんはこの件にかかわっていただろうか?」とライリーが尋ねた。

「わからないわ」少なくとも嘘ではない。「でも、父が病気になったあと、会社のお金の一部が消えてしまったの。一部といっても、少なくとも百万ドルがこの半年でなくなっている。それでデブラが気づいたのよ。あなたが依頼した会計士は最近の帳簿を調べたの?」

「噂が広まるとまずいから、帳簿の請求は差し控えた」ライリーはエリーの髪に手を伸ばした。「だいじょうぶさ、エリー。どこを調べたらいいかアイディアがある。横領された金はすべて三つの口座に流れていて、その口座をフィービーは突きとめた。どうやら小切手が振り出されたメーカーそれぞれの持ち株会社のようだ」

「実体のない会社だというのはたしか?」もしかしたらなにかのまちがいかもしれない。

「有限会社として設立されているが、公表されている住所に人をやって確認させた。二カ所は実在する配送センターで、もう一カ所は私書箱だった。誰が私書箱を開設したのか、記録の開示請求の法的な準備をいろいろと進めている」

エリーは苛立《いらだ》たしさに思わず目をつぶった。残念ながらライリーの言うことは正しいが、その調査は犠牲をともなう。「法的手段に出れば、マスコミにかぎつけられてしまうわ」

「エリー、誰のしわざだとぼくが考えているか、きみはわかっている」

そのとおりだ。かれこれ一週間、ライリーからその陰謀説を聞かされていた。「スティーヴンだとあなたは考えている。何年ものあいだ、彼が会社のお金を横領してきたのだ、と。わたしの父であるはずはない。ここ二年は不可能だもの」

「そう、スティーヴン・カスタラーノのしわざだとぼくは思っている。別の商取引も調べてみたところ、あの男はかなり悪評を買っていた」

エリーの父もそうだった。しかし、ビジネスはきれいごとではすまない。高いモラルや公正な姿勢で知られるCEOは多くない。容赦ないやり方でその地位までのぼりつめるものだ。「どんなことがわかったの？」

「カスタラーノが二十年まえに、きみのお父さんとパトリシア・ケイン、そしてビル・ハッチャードという男と会社をつくったことは知っているか？」

その話を持ちだされ、エリーの胃はよじれた。すべて知っていた。いやになるほどよく知っていた。「それが父の最初の会社だったわ。父は出世したけれど、結局自分ひとりではなにも成し遂げられなかった。その会社で父たちはより多くのデータを処理できるプログラムを設計した。そのプログラムで稼いだお金を元手に、父とスティーヴンは〈ストラトキャスト〉を設立した。パトリシア・ケインには報酬を払ってやめてもらい、彼女はライフスタイル関連のウェブサイトを始めた」

パトリシア・ケインは料理から室内装飾やマナーにいたる生活全般を提案する昨今の第一人者だ。『パトリシアの楽園』というテレビの人気番組も持っている。センスがよく、家庭生活を大事にする主婦として世の人々に敬愛されている。

エリーの父に言わせれば、あんな嫌な女には会ったことがない、ということだったが。ただし、ひとり例外はいたらしい。

さらに上をいく嫌な女が誰なのか、エリーはわからずじまいだったが、パトリシアには会ったことがある。この人より性質《たち》の悪い女性がいるとは信じがたい思いがしたものだ。

ビル・ハッチャードには会ったことはない。父から聞いた話では、ただの酔いどれで、金だけはいくらか持っていたから、父たちは頼りにしたのだとか。

「そのプログラムをカスタラーノが盗んだと考える人たちがいるんだよ、エリー」ライリーが声をひそめて言った。

エリーは真相を知っている。「その噂はわたしも聞いているわ。スティーヴンも知っていたと思う?」

それは最近ますます気になりだしたことだった。父は自分の罪を告白するばかりで、ほかの人についてはなにも話してくれなかったのだ。

「ああ、そうだと思う」ライリーはじっと視線を向けてきた。「エリー、ぜひ話したいことがある」

エリーが返答をする間もなく、オフィスのドアがいきなり開き、部屋の入り口にリリーが立っていた。「エリー、これは見ておくべきだと思うの」

秘書は目を剝いて、下唇を嚙んだ。

「どうしたの？」

リリーは新聞を両手で持って、部屋のなかにはいってきた。「これ、いま届いたのよ」

その新聞は《ビジネス・デイリー・ジャーナル》紙で、下段ではあるものの一面に重大な記事が掲載されていた。

ストラトキャスト、窮地に

エリーは息をのみ、記事の論点にざっと目を通した。「どこからこんな記事にしたのかしら？　うちの冷却装置は大失敗で、開発競争では競合二社より遅れを取った、と書かれている。こんなのでたらめだわ」

ライリーはエリーの肩越しに新聞をのぞきこんだ。「どういうデータが引用されている？」

エリーは記事を読みながら、拳をにぎっていた。「キャリブレーションに不具合が生じた試験結果の報告書を手に入れているようだわ。どうしてデータが外に出たのかしら?」

「さあ。でも、調べてみる。そこがいちばんまずい部分か?」ライリーはすでに携帯電話を手に取っていた。

「いいえ」エリーは屈辱のあまり、こみあげてきた涙を必死にこらえた。「わたしが同僚や仕事仲間といくつも浮名を流してきたと書かれている。実習生時代からさかのぼって、あなたにいたるまで。男に影響されやすいタイプと見られるなんて書き方をされているわ」

「そのくず新聞を厳しく訴えてやる」ライリーは顔をこわばらせていた。

「わたしに関する記事はなんの意味もないわ。報告書はどうにかしないとね。株価に影響するもの」正しい報告書を公表しても、株価急落は阻止できないかもしれない。

「伝手《つて》があるから、なんとかできるかもしれない」ライリーは視線をエリーに下げた。ふたりきりだったら、エリーは彼の腕のなかに飛びこんでいただろう。

しかし、いまはふたりきりではなく、やるべき仕事もあった。エリーはライリーのほうにうなずいた。「わたしもいくつか電話をかけてみるわ」

ライリーは長い歩幅でオフィスを出ると、ドアはあけたままにして立ち去った。

少なくともこの件にエリーはひとりで立ち向かっているわけではない。

「手伝えることはないかしら？」リリーが尋ねた。

「社内でどんな噂が広まっているのか教えて」この十日ほど、エリーはあえてこの話題を避けてきた。いや、もっと言えば、なにもかも避けていた。とりわけスティーヴン・カスタラーノのことをだ。リリーは噂話ならなんでも知っている。情報の発信源でもあるからだ。ずいぶんまえに、噂話の対処法をふたりで取り決めたのだ。リリーは誰とでも友だちになり、ときどきは上司のことも話して聞かせる。その見返りとして、誰もがリリーに気を許し、社内の噂をなんでもリリーに話すというわけだ。

人にきらわれてもべつにかまわないが、誰に反感を持たれているかエリーは知っておきたかった。そういう情報は、リリーに訊けばわかる。

「知りたいのはあなたの噂、それともスティーヴンの？」とリリーは尋ねた。

「どちらもよ」

「スティーヴンが病気にかかっているという噂があるけれど、どれほどの信憑《しんぴょう》性があるかわからない。たぶん同情を引こうとして、本人が大げさに言っているだけだと思うわ」

「実際に同情は引いているの？」

「ええ、そうよ。経営幹部を確実に味方につけているわ。あなたが病気のご老人につけこもうとしていると幹部たちは思っている。一方、ブルーカラーはスティーヴンを信頼していない。何度もひどい目にあわされているから。スティーヴンとあなたのお父さまから。あなたが配属されていた研究開発室、マーケティング部、人事部は、全員あなたの味方よ」

「実習生として勤務しなかった部署は？」

「あなたがお父さまのようではないのか、判断に迷っているところね」リリーは重苦しい表情で言った。

別段、驚くにはあたらない。父は上司にしたくないタイプだったのだから。「そう。じゃあ、父とはちがうと証明してみせるしかないわね。ＣＥＯになるまでは、それを実践するチャンスはないけれど」

「そうはならないと思っている人もいるわ。社内で賭けをやっているのよ。それで、いまのところあなたが負けるほうが優勢なの」

「誰が勝つという予想なの？」そんなこと、ほんとに知りたいの？

「外部の経営幹部」

あのときスティーヴンが言っていたのはこれだ。従業員を使って噂を流し、こちらにメッセージを送っている。きみの頭に王冠を載せてやることも、載せてやらないこともできるのだぞ、と。

スティーヴンはあらたに設定した期限を連絡してきていた。今夜十二時までに金をよこさなければ、支援を取り下げるというものだった。

株価が急落すれば、どのみちそうするのだろう。

こちらに責任をなすりつけようとするかもしれない。買収まえに会社の評価を下げるため株価を変動させようとしたという噂を流されでもしたら、身の破滅だ。へたをしたら訴訟沙汰に巻きこまれるかもしれない。

スティーヴンがそういうゲームを仕掛けているのだとしたら、なにが目当てだろう？　お金？

「わたしの私生活に関するゴシップはどうなの？　きっとなにかしら噂されているんでしょう」エリーはすべて知りたかった。目のまえにパズルが置かれている状態だとはっきりしてきたのだ。手もとにすべてのピースはそろっていない。

リリーは顔をしかめた。「いい噂じゃないわ。誤解しないでほしいのだけど、一般社員たちはあなたに憧れている。あなたが弁護士とつきあっていることをとやかく言ったりはしない」

ふたりとも目立たないようにしていたつもりだが、あまりうまくいかなかったということね。「わかったわ。わたしとライリーのことを幹部たちはどう言っているの？」

「幹部たちというか、二名だけなのよ。でも、保守的な人たちね」

「つまり、スティーヴンの取り巻き？」

リリーはうなずいた。「そう。〈ストラトキャスト〉の社則を変更しようという話が出ているわ、新しいボスが……」

「いいから、最後まで言って」エリーはすでにわかっていることを聞かされる覚悟をした。

リリーは顔をゆがめて言った。「股を閉じていられないのだから」

これはきつい一発だ。

リリーはデスクに両手を突き、身を乗りだした。「あの人たちは偽善者なのよ、エリー。小耳にはさんだんだけど、ふたりとも秘書と浮気をしていたんだから。ほかの人もたたけば埃《ほこり》が出るはずよ。それから、あなたとカイルが男女の仲だったという噂もあるの」

「いいでしょう、その噂より悪いことは今日起きないと思う」カイルと肉体関係があったと思われているだけで虫唾が走った。「ほかにもわたしをふしだらだと糾弾している人はいるの？」

幹部たちは偽善者だ。エリーとしては、言いがかりにいちいち反論するつもりはない。それでも、取締役会がどうなるのか、あらかじめ見当はついた。

「あなたが色仕掛けでダルヴィッシュを入社させたという噂もあるわ」

「そうでしょうね」ダルヴィッシュはエリーが雇い入れた優秀なプログラマーだ。体を使って引き抜いたと言われても不思議ではない。「わたしはいわゆる名器の持ち主にちがいない。きっと職業をまちがえたのね。売春稼業の道に進むべきだったわ。知っておくべき関連情報はないの？　わたしがいろいろな男性とベッドをともにしたという話以外のゴシップは？」

「わたしたちが攻撃されるのはそういうネタでしょう？」リリーはエリーのデスクの向かい側の椅子にどさりと腰をおろした。「男たちは女性ならではの部分にしか目が行かない。おっぱいがついているから、頭はからっぽに決まってると思っている」

エリーは苦笑いを浮かべるしかなかった。「おかしなものね、まじめくさったスーツを着ていたときには、身持ちが悪いなんて誰からもうしろ指を指されなかったのに」

「ううん、そうじゃないの」リリーはため息をついた。「わたしがあなたに話さなかっただけで、技術畑の同僚男性たちとの噂はまえからささやかれていたわ」

今日はこういう日なのね。「それはそれは」

リリーは一瞬黙りこんでから、身を乗りだした。「ライリーのことをほんとに知っているると思う？」

「どういう意味？」

いかにも答えたくなさそうに、リリーの口もとは一文字に結ばれた。それを見て、エリーも返事を期待しなかった。ところがリリーは立ち上がり、こう言った。「ライリーはあなたに嘘をついている気がするという意味よ。ここにはいってきた日から彼は嘘をついているんじゃないかしら」

「なぜライリーが嘘をつくの？どんな嘘をつくというの？」なんとなくリリーはライリーを毛嫌いしている気がしたが、なぜなのかエリーはさっぱりわからなかった。ライリーがそばにいると、リリーはいつも身構えている。それもまた気になっていたものの、ライリーとの交際にかまけて、見て見ぬふりをしていたのだ。

「それはわからないけど、ライリーはなにかしているわ。あなたに調査を頼まれるまえから、経理のファイルを持っていたのよ。だからデブラに問い合わせてみてとカイルに頼んだの。ライリーがファイルを請求したのか知りたかったから。もしそうなら、どういう名目だったのか」

「ライリーが経理のファイルを持っていたとどうして知っているの?」

「彼のオフィスに侵入して、見つけたの」リリーはしゃあしゃあと言ってのけた。

エリーは目を剝き、口をあんぐりとあけた。「侵入したですって? そんなまねはだめよ、リリー。あなたが型破りな方法で情報を集めてくれるのは知っているけれど、これはいただけないわ。あの人はわたしの買収契約のために交渉を担当しているのよ。帳簿を確認したいと思うのはうなずけるわ。彼にはその権利もある。責任を負っているのだから」

「うなずけないわよ」リリーはかたくなに言い返した。「それは見当ちがいだわ。あなたは彼の行動をかばおうとしている。会計報告はもうすんでいるの。あなたの気が変わらないかぎり、買収契約には関係ないし、買収金額にも影響しない。買収金額に影響するのは株価だけだわ」

リリーの言い分は正しいが、ライリーにはほかに理由があったとも考えられる。徹底した人なのだから。「あなたも疑問に思ったのなら、わたしに相談するべきでしょう」

「それだけじゃないの。ライリーの行動は怪しいのよ、エリー。夜遅く、研究開発室にいたのよ。あなたが帰宅したあとに。あそこになんの用があるの？　その夜は誰も残っていなかったのに」

挙げようと思えばいくらでも理由は思いつく。もしかしたら迷子になったのかもしれない。この会社に出入りするようになってライリーはまだ日が浅いのだから。夕食のあと、歩くのが好きなのかもしれない。残業したときに、エリー自身、よくそうしている。社内を歩きまわったりする。もしかしたら誰かを捜していたのかもしれない。

言い訳を探しているのかしら、とエリーは心のなかでつぶやいた。

「本人に訊いてみるわ」そうするしかない。

「それとも、わたしに警備と話をさせるか。研究開発室への出入りにはＩＤカードが必要だから」

「ライリーには幹部並みの許可がおりているの」

リリーはため息をついた。「だったら、ライリーの行動は調べがつくわね。警備から日常的な報告は上がってこないけれど、ライリーが社内のどこに出没したか記録は残っているはずよ」

交際相手を信用しないのはよくない気がする。「まず、ライリーと話をするわ」

「事前に警告するつもり？」

「考えすぎだわ」それをいうなら、エリー自身もそうだ。スティーヴンはお金が欲しい。取締役会まで買収契約は結べないが、スティーヴンはいますぐ現金を必要としているから、プレッシャーをかけてくる。それはエリーもなんとか対処できる。では、誰かに売春婦呼ばわりされたら？　それを止めることはできない。女性経営者なら誰しも対処せざるを得ない問題だ。私生活に首を突っこまれ、粗を探される。図太くなるか、ゲームをおりるか、どちらかだ。

「お願いだから、警備と話をさせて」リリーが頼みこむように言った。

「あえて訊くけれど、どうしていまさらわたしに許可を取りつけるの？　ライリーのオフィスに無断ではいったときには、許可を取ろうとしなかったでしょうに」

「あなたはライリーを大事に思っていて、わたしはあなたを大事に思っている。こんなことをしてあなたにきらわれたくはないけれど、ライリーは要注意人物だという気がしてならないの。彼のオフィスに侵入したのは証拠が必要だったから。いまはもうあなたを抜きに先走って、友情にひびを入れようとは思わない。あなたにだめと言われたら、そこでやめる」

「だめよ、許可しないわ」エリーとしてはこの件については大人らしくふるまい、ライリーに直接尋ねるつもりだ。

リリーはうなずいた。「わかったわ。でも、これだけは言わせて。すべてがひっくり返るようなことになっても、わたしはあなたの味方よ。友人でいるわ。だから言ったでしょう、とは口が裂けても言わない」

リリーはくるりと背を向けて、オフィスから出ていった。

エリーは新聞に目を落とし、リリーはまちがっているのよ、と自分に言い聞かせた。まちがっているはずだ。


なにかがとてつもなくおかしい。ライリーはオフィスのなかを歩きまわりながら、電話の呼び出し音に耳をすましていた。三回、四回と鳴ったところで、おかけになった電話はおつなぎできませんでした、と発信者に説明する自動音声が流れた。

思わず携帯電話を床にたたきつけそうになった。

よし、ブランだ。ブランなら電話に出る。弟の番号にかけると、すぐにつながった。

「なあ、落ちついてくれ」

落ちつけだ？　「いったい、これはなんなんだ？　なぜぼくは蚊帳の外に置かれている？　ドルーがぼくに黙ってあの報告書を使った理由を知りたい。あれはカスタラーノが悪事を働いた証拠をつかめなかった場合の保険だったんだぞ」

あのろくでなしが会社の金を着服していたのは確実だが、その横領罪で刑務所に入れる手立てが見つからなかったら、そのとき初めて最終兵器を使うはずだったのだ。〈ストラトキャスト〉をぶっつぶし、あの男を身ひとつで引退させる。あるいは、会社に居座るのなら、もう一度攻撃する。

しかし、いまの状況は予定外の展開だった。あの記事を読んでいるときのエリーの目つきを思いだすと、ライリーは胃が締めつけられるようだった。あれを記事と呼ぶならの話だ。ただの中傷で、エリーを貶《おとし》めるために書かれた代物だ。ドルーがどこかのとんまを雇ったのだとしても、どうということはない。そいつに思い知らせてやるまでだ。

「買収契約成立は二週間後だ。株価を下落させたいなら、時間がない」そのあと間が空いた。ブランは誰かと話をしているのだろう。たぶんハッチか、ドルー。いずれにしても、自分の口から話す度胸のない臆病者め。

「電話に出せよ」ライリーは一語一語を区切り、鋭い口調で言った。

「ドルーはここにいない。ケイスとなにかを調べに出かけている。あの若い女の会計士が電話をかけてきて、ドルーとケイスはどこかに火がついたみたいに、あわてて出ていった。なにごとか、ぼくは知りもしないんだよ。ちょっと待って。ミアがいる」

ミアが電話口に出た。「ライリー？　なにかが起きていると思うの。ケイスも同じ意見よ。このまえカスタラーノを尾行したの。医者通いをしているけれど、病気ではないわね。皮膚科に通院しているの」

「皮膚癌か？」

「そうじゃないと思う。なにか計画を立てているようなの。受付係に話を聞いてみたら、カスタラーノは腕のいい美容外科医を探しているんですって」

くそっ。逃亡を企てているのか。「手に入れられるものを手に入れたら逃げるつもりか」

「ケイスはカスタラーノを見張ろうとしているんじゃないかしら」とミアが言った。

「なぜケイスはドルーを引きこんだんだ？」いますぐ兄貴を怒鳴りつけたいライリーとしては、ふたりが一緒にいるのは都合が悪い。エリーを犠牲にしなくても、手の打ちようはいくらでもあったはずだ。

「さあね」ミアは苛立った声で言った。「わたしも驚いているのよ。新聞が発行されてから、電話で雇ったあのぼんくら記者をつかまえようとしているの。あんな記事を書かせようとしてお金を払ったわけじゃないのよ。冷却装置の試験が失敗していることだけが記事になるはずだったの。株価を暴落させるにはそれだけでよかった。冷却装置がやっぱり正しく稼働することを二、三週間でエリーは証明できるし、カスタラーノはなにも手にせず、当然の報いとして刑務所送りになるだけのはずなの。あの人はいまも会社のお金をくすねているのだから」

「横領を証明する時間はたっぷりあたえただろうが。まだ時間をかけなくてはいけないのはおかしい」ここ十日ほど、ライリーはこのことだけには苛立ちを覚えていた。

「ペーパーカンパニーの調査はむずかしかったみたい。証拠も見つけなくてはいけないしね。それをケイスとドルーがやっているのよ。ふたりが言うには、どこかからさらに書類が出てきて、最後の会社を見つけたのだとか。わたしにはよくわからないけど。ケイスの携帯を鳴らしても、いまは留守番電話に切り替わっちゃうわ。じっと待つしかないの。なんとかなるでしょう。エリーがつらい目にあってかわいそうだけど、カスタラーノが横領していた証拠をわたしたちがつかめば、会社はすっかり彼女のものになる。もちろん無料《ただ》で、ではないけれど、彼女の想定よりも安く。これはいいほうにころがるのよ、ライリー」

父親の持ち株を相続したときにエリーが交わした共同経営契約書によれば、どちらか一方がもはや義務を果たせないと見なされると、株は一カ月以内に信頼できる共同出資者によって買い取られることになっているからだ。もし共同出資者が見つからなければ、株は会社が買い上げ、吸収される。

エリーには株を買い取る資金がある。新聞にどんな記事を書かれようと、実際に会社を維持できる人物はエリーだけだ。基盤事業が順調に進むと証明すれば、エリーは会社のトップに落ちつき、人生はつづいていく。

エリーは知らなくてもいいことだ。こちらの果たした役割を知らずじまいに終わる。この嵐をふたりで乗り切らなくてはならない。そして、ライリーはひっそりと〈4L〉を辞めて、エリーと一緒になる。復讐計画からは抜けよう。自分の役割は果たした。パトリシア・ケインが堕落していようが知ったことではない。

大切なのはエリーだ。エリーと一緒にいることこそ、なによりも意味のあることだ。

一瞬ライリーは過去に引き戻され、父親の思い出がまるで現実かと錯覚するほど鮮明に脳裏によみがえった。ライリー自身は八つか九つで、書き上げた宿題の作文を持って、父の仕事部屋に駆けこんだ。得意満面で、作文を父に見せたのだ。父はライリーを膝に抱き上げた。もう大きいからハグやキスはいやだとライリーは言い張ろうとしたが、父さんはやめようとしなかった。じつを言えば、ライリーもほんとうはいやではなかった。母さんには知られたくないけれど。

「将来の夢はなんですか。それが作文のお題だったのか？」と父は尋ねた。

「父さんみたいになりたい。プログラムを書きたいし、頭がいい人にもなりたい」

父はライリーの頭に手をあてた。「その答えはまちがいだ。この質問の答えはひとつしかない。それがなんなのか、おまえに教えよう。これはな、ライリー、いい人生を送る秘訣《ひけつ》だ。将来の夢はなにかと訊かれたら、こう答えるんだ」

ライリーは身を乗りだし、魔法のような秘訣に耳を傾けようとした。

「幸せになることさ。幸せになりたい、と答えるんだ」父はそう言うと、ライリーの額にキスをして、くすぐり合戦を始めたのだった。

エリーと幸せになりたい。父が自分に望んだことを、子どもたちみんなに望んだことを、ライリーは生まれて初めて理解した。

幸せになることだ。

「ミア、なぜぼくがここに来たのか、エリーにほんとうの理由を知られたくない」

電話の向こうで沈黙が流れた。「それはむずかしいんじゃないかしら。ドルーのことはどう説明するの？」

それはなんとかなる。「エリーには、兄が世界的なソフトウェア会社の重役だということはいつも伏せることにしている、と話すよ。彼女はドルーに一度しか会っていない。そういう説明でだいじょうぶだろう。ぼくはここに残って、〈ストラトキャスト〉の再建に手を貸そうと思う」

「それは嬉しい話だわ。わたしも彼女が好きよ、ライリー。ドルーは簡単には納得してくれないかもしれないわね」

「それは心配しなくていい」ブランがいきなり電話口に出た。「ドルー兄さんにはぼくからうまく話すよ。そのうち戻ってくるから。ライリー兄さんがエリーの力になるなら安心だ。あの人を傷つけることになるのは心苦しかった」

ブランはつねに紳士だ。親のかたきを取ろうというときでさえ。

オフィスのドアをノックする音が聞こえた。ライリーは廊下に目を向けた。ドアのまえにエリーが立っていた。「もう切らないと。なにかわかったら、連絡してくれ。ぼくたちでカスタラーノを倒して、エリーのために会社を立て直さなくては」

「そうね」とミアは応えた。妹がにっこりとほほ笑む気配がライリーの耳に聞こえるようだった。

兄と義弟からは反発を食らうだろう。いつまでも文句を言われることになるだろうが、それはだいじょうぶだ。

エリーと結婚しよう、とライリーは思った。今日明日というわけではない。まずは彼女の気持ちをそれとなくそちらに向かわせなくてはならないが、ゆくゆくは彼女の指に指環をはめるつもりだ。

馴《な》れ初《そ》めの真相をエリーが知ることはない。ひと目惚れから自然に交際が始まったと思わせておこう。

ライリーは電話を切り、オフィスのドアをあけに行った。エリーの入室後、ブラインドを閉じて、ドアに鍵をかけた。

楽観的になろうと心に決めたのだ。「だいじょうぶか?」

エリーは振り返り、こわばった笑みを浮かべた。「ええ、たぶん。社内をひとまわりしてきたの。みんな、ぴりぴりしているわ。株価にはすでに悪影響が出ているようなの。声明の発表を広報に用意させているわ」

「なんなら《ニューヨーク・タイムズ》紙の記者を一時間後に呼び寄せることもできる」ライリーが半殺しにするつもりでいる下種野郎を含めなくても、ミアの人脈は広い。あの記事を書かせた記者は人まえには出てこないはずだ、とミアに話したことには触れなかった。

エリーはうなずいた。「いいわね」

張りつめた様子が顔に出ている。無理もないが、いかにも孤立している風情で立たせておくこともできなかった。ライリーは手を伸ばし、エリーを抱き寄せた。「なにもかもまるくおさまる」

「わたしのしわざじゃないかという噂が広まっているの。スティーヴンの株を安く買うためにやったんじゃないかって」

ライリーはエリーの髪をなでた。「なんとか乗りきれるさ。株式譲渡を延期する必要があれば、そうしてもいい」

カスタラーノが金を手にできないかぎり、問題はない。金に困っている状態が長引けば長引くほど、あの男は過ちを犯す。いずれは警察につかまるかもしれない。生活が困窮するか、刑務所送りになり、裁きがくだされるか。まちがったことをしたのだから、そうなって当然だ。

エリーはライリーの腕のなかで身を固くした。「スティーヴンが延期の提案をのむとは思えないわ」

「のまざるを得ない。現状の提示額で取引はしたくないはずだ。株価が安定するまで必然的にカスタラーノは待つ。安定したら、下落まえのようにことを進められる」ただし、あのくそったれは現金が必要だから、会社の金を着服しようとする。あの男がそういう動きに出たところでつかまえるというわけだ。

「ライリー、あなたに質問があるの」

「なんでも訊いてくれ」エリーにこの数週間を乗りきらせよう。そばにぴったりとついていてやろう、とライリーは思った。ドルーが必要とすることをなんでもやるつもりだが、それもエリーを二度と傷つけないかぎりにおいて、だ。彼女はもうじゅうぶんつらい思いをしてきたのだから。

「経理のファイルを請求したの?」

ライリーは体が固まってしまった。なぜそんなことを訊く? こちらが何週間もまえにファイルを入手したと彼女にばれるはずはない。それでも、ほんとうのことを小出しにしてもいいころかもしれない、という思いがふとライリーの頭をよぎった。ファイルの請求はしていない。不正に入手したのだ。「もちろん請求した。なにか問題でも? この会社のことをなんでも勉強しようとしている。実態を知らなければ、いい仕事はできない。そのファイルはここに通いはじめたころに取り寄せたんだ。もっとも、すべてを把握しているわけではない。げんに法廷会計士を雇うことになった。いったいどうしたんだ?」

エリーはライリーを見上げた。「夜中に研究開発室に行く理由は?」

くそっ、これはまずい。「きみがオフィスにいなくて、捜しに行ったことが何度かある。方向がわからなくなって、いつのまにかそこにたどりついたことがあった。いつも誰かしら残っているから、助けてもらえるかと思ったが、誰もいなかった」

ここはひとつ芝居を打たなくては。そういうことはしたくないが、うまく切り抜けるには、なにが起きているのか探らなければならない。「どうしたっていうんだい、エリー？」

エリーはどうしたらいいか一瞬迷ったようだった。「いろいろなことが次々に起きているの。どういうことかわたしもよくわからないけれど、自分が把握していないことが起きている気がする。罠にかけられて、じわじわ追いこまれている気がするのよ」

「で、ぼくが罠にかけていると？」ライリーは憤慨しているふうを装った。「まさかぼくがきみを……どうしようと？　きみになにをしようというんだ？」

エリーは目をそらしたが、その目に涙が浮かんだのをライリーは見逃さなかった。ちくしょう。こんなことは望んでいない。

「わからないわ」

ライリーはエリーの背後にまわりこんだ。「エリー、いまは仲間割れしているときじゃない。なにが起きているのか調べてみる。解決策を探してみるよ。頼むからぼくとまで対立しないでくれ。むずかしい状況だというのはわかっている。思い描いていた道ではないが、きみも誰かを信じなくてはいけない。その〝誰か〟をぼくにしてほしい」

エリーは振り向き、両手を上げてライリーの顔をはさみ、目をじっとのぞきこんだ。

「本気で言っているのね？　わたしを助けたいと」

嘘ではない。ささいなごまかしさえまじっていない。「そうだ。言っただろう？　きみに夢中なんだ。なによりもきみの力になりたい。あの記者の顔面に拳をたたきこんでやりたいくらいだ。あるいは、尻に蹴りを入れてやるか。どっちが先でもいい」

エリーはため息をつき、ライリーの腕のなかに身を預けた。「どうしたらいいかわからないの」

少なくとも彼女はすがりついてきた。「ぼくたちで解決しよう」

「しっかりしなきゃいけないとわかっているけれど、あなたとのことを社内であれこれ推測されていることにぞっとするの。誰とでも寝る女とみんなに思われているなんてね」

ライリーは全身がこわばった気がした。「ぼくのまわりでそういうことを言うやつが出たら、そいつは解雇だ。そういう連中を個人的に突きとめて、二度と働けないようにしてやる」

　エリーは鼻をすすった。「それは無理でしょう。でも、こんなことになるなんて。噂に屈するつもりはないけれど、わたしたちのことを話題にされているのが嫌なの」

「噂は止めようと思えば止められる」

「噂を止める手段なんてあるのかしら」

「結婚すればいい」おっと、この話を切りだす時期はまだ先のつもりだった。

　エリーはあとずさりした。「なんですって？」

　ライリーは片手を上げた。「だからこういうことだ。ぼくたちが退屈な既婚者になれば、噂されなくなる」

「まだ知り合って二、三週間よ」

「もっと短いあいだに結婚する人もいる」なぜ強引に話を進めるのか、ライリーは自分でもよくわからなかった。「記事の切り口も変わるだろう。批判的な報道を好意的なものに変えられる」

「ライリー、マスコミ受けをねらって結婚するわけにはいかないわ」

「それならセックス目当てに結婚すればいい」

　エリーはあきれたように目を上に向けたが、ちらりと笑みも浮かべている様子から悪くない手ごたえをライリーは感じた。エリーは言った。「いまのままでうまくいっているでしょう。からかうのはやめて。広報室に行ってくるわ。どういう声明文を用意したか確認しないと」

エリーはまだ神経をぴりぴりさせている。ライリーはほんのいっとき、彼女になにもかも忘れさせたかった。身勝手だが、親密な関係でいなければいけない。さっきの質問でライリーは肝を冷やしていたのだ。どこからあんな質問が出てきたのだろう。

経理のファイルを入手したことがどうしてばれた？　夜遅く、研究開発室へはいったことは？

エリーの体にそっと腕をまわした。もう一度抱き寄せて、これまでに育んだふたりの絆をしっかりと結び直しておかなければ。

「エリー、キスさせてくれ」エリーにキスをすると、ライリーはすべてを忘れることができた。抱き合っているときには、駆け引きも嘘もそこにはなかった。ただ自分と彼女がいるだけだ。これほど気分が晴れやかになることは人生で一度もなかった。

幸せだった。エリーがそばにいると、幸せを実感するのだ。

エリーの体から力が抜け、ライリーの腕に抱かれた。「詰問してしまってごめんなさい。今日はずっと気を張っていたの」

ライリーは軽く唇を触れ合わせた。「わかってる。もっと大変なことになるだろうが、ぼくがついている。してほしいことがあれば、なんでも言ってくれ」

「もう一度キスをして」うっとりとした表情をエリーは目に浮かべた。ライリーの好きな目つきだ。彼女は奇跡を起こす魔法使いを見るような目でこちらを見つめている。

エリーこそ驚くべき女性だ。ぼくの人生をどれほど変えたか、エリーが知っていたら……。

ライリーは身をかがめ、そっと唇を重ねた。いまは感じていることを態度で示すときだ。ことばにすることはできない。一生口にはできないかもしれないが、エリーをどれほど大切に思っているか、行動で示すことはできる。

しっかりと抱きしめてキスをしながら、舌をそっと差し入れて、エリーの舌にからめた。体が熱くなった。

エリーはわずかに身を引いて、とろんとした目で言った。「ライリー、そういうことをする時間はないわ」

どうだろうか？「ちょこっとだけだ」

ライリーは再びエリーにキスをして、両手を彼女の髪にうずめた。髪は頭の上のほうでいくらかまとめていたが、うしろに垂らしている髪には難なく指を通せた。キスは激しさを増していき、エリーはライリーのあちらこちらを手で探りはじめ、体をこすりつけてきた。

ライリーと一緒にいるときの彼女は、もはや内気な女性ではなかった。さわりたいときに、さわりたい場所に手を伸ばしてきた。それがライリーは嬉しかった。まるで自分の体が彼女の遊び場になったような気がしていた。そして、ほんのひとときでも彼女を抱けると思っただけで股間が熱くなった。

エリーはライリーを引き寄せながらあとずさりした。「急いでね。広報室に行かないといけないのはほんとうだから。でも、いまはあなたのことしか考えられない」

「ぼくもそうだよ、ベイビー」ライリーはエリーのスカートをたくし上げながら、デスクに引き返した。そこがちょうどいい高さなのだ。

エリーを抱くまでは、ほかのことはなにも考えられない。彼女に欲情をかき立てられ、思考能力が鈍ってしまうのだが、それは甘美な感覚だった。これまで感じていた欲情は、精を放ちたいという身体的な欲求にすぎなかった。エリーにいだく欲情はそれとはちがう意味を持っていた。心を通わせ、結びつきを持ちたくなる。

彼女にまつわるあらゆることに大きな意味があるのだ。

素肌のぬくもりをてのひらに感じると、裸になる時間があればよかったとライリーは思った。

その胸のうちを読んだかのようにエリーは首を振った。「いまはぱぱっと終わらせて。裸になるのはあとよ。あとでわたしの家に帰ったら、全部脱いで、明日まで服は見ないの。いまはちょっと味見をするだけにして。今夜はフルコースをいただきましょう」

ライリーはエリーの下着に両手の親指を引っかけ、足首まで引き下ろすと、ひざまずいて足から抜き取った。身を寄せていたので、エリーの興奮がかぎ取れた。この世でなによりも甘い香りだ。「こちらの準備は万端だ。きみをすっかり満足させてやれる」

エリーはライリーを見下ろして、にっこりほほ笑むと、スカートをまくり上げ、デスクにひょいと腰掛けた。そして、脚を開き、ライリーを迎え入れる体勢をととのえた。「そうでしょうとも、弁護士さん。抜群に仕事ができる方ですものね」

ぞくりとするような興奮がライリーの全身を駆け抜けた。ほんとうはエリーをデスクに追いつめて、上司と秘書ごっこをしたかった。この筋書きでいけば、おそらく自分が秘書役にまわることになりそうだ。度胸があり、リードするのが好きな恋人を持てばそういうこともある。ライリーは押したり引いたりする関係が好きだった。

立ち上がると、エリーがベルトのバックルに手を伸ばしてきた。

「どうするつもりなの？」エリーはズボンのボタンをはずし、ボクサーショーツのなかに手をもぐりこませた。「わたしはいろいろな問題を自分のオフィスで片づけているべきなのに」

股間のものをつかまれ、ズボンが床に落ちるままライリーはエリーのまえに立っていた。「ほかの問題はあとまわしにできる。集中してもらいたい問題をひとつ抱えているんですよ、エリー女史。この問題にかぎっては、ほかの人には解決できない」

エリーは舌舐めずりをして、手のなかのものに視線を下げた。「そういう人になりたいものだわ」

エリーは冗談まじりに切り返してきたが、ライリーとしてはちゃんとわかってほしかった。彼女の顔に手をあてがい、自分のほうに視線を向けさせた。

「きみだけだよ、エリー。ぼくが欲しいのはきみだけだ。こんなふうに欲しくなる相手はもう現われないんじゃないか、と心配になっている」

エリーは口の両端を上げた。「よかったわ、わたしもあなたしか欲しくないもの。さあ、わたしを奪って。そうすれば、またものを考えられるようになるから」

ライリーはエリーの太腿のあいだに体を寄せて、ボクサーショーツを下げた。あなたが欲しいというエリーのことばは戯言ではなかった。彼のものが触れた瞬間、彼女が濡れていて、受け入れる準備ができているとわかった。自分に対するエリーの反応にライリーはいつも興奮させられた。無心で抱き合えることがいまでは生きがいになっていた。ものが考えられないって？　エリーが部屋にはいってくると、目が合ったとたん、彼女の体にどうやって手を触れようか、あらゆる愛撫の方法が頭のなかを駆けめぐる。会議のあいだはエリーを膝に座らせるか、手をつないでいたくなる。エリーの体にさわれるならなんでもよかった。一緒にいると実感できることならなんでも。

まさに取りつかれたようだった。

ライリーは位置をととのえると、エリーのなかに身を沈めた。

「この感じが好き」エリーは背をそらし、さらに受け入れやすい姿勢を取った。

「きっといつになっても慣れっこにはならないわ」

ライリーはエリーの腰をつかみ、そのぬくもりを味わった。こっちこそ慣れてしまうことなどありはしない。エリーの脚がからみついてきた。「きみをデスクで抱けて最高の気分だ。これで今日は帰るまで仕事が断然楽しくなる」

エリーは吐息をつき、下唇を嚙んだ。「どうして？」

「午後のあいだずっときみのにおいがして、こういうことをしているきみが思い浮かぶからさ」

喉の奥から艶めかしい笑い声がふっと洩れた。「まあ、それじゃ、今日はここでミーティングはできないわね。さらに噂が広まるわ」

ライリーは激しく、速く突いた。昇りつめるまで時間はかからなかった。しがみつかれ、内側はきゅっと締まっていた。「噂はさせておけばいい。そんなことはどうでもいい。大事なのはこれだけだ」

身を乗りだしてエリーにキスをしながら、下半身はするべきことをしていた。シャツの薄い生地越しに爪が食いこんできた。セックスしているときのエリーの乱れぶりはたまらない。

いや、愛を交わしているときの、だ。

ばかげた言いまわしかもしれないが、エリーとの行為は愛の営みだ。それ以下のものにするつもりはない。彼女は大切な人であり、かならず満足させてやるために、できるかぎりのことをしてやりたいのだ。

エリーは頭をのけぞらせた。そして、ライリーにしがみつきながら絶頂を迎えた。ライリーは激しく腰を動かし、エリーの内側がきつく締まる感覚にだけ意識を集中させた。喜悦に包まれながらうめき声をあげ、あますところなく奥へと精を放った。

高みから降りてくると、エリーを抱き寄せた。

「いまなら広報室のスタッフに怒鳴り散らしたりしないわ」エリーは物憂げな笑みを浮かべて言った。

ふたりともすっかり晴れやかな気持ちになっていた。「ぼくも同行しよう。今日はきみのそばについている。噂は勝手にさせておくことだ。きみとぼくはチームだと知らしめればいい。誰にもぼくらの仲は裂けない、と」

エリーはうなずいて、ライリーにさらにしっかりと抱きついた。「このあとは下着なしで過ごすはめになりそうね。あれをまた穿くのもなんだもの。このオフィスにトイレがついていてよかったわ。さあ、キスをして。そうしたら、きれいにしてくるから」

ライリーはやさしくキスをして、体を引いた。ボクサーショーツを足首までおろしている姿は間が抜けて見えるはずだが、すぐに体を動かす気力が湧いてこなかった。エリーがトイレにはいっていく姿を眺めながら、いつ、どうやって彼女をまた抱こうか早くも思案をめぐらしていた。

心地よいけだるさに包まれて着衣の乱れを直していると、ドアをノックする音が聞こえた。

そのとたん、はっとして我に返った。服にあまりしわが寄っていないことを願いながら身なりをととのえ、ベルトのバックルを留め直した。エリーのパンティを床から拾い上げ、ズボンのポケットに突っこみ、あたりをさっと見まわした。すべて整然として見える。

そう確認し、ライリーはドアをあけた。

リリーが立っていた。顔をしかめている。

「あなたもエリーも役員会議室に呼ばれているわ。カスタラーノが緊急会議を招集したの」顔を近づけて、リリーは先をつづけた。「あなたのせいでエリーが困ったことになったのだとしたら、大事なところを引きちぎってやるから憶えておきなさい」

ライリーは息をするのも忘れてしまいそうだった。なぜならふたりとも困ったことになったのだと、ぴんときたからだ。

8

エリーはリリーと並んで歩き、向こう隣にライリーが付き添っていた。

廊下を歩いていくと、視線を感じた。〈ストラトキャスト〉の従業員は緊迫した空気を感じ取っているかのようだった。エリーは表情を取り繕い、通りすがりに従業員たちに向けてにこやかにうなずいた。

あとで全員を集めて、話をしなければ。一同を不安にさせることだけは避けたかった。従業員たちも不安は不安だろう。たしかに数百万ドル相当もの株は保有していないかもしれないが、投資している者は多く、報奨金として株式を取得している者もいる。そういう者たちは引退後の備えとして自社株を頼りにしているのだ。なぜかといえば、エリーの父とスティーヴン・カスタラーノがボーナスを支給したり、企業年金制度を導入したりする措置を取ろうとしなかったせいだ。

エリーが経営を引き継いだあとは、そうした状況も変わっていく。従業員に〈ストラトキャスト〉の将来にしっかりと投資してもらおうと考えていた。それはライリーと意見が一致している案件だった。会社の成功によって報酬が増える従業員こそ、仕事に励む従業員だ。成果のためには投資がついてまわるが、投資をしなければ、責任もともなわず、仕事はなおざりになる。

「リリー、三時半に全社集会を開くから準備をしておいて」従業員には不安をやわらげてから帰宅させてやりたい。

リリーはうなずいた。「いい考えね。みんな心配しているもの。スティーヴンが取締役を集めているから、みんなますます心配になっているんじゃないかしら」

「スティーヴンはなにをするつもりか知っている？」とエリーは尋ねた。

役員会議室に近づきながらリリーは首を振った。「なにも知らないわ。電話をかけていたら、スティーヴンの秘書がにやにやしながらやってきて、あなたと色男を大至急会議室に連れてきたほうがいいと言われたの」

「ちょっと、リリー」とエリーは歯をきしらせるようにして言った。

リリーは軽くいなすように手を振った。「失礼。でも、みんな知ってるのよ、ライリーが真っ昼間にブラインドを閉めて、ドアに鍵を掛けたら、あなたとなにをするのか。それに、あなたの下着の線は急に消えた。だから何度も言ったでしょう、Ｔバックを穿くべきだって」

エリーはTバックが苦手だった。ついさっき頭が真っ白になる興奮を味わったばかりだと、みんなにわかるものなの？　エリーは堂々と胸を張った。弁解するつもりなどないからだ。

「きみはどこに出ても恥ずかしくない恰好だ」とライリーは声を落として言った。「もうすこし時間があれば、どういう用件で集められたか調べられたのにな」

時間をとって、カスタラーノのもくろみを突きとめてから会議室に向かうべきだというのがライリーの主張だった。エリーは、待つのも駆け引きをするのもいやだった。やることをやってしまえば、株価下落に対処できる。新聞記事と冷却装置の試験の不備で非難されるならされるで、さっさとすませたほうがいい。くよくよしていても始まらない。

「だいじょうぶよ。取締役たちはいらいらして、わたしが状況を読み誤っていると思っている。試験をやり直せば、万事順調だと証明されることがわかっていないのよ。それは説明するわ。そうすれば、すべて迅速に進むでしょう。なんなら、今日の午後に再試験を実施してもいいわ」

こういう状況では自信が必要だ。冷や汗をかいている姿をけっして相手に見せてはならない。父からわずかに伝授された有益なアドバイスのひとつだ。

リリーは顔をしかめてうしろに下がった。「あなたが会議室から出てきたら、すべて知りたいわ。ほかの秘書とも話してみるつもりよ。隠しごとをされていたとわかったら、秘書たちにはわたしが話をつけるわ」

エリーはライリーを見上げた。手をつなげたらよかったが、会議室では最高に手ごわい女に見えなければならない。手ごわい女は重役会議でボーイフレンドと手に手を取ったりしない。

ドアを押して、会議室に足を踏み入れたとたん、口をあんぐりあけそうになるのをこらえなければならなかった。

スティーヴン・カスタラーノは三つぞろいのスーツを着て、上座に座っていた。まぎれもなく業界の古参であり、重鎮という風情だ。この二年のあいだ、彼がこれほど力強く、しゃっきりとして見えたことは一度もなかった。エリーの父はすでに死去しており、カスタラーノは株式をエリーに譲渡することが決まってから、会議室よりもゴルフ場にふさわしい服装で会社に出入りするようになっていた。脅迫をしてくるまでは業務上もおとなしくしていたのだ。

カスタラーノはこれまで見たこともないような目でエリーをにらみつけていた。冷酷にして狡猾《こうかつ》。血も涙もない目つきだ。

いったい、どういうこと？

「よく来てくれた、ミズ・ストラットン、ミスター・ラング」カスタラーノは空いているふたつの座席を手で指し示した。末席を空けておいたということは、社内のエリーの地位に対する侮辱だった。彼女の立場であるならば、上座につくべきだ。

あいにくエリーが上座に座るためにはビジネスパートナーか、ビジネスパートナーの味方についている年配の取締役を追い立てなければならず、そうなると、印象は悪くなる。エリーの地位は昔から微妙なバランスで保たれていた。男性役員とはちがい、エリーはビジネス感覚だけでなく、社交マナーも判断材料にされてしまう。カスタラーノはそれを知っていて、不利な立場にエリーを追いやったようだった。

「どうかそのままで、ミスター・ガーナー、立ち上がらなくてけっこうよ」相手は立ち上がる気配も見せなかったが、エリーはそう言った。「ここに座るからだいじょうぶです。ここからでも、みなさんにわたしの声は聞こえるはずだから」

ライリーはエリーのために椅子を引いた。「これは正式な会議ではないから、あなたがどこに座っても問題ないでしょう、ミズ・ストラットン」

ガーナーは顔を紅潮させた。女性であるという理由で不当に扱えば、紳士的ではないと男性役員はエリーから非難される。カスタラーノは笑みを浮かべ、エリーが椅子に座り、ライリーがその隣の席につくのを黙って見ているだけだった。

「どういうことか聞かせてもらいたいわ」エリーはテーブルのまわりにざっと目をやり、取締役会で最も重要な六名がそろっていることに気づいた。その六名で株主の過半数を形成するわけではないが、かなり近いことはたしかだ。〈ストラトキャスト〉の株式を数多く保有する者たちがこの場に集まり、批判的な目をエリーに向けている。

「ぜひお願いしたい」ライリーがあたりを見まわし、明らかにエリーと同じ光景を目にしている。「この場は取締役会の定数に満たないから、採決はとれない。それに、見知らぬ顔もまじっている」

ライリーが手を振り向けたふたりの人物は、エリーにも見憶えがなかった。男性と女性がひとりずつ、向かい側と左側に座っている。とはいえ、そのふたりのことをとくに考える暇はなかった。カスタラーノが強引に話を進めていたからだ。

カスタラーノは椅子に座ったままゆったりと姿勢を崩した。「それはのちほど触れる。定数はとくに必要ではない。昔からの役員だけを呼び寄せた。会社のまわりで最近起きている出来事に古株の役員たちが困惑しきりだからだ」

つまり、これから油をしぼられ、ののしり合いが始まるといったところか。取締役会は十五名で構成されている。そのうち六名がこの会議室に集まっている。カスタラーノ側の面々だ。本人の議決権を合わせると、カスタラーノは七票を押さえている。残りはエリーとライリー、そして味方してくれるはずだとエリーがあてこんでいる者が四名。その四名がここに呼ばれなかったのは、おそらくそれが理由だ。それ以外の二票はどちらにつくか不明のままだ――パトリシア・ケインの持ち株を買い取った女性と、エリーの妹から株を買い上げた人物。それについてはライリーが調査中だ。株を購入した会社に電話を入れたが、返事はまだないという。そのあらたな投資者の意向をエリーは探らなければならない。誰であるにしろ、その株主には議決権がある。

カスタラーノはおそらく、取締役会で自分の影響力がまだ健在だとエリーに誇示するためにこの会議を招集したのだろう。

「冷却装置に関する記事で開発に支障が出たことは承知しています。あの記事の内容はまちがいだと喜んでお知らせするわ。目下、誤報について調査させているところよ」今週初めから有能な主任二名にこの件を担当させていた。装置に不備のあった試験結果を外部に漏洩させた人物はそのうち特定されるだろう。

「情報を洩らした人物が誰か判明した」カスタラーノは椅子にもたれ、テーブルについている一同を見まわした。

「それはよかったわ。ぜひ聞かせてもらいたいわね」カスタラーノが犯人を突きとめたのだとしたら、エリーも惜しみなく礼を言うつもりだ。問題に対処したのが自分だったらよかったが、できることを精いっぱいやればいい。

ライリーは携帯電話で誰かにメールを送ろうとしている。エリーは言った。「すこし待ってもらえるなら、新しい報告書を用意できるわ。設計責任者を呼んで、なにが問題だったかということと、プロジェクトの進行になんら支障がないことを説明させます。スケジュールどおり、予算内で完成できることを」

完璧な解決策だ。担当者は社内にいる。頼りになる部下を呼んで、状況を説明させればいい。

「科学的なご託は省いてけっこうだ」カスタラーノは書類ばさみをいくつも抱えてうしろで控えている秘書にうなずいた。「ジェーン、あれを。さて、紳士諸君及びミズ・ストラットン、ご存じのとおり、今日の新聞に〈ストラトキャスト〉の経営トップの統率力を疑問視し、社運を賭けたプロジェクトを大失敗呼ばわりする記事が出た」

非難がましい声が部屋に響くなか、ジェーンが記事のコピーを配りはじめた。やけに手回しが早い。カスタラーノはエリーの印象を悪くしようと手ぐすね引いていたにちがいない。

脅しに屈してお金を払わなかったことがまずかったのかしら。エリーはしばらく迷ったものの、最後にはライリーの意見を受け入れた。たっぷりと報酬を支払い、深い仲にもなっているのだから、ライリーにまちがった方向へ導かれることはないはずだ。結局のところライリーも〈ストラトキャスト〉と利害関係があるのだ。

「言いがかりにひとつひとつ答えてほしいの？　それともこの記者の中傷に対してわたしの意見が聞きたい？　どうやらわたしは記者をいつのまにか怒らせたようだけど」関係者ではないのに会議に参加しているこのふたりは誰なのか、エリーは答えを探そうとしていた。

ひと組の男女。どちらもスーツ姿だ。きちんとしたスーツを身につけているが、一般企業に勤めているふうではない。重役というよりも、もっと屈強そうに見える。どちらも記事に目を落としていない。ときどきふたりだけで話をしたり、それぞれ携帯電話に目をやっている。

ライリーもふたりを気にしていたが、身を乗りだして、私語を交わすのはよくないとエリーは思った。

「なぜ取材を受けてもいいと思ったか訊かざるを得ない、冷却装置のような重要なプロジェクトで問題を抱えているときに」とカスタラーノはあてつけがましく言った。

深呼吸。ビジネスパートナーであるはずの相手に腹を立てているところを見せてもいいことはない。「そこなのよ。じつは、冷却装置に問題はない。記事はキャリブレーションに不備があった機械の試験結果をもとに書かれてしまったの。広報室から取材の許可は得ていたわ。広報を通さなければ、マスコミとは話しません。記事は本来、通信会社では数少ない女性重役として会社のトップに立つわたしについて書かれるはずだった。冷却装置についての記事になるはずではなかったの。あの記者には腹に一物あったけれど、それはわたしの責任ではないわ」

「腹に一物あったのか、それともしごく的を射た質問をした？」とカスタラーノは尋ねた。

「なにが言いたいんだ？」ライリーは苛立ちもあらわに背筋を伸ばした。

カスタラーノは首を振った。「きみに話しているわけじゃない。ミズ・ストラットンに話している。意思決定がここで問題とされているのは彼女だ。きみの存在はわたしが疑問を投げかけている決定事項のひとつにすぎない」

ライリーは目を細くした。「金で思いどおりにできる弁護士をミズ・ストラットンがいまも雇っていればよかったと願っていることだろう。冷却装置の知的所有権をぼくがミズ・ストラットンに譲渡させなかったことでお腹立ちですか？」

カスタラーノは涼しい顔でふんぞり返った。「わたしを悪者に見せようとして、契約書にあの条項をつけ加えたのはきみだろう。ミズ・ストラットンにわたしへの信頼をくり返し失墜させようとしたのはきみだ」

よりによってしてはならないことをふたりはしている、とエリーははっきりと気づいた――人まえで秘密を暴露し合っている。全員の目がエリーに注がれていた。

ライリーは身を乗りだした。「あなたから彼女を守るためにぼくは最善を尽くした」

それこそエリーの聞きたくないことばだった。ライリーには弁護士でいてほしいのだ、恋人面をするのではなく。「スティーヴン、なぜここに集まっているの？　こういう話は内々にしたほうがいいでしょう？」

「なぜわれわれがここにいるかと言うと、株価がすでに二十パーセント下落したからだ」

エリーは胃が締めつけられた。二十パーセントですって？　まだほんの二、三時間しかたっていないのに。今日一日でどこまで下がるだろう？　訂正記事が出るまでにどこまで？　おうおうにしてマスコミは、いいニュースより悪いニュースを報道したがるものだ。誤報だったという噂が広まるまでは何日もかかる可能性がある。「訂正記事が出れば、株価は回復するとあなたもわたしも知っている」

「それには時間がかかる」ビジネスパートナーは非難がましい目で、エリーをまっすぐに睨《ね》めつけた。

どうしてこんなことに？　この人にあんな目で見られたことは一度もなかった。

「時間ならあるわ。製品化は二、三年先だから、ここ二、三週間でなにがどうなるものでもないのよ」

カスタラーノは余裕たっぷりにうなずいた。「ああ、それはそのとおりだ。気を揉《も》んでいる役員を集めたのは、株価はいつまでも下がりっぱなしではないと安心させるためだった。会社はこの不運な出来事を乗りきり、さらに力をつけるだろう、問題を引き起こした当事者を追い払って」

そんな。キャリブレーションを誰がだめにしたか探りあてたということ？　それはこちらの仕事なのに。研究開発室はエリーの担当だ。昔からずっと、大事にしてきた部署だった。父は実権をにぎっていたときでさえ、研究開発室の担当はエリーに譲ってくれたのだ。

自分の担当部署を手放すつもりはない。「人事異動について話し合いが必要だけれど、役員のまえで話さなくてもいいでしょう。いまの状況には対処できるとみなさんにお約束します。株価は数週間で回復するはずだわ。残念なことになったけれど、早急に正しい情報を発表します。広報は金融機関のネットワークに連絡を取って、こちらの問題に関する情報を提供しているわ。正しい報告書を公表するし、信頼できる記者を何名か招いて試験に立ち合ってもらうことも可能です。いまの騒ぎは一過性のものので、いわゆる雨降って地固まるということになるでしょう」

「きみのイメージとお粗末な意思決定プロセスの問題が依然としてある」とカスタラーノは説明した。

「まさか記事の内容を信じているわけじゃないでしょうね。スティーヴン、あなたはわたしのことを子どものころから知っている。わたしがあの記事で書かれているような女であるわけがないでしょう」

「きみはライリー・ラングと関係を持っているのか?」

ライリーは首を振った。「あなたが口を出すことではない」

エリーはお茶をにごすつもりはなかった。「〝関係を持つ〟とはばかげた言い草ね。ミスター・ラングと交際しているかと訊かれれば、そうだと答えるわ。交際が意思決定に影響を及ぼしているかと訊かれているのだとしたら、その答えはノーよ。わたしは会社のためを思って最善を尽くしている。株主仲間として、ミスター・ラングも同様に仕事に取り組んでいるわ。利害の対立する相手と交際しているわけじゃない。そもそも幹部が社内で男女交際するのはこれが初めてでもない。名前を列挙するのは控えるけれど、よくあることだわ。社内恋愛について社則はないのよ」

「それは修正する」とガーナーがさも当然のように言った。テーブルをぴしゃりとたたいて先をつづけた。「きみたち若い者は、いつでも誰とでもセックスできると思っている。言わせてもらうが、わたしがここで働いていたころ、みな仕事だけをしに来ていた。お父上が生きていたら、どう思っただろうね？」

「父はわたしの私生活に干渉しなかったし、あなたがたも干渉するべきじゃないわ。偽善者ぶるのはやめたほうがいいわね、ビル。あなたがここで働いていたころ、秘書と関係を持っていたことはみんな知っている」向こうが強気な態度を取る気なら、こちらもすこし変化球を投げて反撃してもいいだろう。「それから、スティーヴン、あなたが二、三年まえに広報室の室長とつきあっていたことを話題にしたほうがいいかしら？　当時のあなたは既婚者だった。わたしはいま独身なのよ。誰と交際しても人にとやかく言われる筋合いはないわ」

「交際相手を使って厄介な仕事をさせている場合は別だ」とカスタラーノは言った。

「彼はわたしの弁護士なのよ。厄介な仕事を肩代わりするのが仕事でしょう」エリーは言い返した。

「その厄介な仕事というのは、格安でわたしの株を買い取るために株価を暴落させることかね、ミズ・ストラットン？」カスタラーノの質問が投下されると、会議室のなかは静まり返った。

なにもかもこういうやり方をするというわけか。「スティーヴン、買収契約は延期したらどうかしら。いまあなたから株式を買い取れば、あなたの利益を損ねることは明白ですものね。株価が回復するまで待つわ。あなたが隠居生活を早く始めたがっていることは知っているけれど、わたしはあなたをだまそうとしてはいない」

エリーの隣でライリーは身じろぎひとつしなかった。「おたくの非難はいただけないな、カスタラーノ」

「それを言うなら、これこそほんとうにいただけないんじゃないかね」カスタラーノは秘書にうなずくと、秘書はノートパソコンの電源を入れた。いくつかキーをたたき、会議室の大型スクリーンに画像を映しだした。

エリーはぎょっとした。わたしに恥をかかせるために、映像や音声まで使う作戦なの？　エリーは肌がほてってくるのを感じた。スキンシップの現場を誰かに押さえられて、隠し撮りされたのだとしたら、訴えてやるわ。

最初はぼやけていた映像の焦点が合いはじめた。エリーは内容を確認しようと、身を乗りだした。どうやらコンピュータに内蔵されたカメラを何者かが作動させたままにしていたようだった。撮影されている場面の範囲は狭いが、研究開発室で使用している幅の広いテーブルが映しだされているとわかった。スタッフはそれぞれ専用のデスクを割りあてられているが、通称〝ラボ〟の真ん中には大きなテーブルが集められた島があり、冷却装置の機能を測定する機器と一緒に、試験機もそこに置かれている。

室内は薄暗く、三分の一しか明かりはついていない。つまり、夜中か早朝のどちらかだろう。社屋のなかはけっして真っ暗にはならないが、夜十一時以降は省エネのために電力が三分の一に落とされるよう、タイマーで制御されている。つまり、この映像が撮影された時点で、清掃員もすでに帰宅したあとだということだ。

「どういうことか説明してほしい」ライリーはカスタラーノに向かって言った。

「きみは知っているんじゃないかね」嫌味たらしい返事が返ってきた。「これが撮影されたのは一週間まえだ。試験が行われた前夜にあたる」

「不適切な状態で測定された試験のまえ？　これはキャリブレーションの件なの？　実習生のミスだったと聞いているわ」とエリーが言った。

カスタラーノは首を振った。「ミスはなかったんだ、エレノア。唯一のミスは、わたしには見つけられるわけはないときみが思ったことだ。ある実習生がカメラをつけたままにしていた。会社の備品を使って、両親とビデオチャットしていたようだ。その実習生がこの映像に気づいた。本来ならきみのところに報告に行っていたかもしれないが、そのときにはすでにきみが弁護士とつきあっていることを知っていたから、わたしのところに来たというわけだ」

「わたしの交際とどういう関係があるの?」とエリーは訊き返したものの、そう口にしたときには事情を理解していた。なぜなら見憶えのある人物がカメラの範囲にはいってきたからだ。

ライリーは上着を脱ぎ、シャツの袖をまくり上げていた。どうやらカメラに映りこんでいることに気づいていない様子だ。あたりを見まわし、やがて目当てのものを見つけたのか笑みを浮かべた。携帯電話を取りだし、誰かと話しているようだった。試験機の一台めを手に取り、裏側をあけて、内部に手を伸ばした。

会議室に冷たい空気が流れたようだった。

「エリー、これは説明がつくことだ」

ライリーの声が聞こえたが、エリーはスクリーンから目を離すことができなかった。

画面上のライリーは誰かと話していると思われた。おそらくスピーカーフォンに切り替えたようだ。携帯電話をテーブルに置き、ライリーはキャリブレーション機能に手を加えていた。三台あるうちの三台すべてをいじっていた。作業に没頭しているようで、準備してきたことも窺える。装置の内部を見るためにスクリュードライバーが必要になると、ポケットからそれを取りだした。

ライリーは全員が退社するまで待ち、階下の研究開発室に降り、試験が失敗するようキャリブレーションの設定を故意に変更した。

つまり、わたしがしくじるように。

あたかも血管に氷を流しこまれているかのように、エリーの全身の感覚が麻痺していった。それも悪くはない。痛みも感じないということなのだから。

「エリー、これはすべて説明がつくことなんだ」ライリーがエリーの腕に手を置いた。

エリーはその手をそっと振りほどいた。これ以上この人にかかわって笑いものになるものですか。ライリーはなんらかのゲームをしている。それがなんのゲームかわからないけれど、自分がそのゲームに敗れたことだけはエリーにもわかった。

なけなしの尊厳を守らなくてはならない。抑揚のない低い声で、元恋人に告げた。

「ミスター・ラング、あなたはクビよ。警備員にあなたを館外へ退去させます。契約書には犯罪行為に関する条項が含まれている。一年以上居座られていたら、時価で株を買い戻す破目になっていたわ」

ライリーはエリーの椅子をまわした。こわばった顔で言った。「エリー、話がある」

エリーには話すべきことなどない。「今回はその条件にあてはまらないから、あなたの株はわたしに戻ります。あなたを刑事告訴することにしたら、お知らせするわ」

忍び笑いが聞こえ、エリーは声の主に顔を向けた。カスタラーノがおざなりに拍手をしていた。「その程度の遊びだったというわけか。さてはベッドであまりよくなかったんだな、さっさと彼氏を見捨てるわけだから。ひとつ言っておくと、ラングくんは刑事告訴はされない。きみも知ってのとおり、この手のことはマスコミに騒ぎ立てられる。そうなると、会社の印象が悪くなる。敵ができたことを厳重に警告した上で、ラングくんは解放する。きみには同じことを言えないがね、お嬢さん」

ドアが開き、二名の警察官がいきなりそこに立っていた。

いったいどうなっているの？　ライリーを告訴しないと言いきられたが、そういうことはまずはわたしに相談するべきだ、とエリーは思った。自分たちふたりと、警備担当、法務部、広報室のあいだで決定すべき事柄だ。

「ライリーの退出は警備スタッフに付き添わせるだけでじゅうぶんでしょう。警察官に連行させる必要はないわ」エリーはライリーのほうに振り向き、ようやく顔を見た。「それとも、騒ぎを起こして、さらにわたしに恥をかかせたいの？」

ライリーはカスタラーノに目を向けた。「エリー、これはぼくのことじゃないと思う。あの男がなにをしたのであれ、これだけは憶えていてくれ、ぼくは必ずきみを助けだす」

ライリーがあまりにも真剣なので、エリーは思わず会議室のなかを見まわした。全員の目がまっすぐ自分に向けられていた。そして、ビジネススーツに身を包んだ男女が立ち上がっていた。

「ミズ・ストラットン、特別捜査官のチャールズ・クーパーです。職務につきお知らせしますが、あなたを逮捕します」と男性が言った。

これは夢のなかで困ったことになって、夢だとわかっても目を覚ますことができない感じに似ていた。

「逮捕って、なんの容疑で？」ばかげた話だ。

カスタラーノは立ち上がり、上着のボタンを留めた。「きみがまんまと一千万ドルを横領していた手口をわれわれはつかんだ。いつかは発覚すると思わなかったのか？持ち株会社はどれもうまく隠されていたが、すべてきみの名義だった。現金は見つけられなかったが、それは当局にまかせればいいだろう。きみは会社の株価を私利私欲のために不正に操作した容疑もかけられる」

これは夢だ。夢にちがいない。それも悪夢だ。ただし、目ははっきり覚めている。ライリーはエリーの手に手を伸ばし、身を寄せて言った。「堂々としていろ。きみを刑務所送りになどさせはしない。神に誓ってだ、エリー、必ずきみを救いだす」

ほんの一瞬、エリーはライリーの手をにぎり返した。ぬくもりがどうしても欲しくて、指をからめた。全世界が冷えびえとしてしまったようだ。

捜査官たちに言われていることばがのみこめなかった。知らないわけではない。テレビを見ていれば、誰でもあの権利のことは知っている。ミランダ警告だ。会社の金を横領したとされ、FBIにミランダ警告を告げられているのだ。

さらに詐欺罪でも逮捕される。株価操作を企てた容疑で。右腕だった人物が開発機器を不正に操作した証拠を当局はつかんだからだ。

マスコミに試験報告書を流したのはライリーだったの？〈ストラトキャスト〉の株を暴落させたのも？

肘をつかまれ、エリーは椅子から引っぱり上げられた。その拍子に、ライリーの手がするりと離れてしまった。

「こんなまねまでする必要はあるのか？　彼女は進んで同行に応じる」ライリーの声は遠くから聞こえるようだった。ごうごうと耳鳴りがして、よく聞こえない。

まるでぬいぐるみの人形になったかのようだ。自分はそこにいるのに、それは自分ではない。こんなことがわが身に起こるはずがない。足もとがよろめいたが、エリーはどうにかしゃんと立っていた。警察官に両手をうしろにまわされたかと思うと、冷たい金属が肌に触れ、かちりと音がした。

「一緒に連行されずにすんで、あんたはラッキーだったんだぞ」警察官がそう言う声がエリーの耳に聞こえた。

「エレノア、こんなことになって残念だ」

カスタラーノの声がするほうにエリーは振り向いた。彼はしたり顔でその場に立っていた。断じて残念そうな顔ではない。勝ち誇った顔をしている。

なぜこんな仕打ちをするの？　なぜ高級スーツを着こんで、そこにいるの？　引退したかっただけでしょうに。

それともこっちがばかだったの？　ほかのなにごとでもなく、これだけを彼は計画していた。共同経営契約書でどう規定されているか、エリーは心得ていた。今後どうなるか、知っている。すべてを失うのだ。

〝話がうますぎるように見える場合、実際に話がうますぎるものだ。いかなる場合もつねに〟父から諭されたその教訓も思いだすべきだった。

ライリーが非の打ちどころのない男性に見えたのは、彼女のために現われたからではなかったからだ。エリーはこのゲームの駒だった。

スティーヴン・カスタラーノのゲームの。

「人でなし」とエリーは言った。とうとう気づいたのだ。「あなたは株を譲渡する気なんてさらさらなかった。わたしを排除して、すべて独り占めするための策略だった」

カスタラーノは首を振った。「とんでもない。わたしはゴルフ場通いをそれは楽しみにしていたんだよ、お嬢さん。さあ、彼女を連行してくれ。徹底的に告訴できるよう、必要なことがあれば知らせてもらいたい」

「エリー、ぼくは味方だ」とライリーが約束した。

エリーはライリーを見た。彼はあまりにも容姿端麗だった。あまりにもセクシーで、あまりにもすばらしく、できすぎた人だった。「二度と話しかけないで」

会議室から連れだされると、安堵さえ覚えそうになった。少なくともこれで二度と彼に会わずにすむ。

ライリーは天地がひっくり返ったような心地だった。いったいなにが起きた？　エリーが手錠を掛けられて、警察官に連行されていった。犯罪者扱いで、留置場なんかに入れられてしまう。

まわりの男たちは握手をし、これでよかったのだとたがいに激励のことばをかけ合っている。エリーを排除して、問題を解決できた、と喜び合っている。

ライリーはカスタラーノのほうを見た。なんてまぬけだったのか。ぼくは罠に落ちていた。どうしてこうなったのだろう？　罠を仕掛けていたのはこちらだったのに。

エリーが横領犯だとは露ほども信じていない。エリーが関与しているはずはないと、ライリーは直感でわかった。それでも、頭をめぐらした。よくよく考えてみれば、スティーヴン・カスタラーノのしわざだという証拠はつかんでいない。見たいものを見ていただけだ。カスタラーノが犯罪者であると知っていて、犯罪行為も見ていて、それをカスタラーノの犯行だと見なしていた。

すこしでも常識があるなら、状況を見るだろう。エリーが無実である確たる証拠をつかむまでは、判断を差し控えるものだ。

常識は必要ない。ライリーには情けがあり、エリーはやっていないと一片の疑いもなく信じている。そうでないのなら、自宅を訪ねて、現金に膝まで埋まっているエリーを見つけ、この金はどこから手に入れたのかと尋ねていただろう。エリーの誠実さに疑念をいだくことはけっしてない。あの女性のことはなにもかも知っている。信頼できる人だ。

嘆かわしいことに、エリーのまわりにいる連中はそろいもそろって不実な輩だ。ライリー自身も含めて。

詐欺がひととおり遂行されたので、今度は裏から考えてみた。そう、ライリーにはいくらか先見の明があった。うまくいけば、それですべてを救えたのかもしれない。ライリーはカスタラーノをじっと見て言った。「あんたがこういうことをしたのは、エリーの株を安く買い取るためだ」

カスタラーノはため息をついた。「諸君、どうやらすこしだけラングくんとふたりにさせてもらえるとありがたい。彼は世のなかの仕組みをわかっていないから、少々説明してやらなくてはいけない。よかったら諸君はわたしのオフィスに行っていてほしい。上物のスコッチを用意しているから、午後はゆっくりと過ごしてもらいたい。息子が向こうで諸君を待っている」

世のため人のために身を捧げる、愛らしくも賢いエリーを打ち破った勝利を祝うために、か。エリーは正義や、ものごとの善悪、世間のことについて型破りな考えを持っている。

その世間にエリーは生身の体から肉をたっぷりと切り取られたのだ。ライリーは白馬にまたがった騎士になって、すべての攻撃を受けとめ、この世の汚い実態をエリーに知らせずにすますはずだった。けれど、エリーをすっかり失望させてしまった。ライリーのせいで彼女の世界は崩壊したのだ。

どうしてあのカメラを見落としたのだろう？　あの夜、ライリーは電話でブランと話をしていた。試験機のキャリブレーションをどういじればいいのか、弟に説明してもらわなければならなかったのだ。しかも、あのときエリーのことも話していた。まさか彼女の会社も暮らしも人生もめちゃくちゃにするとは思いもせずに。エリーと夕食をともにしたあとで、どうやって〈ストラトキャスト〉の社屋にこっそりと戻り、やるべきことをやりに来たか、弟相手にしゃべっていたのだ。ノートパソコンが開いていたことにも、パソコンのカメラにも気づきもしなかった。

すべて自分のせいだ。じぶんがへまをした影響がまわりに波及してしまった。なにもかも、父の恨みを晴らす復讐計画もエリーの夢も希望もすべて、ついえてしまう。それもこれも自分がとんだまぬけだったせいで。

エリーはどこに連れていかれるのだろう？　どこの分署だ？　FBIの捜査官がエリーを警察に逮捕させたということは、管轄の警察署内の留置場に連れていかれるのだろう。地元の警察に検挙率を稼がせてやるために、FBIはしばしばそういう措置を取る。エリーは警察署で尋問されたあと、おそらく連邦施設に移送される。保釈金の用意がととのうまで、市内の拘置所に収監されるかもしれない。

ああ、エリーは投獄されてしまう。ライリーはパニックに襲われそうになった。カスタラーノはエリーを何年も刑務所に閉じこめようとしている。会社をエリーから奪い取るために。

「つまり、この一件は株を安く買い取る目的だったということか？」エリーの失脚を目撃させるためにカスタラーノが集めた役員たちが会議室をあとにし、ドアが閉まった。ライリーはエリーのあとを追いかけられるものなら追いかけたかったが、同行は許されないに決まっている。それどころか、エリーに近づくことさえたぶん許されない。

カスタラーノはにやりと笑った。「おやおや、それだけではないと、きみもわたしもわかっているだろうが。それにしてもだ、てっきりエリーを横領罪で告訴するものとしか思っていなかったんでね、まったく皮肉なものじゃないか？」

エリーはどちらの容疑にも関与していないが、そうなると、カスタラーノの最近の行動に疑問が生じる。「二百万ドルを要求したのはどうしてだ？　あんたはエリーを脅迫しようとしていた」

理由を言うわけにはいくまい。カスタラーノがマフィアに多額の負債があることをライリーは知っているが、現時点で自分の正体を明かすつもりはない。強みはあるだけすべて必要だ。

「なんだって？　このわたしが？　なぜエリーに二百万ドル要求する？　わたしは退職することになっていた。エリーはわたしの持ち株を買い上げる予定だった。いまにして思えば、横領について直接エリーを問い質し、着服した金をすこしずつ返済するよう、エリーに要請していればよかったのかもしれない。手始めに二十パーセント返金させればよかった」

それでライリーの知るべきことはすべてわかった。ライリーの動きには関係なく、二百万ドルの小切手を切っていれば、それでエリーの運命は決していた。小切手はFBIにしてみれば罪の告白と解釈できる証拠で、カスタラーノにしてみれば頭金だ。

「なんて話だ。あんたはエリーからせしめた金でエリーの株を買い取るつもりだった。このろくでなしが」エリーもライリーも手のこんだ企みにしてやられたというわけだ。

カスタラーノは端から隠居する気などなかった。老紳士を演じていただけだ。医者通いをしているという話を広め、ゴルフに出かける姿を見せつけて、若い世代にすべて譲って、円満に退職するつもりでいると誰にも思わせていた。

息子を使って、会計の問題をエリーにほのめかしもした。

カスタラーノはエリーの株を買い上げる資金はなかった。そこで辛抱強く待ち、買収取引を成立させようと持ちかけたのだ。

「それで、あんたは契約書に条項を加えた」ライリーは推測を口にした。「ぼくはそれに気づくべきだった。誰もそこまでばかではないと」

屈折した状況。義弟がそんなことを話していた。ケイスに指摘されていたのだ。遭遇する状況が屈折し、流動的であることをあんたがたは無視している、と。ケイスの言うとおりだった。ライリーたちは傲慢にも、自分たちだけが捕食動物のように獲物を追いつめられると思いこんでいた。

カスタラーノはあの笑みを浮かべていた。その表情を消し去ってやりたいと思わせる、悦に入ったような笑みだった。「なんの話をしているのかわからないな。怒りや混乱が生まれて、何週間も契約成立の準備が遅れたことは知っているが。エリーには同情する。それはほんとうだ。あの子のことは子どものころから知っている。わたしにとって娘も同然だった。単純に金だけの問題なら、エリーの株を買い上げて、それで終わりにすることもできた。彼女の亡き父のためにもそうしていた。嫌な男だったが、わたしにとっては元ビジネスパートナーだ。まさか娘が会社の金に手をつけていたとは、知りもしなかっただろう」

「横領はエリーが十七歳のときに始まったことになる。十代の実習生が持ち株会社を設立して、誰にも気づかれずに〈ストラトキャスト〉の金を着服していたと？」とんでもない話だ。

「そう、これはみんな知っていることだが、エリーは子どもながら商才に長けていた。高校時代は研究開発室を実質的に切りまわしていたほどだ。もちろん、何人かを引きこんでいたはずだ。それが誰なのか割りだしたら、その者たちも刑務所送りにする。エリーが逮捕されたきっかけはきみの裏切り行為だった。わたしとしては相場で株を売買してもいいと思っていた」

「刑務所送りにしないことを条件に、あんたはエリーに金を支払わせるつもりだった」いまやそれは明々白々だ。

「これでどちらも手にはいる。権力闘争に打ち勝つ手段をきみがくれた。会社の主導権をにぎるために、わたしがどれだけ待っていたかわかるか？」カスタラーノはドアのほうに手を振った。制服姿の警備員が二名、そこで待機していた。「向こうのふたりはきみを外へ連れていく係だ、ラングくん」

「このままではすまない。あの金を盗んだのはあんただ」さらに言えば、カスタラーノの会社はライリーの父親の命を犠牲にして設立された。そっちもこのままですますつもりはない。

「証拠が示す事実はちがう」カスタラーノはいたって冷静に言った。「エリーが黒幕だったとはっきりと証明されている」

「証拠はあんたが偽造した。必ず証明してみせる。そうなれば、いいか、なにもかも失うのはあんたのほうだ」ライリーはがっしりした手に肘をつかまれた。

やることが抜かりない。もうひとりの警備員は右側についていた。

「そろそろ退出だ、ミスター・ラング」警備員が低い声でぶっきらぼうに言った。

「警察を呼び戻す破目にならないようにしてもらおうか」

「いつか警察はここに戻ってくる。確実に」ライリーはカスタラーノから目を離せなかった。あの蛇野郎め。

右側の警備員に腕をつかまれ、ライリーは会議室から引きずり出された。

「あんたたち全員を訴えてやる」そんな捨て台詞は弁護士根性丸出しだとライリーも

わかっていたが、はったりではなかった。なんならこのビルを焼き払ってやりたいくらいだ。エリーへの仕打ちを償わせるために、灯油を撒いて、マッチに火をつけてやりたい。

エリーが目を向けてきたときの虚ろな表情はけっして忘れられるものではない。

〝二度と話しかけないで〟

やるべきことは山ほどある。頭のなかをさまざまな思いが駆けめぐっていたので、ライリーはとくに抵抗もせず、警備員の誘導に従っていた。

エリーは孤独をひしひしと感じているにちがいない。おそらくパトロールカーに乗せられるのだろう。FBIに逮捕されていたら、もっと穏便にすんでいたはずだ。エリーが威厳を保てるよう、それなりに配慮がなされただろう。警察に身柄の拘束をまかせたということは、エリーは大物だとFBIは考えている。地元警察に手柄を立てさせてやってから、連邦施設に移送する。あるいは、地元の判事に保釈審問会を担当させるかもしれない。

できるだけ早くエリーを保釈させなければならない。すぐに救いださなければ。

ライリーは全身が硬直しているような気がした。警備員に引き立てられて廊下を進みながら、喉はふさがりかけ、目もかすんでいた。

ひとりとしてデスクについていないようだった。全員が立ち上がり、口々に話をしている。泣いている女性従業員もいた。明らかに緊迫した空気が流れている。誰もが仕事や将来に不安を感じているのだろう。

そう、これもまた自分のせいだ。

手錠をかけられて出ていくのは自分のはずだった。それなのに、エリーの屈辱的な姿を従業員の目にさらしてしまった。

「ろくでなし」

エリーがいるのかと思い、ライリーはあたりに目をやった。いつのまにか自分のオフィスのまえに来ていた。どうやってここまで来た?

リリーがそこに立ち、涙で頬を濡らしている。

彼を毛嫌いし、エリーよりもずっと早く彼の本性に気づいていたリリー。

ライリーは警備員に顔を上げた。「私物を取ってきてもいいか?」

大柄なほうの警備員がうなずいた。「ただし、ドアはあけておけ」

ライリーはリリーに手招きした。駆けこむようにリリーがオフィスにはいってきても、別段驚かなかった。すこしのあいだふたりきりにしてほしいと、リリーは警備員に頼みこんでいる。生きたまま生皮を剥ぎたいのだろう。

あいにくそれに応じる時間はないが。

リリーは警備員のほうに振り返った。「お願いよ、カール。ちょっとでいいから彼とふたりきりで話をさせて。エリーのためなの」

背の低いほうの警備員がカールを見上げた。「ミズ・ストラットンが会社の金を盗んだなんて、ほんとだと思うのか？」

「いや、思ってない」カールはライリーを見据えたまま答えた。「でも、こいつのせいでミズ・ストラットンが大変なことになったと思ってる」

つまり、ぼくは大人気ってわけか、とライリーは自嘲気味に思った。

リリーはライリーに抗弁するチャンスをあたえなかった。「ねえ、お願いよ。エリーの力になるためだと思って。奥さんと生まれたばかりの赤ちゃんの具合が悪くなったとき、エリーのはからいであなたに有給の育児休暇が許可されたこともあったわよね」

カールは片手を上げた。「二分だ」

了承してくれたというわけだ。ライリーはドアを閉め、リリーのほうを見た。

「黙って聞いてくれ。二分でぼくはここからつまみ出される。調べられるだけすべて調べてもらいたい。どんな魔法を使ってでも。なにかわかったら、ぼくに連絡してほしい」

「むしろ睾丸をもぎとって、うちの猫の餌にでもしたいくらいだわ。よくもこんなことができたわね？　よくも平気でエリーを傷つけられたものだわ」

ライリーはデスクのところに行き、必要なものを回収した。情報の大半はＵＳＢメモリーひとつに保存していた。それからノートパソコンも私物だ。一台、オフィスに置きっぱなしにしていた。結局のところ、有益な情報はすべてハッキングで入手していた。ずいぶんまえにコピーした経理の情報は別として。携帯電話が振動していたが、電話に出る暇はない。

「きみに嫌われているのは知っているが、エリーを救いだせるのはいまのところぼくしかいない。数十億ドル規模の会社がきみのバックについているのでないかぎり」

リリーは腕を組み、眉をひそめた。「あなたのことばをいま信じろというほうが無理じゃない？　わたしも見たのよ、証拠の映像を。ほかの秘書たちはみんなとっくに知っていたのに、さっきまでわたしに隠していたの」

それが癪《しゃく》にさわるのだろう。リリーは権力のある立場が好きで、エリーのことも慕っているのだから。ライリーとしてはそこにつけこまない手はない。なぜなら、協力があてにできる相手はおそらくリリーしかいない。

「エリーを愛している」とライリーは言った。ばかばかしく聞こえてもかまわない。ばかばかしいだって？　エリー・ストラットンを愛しているのはほんとうだ。ばかげたことではない。それがすべてだ。だからこそ隙があった。そう、エリーのことになると、弱さが露呈する。けれど、愛している。彼女の無事を確保するためなら、代わりになにを差しだしてもいい。その途方もないことばの意味を、ライリーはとうとう理解した。愛ということばの意味を。つまり、エリーのためならおのれを犠牲にしてもかまわない。二度と口をききたくないと思われてもかまわない、ということだ。エリーを愛している。エリーを救うためならば、たとえ火のなか水の底、だ。

リリーは動きをぴたりと止め、目を丸くした。「本気でそう思っているの？」

よし、わかってくれたか。ライリーはどれだけ本気か示そうと、リリーのほうへ近づいた。「ああ、ぼくはエリーを愛している。じつは、ここへは身元を偽って来たが、いままではエリーのことがなによりも大事だ。彼女の身の安全を守るためならなんでもする」

リリーは頑固そうに顎を突きだした。「それで自分が痛い目にあうことになっても？」

子どものころからの悲願である復讐をあきらめることになっても、だ。父が自分に望んだ未来像がライリーにはようやく見えたのだ。そこに憎悪は含まれない――くそったれカスタラーノに一段と憎しみを覚えていても。「エリーのためにぼく自身を差しだすことになっても、必ず救いだすと約束する。なんだってやる。自分の命をかけてもいいほどに、エリーを愛している。ほかのなによりも彼女が大事だ」

リリーはデスクに近づき、そこに載っていたファイルをすべてかき集めた。「全部持っていきなさい。わたしも追いだされないうちに、できるだけ盗みだすわ。わたしにもここに仲間がいるの。それにエリーは愛されている。真実をしかるべき人たちの耳に入れることができたら、形勢をひっくり返せるかもしれない。エリーと親しい取締役会のメンバーに電話をかけてみるわ。言っておくけど、もしもわたしをだましたら、あなたを見つけて、うちの猫はごちそうにありつくことになるから。いいわね?」

リリーの猫は睾丸が好物らしい。「了解。ありったけの情報を集めてもらいたい。クビにならないようにしてくれ。ばかのふりをするんだ。きみはなにも知らない。ただショックを受けている。〈ストラトキャスト〉に忠実な社員のふりをするんだ。いざとなったら、ぼくたちを裏切ればいいが、とにかく仕事は失わないように。ここで目と耳になってくれる人がぼくたちには必要だ」

ライリーにはなんらかの情報が必要だ。どこまでまずいことになったのだろう？どうしてカスタラーノを見くびっていたのか。十年だ。カスタラーノは十年もまえからこの一件を仕組んでいた。会社の金をくすねていることはわかっていたが、スケープゴートを用意しているとは疑いもしなかった。

スケープゴート、つまりライリーの恋人だ。

いや、いまのエリーにとって、恋人でもなんでもない。彼女には憎まれている。こちらは愛しているけれど。

そんなことが頭に浮かんだが、ライリーはそれをすべて脇に押しやった。いまはエリーを留置場から助けだすことだけが大事だ。

「エリーを牢屋《ろうや》に入れておけないわ」リリーは書類ばさみをライリーに手渡し、ブリーフケースにしまわせた。

ドアをノックする音がした。「時間だ」

出ないといけない。

「数時間で釈放させる。できるだけ早く。ここを出たらすぐに刑事弁護士と連絡を取る」

「わたしが手配したほうがいいかもしれない」とリリーが申し出た。「エリーなら費用を払えるでしょう」

リリーにわからせなくては。「払えない。こうしているあいだにも、エリーの資産は凍結される。彼女は無一文だ。来月の住宅ローンも支払えない。カスタラーノにすべて奪い取られるから」

リリーは声を殺して泣きだした。

ライリーはリリーの両肩にそれぞれ手を置いた。「エリーの面倒はぼくが見る。きみはここに残って、目と耳で情報を集めてくれ。やつらにはかならず償わせる」

リリーはうなずいた。

ドアが開いた。ライリーはブリーフケースとノートパソコンを持ち、うなずいた。

「準備はできた。おい、リリー、さっさと出ていけよ。愚痴はもう聞きたくない」

リリーは察しをつけたようだった。「ふたりとも大嫌い。信じられないわ、こんなこと仕出かして」

ライリーは顔をしっかりと上げ、堂々とした足取りで廊下へ出ていこうとした。そのときカスタラーノの姿が見えて、足を止めた。カスタラーノは廊下に佇《たたず》み、ライリーのオフィスの様子を見ていたようだった。

警備員が手を伸ばし、ライリーの腕をつかんだ。「さあ、行くぞ」

ライリーは警備員に引き立てられ、カスタラーノの横を通りかかった。憎しみが胸に湧いた。この男の心臓をひと突きにし、血が流れるのを見てやりたい。

カスタラーノは薄ら笑いを浮かべてライリーを見ていた。「さらばだ、ラングくん。そういえばきみの目は母親譲りだな」

ライリーはぴたりと足を止めた。突如として全身に緊張が走った。いまなんと？

しかし、引きずられるようにしてライリーは玄関へ連れていかれた。

カスタラーノは全員を手玉に取っていた。

9

エリーは留置場の監房から連れだされ、スカートのしわを伸ばした。手続きに何時間もかかり、その後、五人の女たちと同室の監房に収容されていたのだった。房の床に座り、両手に目を落としていた。指にはインクのしみがついている。指紋を採られたあと、ティッシュペーパーを渡されたが、指先の汚れを拭ききれなかったのだ。逮捕されてしまった。それは記録として残され、死ぬまでついてまわることになる。氏名と番号が記された表示板を掲げた写真もだ。

明日の新聞に出てしまうだろう。警察官に連行されたときに、あのひとでなしが記者たちを会社の外で待機させていたのだから。

〝きみのことが報道されればされるほど、株価はますます下がる……〟

「おまえの弁護士が来たぞ、ストラットン」不機嫌そうな顔をした看守が言った。

数時間ぶりに、エリーの胸に感情が湧いた。怒りだ。冷えきった体が炎で熱くなるように、怒りがこみ上げた。わたしの弁護士ですって？　のこのこ来たの？　この期に及んでまだ解雇しないほどばかな女だと、あの人に思われているってこと？

それとも弁解しに来たの？　彼から説明を聞く必要はない。すべて見当はついている。皮肉にも、初めて会ったときにすでにほのめかされていたのだ。金で買えない忠誠心などないと。あの人は最初からカスタラーノ側の人間だった。わたしを誘惑し、愚かな女と世間に思わせるために送りこまれた。会社を楽々と奪い取る手段を黒幕にぎらせるために、だ。こちらの弱さにつけこんで。

それこそ父から評されていたことだ。おまえは弱い。おまえはだめだ。後継者がほかにいれば、父はそちらを後釜に座らせていただろう。娘は役立たずだった。

もしかしたら父はずっと正しかったのかもしれない。

「帰ってもらって」

看守は目を丸くした。「ばかか？　弁護士と話すチャンスは一度きりで、そのあと、ひとりで判事のまえに出ていかなきゃならない。なのに、ほんとに追い返すのか？　というのはな、お嬢ちゃん、おれから見たら、あんたは借りられるものならどんな手も借りなきゃまずいんだよ」

エリーは留置場の出入り口に目を向けた。「弁護士に面会は頼んでないのよ。そもそも弁護士のせいでわたしはここにいるのだから」

看守は眉をひそめた。「嘘だろう？　だって、ヘンリー・ガリソンは金持ちを留置場から出してやることで有名なんだぞ。留置場にぶちこむんじゃなくて」

ヘンリー・ガリソンですって？　「ライリー・ラングじゃなくて？」

「お嬢さん、そいつが誰か知らないね。おれが知ってるのは、マンハッタンでいちばん高い刑事弁護士が向こうの部屋であんたを待っていて、あんたはここを出ていけるってことだ。そんなにボローニャ・サンドイッチが気に入ったか？」

エリーはそれ以上、背中を押される必要はなかった。リリーが手配してくれたにちがいない。これを切り抜けたら、リリーのお給料をアップするわ。

なぜなら本気で切り抜けるつもりだからだ。

留置場に入れられて、自分にはふたつの道があるとエリーは気づいた。ひとつは、白旗を上げ、向こうにすべてを奪わせてしまう道だ。父の目に映っていた気の弱い小娘に甘んじればいい。お人好しすぎて、ばかを見るタイプに。スティーヴンに好きなだけ取らせ、司法取引に望みを託すという手だ。

あるいは、結果がどっちにころがろうが、とことん戦うか。スティーヴンの家を焼き払う勢いで。

マッチに火をつけたい気分だ。

ライリーについては、もうどうでもよかった。彼とかかわったのがまちがいだった。二度と同じ過ちは犯すまい。

エリーは覚悟を決めて、面会室にはいった。

ヘンリー・ガリソンは驚くほど容姿端麗な男性だった。三つぞろいのスーツに身を包み、漆黒の髪をうしろになでつけ、高級そうな眼鏡の奥で青い目を鋭く光らせている。どことなくクラーク・ケントを彷彿とさせた。

たしかにいまはスーパーマンを味方につけたい。

「ミズ・ストラットン、ヘンリー・ガリソンです。あなたの弁護を依頼されました」

ガリソンは片手を差しだし、握手を求めた。

エリーは自分の手に視線をおろした。「おいやじゃないかしら」

ガリソンは手を伸ばし、エリーの手を取った。「よく驚かれるが、どんなことでも平気ですよ」

テレビ映えのする美男子だ。殺人犯の無罪を勝ち取る弁護士としてガリソンはつとに知られている。たとえ依頼人が手に銃を持ち、足もとに死体がころがっている状況を押さえられていても。

リリーが気をきかせてくれたのはありがたいけれど、ガリソンに弁護費用を支払えるか、エリーは自分の懐具合が心配だった。ブルックリンのアパートメントは売りに出さなくてはならないだろう。一切合切売らなくては。

エリーはガリソンの向かい側の椅子に座った。「たぶんいつも同じことを聞かされているのでしょうね。でも、わたしはやってないんです」

ガリソンは肩をすくめた。「それはどうでもいい。わたしの仕事はあなたの弁護人を務めて、力を尽くすことだけだ。あなたがやっていてもやっていなくてもかまわないが、やったとはけっしてわたしに言わないでほしい。罪状認否で無罪の申し立てをするのなら、あなたは身の潔白を主張しつづけたほうがいい」

そういう世界に足を踏み入れた、というわけか。それとも、最初からずっとそういう世界にいたのかもしれない。罪を犯しているか犯していないかはどうでもいい。ゲームと、ゲームに勝つことだけが重要なのだ、どんな代償を払っても。

「いつ法廷に呼ばれるの?」監房でじっと座っているあいだ、エリーは心を決めたのだ。結局、彼女はひとりぼっちで、協力者は欠かせない。リリーのことは好きだし、必要な存在だが、スティーヴン・カスタラーノが始めたこの戦争に参戦するのなら、もっと強力な武器を手に入れなければいけない。

会いに行ける相手がひとりだけいるが、おそらくその人物には門前払いを食らうのが関の山だ。

真実を知っているのだろうか？　あの人もライリー・ラングの餌食になったのだろうか？

だめだ。敵はスティーヴン・カスタラーノだ。ライリーはエリーを陥れるために使われた武器にすぎない。そうではなかったと考えるのはやめなくては。ライリーはなんの意味もない存在だ。

ライリーが恋しかった。体に触れてくる手も、なにもかもだいじょうぶだと思わせてくれるまなざしも、キスの直前にほほ笑むしぐさも恋しかった。まるで幸せすぎて目を閉じたくないといわんばかりだったのだ。ライリーの喜びが糧となり、エリーも喜びを覚えたものだ。

つまり、ライリーは相当な切れ者だったということだ。

ガリソンは携帯電話に目をやった。「いくつか手を打ってある。二時間後には罪状認否の手続きが終わるだろう。警察はあなたをここから追いだしたがっている。これほどマスコミが集まるとは想定外だったようだ」

「他人の不幸は蜜の味だもの」エリーは落ちるところまで落ちてしまった。**色と欲に**

溺れた女重役。明日の新聞の見出しが目に浮かぶようだ。

「あいにく、これはまだ一連の流れの始まりにすぎない。ご存じのように、あなたにかけられた容疑は重罪だ。地元の判事に保釈の判決を出されても、家には帰れない。FBIに身柄を拘束され、明朝、連邦裁判所に出廷する。これが精いっぱいだ。だが、あなたはついている。たいていの場合、そこまで少なくとも七十二時間はかかる」

つまり、ここで一夜を明かさなければならない。「バッグも持ってきていないわ」

「必要なものは用意してもらえる。リリー・ギャロという人物の電話番号はこちらも把握している。彼女がバッグを届けてくれるそうだ。罪状認否のあとのことはわたしの助手が引き受ける」

「保釈金はどれくらいになるかしら？」知りたくはないけれど、エリーは尋ねた。

「はっきりしたことは言えないが、かなり高額になるだろう。マスコミが注目している事件だから、判事も犯罪に弱腰だと思われたくない。全世界で一パーセントしかいない富裕層が容疑者である事件となると、とくに」

エリーは鼻先で笑った。「たしかにわたしは裕福よ。資産はすべて会社の株と、ビジネスパートナーの株式を買収するために用意した現金にまとめてあるわ」

「悪い知らせだが、あなたの銀行口座は裁判が終わるまで凍結される」

「どういうことかしら」

ガリソンは射るような目でエリーを見つめた。「あなたは自社の金庫から一千万ドル以上を横領していた罪に問われている。容疑が晴れるか、有罪判決が出るか、しかるべきときが来るまであなたの資産はすべて凍結される。出どころが会社の金かもしれないから、使用は禁止されるんですよ」

「じゃあ、どうやって生きていけばいいの？」

「手はずはととのっている。いくつか質問に答えてもらうが、保釈後に時間があるから、それはそのときに」

「使えるお金がないなら、保釈金は払えないわ」

「いま言ったとおり、手は打ってある」

つまり、保釈保証人を見つけてくれたということか。ああ、保釈金を用立ててくれる人が必要になるとは、とエリーは心のなかで嘆いた。

いまや一文無しだ。すぐに住むところもなくなる。アパートメントを売ることも許されないのだろうし、無一文でローンも支払えないのだから。仕事も失った。つぎの仕事が見つかるあてもない。

裁判は何年もかかるかもしれない。

どうすればいいの？

「ミズ・ストラットン？」

両親もいない。ボーイフレンドもいない。短いあいだだったけれど、なにもかもうまく行っている気がしていたのだ。彼がいた。ライリーが。自分を見る彼のまなざしを見て、自分はきれいだと思ったものだ。

「ミズ・ストラットン？」

スティーヴンから受けた仕打ちのなかで、いちばん残酷だったのはライリーを差し向けたことだ。ライリーを使わなくても、企みは成功しただろうに。誘惑の手段に出なくても。

「エリー？」

エリーは首を振り、物思いからわれに返った。「なんでしょう？」

「あなたは泣いている。すこし休憩しますか？」ガリソンは携帯用のティッシュペーパーをひと包み差しだした。感情を抑えられない依頼人のためにブリーフケースに用意しているのだろう。

エリーはティッシュペーパーを受けとり、一枚引きだして、涙を拭いた。泣いても仕方ない。「休憩はけっこうよ。あなたに弁護してもらうとして、どうすればいいのかしら？　お金は別として、もう一文無しになったようだから」

一瞬、間が空いてからガリソンは言った。「弁護料の支払いは話がついている」

それを聞いて、エリーの全身に震えが走った。「誰と？　てっきり秘書があなたに電話をかけたのかと思っていたのよ」

「ライリー・ラングから連絡を受けた。あなたの弁護を一任され、追加料金も払うからすべてをなげうって駆けつけてくれと頼まれ、彼のことばを借りるなら、金のかかる尻をここにおろしたというわけだ」

エリーは首を振った。「どうしてそんなことを？」

ガリソンは不思議と優雅なしぐさで肩をすくめた。「あなたがたは真剣に交際しているのかと思っていた。来る途中で読んだ記事によれば、ミスター・ラングとの交際もあなたが直面している問題の一端ではあるが、わたしの理解しているかぎり、あなたの会社に社内恋愛を禁じる規則はない」

「もうつきあっていないわ。彼はわたしを裏切っていたの」

「そうだとするなら、なぜミスター・ラングはわたしを雇う？」

エリーは最後の瞬間のライリーの目を思いだした。うろたえているような目だった。自分の企みが発覚したからおろおろしているのかとあのときは思ったが、発覚すると彼は知っていたはずじゃない？　最初からすべて仕組まれていないとおかしくないだろうか？

「ミスター・ラングはわたしにここに足を運ばせるために、かなりの影響力を行使したんですよ、ミズ・ストラットン」ガリソン弁護士は穏やかな声で言った。「わたしの弁護料は安くないし、いつもだったらこの手の事件は引き受けない。なぜならほかの金持ちから金を盗んでいる金持ちなんて退屈だからだ」

「でも、大金を稼ぐのは刺激的でしょう？」

「なにが刺激的かと言えば、重要人物を意のままに動かすことだな」ガリソンはふんぞり返り、エリーをしげしげと見た。「痴話げんかに巻きこまれるのか？　それこそもっと退屈だから確認しておきたい」

エリーはほかに決断しようがなかった。「もうなんの関係もないけれど、こっちは進退窮まっている。彼が自分のしたことに罪悪感を覚えているのなら、その罪悪感を利用できるだけ利用させてもらうわ。わたしに面会を求めているの？」

「ミスター・ラングが求めているのは、継続的に状況を知らせてほしいということだけだ。おそらく今日の午後、法廷に姿を見せるのではないかと思う。ただし、あなたの弁護士はわたしであり、あなたへの対応に専念すること、と言い渡されている」

「それはそうでしょう。それに彼は打ち切りたければいつでも援助を打ちきれる」エリーはそうぼそりとつぶやきながら、今度はなにをたくらんでいるのだろうか、とライリーの意図に頭をひねった。また別の悪巧みだろうか？　いまさらわたしになにを求めているの？

「わかっていないようですね」とガリソンは言った。「一時間まえ、百万ドルの送金があった。その資金が底を突いたら、さらに送金される。ミスター・ラングは事件の推移を知りたがっているだけだが、彼にはしゃべるなとあなたに言われたら、話は別だ。わたしはあなたの弁護人ですから。追加が必要になったら送金を頼むが、それ以外はいっさい話をしないと約束する」

　エリーは首を振った。「なぜ彼はそんなことをするの？」

「さあ、それもどうでもいい。さて、そろそろいいですか。わたしの時間はすなわちミスター・ラングの金なので。出廷まえに二、三調べたいこともある」

　やけにセクシーだが、氷のように冷ややかな弁護士はエリーのためにととのえた準備についてと、ライリーが支払いを請け合った保釈金について説明を始めた。エリーは説明に耳を傾けていたが、頭の片隅では、自分が体を許していた相手は何者なのか、考えずにはいられなかった。

恋をしていた相手はいったい何者だったの？

ライリーはペントハウスに勢いよくはいっていった。ほんとうなら持ち場についていたかった。ヘンリー・ガリソンに協力するべきだったのだが、それはけっこうだと当の弁護士に説得されたのだ。エリーとの面会許可はまず下りない、と言い渡された。そして、エリーをできるだけ早く釈放させるべく、あらゆる手を尽す、と。

しかし、それでもエリーはひと晩留置場に泊まることになる。じめじめした監房で、どこの馬の骨だかわからない者たちにまじって、夜を明かすのだ、ぼくのエリーは。

ライリーは〈4L〉の〝オフィス〟に立ち寄ったが、全員ここペントハウスに戻っている、と知らされたのだった。

「ドルー！」ひと声かけ、ブリーフケースを脇にほうった。

ミアが台所から飛びだしてきた。「ライリー、おかえりなさい！　今日は早いのね。男性陣は全員、台所で作戦会議中よ。〈ストラトキャスト〉の株価が大暴落しているみたい。それでみんな喜んでいるから、カルマの法則で、今度はみんなに悪いことが起きやしないか心配なの」

「エリーのニュースは聞いたか？　テレビを見ている？」

「どこから聞いたの？　テレビでやってるの？　それとも〈マッケイ・タガート〉の誰かが電話をかけてきたの？」ミアは目を見開いた。「エリーは困ったことになっているのよ、ライリー。ケイスは会計士のフィービーから〈ストラトキャスト〉のお金が流れこんでいる複数の銀行口座と名義を聞いたようなの。エリーの名前がいたるところに出てくるんですって。誰かが彼女を陥れようとしているのよ」

「もう陥れられた」妹を愛しているが、ドルーと話をしなければ。〈ストラトキャスト〉からつまみだされたあと、ライリーはガリソンの法律事務所に直行し、百万ドルの軍資金と引き換えにエリーの面倒を見てほしいと頼みこんだのだった。

兄にはまだ報告していなかった。直接会って、話したかったのだ。

ドルーが台所から出てきた。ケイスとブランもあとにつづいた。

ライリーは兄をじっと見た。「よくもエリーにあんな仕打ちができたものだな」

ドルーは肩を怒らせた。「なぜあの記事を掲載させたか話したはずだ。すでにおまえには説明した」

「冷却装置の試験については聞いた。彼女を尻軽女呼ばわりする話はひと言も聞いていない」ライリーは無意識に両手を拳ににぎりしめていることに気づいた。なにかを——誰かを——殴りたくなる衝動に負けてしまいそうだった。「経済界の人間全員にあの中傷記事を読まれてしまう」

ハッチも台所から出てくると、顔をしかめて一同を見た。「ドルーを責めたらいけない。記事の掲載はおれがオーケーした。あの記事は目的を果たしてくれた」

「エリーに恥をかかせる目的だったのか？　売春婦のようだと世間に思わせたかったのか？」

「そうじゃない。エリーを傷つけようとしてやったわけじゃない。おまえの注意を惹くためにやったんだ」ハッチは目を細くした。「効果はあったようだな、おまえはここにいるわけだから。エリーと一緒にいるのではなく。おまえは暇さえあればあの女と一緒に過ごし、骨抜きにされていた。あの記事のおかげでおまえはいっとき下半身ではなく、脳みそでものを考えた。少なくとも、それがおれの願いだった。ライリー、おまえはなぜおれたちがここにいるのか忘れちまったのか？」

「わたしもあの記事の論調はいただけないと思ったわ」ライリーの隣でミアが言った。「執筆はわたしが担当するべきだったけど、ドルーとハッチに反対されたの。ここまで来たのに、なにもかも失敗してしまいそうな気がするわ」

「いや、うまくいっている」ドルーは断言した。「落ちついたらどうだ？　おれたちの望みどおりの展開になっている。ダウ平均株価の推移を見守っているが、ヘストラトキャスト〉の株価は急落している。今日の取引終了までに、カスタラーノの持ち株は安くなり、エリーは無事に買い取れる。まあ、彼女はがっぽり儲かるな」

　そのことばの意味に気づき、ライリーはいつのまにか口をあんぐりとあけていた。

「なんの話だ？」

　ドルーは冷たい目をして言った。「おまえの恋人はあこぎなまねをしていたということだ。一千万ドル以上も会社の金を着服していた。彼女には気をつけろと言っただろ」

　ケイスは首を振った。「だから言っただろう、これはすべてカスタラーノが仕組んでいる計画だと。おれはエリーを観察していた。あんたが知能指数でおれに勝ってると思っていることも知っているし、おそらく実際にそうだろうが、こういう事案を扱った経験ならおれのほうが上だ。エリーはぜったいにやってない。ミアも同じ意見だ」

「経済状態を見れば一目瞭然だろ」ブランが口をはさんだ。「エリーが一千万ドル横領したのだとしたら、その金はどこにある？」

「どうしてカスタラーノのしわざだとわかるんだ？」とドルーが言うのを聞き、ライリーは耳を疑った。ドルーは本気で、エリーが自分の会社の金を盗んだと思っているのか？　自分の社員を裏切ったと？

ドルーは悪びれずに肩をすくめた。「エリーも加担していると思う。カスタラーノの息子とエリーが関係している噂を記者が掘り起こしてから、彼女はカスタラーノ一家に協力している可能性が高いとにらんでいる。こっちは記者に金をにぎらせて、つくり話を書かせたわけじゃない。ゴシップネタを掘り起こしてくれと頼んで金を払った。それでもって、記者はネタをつかんだ。エリーはあの一家とずぶずぶの関係だ」

「だったらなんだってさっきエリーは逮捕されたんだ？」

部屋のなかはしんとした。

ケイスがため息をついた。「エリーがどこに連行されたか、電話で調べてみる」

ライリーは首を振った。「その必要はない。ヘンリー・ガリソンから聞かされた話によれば、今夜は釈放されないそうだ。くそ連邦施設に移送されるからだ。エリーは横領罪に詐欺罪、そして公開株式の株価を不正操作した容疑をかけられている」

ドルーが目を剝いた。兄が愕然《がくぜん》とする姿を、ライリーはしばらくぶりに見た。「株価の不正操作だって？」とドルーが訊き返した。

そこがなにより厳しい部分だった。最大のダメージを受けたのはカスタラーノでさえなかった。横領罪なら損害賠償をした上で、おそらく執行猶予がつく程度でことはすむ。しかし株価操作となると、重い実刑判決がくだされる恐れがある。「ぼくが試験機をいじっている現場の証拠映像を連中は入手している。わざと失敗させた試験の報告書をマスコミに流したのはぼくだったといずれ発覚する。ぼくはエリーの命令で動いていたと思われている。だけど、カスタラーノがいろいろと捏造《ねつぞう》したことをぼくたちは知っている。おそらくいまごろは、エリーからぼくへの偽のメールをカスタラーノは手に入れていることだろう。エリーはカスタラーノから株を安く買い取るために株価を暴落させた容疑をかけられている。兄さんたちがお祝いムードで浮かれているあいだ、エリーはぼくたちのせいで逮捕されていた」

ミアは息をのんだ。「かわいそうなエリー」

ブランはほんのすこしのあいだ目をつぶり、やがて首を振った。「あいつらがマスコミになにを言うか、できるだけ調べてみる」

そういう助けはライリーに必要なかった。「それならこういうことだ。あいつらは、〈ストラトキャスト〉の尻軽女は泥棒でもあると言っている。彼女はもう仕事はできないだろう。それに、兄さんはまちがっている。どんな噂がささやかれていようが、そんなのはどうでもいい。エリーはぜったいにカイル・カスタラーノと寝ていない。離婚してから、誰とも性的関係を結んでいなかった。ぼくは別として」

ハッチがライリーのほうを指差して言った。「だから言わんこっちゃない、彼はエリーに深入りしすぎている」

ドルーは片手を上げた。「そこまでだ。そういうことはどうでもいい。いま重要なのはカスタラーノの反応だ。引き金を引いたのはあいつに決まっている」

「ああ、嬉々として引いただろうな、兄さん」とライリーは言った。「最初から仕組まれていたんだ。カスタラーノは自分が着服した金をあたかもエリーが横領したかのように見せようとした。何年もかけて立てた計画だった。最初の計画はエリー自身の金でエリーの株を買い上げることだった」

話はのみこめたというように、ドルーはうなずいた。「カスタラーノは無理やりエリーに金を支払わせるつもりだった。その金を使えば、エリーの株式を買い取れる。共同経営契約書の犯罪行為に関する条項を楯に取って、エリーに株を売却させる」

ライリーもうなずいた。「いまやカスタラーノはその金を貯金できる。われわれが株価を暴落させたおかげで。あの男がこちらの計画の恩恵を受け、エリーは刑務所にはいる。彼女の財産はすでに凍結された。住まいのまえを車で通ったところ、連邦捜査官が差し向けられ、生活環境をチェックされていた。報道関係者も集まっていた。エリーはもう家に帰れない。ぼくたちが彼女にどんな仕打ちをしたかわかるか？」

「気の毒だが、おれたちはカスタラーノに集中しないと」ドルーが言った。「今回は失敗だった。それは認める。だが、ゲーム終了を意味するわけではない」

兄貴はなにを言おうとしているんだ？　「これはゲームじゃない。エリーの人生がかかっている」

ドルーは手を振って、その考えを退けた。「彼女はもうどうでもいい。自分にかけられた容疑を晴らすことに忙しくなって、われわれを追うどころではない。おまえに腹を立てていないとは思えないが、おまえの言うようにおとなしい性格なら、復讐に燃えはしないだろう。いい弁護士がついたんだって？　せいぜい打つ手はそんなものだな」

「エリーはどうやってガリソンに金を払うんだ？」とハッチが尋ねた。「相手は一時間千ドルの弁護士で、財産はしばらく凍結されるっていうのに」

ブランがコンピュータから顔を上げた。「どうだと思うんだ？　ライリーが払ってあげるんだろう？　いいことだよ。ぼくも協力する」

ドルーがライリーのまえに進み出た。「ライリー、いいか、カスタラーノを倒すことに集中してもらわないと困る。エリー・ストラットンにおまえはうつつを抜かした。カスタラーノについておまえが言っていることが正しいならば、それも計画に織りこみずみだったのかもしれない。あいつはおれたちのしたことをまんまと利用した。それを正さないといけない」

全員を敵にまわすかもしれない。ドルーにはひどくがっかりされるだろう。しかし、ライリーは心を決めなければならなかった。父ならこの決断を喜んでくれただろう。それは直感的にわかった。「ぼくはエリーの面倒を見る。彼女のためにならないのなら、作戦から降りる」

ドルーは五センチの身長差を利用し、のしかかるようにしてライリーを見下ろした。「家族より女を選ぶのか？　その女はフィリップ・ストラットンの娘だ。おまえは家族より、両親を殺した男の娘を選ぶのか？」

ライリーはもはやそんな目でエリーを見ることはできなかった。誰かの娘ではない。利用する道具でもない。エリーはエリーだ。ほほ笑むだけでその場を明るくする女性であり、まわりの人たちを大事にする女性であり、ライリーをよりよい人間にしてくれた女性だ。「エリーか家族か、どちらか一方だけを選ばなくてもいいことを願っている。家族が必要に迫られて誰かを罰するよりも、ぼくを愛してくれることを願っているが、でも、突きつめれば答えはイエスだ。ぼくはエリーを選ぶ。なぜなら彼女を愛しているからだ。いまではぼくの家族だから、エリーを選ぶよ」

「ああ、やられたな、これだったらもっと賭けておけばよかったよ、お姫さま。あの百ドルはお色気サービスで払ってもらおうかな」ケイスはそう言って、ミアにウィンクした。

ミアはライリーに腕をまわし、ぎゅっと抱きしめた。「よかったわ。わたしもあなたのエリーがほんとに好きなの。魂を売ってまで復讐することはない、と気づいた人がいて嬉しいわ」ミアは抱擁を解くと、夫のほうを振り向いた。「言っておくけど、わたしのお色気サービスはとっても高いのよ。だから、百ドルじゃ、あなたの期待に沿えないわね」

ケイスはただにやりと笑った。「金ならもっとあるぞ」

「いちゃいちゃするならよそでやってくれ」ドルーはすこし顔が青ざめていた。「ライリー、おまえに金を使わせないようにすることもできるんだぞ」

「ヘンリー・ガリソンに百万ドル渡してある。それだけあればエリーの弁護料はまかなえるはずだ」〈4L〉の財源を利用できなかったらどうすればいいのか、ライリーは考えたくなかったが、実際に会社を動かしてきたのはドルーだった。ライリーは一介の弁護士にすぎない。カスタラーノが弁護士資格を奪いに来るか、そこはなんとも言えない。へたをすれば、資格は剝奪されるかもしれない。そうなれば、エリーともども無職のホームレスになる。「残りでなんとかする。ぼくだって不運だったことがなかったわけじゃない。どうにかなるさ」

「おまえの収入を断つと言っているんだぞ、ライリー」ドルーはなおも言いつのった。「それだけじゃない、おまえが二度と仕事ができないようにしてやる。おれがなにをするつもりかわかっているのか？」

ライリーはおそらく人生で初めて、兄に刃向かった。ドルーは長年、ライリーのよりどころであり、頼りにできる相手だった。法律の学位を取れとドルーに言われれば、ロースクールに進学し、首席で卒業した。兄を失望させたくなかったからだ。持てる技能をすべて〈4L〉に捧げろと言われれば、仕事に打ちこんだ。敵の娘を誘惑しろと言われれば、それもやった。

ドルーには借りがあった。しかし、エリーにはもっと借りがある。

「よくわかっている。それでもぼくはエリーを選ぶ」兄を慕う気持ちはあるが、今後の行動で兄との関係が永遠に変わってしまうこともわかっていた。取り返しがつかないことになる。もとには戻れないかたちでドルーと袂《たもと》を分かつのだ。

しかも、エリーはけっして口をきいてくれないかもしれない。すべてが無駄に終わる可能性もある。すべてを失うかもしれない。けれど、すでにエリーからすべてを手に入れたのだ。

ドルーはうなずいた。「よかろう。〈4L〉はおまえの好きに使うといい。必要なものはなんでもおまえのものだ」

ライリーは兄をまじまじと見た。「ほんとうに？」

「おまえが本気でエリーを愛しているのか知る必要があった」ドルーは厳しい表情で言った。「すべてを捨てる覚悟があるのなら、そう、おれはおまえを支援する」

「フィリップ・ストラットンの娘を助けるのか？」とハッチが尋ねた。

ドルーはため息をつき、髪をかき上げた。「そうじゃない、未来の義妹を助けるんだ。この件で家族を失うつもりはない。家族をちゃんとまとめてこなかったせいで、実の弟を孤立させる愚か者に成り下がるところだった。弟が好きになってはいけない相手を好きになったという理由で。おまえは彼女と結婚するつもりだな？」

もちろんそうだ。兄にはけんかをする気がないとわかったとたん、ライリーはほっとした。選ぶ悩みがなくなった。「ああ。ぼくがろくでなしではないとエリーに納得してもらえたら。普通に想像する以上、骨が折れることになりそうだ。いまの彼女にぼくは憎まれているわけだから」

「必要ともされている」ドルーはそう切り返した。「断固としてがんばれ。気をゆるめるんじゃないぞ。よりを戻して、なにがあろうとあきらめないことだ。おれも思ってもないことを言うつもりはない。正直に言って、ストラットン家の人間を家族に迎え入れることは好ましくはないが、折り合いはつけるつもりだ。でも、おまえにも歩み寄ってもらいたい。打倒カスタラーノに力を貸してほしい」

「あの男はエリーを傷つけた。平気で彼女を破滅させようとしている。だから、喜んで力になる。ただ、エリーがいちばん大切だということはわかってほしい」さあ、ここからがじつは切りだしづらい話だ。新聞で言えば、前文《リード》を隠していたようなものだったが、怒りと不安はやわらぎ、ライリーは兄に打ち明けることにした。「カスタラーノに正体を見破られた。おそらくかなり早い段階で気づかれた」

ドルーは口をあんぐりとあけた。「正体を見破られた？　おまえが誰だか気づかれたということか？」

「きみは母親譲りの目をしている、と言われた」カスタラーノの顔に浮かんだ薄ら笑いはけっして忘れない。父も死ぬまえにあのせせら笑いを見たのだろうか。

「あのくそったれが」ハッチは吐き捨てるように言った。「あいつを殺してやる。殺し屋を手配させてくれたら、あいつらを全員片づけさせてくれたら、手間も省けて、頭痛の種からも解放される」

「とりあえず飲みものだな。ちょっと考えないと」とドルーは言った。「計画外の事態だ」

「今日一日でいちばんの名案だ」ハッチはドルーのあとから台所へはいっていった。

「それで、エリーはいまどこにいるの？」とミアが尋ねた。「わたしたちになにかできることはある？」

「ガリソンがエリーについている。連邦施設に移送され、おそらく明日、保釈金を払って釈放される」会いたくないと彼女は思っている。ライリーはガリソンにはっきりとそう言われたのだ。そして法廷に来るようにとも言われていない。

話をしたくないとエリーに思われている。彼女には時間が必要だ。時間をあげてもいいだろう。すこしなら。しかし、話し合わなければならない。エリーに事情を説明しなければ。

エリーには自分が必要だ、とライリーは思った。ぼくを憎んでいるからあえて刑務所にはいろうとするほどエリーは頑固者ではない。

エリーとはよりを戻せる。戻さなければ。

人生でいちばん長くなりそうな夜を迎える覚悟はついていた。

10

「いまごろはもう、いたるところに集まっている」とヘンリー・ガリソンはエリーに言いながら、運転手にリムジンのドアを閉めさせた。「押し寄せてこられると困るから、裏から出る。ナイルズは取り囲まれるのが苦手だ」

軍隊上がりにちがいない、強面の運転手が小さくうなずき、歯切れのよいイギリス風の話し方で言った。「ええ、大の苦手です。そもそも彼らには反吐が出る。なんなら、料理してやってもいいですよ、いちおう申し上げておくと」

「きみが刑務所送りにならないようにしよう」ガリソンは笑みらしきものを浮かべて言った。あたかも運転手の荒っぽい一面をおもしろがっているようだった。「だが、やつらに見つけられて、きみがたまたまひとりかふたりの足を轢《ひ》いたとしても、その手の出費には非常用資金を用意してある」

「さすがですね」運転席との仕切りの窓が閉まり、座席にエリーとガリソンだけを乗せたリムジンは、ライリー・ラングが用立てた百万ドルで保釈が認められた裁判所をあとにした。

この二日でライリーがエリーに使った金は二百万ドルだ。どうやってこれだけの大金をこれほど短時間で用意できたのだろう？

「運転手が話していたのは記者たちのこと？」昨夜はこれまでに耐えたことがないほど長い夜だった。エリーはＦＢＩの拘置所の監房でじっと座り、街なかの警察署から連邦施設に移送される自分の写真はいったい何枚撮られたのだろうか、と考えた。報道関係者は待ちかまえていた。距離はあったが、屈辱的な姿は望遠レンズで撮影されたにちがいない。

「むろんだ」〝頑固なガリソン〟とエリーがひそかに名づけたガリソン弁護士は携帯電話に視線を落とし、毒づいた。「しかも、連中はあなたの自宅まえで待ちかまえている。あなたの裁判はマスコミに左右される。その点は話し合っておきたい」

あなたの裁判。すでに耳にしていても、そのことばを聞くたびに、エリーは気が遠くなりそうだった。この悪夢からいつ目覚めるの？

シャワーを浴びたい。睡眠も取りたい。どうやらホテルに泊まることになりそうだ。

「どこへ行くべきかしら？」自宅アパートメントのセキュリティーは万全ではない。

買収契約の資金をつくるため、水準を下げて住み替えたからだった。

「提案はあるが、気に入らないだろうな」

「この二十四時間にわたしの身に起きたことはどれも気に入らないわ」

「自宅には帰るべきではないと思う」とガリソンは説明を始めた。「マスコミはあなたに襲いかかってくる。下世話なネタだからだ。次期ＣＥＯが男前の弁護士と恋仲になり、ふたりでご老人をだまそうとした」

「スティーヴン・カスタラーノは強欲爺《じい》さんよ。ただのご老人じゃなくて。彼こそわたしをだましたのだから」

「いまのところ、そういう話は報道されていない。いま出まわっているのは、エリー・ストラットンは寝るべき男と寝て、コネと体を武器にトップにのぼりつめた女という話だ。世間の目には憎らしい上流階級そのものに見えている。だから、取材に応じでもしたら、マスコミに八つ裂きにされる」

「取材に応じるべきじゃないでしょう。なるべく目立たないようにしないと」報道陣と話をするなんてまっぴらごめんだ。

「その対応がいちばんまずい。逃げ腰に見えてしまう。報道の流れを変える必要があるということだ。たたけば埃は出るものだから、どうにかカスタラーノの粗を探し、形勢を逆転させなくてはならない。愛し合う若いすてきなカップルから盗みを働こうとしている権力者、という構図が欲しい」

それなら話はわかる。カスタラーノを倒そうというなら。「スティーヴンの粗なら知っているわ。証明はできないけれど、もしかしたら……でも、若いカップルですって？」

ガリソンはゆったりと座席にもたれた。「そう、カップルだ。流れを変えたければ、ライリー・ラングが必要になる」

その名前を耳にしてエリーが感じたのはあの怒りだった。たしかにあの人を忘れてしまいたいし、なんの意味もなかったと否定したい気持ちもあるかもしれないが、とにかく怒りを覚えた。心が傷つけられたのだ。ほんとうに否定したい気持ちはそれだった。それですこしは気が楽になるのなら、傷心を怒りで覆い隠してもいい。しかし、裏切られたせいで、ずたずたになった心の奥には穴があいていた。一生ふさがらないかもしれない穴が。「あの人には二度と会わないわ」

ガリソンはがっかりしたというように、深くため息をついた。「それはどうかな。あなたは意固地になっているし、事件の全体像を知らない。保証してもいいが、彼はスティーヴン・カスタラーノの手先ではなかった」

「どうしてわかるの？」

「なぜなら全体像を知っているからだ」

「わかったわ、聞きましょう」

「弁護士と依頼人のあいだには秘匿特権がある」ガリソンはかすかに笑みを浮かべた。「事件についてわたしに話してほしくないのなら、彼の話はできない。あなたに助言はできるし、それはするつもりだ。彼と話をしたほうがいい。あなたがいまかわいいお尻を拘置所の床につけていないのは彼のおかげだ。最後の客を刺し殺したのか刺し殺していないのかわからない、スイーティ・パイという売春婦の隣で座りこまずにすんでいるのは」

「あの人とはかかわりたくないの」二度と口をきくつもりはない。

「だが、彼には未練がある。あれほど精力的な男性は、たいてい望むものを手に入れるものだ。あなたは彼の好意を利用できる立場にある」

「人を利用しろだなんて、よくも勧められるものだわ」

ガリソンは首を振った。「あなたは世間知らずだと彼から聞いた。やり手のフィリップの娘ならすこしは常識を持ち合わせていると思っていたけれど。世のなかはこういうものなんですよ、お嬢さん。あなたにはお金と特権があった。あなたよりも大きくて、悪い人間がやってきて、すべてを奪われた。泣き寝入りをするか、反撃するか。前者を選ぶなら、ひと言そう言ってくれ。慈善家ぶっているだけで、なんの役にも立たない弁護士を紹介してあげよう。連邦刑務所に入所するときには手をにぎってくれるかもしれないが、それだけだ。そこではオレンジ色が流行りだと気づく。みな囚人服を着ているわけだから。そっちの道に進んだ場合、性的指向が変化することもある、とあらかじめ教えておく。なぜかといえば、入所してすぐ、誰かにつばをつけられることになりそうだからだ」

エリーはガリソンに嫌気が差してきた。「まえに言ったでしょう、反撃するわよ」

「だったら、使える武器は片っぱしから使うことだ。ライリー・ラングは主力の武器だ。彼には金があり、影響力があり、仕事をする能力がある。婚約を発表することだ。手をつないでふたりで人まえに出て、そう、あの男と実際に結婚するんだ。これはわたしからの助言だ。できるだけ早く彼と結婚し、マスコミのまえに出て、自分の言い分を訴えればいい」

その考えそのものにエリーはぎょっとした。「あの人とは二度と口をきくつもりはないのよ。まして結婚だなんてとんでもない」

「考えるだけでも考えてみてくれ」ガリソンは食い下がった。「これで形勢は一変する。だが、言うまでもなく、依頼人はあなただ。わたしはべらぼうに高い弁護士というだけのことだ。ただ、犯罪者を牢屋から出して、権力の座に復帰させる手段を知っている」

「わたしは犯罪者じゃないわ」

「ああ、もし犯罪者なら、もっとうまく立ちまわっている」

「では、わたしを信じているということなの？」

醒めた青い目をくるりとまわした。「昨日も言ったように、罪を犯していようがいまいが、弁護には関係ない。たまたま、あなたの言い分は信じられるという結論に達した。あなたは気づくと嵐のような騒ぎの渦中にいて目をぱちくりさせている無実の女性そのものだ。なにが起きているのかもわからず、それでも最後にはすべて丸くおさまるというように、まえに進んでいる。なぜかと言えば、潔白だからだ。検事は被告が無実であろうが気にしない。検事が心配するのは仕事の維持と出世だけだ。今回はマスコミの注目を集める大事件だ。なんとしてもあなたを仕留めようとする。検事はカスタラーノの切り札だ」

エリーはガリソンの話をひと言も聞きたくなかった。「ライリー・ラングはこちらの切り札にならないでしょう。罪悪感に苛まれているろくでなしよ」

「利用すればいい。ろくでなしだとしても、戦いの攻撃力を強化できる」

フェアではない。エリーの無実が重要であるべきだ。なにかしら意味があるべきだ。裁判制度は金や権力や有力者に左右されるべきではない。正義が問われるべきなのだ。たしかに世間知らずなのかもしれない。エリーは通りに目を向けながら、あとどれくらいしたら、外を歩けるようになるのだろうか、と思いをめぐらした。家には帰れない。ホテルに泊まるお金もない。街を離れることも許されない。

ひとつだけ打つ手はある。それを夜通し考えていたのだ。父が犯した罪の犠牲になった男性に会いに行くべきときがとうとうやって来た。「ある人に会う約束を取りつけたいの。その人なら力になってくれるかもしれない」

ガリソンは眉を片方だけ上げた。「いいでしょう。なんとかする」

「そう願うわ。ライリーの別の依頼人にぜひ会いたいの。ドルー・ローレスに会わせてほしいのよ」

名乗ったとたん、つまみ出されるかもしれない。

あるいは、話を聞いてくれるかもしれない。ドルー・ローレスは知らないのかもしれない。両親がエリーの父親と、おそらくスティーヴン・カスタラーノに殺され、金を盗まれたことを。

ガリソンは驚いた顔でエリーを見た。「ああ、それならなんとかなるが、まずはあなたをどこかに落ちつかせないと、だ」ドアの脇のボタンを押した。「ナイルズ、北《アップタウン》へ向かってくれ」

アップタウン。そこで味方が見つかるのか、あらたな敵が見つかるのか。

エリーは窓の外を眺め、ライリーのことは考えないようにした。

一時間後、できれば服を着替えておきたかった、とエリーは思った。逮捕された日に着ていた服のままだった。

結局リリーは差し入れを届ける危険を冒せなかった。ばれたら、〈ストラトキャスト〉をクビになるかもしれない。どっちみち辞めさせられるかもしれないが、カイル・カスタラーノとゆっくり話し合ったおかげでリリーは職場に残れたようだった。

リリーが度を越さなければいいのだけれど、とエリーは心配した。父親のほうと同じく、息子も信用できなかった。

ヘンリー・ガリソンがエリーを車からおろしたのは、セントラル・パークの真向いに立つ豪華なアパートメントハウスのまえだった。友人のところに泊まらせてもらう手はずをととのえた、との説明を受けていた。エリーの身のまわりの品も運びこまれているらしい。

どうやらガリソンの友人は驚くほど裕福なようだ。

ドアマンに気づき、エリーは顔をしかめた。もしかしたら立ち去ったほうがいいのかもしれない。いまいましい記者たちが待ちかまえている自宅に戻ったほうが。下着さえつけていないのだ。逮捕された日にライリーに脱がされていた。彼のデスクでことに及んだあとも、そのままにしていた。

あの人に脱がされたのは着るものだけではなかったわ、とエリーは気づいた。抑制を奪われ、二度と取り戻せない魂のかけらも奪われてしまった。

「エリー・ストラットン？」

エリーが玄関に目をやると、いかにもアメリカ人らしい、ジーンズ姿のセクシーな大男が立っていた。体を鍛えていることはTシャツ越しにも見て取れた。それもうんと鍛えているようである。びっくりするほどすてきな男性だ。百九十センチを超える長身で、ふるいつきたくなるほどたくましい体をしている。

そんな男性がこちらの名前を知っている。

「そう、エリーよ」

彼は大きな歩幅で近づいてきた。足もとはカウボーイブーツだ。「やあ、おれはケイス・タガートだ」

その名前には聞き憶えがある。「〈マッケイ・タガート〉の？　会計の問題をライリーが調べさせた警備会社だったわね」

ケイスはうなずき、女性なら誰でもとろけてしまうような笑みを向けてきた。「そうだ。それに、おれたちが二時間早く手を打っていれば、あなたを窮地から救えたはずだ。まあ、山ほどのトラブルを片づけるのは無理だったかもしれないが、少なくとも警察とマスコミが来るまえに助けだせた。さあ、こちらへ。通りで人目につかないうちに、なかへ連れていきたい」

エリーは仕方なく、玄関のなかにはいった。ドルー・ローレスとの面会をお膳立てしたら、ガリソンは連絡をくれることになっている。段取りを飛ばして、〈4Lソフトウェア〉のオフィスに押しかければいいのではないか、と本気で考えたが、オフィスがどこにあるのかエリーは知らなかった。アッパー・マンハッタンのどこかだが、携帯電話もないので、住所を調べることもできない。お金もないから、タクシーにも乗れない。

クレジットカードはまだ使える？

ひどい境遇だ。働くこともできないし、貯金もおろせない。裁判が長引けば、支払いができないせいで、アパートメントもなにもかもすべて失ってしまう。

破産の二文字が頭をよぎるが、破産しても支払わなければならない請求書は残る。百万ドルが底を突いたら、ガリソンは弁護をおりるだろう。彼の料金設定なら、長くは持たない。そのあとは国選弁護人がつくことになる。

あるいは司法取引に応じる手もある。スティーヴンのもくろみどおりに。

スティーヴンはこちらが抵抗できないよう、最悪の状況に陥れようとしている。株式の売却で得られる小銭でさえ欲しがるように仕向けている。

「部屋を用意してある」ケイス・タガートはエリーをエレベーターに案内した。

エリーは躊躇した。「知り合いでもないのに」

エレベーターのドアがあくと、ケイスはドアを押さえた。「ああ。でも、おれはあなたのことを知っている。あなたが墓穴を掘ったわけでもなければ、自業自得でもないと知っている。おれの会社もおれも、あなたを助けるために力を尽くすつもりだということも知っている。あなたを不愉快な状況から助けだすことも含めて。たとえそれが義兄の希望に反していても」

「あなたはライリーの妹さんと結婚しているのね」

ケイスはほほ笑んだ。その笑みで全館を明るくするほど、輝くばかりの笑顔だった。

そう、この人は誰かを愛している。「ミアだ。手のかかる奥さんだが、あなたもミアを好きになると思う」

「ライリーは階上《うえ》にいるの？」

ケイスはうなずいた。「ああ。そっちに行くのがいやなら、別の場所に案内する。どこかホテルを手配しよう。街を離れるのは無理だが、誰も探しに来ない場所へ連れていける」

「どうしてそこまでしてくれるの？」ケイスのやさしさにエリーは感激した。この二日間、人のやさしさに触れる機会はほとんどなかった。

「なぜならあなたの身辺は交通整理が必要だからだ、エリー。ライリーと話したくないのなら、無理強いはしない。すべてあなた次第だが、知っておくべき事柄もある。ライリーが話すしかないことも」

エリーはエレベーターをじっと見た。あれに乗れば元恋人のもとへ連れていかれる。

「階上《うえ》に行って、ライリーに会うべきだと思うのね？」

「おれが思っているのは、階上《うえ》に行って、ライリーにお灸《きゆう》を据えてやるべきだってことさ。ライリーも文句は言えまい」強い南部訛《なま》りでそう言うと、大男はエリーにウィンクした。

ミア・タガートは幸運な女性だ。

すてきなカウボーイの言うとおりだ。なぜ逃げ隠れしなきゃいけない？　なにも悪いことはしていない。ライリー・ラングこそ、わたしとの再会にびくびくしていなければおかしい。しかし、どうやらそうではない。あえて顔を合わせようとしている。ひと言ふた言声をかければ、いつもそうだったように、こちらが身も心もとろけさせると思っているからだろうか。

ライリーなんてもうどうでもいいというふりをエリーはしようとしていたが、どうでもいいわけではなかった。手ひどく裏切られたのだ。彼は逃げおおせるの？　つまり、道は封鎖しておいたほうがいいのだろうか？　いくらか胸がすくかもしれない最後の対決のために？

もう一度ライリーに会ってもいいだろう。自分がどう思ったか、彼に知らしめればいい。すこしは彼の心を傷つけてやればいい。

よりを戻せないか、様子を見てみる？

ふとそんなことが頭をよぎったが、わが身を滅ぼす火の玉であるかのように、エリーはその考えから飛びのいた。あんな人とまたつきあうものですか。ライリーがスティーヴンと通じていたのであろうとなかろうと、よりを戻すつもりはない。

ライリーに裏切られたのだ。それは水に流せるものではない。エリーはエレベーターに乗りこんだ。「ライリーがわたしになにを期待しているのかわからないわ」

会ってもいい。最後に一度だけ。ライリーのまえに立ち、あなたにずたぼろにされはしなかったと、見せつけてやればいい。もうどうでもいいのだ、と。

あの最後の瞬間、ライリーは手を伸ばしてきた。指をからめ、いかにも離れがたそうに、エリーの手をぎゅっとにぎってきたのだ。ほくそ笑んでもよかったのではない？　まんまとだましてやったぞと、知らしめても？

あたかも大切な存在であるかのように、手をにぎるべきではなかった。それはなによりも残酷な仕打ちだった。

「こきおろされると覚悟していると思う」ケイスは最上階のボタンを押した。

「わたしが彼のところで寝泊まりすると、ほんとうに思っているのかしら？」それは無理だ、とエリーは思った。良心が痛むからという理由で、いくらライリーが気づかってくれて、快適に過ごせるようにしてくれても、言うだけのことを言ったら、立ち去らずにはいられない。

「今度ばかりは、ライリーは本気であなたを守ろうとしている」

「彼は自分の身を守ろうとしているのよ。弁護士会に通報しないと約束する誓約書かなにかにサインを迫られるんだわ」それならつじつまが合う。エリーに黙っていてもらわないと困るというわけだ。カスタラーノはライリーがエリーに命令されて行動した確固たる証拠をにぎっていない。なぜならそれは事実ではないからだ。もちろん、エリーも一千万ドルを横領したりしていないし、それはどうでもいいように思われた。

ケイスはくっくと笑った。「あなたに訴えられて資格を剝奪されるということにならなかったら、ライリーは喜ぶに決まっている。それだけはやめてほしいと泣きついてくるかもしれない。だが、ライリーを罵倒《ばとう》するまえに、ちょっと考えてみたほうがいい。ライリーは徹夜をして、さらに今日もほぼ一日かけて、あなたの部屋を準備した。本もコンピュータも洗面用具も、全部そろっている。靴や宝飾品や衣類も届けさせた。快適に過ごすために必要なあらゆるものが用意されている。あなたはその環境だけ受け入れて、ライリーをベッドに呼び戻さなくてもいい。おれならそれを餌にこき使う」

「いくらがんばっても無理よ」とエリーは言った。ライリーをベッドに招き入れはしない。彼は二度と信用できないからだ。

「やっぱりそうか。こうなると、ここまでがおれひとりじゃなかったらな。ミアは高額のやつにはつきあってくれない。アダムがいないと困るんだ。アダムだったらいつも千ドル賭けて、ころりと負けてくれる」

なんの話か尋ねる間もなく、エレベーターのドアが開き、エリーはどうやらライリー・ラングが〝狭いわが家〟と呼んでいた場所の玄関広間に足を踏み入れた。そう、それもまた嘘だった。

自宅は手狭だという説明を聞いていた。だからライリーはエリーのアパートメントに通っていたのだ。ここは広々としている。どれだけ裕福か、知られたくなかったということか。

ほかにはなにを隠していたのだろう？

エリーは大理石の広間を横切り、居間と思われる部屋に足を踏み入れた。右手にはセントラル・パークのすばらしい景色が見える。床から天井まで届く窓と、ひと財産かかりそうな革張りの家具に囲まれていた。

マンハッタンのこの界隈《かいわい》でこれだけの住まいとなると、少なくとも二千万ドル相当の物件だろう。なぜライリーはわたしの弁護士になる必要があったのだろう？

的確な質問から始めなくてはいけないのかもしれない。ライリーはお金のために〈ストラトキャスト〉で仕事をしていたわけではなかった。こちらを依頼人にする必要があったのは明らかだ。なぜ彼に必要とされたのか。

これほどの資産があるのに、どうしてスティーヴンの手先になるのだろう？　あなたは真相を知らない、とガリソンから言われていた。ガリソンの話をエリーは初めて信じた。

「みんな会議室にそろっていると思う」ケイスが並んで歩きながら言った。「いまはさながら軍事会議室のようだ。まあ、娯楽室のある家庭もある。うちの家族はといえば、どこの家にもたいてい遊戯室があるけど、そう、遊戯室と言ってもお子さま向けじゃない。でも、ここの家族はとんでもないことに作戦室がある。結婚して、ここの家族の仲間入りをするまえにそれさえ知っていればな」

「知ってたってなにも変わらなかったわよ」小柄なブロンドの女性が部屋にはいってきた。

見憶えのある人だ。「どこかで会ったかしら？」

ブロンドがにっこりとほほ笑んだ。「エリー！　ここに来てくれて嬉しいわ。わたしたち、二、三週間まえに会ったのよ」

そう言われて、エリーは思いだした。「五番街のコーヒーショップで。ライリーに送りこまれたの？　ライリーがわたしの弁護士として仕事を始めるまえのことだったわ。きっとライリーの差し金だったのね」

ミアは首を振った。豊かな髪が肩のまわりでゆれた。「まさか。ライリーには怒られたわ。わたしはあなたと知り合いになりたかったの。あなたは計画やらなにやら全体の重要人物だったから」

「計画って？　なにを計画していたの？」

ミアは口を開きかけたが、夫の大きな手に口をふさがれ、それ以上は話せなかった。「それについてはライリーから聞いたほうがいいだろう」とケイスが言った。「それから、おれの奥さんは口をはさまないほうがいい。かかわるべきではない状況にかかわる癖がある。趣味なんだよ、それが。お姫さま、おとなしくして、その舌をおれの手に載せているといい。おれはかまわないが、ひとつ憶えていてくれ。嚙みついたら、こっちもお返しするからな」

ミアは不服そうに咳払いをして、胸の上で腕を組んだ。

しかし、そのやりとりはすぐにどうでもよくなった。ライリーが部屋にはいってきたからだ。ズボンにボタンダウンのシャツという、エリーも見たことのあるくだけた装いで、シャツの袖はまくり上げていた。

もっとくだけた様子の彼も見たことがある。なにも身につけていない姿も見たことがあった。快楽に酔いしれた表情を浮かべ、彼女の上で動いている姿も。

「エリー」ライリーはささやくようにエリーの名前を呼び、ふたりの距離を詰めると、まるで彼女を抱き上げて、かきいだく権利があるかのように、腕を広げた。

エリーは自分にどんな権利があるのか知っていた。拳を引き、ろくでなしを殴った。したたかに。

ライリーはうしろによろめき、顎に手を上げた。それを見て、ケイスは笑いをこらえ、ミアは息をのんだ。

「ほう、彼女に関するこれまでの発言をすべて撤回する」と言うあらたな声が聞こえた。「彼女をわが一族に歓迎する」

エリーが顔を上げると、最初の日にライリーとオフィスに訪ねてきた男性がそこに立っていた。ライリーよりも五センチは背が高く、横幅もあったが、エリーはライリーのすらりとした体型のほうが好みだった。アンディ、とたしかライリーはこの男性を呼んでいたが、これほど大柄な体にはエリーも脅威を感じた。彼はライリーよりもケイス・タガートに近いタイプだ。

ライリーは痛みを払い落そうとするかのように、首を振った。「彼女をからかうのはやめろ、ドルー。エリー、ぼくは殴られて当然だ。こっちの部屋に来てくれないか？　すべて説明させてほしい」

ドルー？「アンディかと思っていたわ」

その男性はライリーにのしかかるように近づいたかと思うと、突然、エリーの目を見た。「アンドルーだが、友人と家族にはドルーと呼ばれている」

エリーの目に涙があふれた。自分はほんとうにばかだったからだ。なぜライリーが裕福なのか、これでわかった。「ドルー・ローレス。そういうことだったのね。彼がわたしの切り札だったのに。あなたのお兄さんなんでしょう？」

ライリーはうなずいた。「それについても説明する」

エリーはローレス一家の三人に目を向けた。彼らは孤児だった。エリーの父が行なった所業のせいで。

だからヘンリー・ガリソンは車からエリーをおろしたとき、さもおかしそうにしていたのだ。エリー以外の全員に、ジョークの意味がわかっていたからだ。

最後の切り札は不発に終わった。そもそもチャンスなどなかったのだ。ただのひとつも。

エリーはうしろを向き、涙で頬を濡らしながらエレベーターのほうへ引き返した。

「エリー」とライリーは言った。

もうすこしでエレベーターにたどりつくところで、腕に手がかけられ、エリーは振り向かされた。

「エリー、どうしたのか話を聞かせてくれ」

ここ二日間の恐怖が心によみがえっていた。エリーにはなにも残されていない。なにひとつもだ。話を聞いてくれて、双方を傷つけた男を倒すために協力を申し出るアンドルー・ローレスがどこかにいるわけではない。

もしかしたら、最初に事実を知ったときに会いに行かなかったのがまちがいだったのかもしれない。欲にかられていたのだ。アンドルー・ローレスに会社を奪われ、従業員のために計画していたことをすべて台無しにされやしないか、不安になったのだ。影響力のある男性の復讐に従業員を巻きこみたくないとエリーは思っていた。

結局、そうなってしまった。

「エリー？」

ライリーの声が聞こえたが、エリーはもうどうでもよかった。考えてみれば、昔からひとりぼっちだった。母が亡くなったときから。父は息子が欲しかったのだ。子どもは娘がふたりだけで、どちらの娘にもいっさい関心を示さなかった。

夫は結婚したあとに変わってしまった。そういうものだ。人は変わってしまう。自分は別として。

今度はわたしも変わるだろう。罠から抜けだす道がないとなると。体に腕がまわされ、ぎゅっと抱きしめられていた。ライリーに抱き上げられても、エリーはなんとも思わなかった。惨めな気持ちで頭がいっぱいだった。

誰かの泣き声が遠くで聞こえた。誰かがむせび泣いている。苦しげに泣き叫ぶ声が聞こえたが、エリーはそれもこれももはやどうでもよかった。

ライリーは老けこんだ気持ちでエリーの寝室をあとにした。そう、彼女の部屋だ。エリーはここで寝泊まりすることになったのだから。ひとつ屋根の下で。

ああ、自分は彼女になにをしてしまったのか。

苦痛に満ちたエリーの泣き声をたぶん一生忘れないだろう。あまりにも傷ついた声音に、ライリーはもう少しで膝が崩れ、もらい泣きしそうになった。エリーは悲しみに打ちひしがれている。彼女を巻きこんだ、この騒動をどう解決すればいいのか。

道を見つけなくては。手始めにドルーと話し合う。しっかりと味方につけなくては。全員をトラブルに巻きこみかねない計画が兄にあるからだ。

「彼女はだいじょうぶか?」ハッチが疲れた顔で廊下に立っていた。

「いや。いまは眠っている。泣き疲れて寝てしまった」エリーはライリーの腕に抱かれていたが、魂が抜けてしまったかのようだった。ライリーはふたりのあいだに恐ろしいほどの距離を感じた。抱き上げることも、体を揺することも、髪をなでることも許してくれたが、ライリーの腕のなかでエリーはまるで人形のようだった。

エリーは内に引きこもってしまった。外に連れ戻すことができるのか、ライリーはわからなかった。

ハッチはライリーが閉めたドアに目をやった。「きみの兄さんは今回のことで苦しんでいる。わかっていると思うが、あいつはエリーを傷つけるつもりはなかった」

「それはちがう。ドルーはなんとも思っちゃいないさ。ぼくにはわかるんだよ、なぜかといえば、最初はぼくも同じように思っていたから。エリーは特権階級の嫌な女だろうと思っていた。高慢ちきな鼻っ柱を折ってやる気でいた。フィリップ・ストラットンの娘であり、父親のほうにはもう手出しできないから。父親は死んで、エリーが都合のいい標的になった」ライリーは胃がねじれる思いがした。「いずれエリーに痛手をあたえると最初からわかって、ぼくたちは計画を実行した。どうってことないさ、と胸に言い聞かせていた。彼女はいずれ立ち直るさ、と」

「カスタラーノがこういうことを仕組んでいるのを誰も知らなかった。これはあの男のせいだ」

「ちがう。ぼくたちがエリーをこんな目にあわせた。エリーを倒すために何年も探していた武器を、ぼくたちがカスタラーノにそっくり渡してしまった。それで、どうなった？　エリーと父親はぜんぜんちがう。彼女は楽観主義者だ。〈ストラトキャスト〉をどうしようとしていたか、知ってるか？　従業員に責任を負う会社に、社会に責任を負う会社にしたかったんだ。おめでたい考えだ。うまくいかなかっただろうが、エリーはそれを実行するつもりだった」

ハッチはため息をついた。「親子でまったく似ていないってことか。これは驚いたよ、ライリー、彼女はおまえの父さんのような人だな」

父も夢想家だったからだ。ライリーの父は世界を変えたいと思っていたが、それで命を失うことになった。同じように、エリーも命を失うことになりかねない。

エリーが眠りについたあと、ライリーはしばらく彼女の様子を見守っていた。スカートとブラウスは脱がせ、寝巻きに着替えさせてあった。その寝巻きは、買い物代行業者に依頼して、ほかの身のまわり品と一緒にあらかじめ届けさせたものだった。エリーはパンティを穿いていなかった。ライリーが脱がせたからだ。

まともに下着もつけていない無防備な状態でエリーを放置していた。囚人用のつなぎに着替えさせられたら、下着を用意してほしいと頼む破目になる。そう思いながら監房の床に座っているのはどんな気持ちだったか。たわいないことではあるものの、ライリーはひどくうしろめたさを覚えた。

エリーはひとりぼっちだった。施設に駆けつけて、エリーを弁護してやることも、守ってやることもライリーはできなかった。獄中に放置してしまったのだ。

「エリーを出ていかせるわけにはいかない」彼女は出ていこうとするだろう。目が覚めたらすぐに起き上がるはずだ。

ハッチは首を振った。「彼女はもうだめになってしまったんじゃないかね」

そうではない、とライリーは思った。どんなことがあってもエリーはだめにならない。しばらくは落ちこむかもしれないが、エリーはそれで終わる人ではないとライリーは知っていた。きっと立ち直るはずだ。「それはちがう。エリーは涙をこらえられなかっただけだ。なぜドルーに会ってああなったのか、よくわからないが、エリーは泣く必要があったんだろう。すべてを発散させないといけなかった。でも、目が覚めたら、エリーはきっとぼくの股間を蹴り上げて、指を銃で吹き飛ばし、出ていこうとする。そうはさせられない。ここを出たら、エリーはひとりぼっちだ。それこそ彼女にとって最悪の事態だ」

「妹がいる」

「役立たずの。エリーにはぼくが必要だ。彼女を優先する人物が必要なんだ」ライリーは廊下を歩きはじめた。エリーの妹はことの成り行きに興奮しているにちがいない。「残念ながら、エリーの引き留めに苦労しそうだ」

エリーが眠りについたあと、ライリーはリリーに電話をかけて、エリーの無事を知らせてあった。リリーでさえ、エリーはライリーのもとを去ると思っている。自分のところでエリーを引き受けるとリリーは申し出たが、それは得策ではないだろう。

リリーはすでにカスタラーノの息子に取り入っていた。処遇が決定するまでにはまだ猶予があるはずだ。会社に残って、ライリーの目となり、耳となり、情報を集められる可能性もある。

エリーを居候させたら、さすがにそれは無理だ。マスコミに嗅ぎつけられ、リリーの忠誠心が疑われかねない。

つまり、エリーはここに残らなくては。ライリーの保護とライリーの家族の経済力が必要だ。ローレス家の一員にならなくてはいけない。

ハッチはライリーのあとをついてきた。「あるいは、ここに住む理由をエリーにあたえればいい」

どこまでやればエリーを守れるのだろう？　エリーが警察に連行されてから、ライリーがずっと自分に問いかけている疑問だった。自分はすでに悪者だ。どれくらいがんばれば、エリーを安心させられるのだろう？　「それならもうすんでいる。ガリソンの弁護料を払っているのはぼくだとエリーは知っている」

それでこと足りればいいのだが、エリーにお見舞いされたパンチがそうではないことを物語っていた。あのあと彼女は背を向けて、玄関へ向かって歩きだしたのだから。

エリーを出ていかせることはできない。

「ああ、この先おまえがガリソンに金を払いつづけることも彼女は知っている」とハッチが言ったところ、ふたりは廊下を曲がって、玄関広間に出た。

ドルーは会議室にいるのだろう。なぜここには遊戯室や家族用の居間がないのか？　いや、それでいいのだ。家族であることが仕事だというように、家族全員が会議室に集まる。

それは自分たちのためだった。そして、一家の裏の仕事は復讐だ。両親が死に、兄弟がばらばらになった日からそうだった。

ちがう生き方ができたら、どうなっていただろう？

「それを武器にエリーを脅すつもりはない」ライリーはそう答えながら会議室にハッ

チとはいった。「どうしても出ていくと主張しても、エリーを支援する。無一文で出ていかせはしない」

ドルーはコンピュータから顔を上げた。「ヘンリー・ガリソンの考えでは、それはまちがいだ」

ライリーは兄をまじまじと見た。「エリーの弁護士と話をしたのか？　エリーの事案について話し合ったってことか？　ガリソンの話によれば、エリーが同意しなければ、兄さんには話さないということだったけどな」

三十分も意見を戦わせ、時間切れになりそうだとガリソンから説明されて、ようやくライリーが折れた話だった。エリーが逮捕されたのは木曜日だ。金曜日の午前中までに連邦施設に移送されなければ、週末のあいだずっと拘留される見通しだという。それを聞いてライリーは折れたのだ。エリーが留置場で何日も過ごすと思っただけで耐えられなかったからだ。

いまにして思えば、こちらが折れて、ガリソンは胸がすっとしたのだろう。あの男は根性こそ曲がっているが、仕事の腕まえはぴか一だ。エリーの弁護をまかせるならあの男しかいない。

「金がものを言うってわけだ、弟よ」とドルーは言った。「〈4L〉がエリーの弁護人としてあなたを雇う、と説明したら、ガリソンは喜んでおれに助言をしてくれた」

ありがたいことだ。ガリソンに銀行口座を用意するのもひとつの手だが、〈4L〉が依頼人ということは、天国の門が開き、刑事弁護士を招き入れ、好きなものを持っていってていいぞと提案するようなものだ。エリーが弁護士の最優先案件になると、ドルーは保証してくれたのだ。「ほんとうに?」

ドルーは椅子に背をもたれた。「こんなふうに彼女を傷つけるつもりはなかった。泣きじゃくる姿を見て……そう、おれも案外人間らしいやつだったというわけだ」

ライリーは兄の肩に手を置いた。「ありがとう。後悔はさせない。彼女はすばらしい人だよ、ドルー。彼女のことを知れば、きっと好きになる」

まったくもって愛すべき人物だ。仕事となると有能で、遊びとなるとばかなこともできる。エリーは嘘くささがない。気分でころりと変わることもあるが、価値観の芯はけっしてぶれない。どんなときも思いやりがあり、誠実で、つねに正しいことをしようとしている。

そんな彼女を破滅させるやつにはなれない。ライリーは彼女を愛していた。どういうわけかエリーといると、完全な自分になれる。そして、今度は自分が彼女にお返しをしなくては。

「右フックもなかなかのものだ。そこはもう気に入った」とドルーは冗談まじりに切り返したが、すぐにまじめな顔になって言った。「おれが誰だか気づき、エリーは動揺を見せた。ガリソンから聞いたが、彼女はおれとの面会を希望していたそうだ。おまえの同僚弁護士だと思っていたアンディではなく。エリーはドルー・ローレスと会おうとしていた。おれが姿を見せたときに、エリーはすべてを察した。なぜ彼女はおれに会おうとしたんだろう？」

「さあな」ハッチが言った。「ただ、ライリーがローレス家の人間だとはちっとも知らなかったようだった」

「エリーが目を覚ましたら、訊いてみる。でも、なるべく朝までぐっすり眠らせたい。大変な思いをしたんだから」ライリーは部屋の時計に目をやった。すでに午後七時を過ぎている。朝まですやすや眠れるだろう。

こっちはそうはいかないが。夜通し見守るつもりだ。

エリーが起きたときには、バッグが手もとにあり、愛用している洗面用具がすべてそろっているよう、ライリーはしっかりと手配していた。バスルームで必要なものも抜かりなく用意した。歯ブラシや石鹼や化粧品が欲しい、とエリーがわざわざ頼まなくてもすむように。クロゼットには衣類をぎっしりとおさめておいた。気に入らないと言われれば、全部捨てて、エリーに選ばせるつもりだ。

望めば、なんでもエリーのものになる。ただし、ライリーのもとから離れるドアだけは別だ。

よくないことだが、どうしてもエリーを出ていかせるわけにはいかない。彼女を刑務所送りにさせないよう、確実に手を打てる者はこの世でライリーひとりである以上、それはだめだ。

裁判が終わったあと、出ていきたいとエリーに言われたら、ひざまずいて、もう一度チャンスをくれないかと懇願するつもりだ。

「それで、どうやって彼女をここに閉じこめるんだ?」とハッチが尋ねた。「というのも、あの娘《こ》は出ていきたがっていると思う。まさかおまえがここにいるとは思っていなかったようだからな」

「階段の出入り口に鍵をかけようか」ブランがにこにこしながら言った。ピザの箱をふたつ抱えて部屋にはいってきた。「エリーは暗証番号を知らないから、エレベーターは使えない。ケイスがすでに教えたと思うなら別だけど」

「ケイスは暗証番号を教えていない」とドルーが答えた。「だが、高潔なる義弟がどこでも好きな場所に連れていってやるとエリーに申し出たことは知らせておく。ケイスは誘拐に加担しないようだ」

「ミアはどうしてケイスと結婚したのかな?」ブランはひと箱めをあけて、ペペローニピザをひと切れ取りだした。

ドルーは肩をすくめた。「その質問はミアにするな。夫の立派な一物についてたっぷりと聞かされる破目になるからな、ほんとうに」

ハッチは眉をひそめた。「養父母のせいだ。同性愛の女同士だから、異性愛の性生活をどこまで口にするべきかミアにしつけなかったんじゃないかね。ケイスの鞭《むち》使いが上手だと聞かされそうになったことがある。あれは馬の飼育方法の話だったと願いたいね」

そうではないはずだ、とライリーは思った。ミアはなかなか興味深い夫婦生活を送っている。

とにかくミアはローレス家を襲った悪夢のような出来事から無傷で立ち直り、育ての親に愛されて育った。ふたりの母親の歩いてきた道にライリーは敬意をいだいていた。彼女たちはローレス兄弟みなの支えになってくれたのだ。ドルーやライリーの訪問を嫌な顔ひとつせず歓迎してくれ、都合がつけばいつでもブランを預かって、世話を焼いてくれたものだ。

ミアが持っているものがライリーも欲しかった。それを、頼りにできるこの世でひとりの人物に求めた。一緒にいれば、自分のことがわかるたったひとりの人物に。自分らしく生きろということではない。自分がどういう人間か、ライリーはよくわからなかった。それを見つけられるかどうかはエリーにかかっていた。エリーを愛すれば、おのれを見つめ直し、向上していける。きっとよりよい人間になれるだろう。

「ミアの話をもっと聞くべきだな」

「ミアは弱いとずっと思っていた。おれたちがくぐり抜けてきた経験をしなかったからだ。おまえの言うとおりかもしれない」とドルーは認めた。「でも、カスタラーノに弱みをにぎられている現状をどうにかしないとだめだ。あいつはどこかで高笑いをしている。このままにはしておけない」

そう、そうはしていられない。カスタラーノは〈ストラトキャスト〉を手に入れたが、あれはエリーのものだ。ある時点では、ライリーたちのものであるべきだったと考えられる。しかし、誰のものか、いまはライリーもわかっていた。ああ、父が生きていたら、きっとエリーを気に入ったはずだ。ふたりは深い絆で結ばれただろう。

「だったら、どうするつもりだ？　エリーは横領犯ではない」

ドルーは片手を上げた。「わかった。それについてはおまえに譲歩する。彼女はシロだとおまえが言うなら、おれたちはその線でいく。だから、カスタラーノが黒幕である証拠をつかまなくてはならないが、同時にエリーを閉じこめておかなければならない。いまの彼女は受けがよくないから、世論を操作する手立てを講じないといけない」

記者を買収して、エリーのゴシップ記事を新聞に掲載させたからだ。それでも、彼女はカーダシアン一家のような有名人ではなく、ハイテク企業の重役だ。「明日には騒ぎもおさまるさ」

「テレビのニュースを見なかったのか？　すぐにはおさまらないだろうよ」とハッチが言った。「どこの番組でもエリーの事件は報道されている。ビジネス専門チャンネルだけじゃない。道を踏みはずした金持ちの娘というニュース種で扱われている。一方、報道されているカスタラーノは、病気のかわいそうなご老人というイメージだ。本人もとことんなりきっている。誰が陪審員候補に選ばれてもエリーに反感をいだくよう、あらかじめ洗脳しているにちがいない。いまのところ、われわれの名前は出ていないが、エリーが取材に応じて話しはじめたら、全員まずいことになる」

「どうして取材に応じるんだ？」エリーはマスコミが好きじゃない。おのれの権力を誇示することが生きがいのような財界人ではない。エリーはマスコミには尻込みするタイプだ。

「ガリソンはエリーをマスコミのまえに出すだろうな」とドルーが言った。「おれの意向がどうであれ。ガリソンはこの事案を報道戦に持ちこむつもりだ。エリーを罪など犯していないように見せないといけない。それにはおまえを犠牲にするという手がある。そのうち、おまえとおれの関係が明るみに出て、そのつぎは〈４Ｌ〉との関係も明るみに出る。そして、おれたち全員のことが世間に知られる」

ライリーはそこまで考えていなかった。しばらくまえに名前を変え、素性がわからないようにした。それも無駄になったわけだが。「カスタラーノにはすでに知られている。なぜあの男が黙っていると思う？」

その質問にはハッチが答えた。「カスタラーノがその噂話を持ちだしたがると思うか？　当時、あいつは警察にうまく対処したはずだ。しかし、カスタラーノたちがおまえの親父さんのプログラムを盗んだんじゃないかという話は昔からささやかれていた。ローレス一家の名前を持ちだしたら、自分に不利な過去が取り沙汰される。だからこそカスタラーノはおまえに手出しをしなかったと考えられる。さもなければ、おまえも連行されて、エリーの隣の監房に入れられていただろうよ」

ドルーは半ば閉じた目でライリーを見上げた。「エリーが知っている可能性は？

父親から聞いていたのかもしれない。彼女がソースプログラムを入手できたと考えられるか？　あの会社は父さんの仕事をもとにして立ち上げられた」

とんでもない。詐欺行為を土台に会社が築かれたことを知ったら、エリーはそれを伝えに来たはずだ。「エリーは子どものころに親切にしてくれた年配の研究者のおかげだと思っている。創業前後の事情についてはなにも知らなかった。でも、不思議なのは、兄さんが何者なのかエリーはなぜ知っていたのかということだ。同業者として、という意味ではなく。ダルヴィッシュを兄さんの会社から引き抜いたことがエリーはほんとうに誇らしげだった」

ドルーはうなり声を短く洩らした。「ああ、どういう手を使ったのか、ぜひ知りたいものだ。こっちは破格の条件を提示したんだぞ」

「エリーは怒れるおたくのなだめ方を心得ている」ライリーの愛する女性は相手におのれを信じさせることが得意だ。ダルヴィッシュがエリーを選んだのは金銭ではなく、彼女のきれいな性根に心を動かされたにちがいない。「エリーがいないのなら、ダルヴィッシュは転職を考えるだろうな」

「ほかが引き抜きに動くまえに、うちに連れ戻すか。それはそうと、おれたちには有利な点がいくつかある。おれは自分の動きをどうにか秘密にしていた。エリーもカスタラーノも、おれが〈ストラトキャスト〉の取締役会のメンバーになったことを知らない。これはまだ公表していない」とドルーは言った。

買い上げた株を持っているだけではなく、エリーを説得できれば、彼女の株もまだ持っているからだ。「カスタラーノに売却を迫られなければ、チャンスはある」

「復讐心を上まわるほど、ライリー兄さんがエリーに嫌われていなければ」とブランがつぶやいた。「エリーにここにいてもらえるよう説得できないかな？　ぼくたちと親しくなって、今度の一件の真相を聞いたら、エリーはたぶん味方についてくれる」

ライリーはブランを見た。「女性の自立を応援していたんじゃなかったのか？」

「女性のためになるときだけだ。エリーは頑固な人だよね。兄さんは彼女を愛している。面倒を見てあげれば、そのうち彼女の怒りもおさまるよ」ブランはライリーににっこりとほほ笑んだ。「ぼくはハッピーエンドのおとぎ話が好きなのさ。ミアのせいだね。子どものころ、ミアの家に遊びに行かされると、女性向けの映画を山ほど一緒に観させられた。懐かしい思い出だ。だから、誘拐まがいのことをしても、エリーにはどうということはないと思う」

ドルーはとうとう目を輝かせた。「エリーには家族の問題が山ほどついてくる。だが、同時におれたちは彼女を支援する。どうなるかわからないが、まず受け入れてもらうのがむずかしい提案だろうな」

「ぼくが非情になればむずかしくはない。ほかに選択の余地をなくしてしまえば」あ

あ、卑劣な手だが、わずかな勝ち目に賭けるなら、打つ手はこれしかない。「ぼくに

考えがある。でも、危険な賭けだ」

「やる価値のあることで安全なものなんてないさ」とドルーは言った。

ああ、そうだ。ライリーは身を乗りだし、自分の計画を兄弟に話した。

11

エリーはシャネルのワンピースのしわを伸ばした。目を覚ましたあと、巨大なクロゼットに気づき、そこから選びだした一着だ。昨夜は死んだように寝てしまった。もう朝だ。決めることはいくつかあるが、まずはライリーが買いそろえた衣服のなかから少なくとも二、三点は選ばなければならない。どうやら買いもの代行業者を雇って、無制限の予算を許可したようだ。商品タグがついていなければ、誰かの衣装かとエリーも思ったかもしれない。金持ちの娘であったにもかかわらず、ブランド品は一度も買ったためしがない。胸もヒップも大きすぎるせいか、そうした服はたいてい体にしっくりなじまなかったのだ。それに、父から渡されていた小遣いでは、ブランドものの衣料品を買う余地はほとんどなかった。おまえにいい服は必要ない、と父に言われたこともあった。姉妹のうち、容姿に恵まれているのは妹のシャリで、頭がいいのは姉のエリーだった。限られた資金をウォートン・スクールの学費に使うか、美容整形に使うか、悩んだ時期もあった。父に言わせれば、整形すればおまえもきれいに見えるかもしれない、ということだからだ。

体型に合う装いを教えてくれたのはリリーだ。

ライリーはその点を理解しているようだった。クロゼットに吊るされたどの衣服を着ても、着痩せして見える気がする。それにあの男性は相当な靴フェチだ。ここに積み上げられた靴箱は、全部で二十個はあるにちがいない。ジミーチュウにクリスチャン・ルブタンにプラダ。

ライリーには貸しがあるようなものだ。ここを引き払うとき、必要なものを持って出ても、うしろめたさなど感じないだろう。

「着るものが気に入らなければ、もっと用意させてもいい。その服はよく似合っているけど」

顔を上げると、ライリーが部屋のなかにいるのがわかった。すでに着替えをすませ、ズボンに白いワイシャツ姿で、瞳の色を際立たせるネクタイを締めていた。エリーがこれまでに出会った男性のなかで、ライリーはいちばんの美男子だ。そんな彼の実像が嘘で塗り固められていたことにエリーはショックを受けていた。

夢を見ていただけだったのだ。

「きみにコーヒーを持ってきた」ライリーはマグをカウンターに置いた。「クリームをすこし、砂糖はひとつ」

こちらのことをよく知っている。けれど、それこそが彼が関係を結んだ理由だった。コーヒーを顔にぶちまけてやりたい、とエリーは思った。そしてとっとと出ていきたかったが、いまはいちいち反応するのはやめて、考えるときだ、と判断した。寝る場所が必要で、お金も必要で、数え上げればきりがないほど、必要なものがある。友だちはこの世でリリーひとりきりだ。ライリー・ローレスが自分のしたことに罪悪感を覚えているなら、それをうまく利用しない手はない。

「ありがとう」エリーはコーヒーをひと口飲んだ。当然ながら、おいしかった。お腹が鳴った。そう、食べるものも必要だわ。

「腹が空いているなら、朝食を持ってこよう。いまミアがつくっているはずだ。あいつの夫は大食漢だから。百キロの筋肉を維持するには相当なカロリーを取らないと」

「いまは平気よ」お腹がぺこぺこだったが、べつにライリーに知らせなくてもいい。「それより話がしたいの。話し合っておくべきだと思うの、そうでしょう?」

ほっとしたことに、落ちついた口調でことばが出た。

ライリーはエリーのうしろ側に移動した。「ああ、話し合うべきだ。きみにすべて説明したい。エリー、いまはひどい状況に思えるだろうが、きみをそこから助けだすつもりだ。刑務所にはいるようなことにはぜったいにさせない」

「どうなるかしらね」睡眠を取り、シャワーも浴びたので、すこしは気分がすっきりし、落ちつきも取り戻していた。エリーは振り返り、ゆうべ腕に抱かれて泣いたとき以来、初めてライリーの顔をしっかりと見た。彼に抱きつきたくなる衝動に駆られたが、その気持ちを必死で抑えた。「で、あなたはライリー・ローレスだったってわけね」

「本名はそうだが、仕事ではラング姓を名乗っている。ドルーとの血縁関係を知られないよう、改名した。ああ、エリー、きみに話があるんだよ、ほんとうに。聞いてもらいたいことがたくさんある。おたがいの家族にどんな因縁があるか、どこまで理解しているかわからないが」

エリーが胸に抱えていた大きな秘密は、いまではもうさしたる秘密ではないようだ。なにも知らずにいたのは自分ひとりだった。「わたしの父があなたのご両親を誰かに殺させた」

ライリーは目を見開いた。「知っていたのか?」

いまさら隠し立てする理由は皆無だ。「ええ、父が亡くなった夜から。父から聞いたの。罪を告白しようとしたんだと思うわ。父があなたのお父さまのベネディクト・ローレスを殺すことにしたのは、光ファイバーを機能させるために必要なプログラムをあなたのお父さまが売ろうとしなかったから。あなたのお父さまはプログラムを無料で提供したかった。なぜならとても重要な情報だから、独占するわけにはいかないと思ったから。夢想家だったのね。そのせいで父に殺されることになった」

そう言わなければならないのは残念だ。

「きみは知っていたのに、公表しなかった。そうだな？」

いいでしょう。非難がましい言い草がかえってよかった。彼はいい人ぶるつもりはないということだ。こっちもいい子ぶるつもりはない。「わたしは従業員のことを考えなければならなかったの。〈ストラトキャスト〉の経営を破綻させたら、従業員は失業してしまうし、年金は法廷闘争に持ちこまれる。スティーヴンの株式を買い取ったあと、あなたのお兄さんのところへ出向くつもりだったの。あなたのお父さまのビジョンを実現させるためにできることをするつもりだった」

その考えをライリーに一蹴されるのではないか、とエリーは身構えた。

しかし、ライリーは声をやわらげて言った。「そうか、きみならそうするだろう。ぼくに打ち明けなかったのは、巻きこみたくなかったからなんだろう？　自分と同じ決断をぼくにさせたくなかった。エリー、かわいそうに」

　エリーはライリーの横をすり抜けた。「あなたはもっと懐疑的かと思ったわ」

「きみのことは疑わない」彼の声に恋しそうな気配が滲《にじ》んだが、それについてエリーは考えたくなかった。

「株価暴落のあとにわたしが思いついた名案は、ドルー・ローレスに会いに行って、助けを求めることだった。わたしの父がしたことを話して、その見返りに〈ストラトキャスト〉を取り戻す協力をお願いするつもりだったけれど、思いがけない展開になった。あなたたちはすでに知っていた。株を買い取ったのはドルーでしょう？」

「もう愚か者は卒業だ。シャワーを浴びながら考えていたのだ。こう考えれば、つじつまは合う。つまり、わたしは自分の知らないうちに戦わされていた駒だった。「どういう説得で妹に株を売却させたの？」

　ライリーは顔をしかめた。「大金を使わせる機会をいくつかあたえ、よからぬ連中に借金をつくらせた。株を売るしかない状況に追いこんだんだ。どのみちきみの妹はいずれその道を歩んでいた」

「そうよね。自分の胸にそう言い聞かせればいいわ。夜、寝つきが悪くならないために、なんとでも」

「実際、眠れないよ、エリー。もう一睡もできない。だけど、きみの妹にしたことは後悔していない。彼女は自業自得さ。でも、きみはちがう。だから〈ストラトキャスト〉がきみの手に戻るよう、力を尽くすつもりだ」

シャリについてはライリーの言うとおりだろう。妹はじわじわと身を持ち崩し、麻薬依存症になるのではないか、とエリーは思っていた。シャリが夜な夜なナイトクラブに出かけ、麻薬に安らぎを求めていることは知っていた。それについていくら説得してもなにも変わらなかったのだ。コリンとつきあいはじめ、しばらくは夜遊びから遠のいていたが、いまではコリンも引きずりこまれているようだ。いずれにしても、ライリーがふたりを助けなければならない筋合いはない。もう過ぎたことであり、考慮すべきことはほかにあるのだから、どうでもいいのだ。

「まずはわたしを刑務所送りにさせないようにしないとね。〈ストラトキャスト〉を取り戻せるかどうかはわからないわ。来週か再来週には、スティーヴンはわたしに株を売却させようとする。株価暴落に乗じて買い取りたいわけだから、すみやかに買収する道を探すはずだわ」

「株価を下落させたのはぼくだ。今後はきみに嘘をつくつもりも、ごまかすつもりもない。試験のデータを流したのはぼくで、記者を雇ったのは兄だ。きみのことをあんなふうに書かれるとは思わなかった。事前にわかれば、けっして許可しなかった」

「許可するかどうかはあなたの判断なの？」ローレス兄弟がどういう役割分担をしているのか、エリーは知っておきたかった。「それとも、ドルー次第なの？」

ドルー・ローレスは経済界の謎の人物だ。ハイテク企業のCEOがロックスター並みにもてはやされる風潮の時代において、ドルーは世捨て人のようだ。広報部の部長にマスコミ関連の対応をすべて任せ、自分自身の写真撮影はめったに許可しない。ドルーは広場恐怖症の引きこもりだという噂もある。エリーはそれに関して自分なりの考えが思い浮かんだ。ドルーが人まえに姿を現わさないのは復讐を遂行するためだ。

「ぼくはドルーの言いなりじゃない」ライリーは顎をこわばらせて言った。「例の記事もぼくが担当していれば許可しなかった。きみのここでの役割をドルーも理解しているわけだから、ああいうまねは二度としないさ」

「わたしにはべつに役割なんてないわ。でも、知りたいことがあるの、なぜ〈ストラトキャスト〉の株価を暴落させたら、わたしたちが損をするだけだとは思わなかったの？」

ライリーは広々とした部屋のなかを歩きはじめた。「カスタラーノは道楽者だ。

ギャンブル癖もある。一千万ドルはそこに消えたんじゃないかと思う。最近、カスタラーノは深みにはまり、つけを認めてはいけない客だという評判が立つほどになった」

「ギャングになんとかさせようとしたの？」

「プレッシャーをかけて、どうなるか見てみようとしただけだ」

エリーは両手を広げた。「こういう状況になったわ。スティーヴンはお金を欲しいだけ全部手に入れた。そのお金を使って、その筋の人に返済するわね。殺し屋になってくれないかとあなたが期待した人に」

ライリーは眉間に深くしわを寄せた。たしかにしばらく寝ていない顔に見える。

「ああ、すでに返済したと思う」

「そういうことをしたかったの？」裏切り行為の全容をエリーは知りたかった。

「きみのお父さんとカスタラーノがぼくの両親の死に関与していたことをほのめかすものを見つけられないかと思っていた。彼らは誰かを雇ってやらせた。パトリシア・ケインもおそらく加担している」

「スティーヴンの関与について尋ねたけれど、父は具体的にはなにも言おうとしなかった。スティーヴンの罪は自分の罪だと言うだけで」亡くなるまえの数日のあいだ、父が苦しそうにしていたことをエリーは思いだした。薬のせいで、大半は意味の通らないことを話すばかりだった。

ライリーは腕を組み、険しい表情で言った。「カスタラーノは関与していた。それはほんとうだ。パトリシア・ケインもそうだ。どちらもただではおかないつもりだ」

「つまり、わたしは巻き添えにすぎないということ？」

「きみはそれだけの存在じゃない。それはわかっているはずだ」

「なにもわからないのよ、ライリー」エリーは尋ねなければと意を決した。ほんとうのことを知らなければ。彼の口から聞かなければならない。「わたしを誘惑しないといけなかったの？　わたしは喜んであなたの友人になり、仕事仲間になったわ。あなたが必要なことはなんでも利用できるように許可もあたえた。わたしを抱く必要はなかったのよ」

ライリーは腕をおろし、ベッドへ歩いていくと、そこに腰をおろし、エリーを見た。「ああ、必要に迫られて抱いたわけじゃない。きみが欲しかったからだ」

「つまり、わたしを誘惑することは計画にはいっていなかった」

ライリーは返事をためらった。それがエリーの知りたいことの答えだった。「エリー、きみへの思いは本物だ。きっかけがどうであれ、いまは本気だ。きみを愛している」

　エリーは笑って取り合わなかった。「いまのことばでなにを手に入れるつもり？盗むものはもうなにもないわ」

「言っただろう。きみが欲しい。ふたりのためにきちんとさせる」

「わたしはあなたと取引をするつもりでいるのよ」ここはぐっとこらえて、歩み寄らなければ。エリーとしては、彼を責め立ててやりたいところだったが。「ガリソンにわたしの弁護料を払ってくれる代わりに、あなたの資格剝奪を弁護士会に求めないであげる」

　ライリーの同情するような目にエリーは思わず叫びたくなりそうだった。「どっちみちきみがそんなことをするわけない」

「わたしは怒ることもできないと思うの？」たぶんライリーは案外こっちのことを知らないのだろう、とエリーは思った。ライリーにやり返す方法を、昨日はいくつも考えていた。

「きみだって怒るときは怒ると知っている。でも、きみがぼくを愛していることも知っている」とライリーは静かに言った。

「愛していないわ」そのことばを事実にするためなら、エリーはなんでもするつもりだ。「あなたへの愛は、あなたに裏切られたときに打ち砕かれたの」

「そうじゃないだろう」ライリーはまったく抑揚のない声で言った。「まだあると思う。永遠にきみの心に宿りつづける。ぼくはそれを守るだけだ。きみもいずれ正しい答えを出す。ぼくたちは似合いのカップルだ。きみもそれを知っている」

エリーは彼の体を揺さぶってやりたかった。落ちつき払った態度が腹立たしい上に、彼の言うことは信じられない。今度はどんな魂胆なの？「わたしが知っているのは、自分が敵と寝ていた大ばか者だったということよ」

「敵じゃない」ライリーはエリーの目を見つめたまま言った。「きみはぼくの愛する女性で、ぼくはすべて埋め合わせをするつもりだ」

そう、そこまで言われたらもう我慢の限界だ。「ものを買いあたえて？　ブランドものでわたしが喜ぶと思っているの？　お手軽に買収できると？」

「そうじゃない、あの服は全部、外に見せるためだ。マスコミのまえに出るなら、きみはそれらしく見えないといけない。欲しいものはなんでも買ってやれるが、そんなことにきみは興味がないということもわかっている。きみは財産で人を値踏みしない。それもきみのいいところだ」

「だったらどうやって魔法のようにわたしたちの関係を修復するつもりなの？」

「魔法のように、ではない」ライリーは腰を上げ、エリーのほうに近づいてきた。「ぼくはきみの身の安全を守るために身を粉にして働くつもりだ。そして、この件が無事に解決したあとも、きみを支える男になるつもりだ。きみの夢をかなえるために全力をつくすつもりでもいる。なぜなら自分がなんのために生まれてきたのか、どんな大人になりたいのか、ようやく気づいたからだ。おかしなものだが、最近はそんなことをよく考えていた」

「それは言わないで」ライリーが自分と敵対していると考えるほうが気は楽だ。「そういうことをぬけぬけと」

「いいだろう。でも、ぼくがなにを言いたいか、きみもわかっている」ライリーは顔をしかめた。「陳腐に聞こえるから聞きたくないのか?」

「すべてまた別の嘘だからよ」

ライリーはさらに近づいてきて、落ちつかなくなるほどすぐ近くに立ったが、エリーはあとずさりして彼をいい気にさせるつもりはなかった。ライリーは言った。

「嘘じゃない。だが、ぼくたちの状況を改善するには時間と手間をかけるしかない。ぼくは逃げもあきらめもしない。きみを愛しているんだ、エリー。本気で言っているときみにわかってもらえるまで言いつづける。たしかに始まりは仕事だった。両親を亡くした夜から歩いてきた道のつづきだった。でも、その道がきみにつづいていた。父と母がいまここにいてくれたら嬉しいが、ぼくはきみと出会えたことを幸せに思わずにはいられない」

よくもいけしゃあしゃあと。そんな口車に乗るものですか、とエリーは思った。たぶん罪悪感やつまらない未練から彼もそんなことを言うのだろう。でも、二度とだまされはしない。

「うまくいかないわ」

ライリーは手を上げた。もうすこしでその手をエリーに伸ばしそうになったが、ためらうように手をおろした。「うまくいくさ。さて、そろそろ朝食にしよう。今日は忙しい日になる。ケイスとミアはきみに容疑がかけられている横領事件をさらに細かく調べる予定で、きみとぼくは正午に裁判所に出向かなくてはいけない」

そう言って、ライリーはうしろに下がり、ドアのほうに歩きだした。

「出廷の話はガリソンから聞いていないわ」公判が始まるのはあと数カ月先のはずだ。少なくとも罪状認否手続きで判事にそう説明されていた。また法廷に戻るのかと思うと、エリーは胃が重くなった。

「出廷するわけじゃない。裁判所に行くだけだ。手はずはととのえてある。そのブルーのワンピースは完璧だ。どこから見ても、すてきな花嫁さんに見える。今日の午後、ぼくたちは結婚するんだよ、エリー」

ライリーは颯爽《さっそう》と部屋から出ていき、エリーはその場に立ちつくし、彼のうしろ姿を見送るしかなかった。


ライリーは台所にはいっていった。目撃者が必要になるかもしれないからだ。目撃者がいれば、さすがにエリーも彼の首をもぎ取ろうとはしないだろう。

落ちつけ。とにかく落ちついていなければならない。もうすぐ妻になる女性は怒り狂うはずだからだ。効果がありそうだと思えば、ひざまずいて懇願してもよかったが、そんなことをしてもエリーに的をしぼらせるだけだ。昨日の一撃で顎がまだ痛かった。運よく痣《あざ》にはならずにすんだ。結婚した日に青痣でもこしらえていたら、マスコミへの説明に冷や汗が出たところだ。

「ねえ、オムレツを食べる？」とミアが尋ねた。「みんなに食べさせるために卵をたくさん買ったのよ。それにベーグルもあるわ」

「最後のひとつはおれが食べた」とケイスが言った。小さなテーブルをブランとドルーと囲み、大きなオムレツとボウルに盛った果物をせっせと口に運んでいた。

ブランはじゅうぶんに食べものにありつけなかった時代の名残か、いつも早食いだった。

「全部どこにはいるのかな?」ブランは義弟のほうに手を振って尋ねた。「ケイスと同じように食べたら、体重が二百キロは超える」

「仕事が仕事だから。うんと走るんだもの」とミアが説明した。

「銃弾をよけていると、カロリーを消費するんだ、うちの兄貴に言わせると。あんたはそうだな、おれとジムに通ったらどうだ? けっこう筋肉がつくぞ」ケイスはブランの背中をぽんとたたいた。

「ぜひそうなりたいね」ブランは急ににっこりとほほ笑んだ。「やあ、エリー。今日は一段ときれいだね」

エリーはその場で足を止めた。礼儀正しくほほ笑み返したい気持ちがこみ上げた。つい口もとがほころびかけたのを相手にも気づかれたが、そのあと笑みを押し殺した。「わたしがどう見えようと、そんなのどうでもいいことだわ。あなたもきっとご兄弟のひとりね。初めまして。でも、言っておくけど、わたしはライリーと結婚しない」

騒ぎを楽しむかのように、ブランはにやりとした。「ぼくはブランだよ。いちばん下の弟で、いちばんハンサムだ。はっきり言うと、きみは結婚相手をまちがえた。べつのローレス兄弟にしたほうがいい」

弟を殴ってやろうか、とライリーは本気で考えた。

エリーは顔を赤らめた。「ローレス兄弟の誰とも結婚しないわ」

「わあ、すてきね！　そのブルーのワンピースはよく似合っているわ！」ミアは結婚を拒否したエリーのことばを完全に無視した。「きっと似合うと思っていたわ。靴は白のプラダが断然いいわね。ベルトとマッチしすぎだと思わないなら。もしかしたらベタかもしれないけど」

「どういうことかな」とケイスが言った。「てっきりマッチするのがいいんだと思ってたよ。いつもおれに言うじゃないか、おれのバンドTシャツはジーンズにマッチしないって」

ミアは残念そうに首を振った。「ダーリン、あなたの色褪《あ》せたルーク・ブライアンのTシャツはどれにもマッチしないの。どの服に合わせてもね。悪いけど」

「わたしは結婚しないわ」エリーはしっかりとした足取りでライリーに近づいた。「ガリソンがこの話をわたしにしなかったと思うの？　わたしは断ったのよ」

「エリー、こうするのがいちばんだ」ライリーは冷静に言った。「きみはぼくの家族の保護を受けられる。誰とでも寝るという噂を鎮めるには、結婚こそ最善策だ」

「禁欲生活を送っていれば、身持ちの悪い女だと言われないと思っていたわ」エリーをつらい目にあわせているのは自分だ、とライリーは自覚した。「誰にもきみのことをそんなふうに言わせたくない」

「それなら、ああいう中傷記事を書く記者を雇うべきじゃなかったのよ」エリーは語気を強めて言い返した。

「それはおれの責任だ」ドルーは立ち上がってそう言った。「ライリーの認識では、記者はきみを持ち上げる記事を書くはずだった。そして、冷却装置の試験がお粗末な結果に終わった事実にも触れることになっていた」

エリーは振り返った。あらたな標的を見つけたようだった。「あれは不法行為だったとわかっているの？」

「ライリーを警察に突きだすつもりか？」とドルーは尋ねた。

「やろうと思えば」エリーは肩を怒らせた。「取引したらどうか、とライリーに話していたのよ。試験のことは黙っている代わりに、弁護料を払ってもらいたいとね」

ドルーはそう言われて、一瞬考えこんだようだった。「いま話しているのはライリーの仕事人生そのものにかかわることだ。ほんとにそれ以上は要求しないんだな？なぜ念押しするかと言えば、弁護士稼業しかライリーの取柄はないからだ。資格を剝奪されたらトイレ掃除でもするしかない」

「それはどうも」兄の冗談はおかしなときに出る。

エリーはくすりともしなかった。「彼が今後どんな仕事をしようが、わたしには関係ないの。弁護料を払ってくれるなら、あなたがたを告訴しないと約束するわ」

「それとも、結婚してローレス家の一員になれば、われわれがすべて面倒を見るし、きみは夫に不利な証言を強制されない」とドルーが切り返した。

「当該事件は結婚前に起きている」とライリーは指摘した。「したがって、そうはならない。ほらな、授業をまじめに聞いていたとわかるだろう？　これはエリーの安全を守るための措置だ」

「こちらにいるミズ・ストラットンが名前を変えてくれたら、大いに心丈夫だ。そうなれば、訴訟費用は安心して全額支払えるし、彼女が刑務所にはいらないよう、尽力できると思う」ドルーはコーヒーのマグを手に取った。「もっとも、ここで暮らすことに同意してもらわないといけないが。体裁を保つために」

「体裁？」エリーは声をしぼりだすようにして、そのひと言だけつぶやいた。

ミアがフライ返しを手にしたまま振り返った。「すこしのあいだだけよ、エリー。それに、ライリーも体の関係をあてこんではいないから」

おっと、あてこんではいないが、努力はしてみるつもりだ。エリーと手っとり早くよりを戻すにはベッドに誘いこむのがいちばんだ。エリーには愛し、愛されることが必要であり、そのためにできるだけのことをライリーはするつもりだった。エリーには家族も必要だ。誰かに必要とされることが必要な女性なのだ。ライリーの兄弟なら、その願望を満たしてやれる。

エリーもそういつまでも抵抗できないだろう。ミアとケイスはそろそろテキサスに帰らなくてはならない。ミアがいないとなると、女性からやさしくされたら大喜びする、愛に飢えた哀れな野郎どものなかで、エリーは紅一点だ。そう、ブランときたら、ハウスキーパーが仕事をしただけで、奇跡でも起こしたかと思う。大きくなりすぎたラブラドールレトリバーのようなやつだ。エリーもそれに気づいたら、懐こうとするブランを拒めないだろう。すこしずつ家族のなかで大事な存在になっていき、そうなると、彼女もここを離れられなくなる。

「わたしをだました人とは結婚しない」エリーは体の脇におろしている両手をにぎりしめた。「そのせいで国選弁護人をあてがわれる破目になるのなら、それでけっこう」

ライリーはエリーのまえに進み出て、引き留めようとした。「エリー、きみがどっちを選んでも、ガリソンはきみの弁護士だ。でも、考えてみてほしい。ぼくと結婚すれば、マスコミから追いかけられなくなる。人の噂にのぼるのはぼくたちの情事ではなく、結婚の話題だ。既婚者なんて退屈だからね」

エリーの茶色の目がライリーに向けられた。「あなたはなにを手に入れるの？」

「ぼくたちは一心同体だときみを説得する時間だ」

エリーは首を振った。「説得されないわ」

「エリー、きみがライリーに、おれたちみんなに感じている怒りのほどは理解できる」とドルーが静かに言った。「きみは望みもしない戦いに巻きこまれた。だが、きみは現状では攻撃から逃れられない。司法取引に応じ、会社を手放さないかぎりは」

「司法取引に応じるつもりはないわ」とエリーは言った。

「もちろんだ」ライリーはエリーの左右の肩に手を置き、振り払われなかったことにほっとした。「ぼくと結婚してくれ。形式だけでかまわない。そうではないほうがいいときみが思わないのなら。カメラのまえで仲がいいふりをしたら、きみはきみの部屋へ行き、ぼくはぼくの部屋へ行く。この騒ぎがすべて片づいたあと、離婚したければ離婚すればいい。そうなっても、きみにはうちの家族の全面的な支援がつくと、カスターノは理解する。きみに反撃しようとカスターノが差し向ける者たちがいたとしても、彼らも全員それを理解する」

「あなたは名前を変えている。あなたが誰なのか、スティーヴンに知られていないはずよ」とエリーは言い返した。

「知られている。それはカスタラーノから明かされた」とライリーは言った。「ぼくを追い払ったとき、母親譲りの目をしていると言われたのさ」

その母親とはカスタラーノが殺害させた母親だ。

エリーは息をのんだ。その顔には同情の色が浮かんでいる。ライリーがもう一度自分に向けてもらいたいと願う、エリーのやさしさが滲んでいた。

「エリー、きみがライリーとの結婚に応じてくれるなら、取締役会にいちばん最近加わったメンバーであると名乗り出て、きみを全面的に支援する」とドルーが言った。

「そして、この件が片づいたら、持ち株をきみに譲渡し、きみが何者からも会社を横取りされない立場に必ずつけるようにする。きみはただ、裁判所に出向き、書類にサインをするだけでいいんだ」

「ライリーの妻になるしかないのね」そうエリーが言ったことばに、ライリーは刺すような痛みを胸に覚えた。

「ああ、書類上の」ライリーとしては、それ以上の関係に発展させるつもりでいる。

「なぜこんなことを？」苦しげなささやき声でエリーは問いかけた。

「きみを愛しているからだ。それにいま出ていかせてしまったら、きみは二度とチャンスをくれないからだ。きみはいま怒っている。怒るのも当然だ。だが、いつまでも怒りつづけはしない。ぼくはきみのそばにいて、来るべきときが来たら、きみにひれ伏し、ひざまずき、きみの人生にもう一度ぼくを迎え入れてくれと懇願するつもりだ。自分の人生はいらない。ぼくたちの人生を送りたい。ふたりが分かち合ったものがぼくは欲しいんだ」

「それは全部嘘だったわ」

「ちがう、嘘じゃなかった」エリーの耳にたこができるほど、ライリーはそう言いつづけるつもりだった。信じてもらえるまで何度でも。「聞いてくれ、エリー、きみにプロポーズしたのは、ぼくたちがカスタラーノに足をすくわれるまえのことだった。あれは本気だったんだ。きみをだまそうとしたわけじゃない。きみをぼくの妻にできたら、きみの指に結婚指環をはめることができたら、きみは真実を知っても、ぼくを追いだしたものか迷いが生まれるのではないかと思った。きみをつなぎとめておくためなら、なんでもやっただろう。いざとなれば〈4L〉からも家族からも喜んで縁を切っていた。なぜならきみを離したくないからだ」

　エリーは目に涙を浮かべ、首を振り、ライリーの手を振りほどいた。「そんな話は聞きたくないの。いまさら無理だわ。あなたがしたことは犯罪行為なのよ、ライリー。あなたがたのしたことは。まかりまちがえば従業員はすべてを失ったかもしれない。それは気にもしなかったの？」

「そういう結果は招かないようにするつもりだった」とドルーが断言した。「ご老人たちに年金がおりないような事態は」

「でも、自分たちの思いどおりにするために進んで犯罪に走ったじゃないの」エリーは言い返した。口論が彼女に火をつけたようだった。

言い合いになったら、エリーには勝てない。「好きでやったわけじゃないが、カスタラーノがなんらかの犯罪に手を染めている証拠をつかむ時間が必要だった」

「だからやるべきことを思いきってやった。あなたがたに傷つけられた人間にしてみれば不公平だわ」

「この世は不公平なものだよ。あの男に大金を持ち逃げさせるわけにはいかなかった。そんなことにでもなったら、あいつは姿を消して、のうのうと余生を送ったさ」ブランはうなるような低い声で言った。幸せそうなレトリバーも長いあいだ野良犬だったことをときどき思いだす。普段のブランはのんきそうにしているから、ライリーは弟に暴力的な一面が隠れていることを忘れがちだった。「あれだって不公平だった。ぼくたちが養護施設や里親の家で子ども時代を過ごし、父さんと母さんが叫びながら死んだのだって」

ブランは顔をこわばらせ、体をかすかに震わせていた。

エリーは心身ともに軟化したようだった。ブランに歩み寄り、隣で膝をついた。

「そのことを心から気の毒に思うわ。父がご両親にしたことをほんとうに申し訳なく思っているの。あんなことが起きなければよかった」

ブランはため息をつき、エリーの手に自分の手を重ねた。彼の怒りはすぐに鎮まったようだ。女性にいつまでも怒りをまき散らすことができない性格だった。「きみのせいじゃないとわかっているよ。それはほんとに。どっちみちきみを責めているわけじゃない。でも、父が手にするべきだったものをあの男が全部手に入れたと思ったら眠れやしないよ。あいつはもうすぐ隠居する。そのうち孫だって生まれる。寿命をまっとうする。それもすべて父のプログラムを横取りしたからだ」

「誰も安眠できない。おれたちはみんなそうだ」とドルーも言った。

エリーはブランの隣の席に座り、空いているほうの手をブランの背中にまわした。

「言い合いになってしまって、ごめんなさい。ちゃんと話し合えたらと思うわ。わたしが心配しているのは、スティーヴン・カスタラーノが好き勝手な経営をして、欲しいものを自分だけ手に入れて、みんなをひどい目にあわせるんじゃないかということなの。わたしの父の場合、会社はつぎの世代に残す自分の遺産だといつからか考えるようになった。父はひどい人だったけれど、自分の名前を残したいと思った。だから株のほとんどをわたしに相続させた。わたしなら〈ストラトキャスト〉のためになる重要な仕事ができると父は考えたの。スティーヴンの頭のなかには自分の銀行口座のことしかないのでしょうね」

「きみなら力になれる」ブランは深く息を吸ってことばをつづけた。「ぼくらのことも、自分のことも、従業員全員のことも助けられる。きみなら会社を取り戻せるんだ」

弟はときに天才になる。心を動かされたとエリーが自分で気づいた瞬間をライリーは目の当たりにして、そう思った。

エリーは一瞬黙りこんでから言った。「書面にしてもらうわ、離婚するときにあなたは株を譲渡するか、わたしが買い戻すことを許可すると」

ライリーの思いどおりになるのなら、離婚はない。「結婚したら、きみは〈4L〉の株を手に入れる」

「離婚したら、たがいの株を売却するもの、という条件を入れた婚前契約書を作成した。きみには〈ストラトキャスト〉の株が戻り、おれたちには〈4L〉の株が戻る」

ドルーは台所のなかを横切り、コーヒーのおかわりをした。「さらに、きみの会社の取締役会できみに投票すると約束する。きみには支持者が必要だ」

「議決権を維持するために、ぼくは解雇に異議を申し立てるつもりだ」とライリーはエリーに説明した。「すでに不当解雇訴訟を起こした。この訴訟は長引かせることができる。カスタラーノを捕まえられるんだよ、エリー」

「それが終わったら、あなたとわたしは離婚する」とエリーは言ったが、その声にはまえよりもずっと迷いがあった。

「それがきみの希望なら」ライリーは落ちついた口調を保っていた。心のうちにある満足感をエリーに聞きつけられたくなかったのだ。いま必要なのは時間だけだ。エリーも永遠に怒ってはいられない。ここで同居すれば、ローレス一家の面々をきっと好きになる。ブランとミアは誰が見ても愛すべき人柄の持ち主だ。ドルーは謎めいているが、エリーのやさしさがあれば、ふたりも打ち解けるだろう。

エリーが家族の愛に飢えているから、一緒に暮らしたいとぼくは思っているのか？エリーがここに住むかぎり、それはどうでもいいが、とライリーは心のなかでつぶやいた。

「了解したわ。それで……」エリーはミアに目をやった。「わたしもなにか食べさせてもらえるかしら？」

「もちろんよ」ミアは笑顔で言った。「オムレツは？　具はなんでもそろってるわ。わたしが許可したら、ケイスはグミキャンディ入りのオムレツを食べかねないけどね」

「いいか、グミはなんにでも合う」ミアの夫は抗議の声をあげた。

そのやりとりを見て、エリーはほほ笑んだ。ライリーの人生に明かりを灯した笑みだ。彼女は首を振って言った。「グミは遠慮するけれど、野菜をたっぷりお願い」

「ほうら、七歳児みたいな食べ方をしない人もいるでしょう？」ミアは鼻歌を歌いながら、用意を始めた。

「ありがとう」エリーはそう言って、そのままブランの隣に落ちついた。

ライリーはエリーの向かいに腰をおろし、ようやく家族の食卓らしくなったという気持ちになった。

12

とんでもないまちがいを犯そうとしている。エリーは裁判所のそこそこ清潔な化粧室の洗面台のまえに立ち、ひとときひとりになれたことに感謝しながら鏡のなかをのぞきこんだ。まさかこんなふうにして結婚の日を迎えようとは。

二度めの結婚の日を。どうやら結婚では永遠に貧乏くじをひくらしい。失敗すると初めからわかりきっている結婚生活を始めようとしている。自分をまた裏切るかもしれない男性と生涯幸せに暮らせるわけなどないからだ。相手がなんと言おうと。

それは疑いの余地がない。エリーは一瞬、逃げてしまおうかと思った。ここを抜けだして走ればいい。プラダのハイヒールで走れるかぎり、全速力で。

遠くまでは行けっこない。ローレス一家はそれを見越していたのではないか、とエリーは勘ぐった。ブランドものの靴は女をすたすた歩かせないようにする男のたくらみだ。若い娘に十センチのハイヒールを履かせたら、走って逃げることも、モグラのように地下に潜ってホームレスとして新しい生活を始めることもできなくなる。裁判所に向かう車のなかで、エリーはそんなことを考えていたのだった。そこでなら自分は君臨できる。地下住民の女王になれる。ホームレスたちの世話をして、ホームレスたちも敵意を向けてこない。下水道の女王として幸せに生きていく。その生活を誰も奪おうとしないから。

わたしはいったいなにをしているの?

「だいじょうぶ?」ミアが化粧室にはいってきた。きれいなピンクの細身のワンピースに着替えていた。一般的な月収以上に相当すると思しい高級服だ。ミアのたくましい夫も含めて、一家は全員、ブランドものの衣服に身を包んでいる。華やかすぎる一族だ。

「わたしはここにいるべきじゃない気がするの」とエリーは言った。それはいろいろな意味でだ。刑務所送りにならずにすむという理由で結婚するべきではない。身の安全のために自分を売るべきでもない。

「裁判所にということ?」ミアは尋ねた。「もっとすてきな場所だったらよかったわよね」

「そうじゃなくて、あなたがたと一緒にいることよ」ペントハウスではどういう立場になるの？　自分は従業員だと考えるべき？　それとも、協力者？　エリーは子どものころからずっと、ひとりでいることが多かった。それが突然、たくさんの人に囲まれるのは奇妙なものだった。「あなたは来なくてもよかったんじゃない？　ライリーとわたしのふたりだけで書類にサインすればいいのだから」

「兄の結婚なのよ」ミアはとまどったような半笑いを浮かべて言った。「ここじゃないどこにいると思うの？　ドルーは写真を撮られるのがいやだから別だけど、ほかの家族は全員、あなたたちの隣に立つことになるのよ、当然ながら記者が現われたときに」

エリーはうめくような声で言った。「記者が？」

もう古いネタになっているはずだ。やれやれと言ったところだろう。

「そうよ、来るわよ。ガリソンも来るんだもの。彼はカメラがあるところにしか姿を見せない人だから、ほんとに。声明を出して、やることをやるのよ。この結婚が予定外のことだというのはわかっているわ。でも、あなたはしばらく家族の一員になる。うるさいくらい世話を焼かれることに慣れなくちゃね。子どものころに別れ別れになったせいだと思うの。だからいまは家族の行事をやたらと大事にしているのよ。これが厄介だと思うなら、ケイスの家族に会ってみるといいわ。二倍は厄介で、人数も二倍いるのよ。それに、全員しっかり武装しているの。ケイスのいちばん年長《うえ》のお兄さんと並んだら、ドルーはかわいい子猫ちゃんみたいに見えるわ」

ドルー・ローレスをヤワに見せてしまう人など、エリーは想像もつかなかった。ドルーは力をみなぎらせ、見るからに固い意思を持った人だ。

エリーはワンピースの裾のしわを伸ばした。「じゃあ、なるべく初々しくするわね。わたしは再婚だから。最初の結婚のときより今回は出席者が多いわ」

「あなたとご家族だけだったの？」

エリーは自嘲するように笑った。「というか、わたしとコリンとすこし酔っぱらったラスベガスの牧師だけ。父には面倒がられ、妹は無関心だったわ、コリンが自分にぴったりの相手だとあとになって思うまでは」

「お父さんを招待したの？」

「大きな結婚式にしたかったの」ばかげているけれど、エリーは白いウェディングドレスを着て、花嫁らしい装飾品もつけたかったのだ。これから自分の家庭を築くのだという気持ちで、すべてを完璧に準備する意気ごみだった。「父はラスベガスへ行く航空券はくれたわ。その週は自分が社用機を使う予定だったから。月曜日に仕事に戻らなければクビだと父に言われたの。ひどい話でしょ、だから父が亡くなっても寂しさなんて感じない」

「まあ、そうでしょうね、人殺しも同然で、父親らしい愛情も持ち合わせていなかったのなら。ねえ、あなたの髪のうしろ側を直してもいいかしら？　風で乱れてしまったみたいね」ミアはそう言って、エリーの背後にまわった。

ねじってまとめた髪のほつれをミアがととのえるあいだ、エリーはじっとしていた。思えば不思議なものだが、この女性は義妹になるのだ。ミアはすでにシャリ以上のことをエリーにしてくれた。「父は情の薄い人だったわ。もっとも、頭のいい子だと父が認めてくれたおかげで、わたしは早くから〈ストラトキャスト〉に居場所ができた。父がわたしと唯一ゆっくり過ごそうとしたのは、死の間際だった。死期が迫っていると自覚して、父はひとりでいるのが怖くなったのでしょうね。そのときに秘密を打ち明けられたの」

「でも、カスタラーノやパトリシア・ケインのことはなにも言わなかったのでしょう？」

エリーは鏡のなかのミアを見た。口もとは引き結ばれていたが、手つきはやわらかなままだ。怒っている気配は態度に表われていなかった。「そうね。わたしは父に尋ねたわ。なぜなら、最初からそのふたりもかかわっているのは明らかだったから。パトリシアはテレビ番組に出演するようになったときに、持ち株を売却したけれど、創業当時は大口で出資していたんだもの」

「わたしの両親が殺害された事件にそのふたりが関与していたと、お父さんはあなたに話さなかったの？」

「最後のほうは、父も頭がぼんやりしていたの」あの最後の数日のことをエリーは考えないようにした。父の病室のベッドのかたわらに座っていた。けっして愛してくれなかった父親を見舞う忠実な娘。人にどう扱われたかで自分の人生を評価することはできない、とずいぶん昔に気づいたのだ。エリーという人格を形成するのは、自分が人をどう扱ったかによるのである。だから、父を見捨てることはできなかった。「あのとき父は娘のわたしに話していたとわかっていたのか、疑問に思うことがあるわ。独り言だから言える、と言っていたから。そのあと、すべての罪がしまわれている洞穴の話を始めたの。薬のせいだと気づいたのはそのときだったわ」

ミアはふっと笑った。「お父さんのそばにいてよかったと思うわ。そうじゃなかったら、あとで後悔していたでしょうね。どんな行ないをしても、あなたにとってはお父さんだったのだから。いつか兄たちのことでわたしも同じような気持ちになるんじゃないか、と心配なの」

「どういう意味かしら？」

ミアはエリーの髪の手直しを終えて、体を離した。「兄たちのことは大好きよ。でも、兄たちにしてみたら、家族とか愛とかそういうことよりも復讐のほうが大事なんだと思うの。ドルーはひとつのことにのめりこむようになった。あら、〝ようになった〟じゃないわね。昔からそういう性格だったんだもの。兄弟をたばねたい一心から、自分たちを傷つけた人たちを懲らしめたい一心に方向が変わってしまった。どうにかできるとドルーは自信を持っているようだけど、相手を倒すことで魂をいくらかでも引き渡すことになったら？　ドルーにそうなってほしくないの」

「これはスティーヴンがあなたがたのご両親になにをしたかということだけじゃないわ、それだけでもじゅうぶん問題だけど。わたしは本気でドルーに会いに行くつもりだったの。自分の知っていることを話そうとずっと思っていたのよ」

「でも、あなたは買収契約が成立するまで待とうとした。会社の従業員を守るために」

ミアはエリーを理解しているようだった。エリーは言った。「そうよ。スティーヴンは従業員のことなど気にもしなかった。自分が必要なものを手に入れることだけが大事だったの。あの人は会社を丸裸にするわ。うちの開発者たちが一生懸命に作成した技術を総取りして、盗難車を処分するように、ばら売りするでしょう。どんな機能があるのか、世の中のためにどう役立つのか理解もしなければ、関心を寄せもしないで」

「あなたがそう考えているなら、カスタラーノはまた同じことをするつもりでいる。父の開発したプログラムを盗んで、会社を設立したんだから。今度はあなたの下にいた開発者たちから盗もうとしている。カスタラーノはプロジェクトを展開させないと思う?」

エリーは肩をすくめた。「このプロジェクトはおそらく収益が見こめるのが十年以上先なの。スティーヴンは利益を手に入れるかもしれないし、入れないかもしれない。となると、プロジェクトを闇ルートで売却したほうが手っとり早くお金になる。食物連鎖の頂点の地位で産業スパイ活動を働くというわけ」

「それを証明できたらいいわね」とミアが言った。

「証明してみせたいことをいろいろやったはずよ」エリーは時間稼ぎをしようとしていた。ドルーは二十四時間の待機期間を省略して、週末に結婚の手続きに応じる友好的な判事をどうにか見つけだしていた。「話しておきたいのだけど、あなたがたご一家の自宅のまわりではなるべく目立たないようにするつもりなの。よそで部屋を探すのはやめてくれ、とライリーにはすでに言い渡されたわ。偽装結婚がばれないようにするのがいまは重要だから。でも、あなたがたにつけこもうとしていると思われたくない」

ミアはうなずいた。「それならあなたにも知っておいてほしいのだけど、わたしは全力であなたを家族の輪に引きこんで、わたしたちのことを好きにさせるつもりよ。なぜならうちは男所帯で、女っ気が欲しいからなの、お義姉さん。少なくともケイスの家族と一緒にいるときには、女性が大勢いるけれど」

「武装した女性たちなのよね」どうやらそうらしい。身内になるタガート家にエリーは興味を惹きつけられていた。

「わたしもいろいろ大変なのよ。さあ、向こうですこし待ってるけど、あまりゆっくりはしないでね。ライリーがやきもきしているのよ、あなたが逃げだすんじゃないかって。あの靴で走れる人はいない、と言っておいたわ」ミアがウィンクをして、化粧室から出ていくと、エリーはまたひとりきりになった。

二度めの結婚をするのね。そして、すぐに二度めの離婚をすることになる。会社を取り戻せれば、あとのことはどうでもいい。スティーヴンたちのことはローレス兄弟にまかせればいい。

携帯電話が振動し、エリーは視線を落とした。そのスティーヴン・カスタラーノからだ。あのろくでなしがよくも電話をかけてこられるものね？

無視しようとは思いもしなかった。画面に指をすべらせた。「なんの用なの？」

「釈放されたそうだな。ずいぶんと速く。ちょっと教えてくれ。ヘンリー・ガリソンにどうやって支払うつもりだ？　向こうは売名のつもりで弁護を引き受けたのかもしれないが、最後にはきっちり払ってもらおうと思っているはずだ」

なぜ電話をかけてきたのだろう？　嘲笑《あざわら》っている？　こうやって楽しんでいるの？

「あなたにはなんの関係もない話じゃないかしら。それより、いちおうお知らせしておくけれど、共同経営契約書についてすでに弁護団に検討させているの。株はあなたに売らないわ」

おかしくもなさそうな忍び笑いが電話の向こうから聞こえてきた。「売るとも。問題はきみが手に入れる金額だけだ。いまこちらが売却を強制したら、きみは一ドルももらえない。あるいは、わたしに協力すれば、半額はもらえる。きみがライリー・ラングだと思っている男は、わたしのかつての敵の息子だ」

「ベネディクト・ローレスの息子さん」

「なるほど。やっぱりガリソンに金を出しているのはローレス一家か」

エリーは顔をしかめた。つまり、情報収集の電話だった。そう気づいても、エリーはあまり動じなかった。あと一時間ほどでマスコミに話をする予定だ。どのみちスティーヴンの耳にはいっていただろう。「それもあなたに関係ないわ」

カスタラーノはそのことばに取り合わなかった。「いや、あるんだよ。おそらくきみはローレス一家から話を聞いた。当然ながら、きみはわたしの言い分には耳を傾けまい。わたしが思うに、きみが助けを求めたら、ライリーはきみを守ろうとする。でも、それは無理だ。わたしが一家全員をひとりずつ始末する破目になるだけだ。やるとなったら、わたしは躊躇なくやる。多少なりとも心配なら、手を引くよう、彼らを説得するといい。まあ、説得はできないだろう。となると、きみは自分の身を自分で守らなければならないというわけだ、エリー」

エリーの胸で怒りがめらめらと燃え上がった。「あの人たちを手にかけられると、どうして思うの？」

「相手が誰であれ、始末できる。きみだってわたしが襲いかかってくるのにまったく気づかなかった。彼らを片づけるつもりだが、きみが譲歩し、わたしが必要とするものを渡すなら、きみの恋人には手加減してやってもいい」

「わたしを裏切った人に？」

「その線で芝居を打とうというのか？　無駄なことはやめるんだな。きみが連行されたあとで、彼と会った。復讐のことは頭にないようだった。意外なことに。好敵手にめぐりあえたと思ったこともあったが、ライリーは予想以上に父親に似ている。ベネディクトのおめでたい性格はつぎの世代に受け継がれていたようだ。ところで、ニュース番組で流れたきみの映像は見るに堪えなかったよ。テレビでは、五キロは太って見えた。実物はきれいだときみもわかっているだろうが。そんなに上品ぶっていなければ、きみとのことを考えないでもなかったが」

下心があったと聞かされて、エリーはさらに怒りがかき立てられた。「今度は気持ち悪くさせたいの？」

「いや、きみが長年知っていた男は存在しないのだと理解してもらいたい。わたしはきみのお父さんが思っていたよりも悪人だ。だから、きみは命拾いできるうちに手を引くべきだ。この戦いから降りるといい。これはわたしとあの大型犬たちとのあいだの戦いだ。きみは怪我をするだけさ」

「なんのために電話をかけてきたの、スティーヴン？　ただのご機嫌伺いじゃないことはわかっているわ」

低い笑い声が聞こえてきた。「きみのお父さんがわたしに残してくれたものがある。

それをもらいたい。彼が死んだらわたしがもらうことになっていた」

父はいろいろものを残していったが、エリーの思いつくかぎり、スティーヴン・カスタラーノの興味を惹くようなものはなにもなかった。〈ストラトキャスト〉の株は別だが、それとて、カスタラーノの手の届くところにあるようなものだ。「父の遺言書には、あなた宛てのものはなにも書かれていなかったわ」

「紳士協定で、法的な拘束力をともなうものではない。〈ストラトキャスト〉はオリジナルのソースプログラムで財を成した資金を元手に設立された会社だ」

「ベネディクト・ローレスからあなたたちが盗んだプログラムでしょ」

カスタラーノはため息をついた。「やれやれ、ローレス一家にいろいろと聞かされているわけか。なにを言おうが、彼らはなにも証明できない。きみのお父さんがそのオリジナルのソースプログラムを奪い、それをいわば人質に取って、長年わたしを脅していた。そのプログラムをわたしは奪い返したい。それを見つけてきたら、告訴は取り下げてあげよう。株価が戻ってきたら、きみの株も買い取ってやる。そうだな、二十パーセント戻ったら。それで、いつのまにか参戦していたこの戦争からきみは離脱する。金をもらって、人生を謳歌《おうか》してくれたまえ」

株価が二十パーセント戻っても、正当な価格の半分以下だ。「ソースプログラムはもっと価値がある気がするわ」

「自分の自由よりもか？　ローレス一家の命よりもか？　ソースプログラムをわたしによこさなければ、きみの恋人の身に恐ろしいことが起きても不思議ではない。もちろん、わたしにはいっさい関わりがない。あるいは、きみの妹の身になにか起きるかもしれない。あの小娘は救いようのないあばずれだが、きみの唯一の血縁者だ。まあ、手始めに社内に残っているきみの友人をひとり残らずクビにすることから始めてもいいだろう。まずはリリー嬢からにしようか。うちの息子のお気に入りだが、わたしはべつにぐっとこないもんでね」

エリーはぞっとした。この人はなんでもできる。「だけど、もしもわたしがそのソースプログラムを見つけたとして、なぜドルー・ローレスに引き渡さないと思うの？」

「プログラム自体はなんの証明にもならない」カスタラーノは落ちついた声で言った。「ドルー・ローレスはわたしの名を汚すかもしれないが、そんなことをしても無意味だ。そういうことは避けたいと思っている。ローレス一家との全面戦争は避けたい。近い将来、隠居生活にはいりたいと願っているだけだ。金をかき集めるだけかき集めて。きみはわたしよりもローレス一家を選ぶよう、そそのかされているだけだ」

「あら、〝そそのかされている〟とはおかしな言い草ね」たとえこの世にカスタラーノしかいなくなっても、選びはしない。

「だが、きみはローレス一家にけっして大事にはされない。残念ながらあまりうまくいかなかったようだから、女を売りにする以外のことを考えはじめたほうがいい。きみは利用されているだけだ。いつまでたっても、彼らにしてみれば、きみはフィリップ・ストラットンの娘でしかない。彼らはわれわれを憎んでいるんだぞ、エリー。われわれ全員を憎んでいる。〈ストラトキャスト〉をつぶすためなら手段も選ぶまい。きみを味方につけるためになんとでも言う。わたしも自分がむごいことをしたというのはわかっているが、ドルー・ローレスが今後きみにするのはそんなものとはくらべものにならない。わたしと取引するんだ。自分自身と自分の大事な人たちを災いから守ったほうがいい。自分の勘違いだったと検察側に申し出るから、わたしの説得が成功すれば、きみはまたやり直せる。ほかの者に罪を負わせればいい。生活も元通りにしてやる。きみは〈ストラトキャスト〉に戻って、研究開発室を担当すればいい。どのみちきみはもともと重役のポジションには向いていなかったわけだから」

「もうまもなくライリーと結婚するの」

電話の向こうで一瞬、沈黙が流れた。「きみを取りこむために、そこまでするってわけか。たぶんきみはすぐに事故にあう。そして、ドルー・ローレスは必要なものを手に入れる。弟はきみの株を自分のものにする。裁判を起こして、有利な契約を勝ち取ることも考えられる。そういうことをするための訓練をライリーは受けてきたんだ。よく考えてみるといい。ローレス兄弟は全員、おのれの夢も希望も捨てて、戦士になった。彼らが敵の娘を家族に迎え入れると思うか、始末する計画もなしに？」

彼らがたくらみをめぐらしている可能性は？　たしかにある。ライリーは情け容赦ない。一家全員がそうだ。ミアのやさしさや明るさもすべて演技かもしれない。ミアの夫の中立的な態度もこちらを安心させるためだったのかもしれない。ケイス・タガートがほんとうに助けてくれるだろうか？　たぶんそれはない。ドルーの申し出も全部大嘘かもしれない。

結婚で、ライリーはエリーの株をわがものにする可能性が生まれる。彼女の株は価値があるかもしれないし、ないかもしれない。けれど、エリーがゲームに参加しなければ、ライリーはプレーできない。

結婚すれば、ライリーはエリーが所有するものをすべて入手できる。父が遺してくれたものもすべて。もしかしたらライリーは例のソースプログラムを探しているのかもしれない。カスタラーノを破滅させるためにエリーのベッドにもぐりこんだのだ。

ソースプログラムを手に入れる可能性だってあるかもしれない。

「考えてみることだ」なだめすかすような声でカスタラーノが言った。「悪いようにはしない。こっちに顔を出したらどうだ？　ふたりで話し合おう。ディナーでも食べながら。おたがいにどうすれば助け合えるか相談しようじゃないか」

結婚に踏みきれば、命の危険を最大限に冒すことになる。まさに命がけの結婚になりかねない。

「お断りよ」

エリーは電話を切った。カスタラーノにはもうなにひとつ奪わせない。戦うチャンスを断じて奪わせはしない。甘く見られているのかもしれないが、いつ危険を冒すべきか、エリーは心得ていた。

化粧室を出て、もうすぐ夫になる男性が家族に囲まれて立っているところに向かった。

「わたしを殺して、株を自由にするつもりなの？」

ライリーは顔を青ざめさせた。「なんだって？　エリー、ぼくはきみを守るために動いている。ぼくたちのあいだがどうなったのであれ、きみにけっして危害を加えはしない。それは忘れないでくれ」そう言って、エリーの肩に手を置き、目をまっすぐにのぞきこんだ。「精いっぱい努力して、きみを二度と傷つけないようにする」

この人は稀代《きだい》の名役者なのかもしれない。けれど、エリーには三つの選択肢がある。ライリーか、カスタラーノか、自力でがんばるか。孤独な時期は長すぎるくらいに長かった。

「じゃあ、やることをやってしまいましょう」


ライリーは暗くなった公園を見渡しながら、血圧は再び下がるものだろうか、と思った。婚姻届を出し、報道陣の取材に応じてから数時間がたっていた。そして、エリーはいまになって爆弾を投下しようと思い立った。とんでもない隠し玉だ。

「きみはあいつに脅された」

エリーはすでに服を着替えていた。腰の曲線を見せつけるジーンズと胸に張りつく黒いTシャツを身につけている。ソファに座っている姿はじつにそそられる眺めだった。

今夜は結婚初夜で、彼女は妻になった。手続きをすませた書類も手もとにそろっている。ライリーは結婚するつもりはまったくなかった。結婚願望をいだいたためしもなかった。

それがどうしたことか、妻を抱きたくてたまらなくなっていた。エリーをベッドに誘い、そこに何日もこもっていたかった。飛行機に乗って、熱帯地方へ行き、彼女をずっと裸にして、満たし、幸せにしてやりたかった。

そして、エリーの体をゆさぶりたい気持ちにもなっていた。カスタラーノに脅迫されているという状況をエリーがもっと早く打ち明けようとしなかったからだ。

「カスタラーノは直接きみを脅したのか?」とドルーが尋ねた。

「ええ、そうよ。悪党ひげをさすっているような口ぶりだった」エリーはため息をつき、ミアとボトルを分け合っているワインをひと口飲んだ。「高笑いを聞かされるまえに一方的に電話を切ったわ。ほら、あのムハハっていう悪者じみた笑いを」

「これは深刻な話なんだぞ」とライリーは文句をつけた。

いつしかエリーは緊張をほどいていた。取材中はライリーの手をにぎり、花嫁らしく振る舞っていた。いまのエリーはかなり幸せそうに見える。ミアとケイスと一緒に座って、ずいぶん話しこんでいた。二度とライリーの手はにぎろうとしなかったが。

「もちろんそうだよ」ブランが居間にはいってきて、ビールを配りはじめた。「でも、ぼくたちでなんとかできる。こっちは正義の味方だからね」

それについて妻には文句があるにちがいない、とライリーは思った。それを言わせるつもりはないが。「カスタラーノに言われたことをすべて知りたい。なぜいままで黙っていたのか、ぜひとも聞かせてもらわないとだ」

エリーはソファに背をつけた。「なぜならあなたがかっとなるだけで、なんのためにもならないに決まっているからよ。わたしたちは悲運の恋人たちに見えないといけなかったの。あなたがあたかも超人ハルクに変身しそうに見えるんじゃなくて。そんなふうに眉を引きつらせなくてもいいでしょう？」

ミアがエリーに耳打ちした。「ライリーはかっとなると、眉が引きつるのよ」

「べつにかっとなってはいない。両親を殺した男が今度は妻を電話で脅迫していることに怒りを覚えるのは当然だ」ライリーは左目の上に手を上げて、心底激怒したときに起きる不快な痙攣《けいれん》を止めようとしたが、無駄だった。

「エリーの言うとおりだ。ライリー兄さんは頭がおかしなやつに見えるよ」ブランは女性たちの近くに腰をおろした。

「いいから、落ちつけ」ハッチはドルーの左側に座った。まだ結婚式に着てきた服装のままだった。

ライリーの結婚式に。判事の執務室のなかに立ち、亡くなる日までエリー・ストラットンを愛し、敬い、慈しむことを誓ったのだ。だが、この誓いのことばはまちがっている。たしかにエリーが先に死ぬかもしれないが、それでも彼女を愛し、敬い、慈しみつづけるにちがいない、とライリーは確信していた。ほかの女性ではだめだと、狂おしいほどわかっていた。それなのに、すべてを台無しにしてしまった。

冷静でいなければならない。さもなければ、エリーを取り戻すチャンスがあったとしても、そのチャンスを失いかねない。ライリーは深く息を吸い、どうにか笑みに見えるような表情を顔に浮かべた。「さあ、カスタラーノになんと言われたか話してくれ。どういうやりとりだったか、ぼくたちも把握しておいたほうがいい」

エリーはにやりと笑った。「あら、今度は、正常だと思わせようとしているおかしな人に見えるわ。さっきより不気味だけど」

「いいかげんにしてくれ、エリー」冷静でいようとしても、そう長くはつづかない。

「いいでしょう」エリーはグラスをおろし、脚を組んだ。「協力すれば、告訴は取り下げる、とわたしに言うためにスティーヴンは電話をかけてきた。あなたがたから離れて、父が盗んだソースプログラムを引き渡すよう求められた」

ライリーは体の動きをぴたりと止め、エリーのことばにぞっとした。「きみのお父さんがソースプログラムを盗んだ？」

「どうやらそのようね。スティーヴンの言い分では、父が死んだら自分のものになるはずだったのに、そうはならなかったんですって。父がスティーヴンをだましたのか、なにか問題が起きたのか。父はそのソースプログラムを使ってスティーヴンを脅していたんじゃないかという気がしたわ」エリーはドルーのほうを向いて言った。「そのソースプログラムはなんの証明にもならない、とスティーヴンは言っていたわ」

ドルーは目を細くした。「そうかもしれないが、ぜひ手に入れたいものだ」

ハッチが説明した。「おれがコピーを持っていることをカスタラーノは知らない。プログラム自体は会社の所有物ではないんだ。ベネディクトが空いた時間に取り組んでいた。そのソースプログラムはやがて〈ストラトキャスト〉の根幹となり、きみのお父さんは自分とカスタラーノが長年取り組んでいたのだと主張した。当時はいまほどちゃんとした自動バックアップはなかった。データが消えてしまうこともあったんだ。ベネディクトはいつもハードディスクにバックアップを取っていた。不思議なことに、亡くなる一週間ほどまえ、きみもコピーを保存しておいてくれ、と彼に頼まれたんだ」

「〈ストラトキャスト〉が設立されたとき、なぜその話を公表しなかったの?」

部屋のなかは静まり返った。

ライリーはハッチを悪者にせずに説明する道を探ろうとした。「その当時、ハッチはあまりいい境遇じゃなかった」

「飲んだくれだった」とハッチは訂正した。「ことに対処できるほどしらふになったころ、すでに特許が出願され、おれにできることはほとんどなかった。だが、オリジナルのソースプログラムを保存しておく程度の頭はあった。カスタラーノたちは火事でバックアップは焼えてしまったと思ったはずだ。おれはなにもできなかった。おまえたちが施設に預けられたことも、何週間もたつまで気づきもしなかった。気づいてから、おれはどうしたか？　さらに酒を飲んで、おれにできることはなにもないと自分に言い聞かせた」

「いいんだよ、ハッチ」ドルーが穏やかな声で言った。「すべて昔の話だ。あんたがやる気になっていたとしても、なにもできなかったと思う。警察の捜査は終了していた。訴訟を起こしても、ソースプログラムの一般公開を命じる判決はまず勝ち取れなかったと思う。おれたちの父親はいささか世間知らずだった。特許出願すらしていなかった。〈ストラトキャスト〉はあっという間にそれをやった。おれたちは子どもで、あんたの評判は、うちの両親が死ぬまえから、あまりよくなかった。もう忘れたほうがいい。誰もあんたを責めてはいない」

「じゃあ、もしソースプログラムを見つけたら、それでスティーヴンに対抗できるかもしれないの？　それがあなたがたのお父さまが開発したものだと証明できる？」とエリーが尋ねた。

その筋書きにはいくつかの問題点がある。「現時点では、おそらく証明はむずかしい。ビジネスパートナーのプログラムだとカスタラーノは言うだろう。きみのお父さんは亡くなった。ぼくの父もそうだ」

「でも、プログラムはそれ自体が言語だわ」エリーは体をまっすぐに起こした。「父はプログラムを大量に書いたわけではないけれど、わたしならなにか気づくかもしれない。プログラムは言語のようなものだから。わたしたちはみんな、ちがう話し方をするでしょう。いまわたしたちが使っているプログラムは何度も書き換えられているけれど、そのソースプログラムなら真実は明らかになると思うわ」

「そうなったら、カスタラーノはストラットンのしわざで、自分はだまされたと言うだろう。あるいは、父さんはカスタラーノたちと共同で開発していたから、プログラムは自分たちのものだと言うか。問題はかぎりなくあるが、カスタラーノが欲しがっているのなら、ぜったいにあいつの手に渡らないようにするべきだろう」エリーにはなにひとつカスタラーノに譲り渡させはしない。あのくそったれと同じ部屋に入れさせもすまい。電話で話したこと自体、ライリーは気に入らなかった。

「でも、どこにあるのかわからないわ」とエリーは言った。「父のオフィスはわたしが片づけたのだけど、そういうものはなにもなかった。古いデータはほとんど、ずいぶんまえに父に処分されていたの。ノートパソコンの中身からなにから、見つけたものはすべて調べたわ。父のオフィスに移ってからもう一年以上になるから、なにかあったとしても、もうとっくにないわね」

「お父さんがソースプログラムを遺した可能性のある相手はいたか?」ライリーの知るかぎり、フィリップ・ストラットンはふたりの妻に先立たれ、親しくしていたと思われるガールフレンドもいなかった。最期の半年は自宅で静養しているか、入院しているかで、定期的に病室に尋ねてきた見舞客は娘たちだけだった。

エリーは首を振った。「父には友人がいなかったわ。信頼できる友人はひとりも。それに、いまわたしの自宅にあるものは、たぶん差し押さえられている。でも、父の元秘書に連絡を取ってみることはできるわ。父が病気になったときに退職したのよ」

「名前を教えてくれ。関連情報の収集はおれにまかせてほしい」とケイスが申し出た。

「カスタラーノになにを脅かされているの?」とミアがエリーに尋ねた。

「エリー自身の命だろう、言うまでもなく」とライリーが口をはさんだ。カスタラーノがエリーに害をなしうる方法について、昨日からひたすら考えていたのだ。

エリーは髪をうしろに払いのけた。帰宅したあとに、まとめていた髪をほどき、いまは肩にたらしていた。「というか、あなただというのよ。スティーヴンに言わせると、わたしの命をねらっているのは。あなたがわたしと結婚するのはわたしの株を手に入れるためで、わたしはやがて折よく事故にあうだろうと言われたわ。あなたがたはフィリップ・ストラットンの娘を家族にしようとは思わない、と」

「そうだな、もうひとりのほうならぜったいにごめんだ。彼女の記事を読んだよ」ブランは首を振った。「悪いけど、妹のほうはいけすかない。きみなら大歓迎さ。きみがいればライリーの感じ悪さもやわらぐ。自分で慰める回数もぐっと減る」

「おい！」弟の冗談は、冗談として受け流せないことがよくあった。

エリーの低い笑い声が部屋に響いた。「そっちへ逆戻りしてもらうことになりそうね」エリーはそうブランに言うと、ケイスに顔を向けた。「いけすかないうちの妹と言えば、彼女のこともあなたがた全員のことも、スティーヴンに脅迫されたの」あらたまった口調でつづけた。「わたしが脅しに従おうと従うまいと、スティーヴンはあなたがたに危害を加えるつもりだったと思う。全員を狙うつもりなのよ。シャリのことであなたに手を貸してもらえないかしらと思ったの。ひどい子だけれど、妹だから」

「どうすればいい？」とケイスが尋ねた。

「スティーヴンが妹を誘拐したら、わたしは首根っこを押さえられてしまう。だから、最近手に入れたローレス家の財力を利用して、あなたを雇って、先に妹を誘拐してもらえないかと思うの」とエリーは言った。

「なんだって？」聞きまちがえたにちがいない、とライリーは思った。

「それならできると思う」ケイスはにっこりとほほ笑んだ。

「妹を誘拐してくれないかといま頼んだのか？　なんなんだい、きみは？」ライリーは自分を抑えきれなかった。

エリーはちらりとライリーに目を戻した。「ほら、もう結婚したんだから、地を出せるってわけ。世間ではよくこう言うでしょう、弁護士さん。結婚したら最後、スウェットズボンにひとつ結びの手抜きファッションに誘拐がつきものだって」

ケイスが片手を上げて割ってはいった。「きみの妹の件は引き受けられる。どこか安全で静かな場所に連れていき、一、二カ月そこにかくまう手配はできる」

「金を払ってやればいい」とドルーが言った。「あの女は金遣いが荒い。バリ島の近くにあるおれの別荘にひと月滞在するなら、百万ドルやると言えばいい」

「妹ならその話に乗るわ」とエリーは認めた。「でも、シャリは飽きっぽくて、目立ちたがり屋なのよ。きのうインタビューに応じていたのをテレビで見たわ。わたしをかばっていたからびっくりした。そう、刑務所に入れられたら、姉は美人じゃないからとてもやっていけない、とも話していたけど、妹が心配しているのは嘘じゃないようだった」

「問題はない。その島全体がおれの私有地だ。携帯電話もつながらないようにするし、帰る船もない」とドルーは説明した。「きみの妹にわれわれが煩わされる心配はない。ボーイフレンドも一緒に送りこむべきか？」

「カスタラーノにまかせればいい」とライリーは言った。あのくそ野郎がバケーションを楽しむのは許せない。「あの男を痛めつけさせてやればいい。暇つぶしにでも」

エリーはそれには反応せず、ドルーにうなずいた。「ええ、そうして。一カ月ふたりきりで過ごしたら、自分たちがほんとにお似合いかわかるかもしれないわね。インターネットなしであのふたりがどうするのか見てみたいわ。あのふたりにしてみれば、それも一種の拷問だもの。さあ、これで問題はひとつ片づいたわね。ガリソンの話では、わたしはしばらく裁判所へ出頭しなくてもいいようだから、父が例のソースプログラムをどこにしまっていたか、保存場所を探すことに専念できる。そのほかに心配なのは、友人のリリーのことだけだわ」

「リリーは会社を辞めないさ」ライリーはリリーと何度も話をしていた。カスタラーノが脅迫を始めてからは話していないが、リリーが考え直すことはないだろう。リリー・ギャロは暑さでしおれるような、か弱いタイプではない。

エリーはケイスのほうを見た。

「リリーを誘拐させることはできないぞ」とライリーは言った。妻はいったいなにを考えているんだ？「その手に頼るつもりか？」

エリーはライリーの抗議をあしらった。「手っ取り早い解決策に思えるわよ。近いうちにリリーに電話をするわ。でも、ほんとに危なくなってきたら、彼女を無理やりにでも避難させる。スティーヴンにわたしの大切な人をみすみす殺させるつもりはないの。それはそうと、スティーヴンがどうやってわたしを陥れたか、そのからくりは誰かわかった？　わたしはいまだにさっぱりわからないのだけど」

「持ち株会社はどれもきみの名義だった」ドルーがビールのグラスをテーブルにおろした。「簡単な手口さ。きみの名前で会社を登録し、きみのサインを偽造するだけだ」

「監査役の名前はわかった」とケイスが説明した。「〈ストラトキャスト〉なら監査をいくつも通すだろうから、なにかしら見つかるはずだ」

ブランは首を振った。「卑劣なやり方だ。ぼくもすこし調べてみた。〈ストラトキャスト〉くらい大きな会社になると、仕入れも大口になる。当然のことだ。ところが、ほとんどの仕入れ金額は一万ドル以下だった。そのうちのいくつかで儲けを出したんじゃないかと思う。つまり、会社は原材料を購入する際に余分に支払い、差額はカスタラーノに戻される」

「わたしのしわざではないとどうやって証明すればいいの？」とエリーが尋ねた。

「きみの私的な帳簿を公開する」ライリーはそれについて一日じゅう考えていた。エリーの答弁書を作成するガリソンに協力し、徹底的に調べるつもりだった。取りこぼしがないよう手をつくす。裁判にまで持ちこませたくなかった。審理にはいるまえに不起訴になる道を見つけようとしていた。「仕入れの発注日を調べれば、その当時、きみが〈ストラトキャスト〉で働いてもいなかったと証明できると思う」

「向こうは父のせいにして、わたしが引き継いだと言うでしょうよ」エリーには難なく先が読めた。

「銀行口座を見つける。おそらくカスタラーノは海外の口座を使っているが、どこかで資金を洗浄しなくてはならない。それに誰かがダミー会社の納税申告をしている。それが誰なのか調べだす。そうすれば、なんらかの手を打てるだろう」すでに、ケイスのチームをその作業にあたらせていた。「ありがたいことに、これはカスタラーノの単独犯行ではなかった。協力者がいる。それが何者なのか、いずれ判明する。名前を突きとめたら、プレッシャーをかけ、様子を探るというわけだ」

「おれにも考えがある」どうすればエリーを刑務所送りにさせないか、ハッチが口火を切り、活発な議論が始まった。

三時間後、ライリーはニューヨークに来るたびにそこで寝ている部屋のまえで足を止めた。エリーに明け渡した部屋だ。自分のクロゼットにエリーの衣服がしまわれていると思うと、ライリーは嬉しかった。自分の服はもうそこにはなくても。

エリーをオースティンに連れていきたい。ライリーは自宅をそこにかまえていた。いい投資だとドルーに勧められ、寝室が三つある家を購入したのだ。そこでエリーと暮らしたい。

あるいは、こっちでふたりだけの場所を見つけてもいい。

「部屋はだいじょうぶか？　こっちに出てくるときは、ドルーと一緒にいたほうが楽な気がして、ニューヨークにぼくのアパートメントはないんだ」

「問題ないわ」エリーはドアノブをにぎっていた。

せめておやすみなさいと笑顔で挨拶してもらえないか、とライリーは期待して、愚か者よろしく妻のまえにぼさっと突っ立っていた。「居心地がよくなるよう、ぼくにできることがあれば……」

エリーはドアノブに手を置いたまま身を固くした。「ライリー、あわよくば今夜一緒に寝られないかなんて期待はほんとにしないで。自分の部屋に行かないで、ここにいるのはそんな期待からではないとはっきり言ってちょうだい。寝る場所はあるんでしょう？」

「もちろん、そんな期待はしていない」とはいえ、男というのはつい淡い期待をいだいてしまうものだ。「必要なものがそろっているか確認したかっただけだ」

エリーはライリーと目を合わせ、にらみつけた。「確認しなくても知っているでしょう？　バスルームもクロゼットもあなたがせっせと備品を用意してくれたんだから」

「必要なものをちゃんとそろえようとがんばった。きみの愛用品を思いだして」

「わたしのアパートメントを探ったの？」

嘘はつかない、とエリーに約束していた。やれやれ、その話は出されたくなかった。

「ああ」

エリーはライリーのほうを向き、ドアにもたれた。「やっぱりね、そうじゃないかと思った。うまくいっていたころじゃなくて、留置場に入れられて、考えごとをする時間がたっぷりあったときに気づいたの。わたしが眠ったあとの時間を利用して、あなたは部屋を探っていたんだろうって」

「すまなかった」

「時間と才能の無駄使いだったわね。あまり使うこともなかった性玩具の隠し場所を見つけたり、わたしがタブロイド紙の隠れファンだということを発見したかったりしたのでないかぎり、がっかりしたはずよ」

「ほんとうにすまないことをした。きみの信頼を裏切る行為だった」

エリーはあえて無表情を保っているようだった。「またやるの？」

その質問にどう答えるべきかライリーはわかっていた。エリーには信じてもらえないだろうが。「いや、やらない。なにかあれば、きみのところに行って、ぼくの力になってくれと頼もうと思う。でも、あのときはきみのことをよく知らなかった」

エリーはほほ笑んだが、にこやかな笑みではなかった。「ベッドをともにするまで、わたしの自宅を探る機会はあなたにはなかったのよ、ライリー。わたしたちはおもにそういう関係だった。そのときまでわたしのことを知らなかったの？　わたしはあなたのことを知っているつもりだった。だからあなたとベッドに行ったのよ。とうとうわたしをわかってくれる男性にめぐりあえたと思った。残業づけのわたしにうんざりして逃げださない男性に。仕事を理解してくれて、わたしのやりたいことを知って、わたしをばかだと思わない人に出会えたと思った。あなたはわたしのことをわかっていた。結局、よくわかっていたんだわ」

皮肉のこもったエリーの声をライリーは残念に思った。どれだけひどいことをしようと思っても、エリーを辛辣にさせ、うんざりさせてしまうよりひどい仕打ちはできないだろう。エリーには人とはちがう世界観がある。彼女の信念に照らせば、世界はより明るい場所になる。「ぼくはまちがいを犯した。とんでもないまちがいを犯したんだよ、エリー。ぼくはきみを信頼するべきだった。きみにすべてを打ち明けるべきだったが、そういう考え方はぼくの頭に組みこまれていなかった。ぼくにとって、まったく新しい考えなんだ。ぼくはひとつのことだけを教えこまれて大人になった。信頼できるのは兄弟だけだ。ほかの誰も信頼できない、と。ぼくには兄弟がすべてで、ぼくたちは人生でやるべきことがひとつだけしかなかった」

「わたしの父に復讐すること」

どうすればエリーにわかってもらえるだろう？「正義を果たすことだ。裁判に訴えたところで無理ならば、自分たちの手でやらなければならない。自分たちの世界をきっちりとつくり直さなければならなかった。一からやり直さなければならなかったんだ。きみがカスタラーノと結託する恐れに目をつぶって、危険を冒すわけにはいかなかった。きみはそんなことはしないと思ったが、両親のために、カスタラーノを破滅させる義理があった。エリー、ぼくたちがやっていたことは結果としてよかったのだとわからないか？　どうなったか考えてみてくれ。ぼくがかかわっていてもいなくても、カスタラーノはやることとをやっていたはずだ」

「あなたが余計なことをしなければ、スティーヴンは株価を暴落させることはできなかったわ」とエリーは指摘した。

「だが、彼はきみを牢屋に入れ、会社を奪っただろう。そして、誰もきみを助けだそうとしなかったはずだ」これを持ちだせば、点数を稼げるはずだ。

「たしかにそれはそうね。わたしは悲惨な状況に陥っていたと思う。あなたのお兄さんに助けを求め、わたしたちは出会っていたでしょうね。そして、あなたはわたしに見向きもしなかった」

なぜそうだと思いこむ？「それはちがう」

エリーは食い入るような目でライリーを見ていた。「わたしのような女性とデートをしたことはある？」

「なにが言いたいんだ？」

「あなたのことを調べたのよ。オースティンの新聞の社交欄で写真を見つけたわ」

しまった。以前は背の高いブロンドがライリーの好みだった。何人かのモデルとデートしたこともあったが、どれも真剣なつきあいではなかった。「ほかの女性にこういう気持ちになったことはない。愛していると言ったこともなかった。これまでただの一度もだ。そのことばはきみにだけだ」

「長くはつづかないわ」エリーは悲しげに言った。「あなたがいま感じているのは罪悪感なんじゃないかしら。あなたの計画どおりにことは運ばなかったし、わたしの身に降りかかったことにうしろめたさを覚えるとはあなたは思いもしなかった。だから、もういいのよ。わたしたちはこれから協力し合って、ことを正すためにやることをやる。でも、あなたはわたしを愛してはいない。そう、これは言っておくけれど、わたしはやったと思うわ。あなたに頼まれたら、なんなりとやったわ。なぜならわたしはあなたを愛していたから。わたしはなにからなにまで恵まれた境遇だったとあなたは思っている。でも、わたしには信頼できる兄弟なんていなかった。両親に愛された思い出もない。コリンとはうまくいかない、と心の奥ではわかっていたわ。彼に心を開かなかったから。ほんとにそうだった。だから妹のことと同じく、コリンのこともスティーヴンの好きにさせるわけにいかないの。わたしには信頼できる人は誰もいなかった。あなた以外は誰も。おやすみなさい、ライリー。ひと晩寝たら、仕事に取りかかりましょう」

エリーはドアをあけ、部屋のなかにはいると、ライリーを廊下に残したままドアを閉めた。鍵がかけられた小さな音が聞こえて、ライリーは締めだされたのだと気づいた。エリーを永遠に失ったのかもしれないということにも。

13

エリーは足音を忍ばせて、廊下を歩いた。どうしても寝つけなかった。ベッドの横の時計は三時四十五分を示していたが、もっと時間がたった気がしていた。ライリーはどの部屋にいるのだろう？　ペントハウスはかなり広々としている。ワンフロアすべてを占めているようだった。探索してみたい気もしたが、結婚式に脅迫に、と娯楽小説の読みどころがてんこ盛りになったような一日だった。そう、ベッドシーンは含まれていなかったけれど。なぜならもうその気はないからだ。そもそもセックスのせいでトラブルに巻きこまれたのだ。

右手のドアに目をやった。ライリーはどこかにいる。

どこにいたって関係ないでしょう。エリーはそう自分に何度も言い聞かせたが、目をつぶると、ライリーの顔が目に浮かんだ。ゴージャスな目もとに、エリーが笑わせるとやわらいで見える角ばった顎。体じゅうにキスをされながら、素肌をなでまわされたライリーの手の感触をまだ生々しく憶えている。ひとりでベッドに横たわりながら、そう断言してもよかった。

もうライリーが恋しくなるなんて、どういうこと？

たった数週間つきあっただけだ。どうしてほんの短いあいだなのに、これほどの疼きが体に残されてしまったの？

エリーは水でも飲もうと思い、台所に向かった。

ライリーのことが頭から離れないから眠れないとは、まったくばかげている。心配の種がいろいろあるというのに。犯してもいない罪で服役すること。友人や家族が殺される可能性。会社と評判を失い、どちらも取り戻せないかもしれないという現実。けれど、いまはなにを考えている？　ライリーがベッドでどう感じさせてくれたかとか、これからどれほど未練に苦しむのかとか、そんなことだ。どうやら自分の尊厳や財政状況よりも、女性として満たされることのほうがはるかに重要らしい。

少なくとも悩みのひとつからは解放される。妹は明日の午後、ドルーの別荘がある島に向かう予定だ。あらたな義兄たちから提案されたバカンスに大喜びで応じたのだ。

街の夜景が目に飛びこみ、エリーは足を止めた。いくつも並んだ窓はまるで光と影を描く壮大な壁画のようだ。

「きれいだろう?」

エリーははっとして、振り返った。ブランがソファに横向きに寝そべり、肘を突いて頭を手に預けていた。朝食のときに兄弟で体型を話題にしていたが、ブランは自分で言うより筋肉質だった。めりはりのついた裸の胸がその証拠だ。引き締まった腰にシーツを巻きつけただけで、あとはなにも身につけていないように見える。

「ちょっと教えて、まさか裸でいるわけじゃないわよね? それに、どうしてソファにいるの?」

ブランは体を起こした。「いや、裸じゃないさ。ここはそういう場所じゃない。パジャマの下を穿いてるよ」シーツをめくり、フランネルのズボンをちらりと見せた。「なぜここにいるかというと、景色が好きだから。自分が世界でただひとりの存在のような気がするし、この絶景はぼくだけのものだという気がするからね。いや、いまはぼくたちだけのもの、だね。きみがここにいて、ぼくはもうひとりきりじゃないから。ほんとはひとりが好きなんだと思う。精神分析医に言わせれば、ぼくには人格障害がいろいろあるらしい。でも、ぼくはべつに人嫌いじゃない。ただ、嫌いな人に強く反応してしまうだけだ。だからこそぼくは正直者なんだと思う。精神分析医は〝怒りの問題〟というようなことばを使いたがるけど、まあ、いろんな考え方があるってわけだ」

義弟は変わっているけれど、好感の持てる人物だ。「ソファで寝るのが好きなの？」

ブランは髪をかき上げた。ふさふさした髪に、いかにもアメリカ的な好青年らしい風貌のせいか、二十八歳の実年齢よりもすこし若く見える。兄さんたちと同じく、彼も雑誌の表紙を飾ってもおかしくない容姿をしている。「娯楽室のソファよりもこのソファが好きなんだ。オーディオルームの椅子も倒して仰向けになれるけど、映画を観たり、ゲームをしたりするのでなければ、墓場で寝ているような気分になる。まあ、結局ライリーの問題で、ぼくの問題じゃない。ミアとケイスがテキサスに帰ったら、ライリーはあのふたりの部屋に移ることになってる」

「あなたの部屋はライリーに取られたってことなの？」エリーはため息をつき、ブランの向かい側の椅子に腰をおろした。「わたしが取ったようなものね。ライリーの部屋をいまわたしが使っているから」

「べつにいいんだよ。ライリーには個室が必要だけど、ぼくはどこでもかまわないから。ドルーかハッチの部屋でごろ寝してもいいけど、ドルーはいびきをかくし、ハッチは寝言を言う。その寝言がまた変わっていてね。ハッチの夢の世界でなにが起きているのか知らないけど、まともじゃない。そういうわけで、ここに出てきた。夜もこれくらいの時間になると、すごく平和に見える」

「街が？　そうね、きれいな夜景だわ。もちろん、四十階の窓から見る景色だからこそでしょうけれど。地上ではまたすこし事情がちがってくるもの」

「それでも、それなりにきれいだ。それこそぼくが学んだことだ。ものごとをどう見るかにすべてはかかっている。あるものを見て、汚いと思うか、きれいだと思うか、人はおうおうにしてそれを自分で選んでいる」

エリーは自分の現状を肯定的に思えることなどなにひとつなかったが、いまその話はしたくはなかった。水のボトルを冷蔵庫から取りだして、部屋に戻るべきだとわかっていたが、いつの間にか好奇心に駆られていた。「どうしてライリーはあなたの部屋を占領しているの？　わたしが彼の部屋を使っていることはわかっているけれど、彼がここで寝るべきじゃない？」

「ライリーは鍵のかからない部屋では眠れない」ブランはエリーのほうを振り返った。街の明かりに素肌が照らされている。「てっきり本人から聞いていたのかと思ってた」

「部屋にほかの人がいると眠れないとしか聞いていないわ」ブランが話してくれるのなら、こうして真夜中に雑談しているのも無駄ではなかったということだ。

自分とライリーはもうなんでもないとエリーはわかっていたものの、それでも気づくと彼の情報を知りたくてたまらなくなっていた。

「ライリーは袋だたきにされたことがあった」ブランは説明を始め、日常茶飯事だといわんばかりに肩をすくめた。「ひどく痛めつけられたんだ。肋骨《ろっこつ》が二本に、脚を片方折る大怪我で、病院に担ぎこまれた。寝こみを襲われたんだよ。結局、ライリーはしばらく入院して、その後、骨折した脚のリハビリを受けて、やがてドルーに引き取られ、養護施設を出た。酔いどれだったハッチをドルーがどうにか更生させて、住む場所を確保したからだった。それでも、ライリーは同じ部屋に誰かいると眠れなくて、部屋のドアも鍵をかけなくてはだめなんだ。ぼくが心配なのは、ライリーの身になにかが起きて、ドアを壊さなくてはならない事態になることだ。ライリーはきっと、ドアにチェーンもかけているはずだから」

そのころのライリーは少年だった。ひとりぼっちで、怯えていた。いまでも自分の身を守る必要性を感じているということは、さぞや悪質な事件だったのだろう。「一緒には眠らないとライリーに言われたとき、驚いたのよ」

驚いたとはいえ、ライリーの態度が真剣そのものだったので、エリーはむくれたりもしなかった。ライリーは悲しそうな顔をしていた。普通になりたいのになれないと葛藤しているかのようだった。

〝普通なんてないのよ〟そんな彼にエリーはそう言ったのだ。

「きみがどう受け止めるだろうか、と思った。そう、だから、きみを誘惑する役目に立候補した」ブランはそう言って、にやりとした。「ぼくのほうが向いていると思ったんだよ。ぼくならひと晩じゅうきみのベッドから離れない。添い寝が好きだから」

人好きのするタイプだ。あいにく、エリーはローレス兄弟の別の男性にすでに心を奪われていた。兄と弟の両方にふらふらするつもりはない。「それはうまくいかなかったと思うわ、あなたが弁護士ではないかぎり」

「ああ。ぼくが取ったのは経営学修士《MBA》だ」

「MBAを持っているように見えないわ」エリーはMBA取得者を大勢雇っていた。彼らはたいてい、A型の行動パターンに分類される。きっちりとして、堅苦しいタイプだ。どちらかというとブラン・ローレスは、映画のセットに出入りしているように見える。

「〈4L〉のために取得した」とブランは説明した。

「〈4L〉のためか、それとも例の一大計画のため？」ローレス兄弟の復讐計画を一大計画とエリーは見なすようになっていた。

わざわざ〝一大〟と頭につけて呼ぶべき計画に思われたのは、エリーの見聞きした話によれば、ローレス兄弟が人生の大半をかけて準備を重ねてきた計画だからだ。たとえるなら片思いの相手の気を惹こうとする一途さで、ローレス兄弟は復讐の計画を練ってきた。

「どちらもじゃないかな。胸にぽっかり穴があいているときに、ほかのことはなかなか考えられないものだ。恨みを晴らせばその穴がうめられると、ぼくは兄さんたちほどしっかり信じているわけじゃないけれど、とにかくあのふたりは復讐しないと気がすまない」

「あなたはそうじゃないってこと？」今朝のブランの話とはそぐわない。

「いや、ぼくもそうだよ。両親の殺害に関与した者たちが同じことをほかの人にくり返させないようにしたい。そういう連中に報いを受けさせなくてはいけない。でも、ドルーとライリーは先のことはあまり考えない。終わったあとに、ぼくたちにはなにが残るのだろう、とぼくは考えてしまう。ぼくたちの結束はまだ強いのか？　ずっと欠けていたものは、じつはちがうものだったと気づくのだろうか？」

「ほらね、ＭＢＡ取得者はあまりそんなふうに考えたりしないわ」

ブランがにっこりとほほ笑んだ。魅力がぐんと増すような晴れやかで屈託のない表情を浮かべた。「大学の副専攻は心理学だったんだ。ＭＢＡを取る必要がなければ、精神分析医かソーシャルワーカーを目指していたと思う。でも、ぼくが〈ストラトキャスト〉に潜入していたら、いい働きをしただろうな。プロジェクト管理の仕事に挑戦しようとしていたんだ。そして、きっと上司と恋愛していた」

当座の問題に話が戻って、エリーはほっとした。ブランと個人的に親しくなるのは気まずいからだ。それでも、可愛げのあるブランをなかなか邪険にはできない。「あなたが入社しても、同じ部署で働くことはなかったと思うわ。それに、オフィスが近かったことがあなたのお兄さんに有利に働いたと言わざるを得ない。彼は自信があったようだけど、出会ったその日にベッドをともにしたわけじゃないの。彼がたまたまわたしとうまくいったのは、法律の学位を持っていたおかげだと思う」

ブランはソファにもたれた。「ドルーならうまくいったかもしれない。研究開発室で雇ってもらおうか、とドルーから提案もあったんだ。兄の仕事ぶりを見たら、きみも即座に採用していたと思う。ぼくたちは見込みのありそうなあらゆる筋書きを検討した。ライリーは自分がこの役割を果たすと主張した。ライリーは認めようとはしないかもしれないけど、きみが目当てだったんじゃないかな。ぼくたちはきみのことを観察して、報道記事も読んでいた。ライリーはちょっと取りつかれたように夢中になっていたよ。きみの記事にはすべて目を通していた」

それはそうだろう、とエリーは思った。「敵を知るために」

ブランは一瞬、エリーを見つめた。「いいかい、ぼくが言いたいのはそういうことだ。ぼくがなにか言うと、きみは自分なりにひねりを加える。どう考えても同じ言語を話していないとき、人はいかにして意思疎通をはかるのか、ぼくはほんとに興味がある」

なるほど、ブランは哲学者だ。「どういう意味かよくわからないわ」

「ぼくがなにか言うと、きみの耳にはちがったふうに聞こえる。ぼくは人と人とを真の意味でつなぐと謳う業界で日々仕事をしている。インターネットというか、ソーシャルメディアはぼくたちを近づけるためにあるものだ。それが仕事ってものだろう?」

それを実現できるとベネディクト・ローレスが信じたところから、このすべての苦しみは始まった。彼が開発したソースプログラムのおかげで、インターネットはより速く、安定して接続できるようになった。「わたしたちが目指しているのはそれだわ」

「結局、人と人はつながらない、とぼくは思い知らされただけだ」とブランは反論した。「ほんとうにはつながらない。ぼくたちの命は肉体に宿っているけど、自分や他人にとってどういう意味なのか誰にもわからない。ぼくたちは共感することはできるが、突き詰めてみれば、どんな情報もまじりけがないものではない。自分の経験を通してふるいにかけている。そして理解された情報はゆがめられ、それまでに自分が経験してきたこととごちゃまぜにしてしまう。ライリーは美しい女性を見て、彼女に夢中になった、とぼくはきみに話したけれど、きみはライリーが敵を調査していたのだと解釈した」

ブランのどこか悲しげな口調のせいか、エリーは心を開いて話した。「ライリーとつきあうまで、自分がきれいだと思ったことがなかったの。ほんとに。でも、ばかみたいでしょう？　わたしはもう二十七歳なのよ。大手のハイテク企業のトップに立とうともしていた。それなのに、まだ自分がきれいだと思いたがっている。もうそういうことは卒業するべきじゃない？」

「誰も卒業はしない。いつまでもそういう気持ちはあるんじゃないかな。それより、いつかライリーを許せると思う？」

「そうね」ある意味ではもう許していた。「なぜやらなくてはいけないと思ったか、彼の気持ちは理解できるわ。ご両親をあんなふうに亡くして、恐ろしい経験をしたはずだもの」

ブランがエリーを見つめていた。エリーは彼に心を見透かされているような気がした。こうしてブランの考えを聞いているうち、彼に対する見方に変化が起きていた。ブランは口で言う以上に兄弟をよく見ていた。兄弟の気持ちを感じ取ってもいるのだろう。ブランは言った。「理解すれば、やがて許す気持ちになれる」

「もう一度襲いかかるチャンスをお兄さんにあげてくれないかと頼んでいるの?」

ブランは笑ったが、皮肉がこめられたような笑い声だった。「まあ、それでぼくの質問の答えになってるね」

「あなたならどうするの?」エリーはこのやりとりに居心地の悪さを覚えた。神経を逆撫でされるような気持ちにさせられていたのだ。こちらは被害者なのに、ブランと話していると、まるでこちらが悪いことをしているような気がしてくる。「わたしがライリーに傷つけられたようにあなたが誰かに傷つけられたら、その人とよりを戻そうとする?」

「相手を愛しているかどうかによると思う。相手に悪気があったかどうかに」

「ライリーには悪気があったわ。自分がなにをしているかわかっていたんだから」

「きみをどれだけひどい目にあわせることになるか、ぼくたちはわかっていなかった。二、三日嫌な思いをさせるだろうけど——ライリーがそばにいて、きみを助けることになっていた——やがて会社はきみのものになる、とぼくたちは考えていた。きみから〈ストラトキャスト〉を取り上げようと話し合ったことはない。ただの一度も」

〈ストラトキャスト〉はローレス兄弟の父親の才能と血を土台にして築かれた会社だったけれど。それについて一度も考えたことがなかった、とエリーは思った。どうあがいてもエリーには取り戻せないやり方で、彼らが会社を奪おうとしても不思議ではなかったのだ。ドルー・ローレスはその気になれば株を買い占めて、取締役会を支配し、エリーを解雇することもできたはずだ。ほかの株主を買収し、小腹が減ったライオンよろしく、軽い気持ちで会社を解体してしまうこともできただろう。

「ライリーをどれだけ懲らしめようかと考えるなら、そこは考慮するべきじゃないかな」とブランは提案した。「きみの質問に答えると、答えはイエスだ。相手を愛しているなら、よりを戻すよ。自尊心が傷つけられても、愛とくらべれば、たいして意味のないことだと思う。少なくともそうだと願いたいね。なぜなら愛とは得難いものだと気づいたからだ。思っていたような包みで届かなかったからといって、捨ててしまっていいものじゃない」

「まあ、あなたにはわからないのよ」ライリーから聞いていた話はなにもかも嘘だったのだ。偽りの姿でエリーの人生に登場し、エリーを落としたあとも、ライリーは嘘をつきつづけた。スティーヴン・カスタラーノが罠を閉じるほんの数分まえでもいいから、なにをしていたのかライリーがほんとうのことを打ち明けてくれていたら、エリーも対処しようがあったはずだ。結局ライリーが話してくれたのは正体がばれたからだ。それは告白と同じではない。

エリーは立ち上がり、居間から出ていこうとした。ブランが兄の行為を弁護し、知っていることがほんとうか嘘か、エリーに質問させようとしているのが見え見えだったからだ。

このペントハウスに滞在するほんとうの危険はそういうことだ。好奇心ではなく、親しみが生まれてしまうことだ。一、二週間たって、ここの人たちと親しくなったときに、どんな気持ちになるだろう？ 人生をめちゃくちゃにした血も涙もない人でなしとして片づける存在ではなくなってしまったら？ にっこりほほ笑んだり、笑い声を上げたり、冗談を言ったりする人たちだとわかり、自分もその輪にはいりたくなったら？

これはライリーの駆け引きだ。エリーは距離を置くことができず、ある朝目覚めたら、ここから出ていきたくないと自分の気持ちに気づくだろうと、彼は踏んでいる。

やっぱりライリーにとってすべてはゲームであり、これが最新の一手なのだ。

「なぜライリーが復讐しなくてはと感じていたか、ちゃんと理解しているわ」とエリーは言った。「みなさんが悲惨な経験をしたこともわかっている。でも、会社を取り戻したら、わたしはここから離れる。次の標的はパトリシアでしょう？　幸運を祈るわ」

さあ、水のボトルを取って、部屋に戻ろう、とエリーは思った。ゲームにつきあうつもりはない。ローレス一家の誰にも用はない。ライリーが用意してくれたノートパソコンがある。明日は自分の状況を調べて一日過ごすことにしよう。自分の株を守る道を見つけなくては。有罪判決が出ないうちから、スティーヴンに株を奪われる可能性はあるのだろうか？　共同経営契約書を調べて、抜け穴がないか確かめてみよう。

部屋を出るのはなにかものを食べたり、弁護士に会ったりするときだけにしよう。それだけでいい。あからさまな罠にはまったりするものですか。

「なあ、ぼくたちはそこにいたんだ」

ブランのそのことばでエリーは足を止めた。「そこって？」

「あの夜、ぼくたちは家にいた。ドルーとライリーはそれを話題にしない。ミアは憶えていない。ぼくはときどきぱっと思いだす。目が覚めて、熱を感じることもある。ドルーのささやき声がよみがえることもある。ドルーは叫んでもよかったけれど、誰かがまだ家のなかにいるかもしれないと思って、怖くて叫べなかった。本人はなにも言わないけれど、ドルーはあの夜、たぶんなにかを見たんじゃないかな。ミアを抱っこして、ぼくとライリーのところに来た。ぼくたちふたりはその当時、同じ部屋で寝ていたんだ。ライリーはわめいたり、しゃべったりするなと命じ、ぼくたちを連れて、バスルームの窓から外に出た」

この場を去るべきだとエリーはわかっていたが、足が言うことを聞かなかった。

「どうして玄関から出なかったの？」

「誰かに待ち伏せされていたからだ。ぼくたちは裏口から出ようとしたけど、なにか細工をされていた。ドアがあかなかったんだ。その細工は炎で跡形もなく消えたんだろう。警官の話では痕跡はなにもなかったそうだから」ブランはまた窓の外の景色に目を向けた。「ぼくたちも死ぬはずだったんだと思う」

その事実の恐ろしさがエリーの胸に迫った。すでに知っていたとはいえ、ブランの口から聞くと、父の告白よりも生々しかった。父が手を染めたことだった。金を払って、誰かにやらせたのだ。何者かをドアの外に立たせ、子どもたちを家に閉じこめておこうとした。ソースプログラムをめぐって一家を皆殺しにしようとどうして父は思ったのだろう？　金銭をめぐって？

「だからうまくいくわけないのよ」思いだしてよかった。父のしたことを考えるたびに、胃に穴があくようだった。「わたしは死ぬまでフィリップ・ストラットンの娘なの。あなたたちローレス一家の苦しみの上に築かれた人生を、わたしは生涯送るのよ」

ブランは問いかけるような目でエリーを見た。「そう、きみはきみのお父さんの娘だ。それはまちがいない。きみはそれを何度も証明した。お父さんに手を貸すこともあっただろう。きみならやったか？　ドアをふさいだか？　いま必要に迫られたら、きみはやるか？　仮にきみと〈ストラトキャスト〉のあいだにぼくがいるとして、ぼくを排除さえすればいいとしたら」ブランは声をひそめて、ささやいた。「誰にも知られはしない。引き金を引けば、欲しいものはすべてきみのものになる」

エリーは涙をこらえきれず、目がうるみ、視界がぼやけた。「そんなことはけっしてしないわ」

ブランは立ち上がった。「なぜなら名字こそお父さんから受け継いでいるけど、きみの中身はきみ以外の何者でもないからだよ、エリー。ライリーはそこをちゃんとわかっている。ごめん。ずけずけ言いすぎたね」

エリーの体にブランは腕をまわした。彼の好意を受け入れるのはたやすいことだ。誰かにちょっとしたやさしさを差しだされ、それを受け入れることができたのはいつ以来のことだろう？　エリーはブランの温かな肩に頭をつけた。ブランの慰めに性的な含みはなかった。

「きみはフィリップ・ストラットンじゃない。ぼくたちはみんなそれを知っている。きみをライリーに近づける駆け引きだったときみは思っているけど、ぼくもきみが必要なんだよ。ぼくたちの誰かが幸せを見つけられるとわかっていたいんだ」ブランは声を落として言った。「ぼくはきみとライリーを応援しているけど、これは身勝手な応援なんだ。ライリーがきみの愛を勝ち取ることができるなら、もしかしたらぼくにも誰かが現われるかもしれないから」

エリーは義弟を抱きしめた。とてもやさしくて、頭がよくて、そして傷ついている人だ。親しくなるのが怖いからという理由で義弟と距離を置くのは正しいことだろうか？　父はこれほどのダメージをあたえてしまったのだ。

すこしでも癒してあげられるかしら？

「全員をきらっているわけではないとわかったのはいいことなんだろうな」暗い声が聞こえてきた。

エリーの背中にまわしていた手を急に浮かせ、ブランは一歩うしろに下がった。

「ただのハグだよ、兄さん。余計なことを言ったせいで、エリーを泣かせたから」

エリーが振り向くと、ライリーがそこにいた。どうやらローレス家の男性たちはシャツを着ないらしい。もちろん、彼らのような恵まれた容姿をしていれば、エリーも半裸でうろうろしたかもしれない。ライリーは鋭い目で弟を見ていた。

「彼女になにを言った？」

ライリーはすこし芝居がかっていた。いまのうちに落ちつかせなくては、とエリーは思った。「雑談をしていたの。わたしが感情的になっただけよ。ブランに指摘されたことがあって」

「エリーは父親とはちがうと言ったかもしれない」とブランが認めた。

「ちがうに決まっている。ぼくも同じことを何百回もエリーに言ったと思うがね」ライリーはエリーとブランを交互に見た。

「まさかわたしがあなたの弟さんに気があるんじゃないかと思っていないわよね？冗談じゃないわ。ひとりでも大変なのに、まとめて相手にするなんて無理よ」エリーはふうっと息を吐き、台所に引っこんだ。

ライリーの姿を見るだけで神経がぴりぴりしたが、なぜなのかわからなかった。エリーも紙切れだけの夫婦でいる条件は受け入れている。だからといっていがみ合う必要はないが、ライリーはまるで嫉妬しているような目でこちらを見ていた。

どこまでが芝居なのだろう？　もしあれが芝居ではないなら、どうすればいいの？

エリーは冷蔵庫をあけて、水のボトルを見つけた。

「すまない。居間に来たら、きみがブランと一緒にいるのを見て、嫌な気持ちになった」

エリーは冷蔵庫を閉めたが、振り返らなかった。「わたしをここに住まわせておくために、ご家族と交流させたいのかと思っていたわ」

ライリーはたじろいだような声で言った。「それはそうかもしれないが、ブランはぼくより若くて、感じがよくて、おそらく魅力的だ。弟ときみが一緒にいるのを見ると、穏やかではいられない」

エリーは思わず目を剝いた。振り向いて、冷蔵庫に背中をつけ、ふたりのあいだにできるだけ距離を取ろうとした。「あなたはこのペントハウスでいちばんセクシーな男性で、それはあなたも知っている」

「それはちがう。ぼくはドルーやケイスほど大柄でもないし、筋骨たくましくもない」

「あのふたりは大男すぎるのよ。あなたは細身なのにたくましいわ。ジャガーのように」ライリーの体はすらりとしているが、筋肉もちゃんとついている。全身が引き締まり、非の打ちどころのない体型だ。彼の体に残る傷痕《きずあと》にさえ、生身の人間らしさをエリーは感じていた。手を触れたときの素肌のぬくもりが好きで、さわると、身震いをする彼のしぐさも好きだった。体をなでられるのがライリーは好きなのだ。

「ブランには折られたことがない無傷の鼻がある」ライリーはまえに進み出てきた。大理石の床を歩く足もとは素足のままだ。

この人は足もセクシーだ。そして、パジャマのズボンがずり下がり、お尻の割れ目がのぞいていることに気づくと、エリーはそこに目が釘《くぎ》づけになってしまった。「ブランはわたしにはキュートすぎるわ」

「でも、きみが抱きついていたのはあいつだ。ぼくには今日キスさえくれなかったのに」サンダルウッドの香りが鼻に届くほど、ライリーは近づいていた。ひげを剃《そ》るときに彼が使う化粧品のにおいだ。

これだけ接近しているとまるで麻薬のようだった。エリーの善なる意志は彼の存在感にのみこまれそうだ。いますぐこの場を立ち去るべきだという意志は。「判事のオフィスでキスしたわ」

ふたりは夫婦になったと判事に宣告されると、ライリーが顔を近づけてきたのだった。手はすでにエリーの腰にまわされ、ライリーの目には決意のほどがまざまざと表われていた。誓いのキスを長引かせようとしている。キスができなくなったら寂しくなるぞ、とエリーに思い知らせようとしている表情だった。

　そこでエリーは唇を軽く重ねると、さっと足をうしろに引き、無理をすれば無様な姿をさらすだけだとライリーに悟らせ、引き下がらせたのだった。

　いまライリーはエリーの背後の冷蔵庫に片手を突き、エリーを逃がすまいとした。

「軽く触れただけだ。あんなのはキスのうちにはいらない。きみにキスをしたくてたまらないんだよ、エリー」

　立ち去るべきだと今度もまたエリーは思ったが、ライリーの腕の下をくぐり抜けるどころか、彼の唇を見つめてしまった。男性にしてはふっくらとした、やけに官能的な唇だ。下唇に舌を走らせるのがエリーは好きだった。ライリーがため息を洩らし、さらに強く抱き寄せてくれるからだ。「最後にわたしを好きにしてからまだ二日しかたっていないわ」

「ふたりで愛し合ってからだろう?」とライリーはことばを正した。「あれはもう大昔だ」

　エリーは首を振った。ライリーに手を触れないようにしようと自分を抑えている自覚はあった。「今日のキスはただの形式でしょう。あなたとは二度とキスはしないわ」

「なぜしないんだ？」ライリーは声をひそめ、苦しげにささやいた。「きみはいずれ出ていこうとしている。それはわかっている。だったら、ここにいるあいだ、ぼくを利用してなにが悪い？　ぼくたちはベッドでの相性がいい。結婚もしている。きみがぼくとの体の関係を避ける理由はひとつもないだろう、エリー」

「あなたがもう欲しくないという理由は別として」

ライリーは手を上げて、エリーの首筋をそっとなでた。親指で顎の線をたどりながら言った。「そのことばが本気だとしたら、死にたい気分だよ、エリー。きみに永遠にきらわれるのかと思うと、とても耐えられない」

「だったら、わたしはあなたにされたことを思うと、とても耐えられないわ」

「わかってる。ぼくにできるのは改善の努力だけだ。きみの希望を教えてくれ。なんでもしよう。この一件からぼくに手を引かせたいか？　もしそうなら手を引く。いますぐ準備にかかって、ぼくたちに必要なものだけまとめて、あとは全部置いていく」

「あなたにご家族は捨てられないわ」ライリーはまた嘘をついている。こちらの聞きたがりそうなことを聞かせているだけだ。

「つらいと思う。でも、いまはきみがぼくの家族だ。きみはぼくの妻になった。たぶん信じてくれないだろうが、結婚するまえからきみを妻のように思っていた。きみがぼくのもとから去っても、きみのことをそう思いつづけるよ。ベイビー、しばらく頭のなかをからっぽにしてくれ。ぼくがどんな感じか、教えてあげるから。ぼくたちの相性がどれほどよかったか思いだしてほしい」

ライリーのことばがエリーの頭のなかを駆けめぐった。たしかに相性はよかった。ライリーが利用していたように、どうして今度はこちらが利用しないの？　意味なんてなくていいのだ。しばられることもない。なにも犠牲にしなくていいし、彼に背を向ける自由もある。

ライリーの正体を知ってしまったから、たぶんそんなにはよくないだろう。

今回はただやることをやるだけで終わるのかもしれない。

ライリーがそっと唇を重ね、さらに近づいて、体を触れ合わせた。

エリーの肌は再び敏感になり、欲求が全身にみなぎった。

この人は気持ちよくさせる方法を知っている。授けられた快楽だけに溺れる場所へ連れていく方法を知っている。エリーにはそれが必要だった。最後にライリーに触れた日以降、苦悩の日々は何週間もつづくと思われるが、いまだけは小休止だ。

愛さなくても、彼に慰めてもらえる。

エリーの同意を察したかのように、ライリーは腕をまわし、エリーを引き寄せた。

「ああ、エリー、こんなにも女性を求めたことはいままでなかった。きみのことばかり考えてしまう」ライリーはエリーの素肌に唇をつけてささやいた。「きみが隣の部屋にいると知りながら眠ることなんかできやしない。ベッドを訪ねて、きみのなかに身を沈めることしか考えられないんだ」

落ちつきなく腰を動かし、猫の求愛行動のように硬い股間をエリーの体にこすりつけていた。あたかもライリーは愛撫を欲しがる大きな捕食動物のようだ。

耳の輪郭をライリーの舌でなぞられ、エリーは彼の腕のなかで体を震わせた。

こんな反応をエリーから引きだせる相手は世界でひとりきりだ。エリーのベッドで過ごしたいくたびもの夜にライリーが教えてくれたことだった。ライリーなら歓びを約束してくれると教えこまれていた。だからエリーの体はチャンスに飛びついた。「さわって」全身にくまなく手で触れてほしかった。この先はどうなるのか、欲求の果てになにがあるのか、エリーは考えようとも思わなかった。

ライリーの手がエリーのタンクトップに上がってきて、生地越しに胸の上で指を広げた。エリーははっとして息を吸い、彼のてのひらに胸を押しつけた。ライリーはエリーの唇を奪い、両手で胸をつかんだ。

「ベッドに行こう。すべてを忘れさせてやる」とライリーはささやき声で言った。

これはまちがいだとエリーはわかっていたが、どのみちベッドに行くことになるのだ。「ええ、お願い」

ライリーに抱き上げられ、台所をあとにした。

ライリーは走るように廊下を進んだ。エリーを個室に連れていき、口と手を使って触れたいという欲求に駆られていた。気が変わるまえに、彼女の思考能力を奪わなくては。

不眠に悩まされていた。自分の部屋を譲るとブランに言い張られると、ばかばかしい気持ちにもなっていた。どうせ眠れっこないと説明しようとしたが、弟は聞く耳を持たなかった。

部屋を出て、居間に足を踏み入れ、ブランのたくましい腕に抱かれている妻を見たとき、すんでのところで怒りを爆発させそうになった。自分にブレーキをかけ、考えた。ブランはこんなふうにぼくを傷つけようとするやつではないし、エリーは……そう、いとしいエリーだってそんなことはけっしてしない。

しかし、不安がふくらみ、弟と妻を無理やり引き離さずにはいられなかった。

ありがたいことに、結婚初夜にほんとうの夫婦になるべきだと花嫁に思いださせはしなかったし、そのつもりもなかった。

ブランの横を通りすぎると、ブランは礼儀正しく目をそらした。どうなるかわかっているようだった。

これは必然だった。エリーとは相性がよすぎて、いつまでも拒み合ってはいられないのだ。

「意味なんてないのよ」エリーはつぶやいた。

「おたがいをベッドで必要としているという意味しかない」必要ならどんな錯覚もエリーにいだかせてやろう。「許しを意味していないのは承知の上だ」

「あなたを許せるかわからないわ」とエリーは認めた。「ライリー、これはあなたに不公平だわ」

まずい。彼女はまた考えはじめた。ライリーはエリーの部屋のドアをあけた。「公平か不公平かはどうでもいい。さっきも言っただろう、ぼくを利用してくれ。必要なことをぼくから受け取ればいい。それをすべてきみにあげるから」

「わたしがここに残るものとあなたは期待するわ」

「残ってくれと頼みはするが、期待はしない。ぼくと一緒にいてくれ、エリー。一カ月でいい。そのあいだに、この結婚はうまくいくと証明してみせる。寝たいときだけぼくと寝てくれればそれでいい。あとはこっちにまかせてくれ。一カ月後、やっぱりこの結婚がいやだと思うなら、きみがひとりで暮らせる手配をする。連絡事項は弁護士を通してやりとりすることにしよう」

ベッドに横たわらせると、エリーはライリーを見上げて言った。「あなたのことばは信用できないわ」

「朝になったら書面にする。結婚契約書にしてもいい」エリーとのかけがえのない時間を手に入れるためなら、ライリーはなんでもするつもりだった。一カ月。三十日。そのあいだに愛を勝ち取れなければ、エリーを一生失うことになる。「約束する」

「わたしは出ていくつもりなのよ、ライリー」とエリーは言ったが、体を起こし、タンクトップを脱ぎ、見事な胸をさらした。

「きみの望みなら、無理やり引き留めたりしない」ライリーはエリーの胸もとから目を離せなかった。気絶するほどきれいだ。

「でも、ここにいるかぎり、嘘はつけないわ。あなたに抱かれたいの」

ライリーは手に入れられるものは拒まずになんでも手に入れるつもりだった。エリーはやがて正気に戻るにちがいない。いろいろな人に裏切られ、いまはひどいショックを受けている。エリーは孤独な子ども時代をどうにかやりすごし、愛に満たされた。彼女の希望の灯を消すようなまねはライリーにはできない。「ぼくもきみを抱きたくてたまらない」

エリーの腰に手をまわしてズボンを引き下ろし、下着一枚の姿にした。それも余分だ。パンティを脱がすと、ライリーは床に膝を突いた。

「お願い」エリーはベッドに仰向けになり、ライリーの求めに応じて脚を開いた。

愛撫をせがむ必要はない。こっちが欲しいのはエリーで、最後に彼女を食べてからずいぶんたっていた。ライリーはエリーの体をベッドの裾のほうへ引っぱり、ちょうどいい位置に移動させた。

「きみをいくら抱いても飽きることはない。ぼくに一カ月しかないのなら、どちらにとっても忘れられない一カ月に必ずする」早くもエリーの興奮の証である甘い香りに鼻をくすぐられた。ライリーはエリーの下腹に手を伸ばし、花びらを広げた。すでになめらかに潤い、受け入れる用意ができていた。この状況に慣れてしまうことはけっしてない。いつまでも欲しくてたまらなくなるだろう。

ライリーは身を乗りだし、口をつけ、舌を深く挿し入れた。下準備の必要はなかった。エリーの体はすでに驚くほど熱くなっていた。ゆっくりと、奥まで舌でエリーを攻め立て、余すところなく味わった。

エリーがライリーの下で身をよじり、うめき声を小さく洩らすと、ライリーの股間がすかさず反応した。欲求で全身が脈打つようだったが、ライリーはごちそうを貪りつづけていた。秘められた場所を舐め、歯を立てた。指をすうっとすべらせていき、真珠を探りあてた。すでにふっくらと膨張し、愛撫を求めていた。皮を剥き、そこに舌をゆっくりと這わせると、エリーの体がびくりと震え、ライリーは悦に入った。

「どうしてこんなふうにできるの？」エリーの声は息も絶え絶えで、かすれたあえぎを洩らしながら吐息まじりにことばを発した。「あなただけ、どうして？」

ふたりは通じ合っているからだ。彼女はライリーにとって世界でただひとりの女性だからだ。「きみもぼくに同じことをしている」

エリーは首を振った。ライリーは彼女の姿を眺め、爪先から頭のてっぺんへと視線をのぼらせていった。エリーが言った。「まさか。大勢の女性とつきあってきたくせに」

ライリーはゆっくりとした手の動きを持続させていた。「ぼくを遊び人だと思っているようだな」

「写真を見たもの。オースティンの新聞であなたを調べたら出てきたのよ」

「会合にひとりで参加したくなかったから誘っただけだ。彼女たちはガールフレンドじゃない。ガールフレンドをつくる暇もなかった。当時はそう自分に言い聞かせていたが、いまならほんとうのところがわかる。彼女たちのために時間をつくりたくなかったんだ。ぼくにふさわしい女性たちじゃなかった。この人だと思う女性のためなら、生活をがらりと変えてもいい。時間だってつくる。どれくらいきみと一緒にいられるか、それしか問題じゃない」

「話はやめて。できないもの。あなたとそういう話はできないの。いまは無理」

エリーがなにを求めているかライリーにはわかっていた。なにを欲しているのか。それに、〝ぜったいに無理〟とは言われなかったことにライリーは大いに気をよくした。そこに期待をかけた。ありったけの魅力を駆使して、思いつくかぎりの芸当を駆使して、必ず一カ月後にエリーとベッドをともにするようにしてみせよう。人生をともに歩くことになるように。

ライリーはエリーの脚のつけ根に顔をうずめ、歓びの蕾《つぼみ》に口をつけて吸った。全身に力がはいり、エリーを、妻をわがものにする準備ができていた。

エリーは息をのみ、弓の弦のように体をぴんと反らし、頭を前後に振りながら絶頂に達した。

ライリーは立ち上がり、パジャマのズボンを脱ぎ捨て、股間のものを解放した。

エリーの脚のあいだに立ち、自分の場所を確保した。エリーはライリーのために体を開き、ぐったりとベッドに横たわっている。数日ぶりに緊張をほどき、満たされた表情を浮かべていた。髪はシーツの上に広がっている。エリーはライリーを見上げていた。その目は穏やかで、気だるそうに口もとをほころばせている。一瞬、ふたりのあいだにはなにごとも起きなかったような気がした。ほんのひととき、ふたりはよりを戻し、彼のエリーはまた愛情深く、幸せな女性に戻っていた。

エリーをそこへ戻せるのなら、ライリーはなんだってやる。ふたりをそこへ戻せるのなら。

「どうかしたの？」穏やかに輝くやさしげなエリーの目に警戒の色が浮かんだ。

「いかせてくれた借りがあるという理由でぼくを受け入れてほしくない」

エリーはうめき声をあげ、ベッドの上のほうへ移動した。「第二ラウンドを期待していたのよ。あなたを利用するなら、とことん利用するわ。隠しごとはしないで、ローレス。あなたが欲しいとわたしは認めたわ。ほかにはなにもあげるものはないのよ」

ライリーは飛びかからんばかりにエリーの上に乗った。体を重ね、エリーにのしかかった。エリーはライリーを押しのけようとはしなかった。両脚をライリーの腰に巻きつけて、しっかりと押さえこむと、彼をぎゅっと抱きしめた。

「これが必要なんだ」ライリーは突き入れた。エリーが必要だった。この二日間は不幸のどん底だったが、エリーと一緒にいると、惨めな気分はすっかり消え失せた。深く、届くかぎり奥深くまで身を沈め、ふたりのつながりを感じた。

ライリーは欲求を解き放った。根源的な欲求は圧倒的で、抑えが利かなかった。わがものであると妻にしるしをつけたいと思う気持ちだ。妻に。ぼくの妻に。これまで独占欲とは無縁だった。自分が大切にしているものは盗まれるかもしれないし、なくしてしまうかもしれないし、ごみのように捨てられてしまうかもしれないと、昔から身にしみていたからだ。愛情を傾けたものがいずれなくなってしまうのをこれまで見てきたが、エリーだけはちがう。

失うわけにいかない。

ライリーは何度も腰を突き上げ、自分とエリーを高みへ押し上げていった。彼を包むエリーはきゅっと引き締まり、彼女がいったとライリーにはわかった。

こらえきれなくなり、ライリーも果て、エリーの体の奥に精を放った。

ライリーはエリーの隣に倒れこみ、彼女を抱き寄せた。

至福のひととき、エリーは彼の腕のなかで横たわっていた。やがて深く息を吸うと、体を動かし、ライリーの腕をほどき、寝返りを打った。

「部屋を出ていくまえに毛布を取ってくれる？」エリーはベッドの左側に陣取り、枕に頭をつけた。

ライリーは出ていきたくなかった。

エリーのそばを離れたくない。妻と一緒に眠りたい。

「ここにいてもいいか？」

エリーはまた寝返りを打ち、ライリーを見た。「あなたは誰とも眠らない」

「きみとなら眠りたい。図々しいとわかっているが、もし一カ月の猶予をもらえるなら、そのあいだきみと過ごしたい」

エリーはため息をついた。「どうせうまくいかないわ。あなたを信頼できないから」

そこをなんとかしなければ、とライリーは思った。エリーに信頼されていない。それには当然の理由がある。時間と距離の近さがわだかまりを解消してくれるものと願うしかない。ベッドに招き入れてくれるたびに、頼むだけ頼んでみよう。いずれ、彼女も受け入れてくれる。

そして、どうなる？　叫び声をあげながら目を覚ますか、エリーの隣でまんじりともせずに夜を明かすか。エリーに断られてよかったのかもしれない。

ライリーはベッドを降りて、ズボンを穿こうとした。

「鍵をかけて、明かりを消して、ベッドに来て、ライリー」エリーが静かに言った。

ライリーはすかさずドアに駆け寄り、鍵をかけた。さすがにドアノブの下に椅子を持っていくのはやめておいた。鍵をかければじゅうぶんだ。救いようのない変人ぶりをエリーに見せるつもりはない。

「鏡台の椅子を使ったらいいわ。高さがちょうど合うんじゃないかしら」

ライリーはぴたりと足を止めた。どうして知ってるんだ？　たぶんブランがしゃべったんだろう。なぜ自分がソファにいて、兄貴に部屋を占領されているのか説明したのかもしれない。ライリーは深く息を吸った。「そこまで必要ない」

「ひとつひとつよ、ライリー。わたしはもう眠ってしまいそうなの。だから、ドアをしっかり固定してベッドに来るか、自分の部屋に帰るかどちらかにして」

厳密にいえば、ここが自分の部屋だが。ライリーは椅子をつかみ上げ、置くべき場所に置いた。明かりを消すと、エリーのいるベッドに戻り、ふたりで毛布にくるまった。

こうするのは初めてだった。これまでに一度もしたためしがなかった。ライリーはベッドに寝そべり、天井を見上げた。朝までなんとか持ちこたえよう。たぶん明日はもっと楽になる。あるいは、昼寝をすればいい。そうだ、午後、ひと眠りすればいい。

エリーが寝返りを打ち、ライリーに腕をまわした。

ぬくもりに満たされ、彼女の香りに包まれた。ライリーはすこしだけ緊張をゆるめ、そのまま肌を触れ合わせた。

「わたしもあなたに借りがあるのよ、ローレス。あなたがひとりでないと眠れないと思うと、つらいの。わたしの父のせいだから。もしかしたら父が奪ったものをお返しできるかもしれない。だから、こうしているからって、深読みしないでちょうだい」

きっと償いだけではない。愛と思いやりと慰めもあるような気がした。

「了解だ、ローレス」自分と結婚したことを忘れさせるつもりはない。「これは同情の添い寝だろ」

エリーがくすりと笑った気配を感じた。「そういうこと」

ほどなくエリーの息づかいが安定した。ライリーの胸に頭をつけ、脚をからめていた。やがて、ライリーも眠りに落ちた。

初めはわからなかった。激しい痛みを覚えたが、その痛みがどこから来るのかわからなかった。口になにかを詰めこまれていた。なにか不潔なものを。それを吐きだそうとしたが、やつらに押さえこまれてしまった。

〝兄貴がついていないと、だらしないな、おい?〟

姿は見えなかった。部屋が暗すぎるからだ。でも、この声は知っている。ドニーだ。あのくそったれ。ドニーとドルーはこの二年間、敵対していた。ドルーとライリーが養護施設に入所したとき、ドニーはいじめの常習犯で、みんなに恐れられていた。やがて、ドルーにこてんぱんにやられ、泣き面をかかされた。

そのドルーはもういない。二日まえに施設を退所していた。全額給付の奨学金をもらってテキサス大学へ進学することになり、学生寮に引っ越したのだ。長くはかからない、とドルーは約束してくれた。父さんの昔のビジネスパートナーを捜しだして、仕事につかせ、兄弟で一緒に暮らせるようにしてやるから、と。

〝長くて四カ月だ、ライ。どうにか四カ月だけがんばってくれ。そうしたら、おまえを呼び寄せるから〟

ライリーは息ができなかった。大声をあげることもできなかった。腹を殴られ、息を吐きだし、肺がからっぽになった。子どもひとりの拳で痛めつけたとは思えないほど、体のいたるところが痛かった。床に倒れこむと、やつらは蹴りつけてきた。ドニーに両手を押さえつけられていた。

〝ほら、これでほんとうのキングは誰か、おまえの兄貴も思い知るさ〟

ライリーはもう一度叫ぼうとした。

「あなた、悪夢を見ているのね」

手が胸の上で動いているが、同じ手ではない。この手はやわらかい。温かく、手つきもやさしい。

はっとして、ライリーは目を覚ました。

エリーか。エリーとベッドにいる。ライリーは息を吸った。

彼女に怪我をさせた？

「だいじょうぶか？　きみを殴らなかったか？」

エリーはくすりと笑って取り合わず、あくびをした。朝の光が差しこんでいたが、エリーに起き上がる気配はなかった。「そういうことが起きると思っていたの？　寝ているあいだにわたしを殴るんじゃないかって？」

「暴力的な夢なんだ」ライリーは悪夢を忘れようとした。いつもより楽だった。ベッドでエリーに抱きしめられているから。

汗くさく、卑劣な非行少年たちとエリーをまちがえるわけはない。彼女はけっしてライリーを傷つけたりしない。故意にそんなことはしない。助けられるかもしれないというわずかな可能性に期待して、鍵のかかった部屋でおかしな男と添い寝してくれるような人なのだ。

「あなたは暴力をふるう人じゃないわ、ローレス。さあ、黙ってもうひと眠りするといいわ。わたしはいい夢を見ていたのよ。刑務所はじつは五つ星の高級リゾートホテルで、看守はみんなクリス・ヘムズワースみたいにセクシーなの」

ライリーはまだ悪夢を頭からすっかり振り払えなかったが、エリーが一緒にいてくれるなら、問題なかった。「きみを刑務所になんかぜったいに入れさせない」

「しらけたこと言うのね」エリーはぶつぶつ言って、背中を向けた。

ライリーも一緒に寝返りを打ち、もう一度寝ようとするエリーをうしろから抱きしめていた。ヒップにちょうど股間が重なり、エリーと添い寝する厄介な点を発見した。あっという間に硬くなるという問題だ。

エリーの頬にキスをした。彼女には睡眠が必要だ。ライリーは悪夢を忘れ、エリーをさらにしっかりと抱きしめた。

14

二週間後、エリーは粒子の粗い写真を見ていた。

ライリーと結婚して十四日がたち、心境に変化があった。それがよいことかどうかは、よくわからない。穏やかな気持ちになったのだ。いずれ審理が始まるが、思いがけないことに、毎晩泣き疲れて寝入るようなこともない。

泣きわめきはしないが、ライリーの名前を叫び、興奮して大声をあげることならある。あの人は工夫を凝らすようになり、ひとりきりでなくても眠れることを身をもって証明していた。エリーと抱き合わずに眠る方法を忘れてしまったかのようだった。

「口座が偽造されたバハマの銀行の向かい側の防犯カメラの画像を入手した」ケイスがエリーの背後に立ち、ほかの家族は軍事会議テーブルとエリーがいまでは呼んでいるテーブルを囲んで席についていた。ウィンストン・チャーチルかフランクリン・デラノ・ルーズベルトの作戦室に設えられていたとしてもおかしくない重厚な木のテーブルだ。ドルーが骨董品《こっとう》を見つけて、購入したのだとしても驚くにはあたらない。ドラマティックな演出の才能がある人だからだ。

「この女性が誰だかわからないわ」写真の人物は明らかに女であるが、つばの広い帽子をかぶり、サングラスもかけていた。写真は三枚あったが、どれも顔ははっきり映っていない。髪の色さえ判別できないありさまだ。

「これがいちばんましなのか？」ハッチが首を振って尋ねた。「エリーだと言われても仕方ない」

「エリーにしては痩せすぎてる」とブランが反論した。

エリーがちらりと目を上げると、ライリーがじっとこちらを見ていた。

つねに見られている気がしていた。顔を上げれば、鋭い視線が注がれ、なにか必要ではないか、なにか頼まれるのではないか、とライリーは待ちかまえていた。そして、つねに近くにいた。いつぞやは、うっかりつまずきそうになると、ライリーがどこからともなく現われて、エリーの体を支えて、まっすぐ立たせてくれたのだ。

「もちろんエリーじゃない。ぼくたちはカスタラーノの周辺にいる女性たちを調べて、誰ならカスタラーノが使うか割りださなくてはならない」ライリーは悲しげな笑みを浮かべて言った。

そう、あの憂いを帯びた笑みにエリーは苛立ちを覚えはじめていた。

ライリーとの結婚生活も二週間が過ぎ、エリーは時計の音が聞こえるようだった。ふたりの取り決めによれば、エリーはあと二週間でここからひとりで出ていける。自宅に戻ることもできる。警察は必要なものをすでに押収していた。エリーの銀行口座が凍結されているあいだは、ライリーがローンを払ってくれるだろう。自宅アパートメントに戻って、生活を立て直せばいい。

もっとも、ひとりぼっちではないことにここで慣れてしまったのはたしかだ。いつでもぶらりと台所に行けば、誰かしら話し相手は見つかるし、夜ともなればライリーの兄弟たちと作戦会議をすることもおなじみになっていた。

すべてがライリーの思惑どおりに展開している。ただし、ライリーには思いもかけないことをエリーは考えている。

やっぱりここを出ていくつもりなのだ。自分を裏切る可能性のある人と生活を築こうとは思わない。ここの人たちを好きになったけれど、そもそも自分がここにいる原因は彼らにあることを忘れるわけにはいかなかった。彼らにはやるべきことがあり、じゃまになる者は破滅させる。

「エリーではないと、おれたちはわかっている」とドルーは言って、ため息をついた。

「問題は、われわれがエリーの善良な心を信じていても、司法当局はそれを容認できる弁明として認めないということだ。何者かがエリーの名義で口座を開設したにちがいない」

「実際に口座を開設した女性の写真では、これがいちばん近くから撮影されたものだ」ケイスは眉間を揉んだ。エリーが思うに、この人はきっと複数の案件をかかえて長時間働いているのだろう。「バハマに調査員を送りこんだ。銀行の窓口係に鼻薬をきかせて話を聞きださせたが、安くはなかった。何年もまえのことだから、窓口係はたいして憶えていなかったが、この写真の女は身分証明書をちゃんと持参していたとのことだ。銀行に来たのはそのときだけだった。銀行には防犯カメラもないから映像も残っていない。この手の銀行の御多分に洩れず、ここも守秘義務で商売をしているから」

「それから脱税で」おそらくそのふざけた容疑もかけられるのだろう。エリーは写真に目を向けて、可能性のある人物を思いだそうとした。「スティーヴンの秘書は六十二歳。この人はもっと若い女性のようね」

「そうね、中高年ではないと思う」とミアが同意した。「それに、カスタラーノのオフィスの人間だと決めつけることはできないわ。あの男はずる賢いもの。この銀行口座はエリーのお父さんが亡くなるまえに開設された。エリーが〈ストラトキャスト〉に就職した直後のことだった。エリーのお父さんが口座開設に関与していた可能性は考慮したかしら？　彼とカスタラーノは長いあいだビジネスパートナーだった。犯罪を共謀したこともあった。だったら、二度めがあっても不思議じゃないでしょう？」

父にはめられたとエリーは思いたくなかったが、冷静に考えなければならない。

「それも父とスティーヴンが結託した可能性はあるわ。上場企業を個人的な資金源と見なすタイプの人たちだから。それに、父は平気でわたしを陥れかねない人だった」

ライリーは眉をひそめて写真を指差した。「きみの妹ってことはないのか？」

エリーは涙がこみ上げそうになったが、ぐっとこらえた。真実を見つけるためなら、それ以外はどうでもいい。「どんなことでもありえるわ。実際、父がシャリにも株を遺したときは驚いたもの。株は全部わたしが相続するはずだったから。妹に資産管理は無理だと父は思っていたからこそ信託基金を設立した。父は妹をえこひいきしていたかもしれないけれど、妹がどういう子か見極めていたわ」

「株はきみになりすます見返りだったと思う？」と尋ねたブランの声には同情がこめられていた。「というのは、きみの妹は株を妥当な賄賂だと思うほど頭がいいとは思えないからだよ。たぶんブランドものの靴とか、そういうのがいいんじゃないかな」

「嫌みはやめろ、ブラン」とハッチが注意した。

ブランは肩をすくめた。「だってさ、実際に会ったから言うんだよ。彼女と下種野郎を空港へ送る役をやらされたのはぼくだ。まともに話もできないんだよ。頭脳もめりはりのあるスタイルも、エリーがいいところを全部取っちゃったみたいなものだね。彼女の妹はハンバーガーでも食べなきゃだめだ」

「ぼくの妻の体の線についてどうこう言うのはやめたらどうだ?」ライリーがすかさず言い返した。「ただ、妹に関してはおまえの言うとおりだ。正気の人間ならシャリを裏工作に使わない」

そう、現実に目を向けるのは大事なことだ。「父ならこういうことをしてもおかしくないけれど、シャリならぜったいわたしに黙っていられないと思うの。妹は意地の悪いことを言わずにはいられない性格で、これはわたしを傷つける恰好のネタだもの。妹は性格が悪い子だけど、その行動は予想がつくの」

ドルーが背筋をしゃんとさせた。「わかった。ソースプログラムがどこにあるのか、調査は進んでいない。〈ストラトキャスト〉にハッキングもしてみたが、父のプログラムに似ているものも見つからない」

「二十年のあいだに変化しているわ、言わずもがなのことでしょうけれど。元のプログラムを更新していく会社もあるけど、わが社は七年ほどまえにまったく新しいものにアップグレードしたの。技術の進歩は速いものね。以前使っていたプログラムなら引き渡せるけど」

ドルーはエリーの提案をはねつけた。「それはもう調べた。きみの言うとおりだ。おれの父の仕事か判別がつかないほどの変化を遂げている。テクノロジーの世界の二十年は一般の百年に匹敵する」

身元を特定できないほど死体が劣化したようなものだ。ドルーたちの苛立ちがエリーは手に取るようにわかった。

ライリーの手が伸びてきて、エリーの手に重ねられた。義理の兄弟たちの憤りをエリーが察するようになったのだとしたら、ライリーもエリーの専門家になったようなものだ。彼はいともたやすくエリーの心を読む。いつ手をにぎるべきか、いつふたりだけになれる場所へ連れていくべきか心得ている。エリーがひとりで悩むことに疲れたり、しばらくわれを忘れる必要があったりすると、ライリーはそういう行動に出てくれるからだ。彼が体を差しだし、肌を重ねて慰めをあたえてくれるのはそんなときだ。

エリーはライリーの手を振りほどいた。

ライリーと別れたあと、どうやって生きていくつもり？

「妹の自宅へ行くわ」よくよく考えたことだった。「リリーとハッピーアワーに会う約束をしたの。そのあと、シャリのところに行く。妹が父の家からいろいろ持ちだしたことは知っているの。もしかしたらなにか見つかるかもしれない。妹はいま海外にいるから、あの子につきまとわれずに家探しできるわ。なにかを探していると妹に知られたら最後、それをネタに一生脅されるもの」

「シャリはてっきりお父さんが亡くなるまで実家に住んでいたのかと思っていた」ケイスはなにか見落としたかと焦ったようにメモに目を通しはじめた。

「そうよ。でも、コリンと同棲を始めてすぐ、実家を売却した代金の取り分でアッパー・ウエストサイドのアパートメントを購入したの。金目のものはシャリが手当たり次第に持ちだしたわ」姉妹で分けようかとシャリから相談もなかった。引っ越し業者にすべて運ばせておわりだ。

おそらくひとつずつ切り売りするのだろう。

「なにか思いつくといいのだけど。というのは、ケイスとわたしは調査が行き詰ってるの」とミアは認めた。「あなたのお父さんには晩年、愛人もいなかった。だから、話し相手も誰もいなかった。遺言書によれば、財産はすべてあなたたち姉妹に遺している」

「倉庫や貸金庫の情報も出てこない。思いつくことは片っぱしから確かめてみた」とケイスが結論づけるように言った。「ソースプログラムをどこかに隠したのだとしたら、相当隠すのがうまかったということだ」

「なぜカスタラーノはありかを知らないのかな？」とブランが尋ねた。「ふたりはパートナーだった。どちらもコピーを持っていたはずじゃないか？」

「父が〈ストラトキャスト〉の技術部門をほとんど担当していて、スティーヴンとパトリシアは出資金や開業資金集めを担当していたの。パトリシアが抜けたあと、父とスティーヴンが役割を分担した。おそらくある時期に父はソースプログラムを自分のものにして、ふたりに対して脅しの材料にしたんじゃないかしら」父は権力欲が強く、代替策を用意すべしという信念があった。それを考えると、つじつまが合う筋書きなのだ。

父は被害妄想に駆られているとエリーは思っていたが、いまになってわかったことを考え合わせると、あの老いぼれを懲らしめてやりたくなる。スティーヴンについて父の言っていたことは正しかったのだ。

〝あの男はいずれおまえに襲いかかる。昔からずっと、わたしたちのあとをつけ狙っていた。自分のしたことからは逃げられない。でも、あいつもそうだ。あいつの罪は洞穴を満たすほどある。暗い洞穴を。わかるか？　これがわかるほど頭がいいのはおまえだけだ〟

父のことばを思いだし、エリーはさむけを覚えた。病状はかなり進行していた。癌に蝕《むしば》まれ、モルヒネを打たれていたが、父は話しつづけた。

〝あの女のためにしてやった。いまでは憎らしいだけだが。あの女のせいでみな地獄に落ち、あの女だけうまいこと逃げた。殺すべきだった。あの女を殺してしまえばよかった〟

父はパトリシア・ケインを心底憎んでいた。

「父はパトリシアと関係を持っていたんじゃないかと思うの」とエリーは言った。「なにかの足しになる話かわからないけれど、父は死に際に話していたの、ある女性のためにしてあげたことがあるけれど、その人は自分のもとを去っていったと」

ハッチが顔をしかめた。「フィルがパットに手を出していたとは想像もできない。たしかに見た目は悪くないけど、あんなに冷酷な女にお目にかかったためしがない」

「パトリシア・ケインは三度結婚した」とライリーが指摘した。「冷たいと思わなかった男もいるというわけだ」

「その三人は入念に選ばれた夫たちだ」ハッチは反論した。「初婚のときでさえ、夫の人脈目当ての結婚だった。フィルがソースプログラムをパットにくれてやったかもしれないと言うのか？」

「そうじゃないの」とエリーは言った。「父はパトリシアを憎んでいたわ。わたしはただ答えを見つけようとしているだけよ。最期の数日だけは父はかつてないほど率直にいろいろ話してくれたの。あいにく大量の薬を投与されていたから、意味の通らない話もあったけれど」

「できるだけ書きだしてみてくれ」とドルーは言って、椅子から腰を上げた。「ライリーとおれはガリソンと電話会議がある。きみとライリーの〈ストラトキャスト〉の株についてだ。ガリソンが見つけてきた専門家の考えでは、あと一カ月かそこらは時間稼ぎができる抜け穴があるそうだ」

「だからなんだというわけでもないけどな」ライリーはむっつりと返事をした。「カスタラーノは株価を下落させておく道をさらに見つけた。〈ストラトキャスト〉が全従業員の二割を一時解雇する予定だという噂をリークした」

エリーの血が沸いた。そんなことをしなくちゃいけない理由は皆無だ。解雇どころか、雇用をつづけるべきなのに。「あのひとでなし。わたしを追いつめるためにやっているのよ」

「すでにダルヴィッシュをクビにした」ドルーはわずかな同情も見せずに言った。「今朝、お払い箱になった」

エリーは知らぬ間に拳をにぎりしめていた。「開発は何カ月も後退してしまうわ。彼と同じ働きのできる人はけっして見つからないもの」

「リムジンを差し向けた。きみがCEOとして返り咲いたら、〈ストラトキャスト〉のもとのポジションに戻ってもいいという前提で、ダルヴィッシュに〈4L〉の仕事を提示した。できればきみの下で働きたいと彼は断固として言い張っていた」とドルーが説明した。

「彼女はおたくを手なずけるのがうまいんだよ」ブランがエリーのほうを見てうなずいた。

「どうやら、あながちまちがいでもないな」ハッチも同意した。「誰かもうエリーに教えたか？」

「まさか」エリーの頭のなかには最悪の筋書きが浮かんでいた。「研究開発室のスタッフが全員辞めたんじゃないでしょうね？」

「いや、それはない。でも、彼らのしたことをカスタラーノが発見したら、全員解雇されるだろう」とライリーが説明した。「いいニュースは最後に取っておこうと思ってたんだ。近ごろはいいニュースが乏しいから。ぼくが装置のキャリブレーションの設定をいじった証拠映像は、不思議なことにＦＢＩからも〈ストラトキャスト〉からも消えてしまった。昨今はなんでもデジタルだ。捜査官が怠慢だった。ＦＢＩ内のネットワークシステムに保存されているだけで、バックアップを取っていなかったんだよ」

ミアが夫のほうを振り向いた。「ただし、ケイスがやったんじゃないのなら。〈マッケイ・タガート〉はかなり優秀なハッカーをそろえているのよ。〝通信エキスパート依頼料〟の項目を見てみてちょうだい」

「おれはなにも知らない」ケイスは無表情のまま言った。「でも、エリーが担当していた研究開発室の誰かが電話をかけてきて、助けになりたいと相談されたら、そういうことも起きないとはかぎらない。〈ストラトキャスト〉のどの部署でも、カスタラーノの思うようにさせないよう、従業員たちはなんとかしようとしているからだ。おれは否定も肯定もできないが」

エリーはまばたきをして涙をこらえたが、ほろりときたのは単純な理由ではなかった。自分にはまだ友人たちがいる、とわかった。ここを出ていっても、人生はちゃんとつづいていく。ここの人たちが必要なわけではない。

ただ単純に、この人たちが好きなのだ。

エリーは深く息を吸い、頭に浮かんだそんな考えをかき消した。あと二週間で自宅に戻り、すべての答えを出す。ローレス家の洞穴に閉じ込められているあいだはどんな決断もできない。状況からすこし離れてみなければ、きちんと理解できないからだ。

〝一歩下がってみることだ。あらゆる角度から問題を見れば、答えは向こうからやってくる〟

解決できない問題はない、とかつての良き師は教えてくれたものだ。時間をかけ、距離を置き、頭を使えばいいのだ、と。

ライリーのそばにいたら、それができない。一度は別れて、別々の道を歩いたほうがいい。もしかしたらいつかライリーに電話をかけるかもしれない。ふたりのあいだにまだなにか残っているか、そうなったときに確かめてみればいい。

「だいじょうぶか？」とライリーが尋ねた。

エリーはうなずいた。「ええ、だいじょうぶよ。まだ会社に友人たちがいるとわかって嬉しいの。でも、スティーヴンが会社を傾かせようとするんじゃないか心配だわ。これは彼流のわたしへの挑戦なのよ。わたしは最悪の容疑を晴らせるかもしれないけれど、職場には戻れない。スティーヴンは好きなようになんでもできる。わたしが必死に戦って、会社を取り戻せたとしても、そのときにはもはや会社はなくなっているのかもしれない」

エリーを追いだしたいま、スティーヴンは要するにやりたい放題できるのだ。

「なんとか道を探ろう」とドルーが言った。「ライリー、もう時間だ」

ライリーは名残惜しそうにエリーを見た。「ケイスとミアは二、三週間、テキサスに戻る。もうすぐ出発する飛行機で」

ライリーが一緒ではないときには、いつもケイスがエリーのそばについていた。大男のカウボーイがいなくなって寂しくなるだろう。でも、ケイスには本拠地でやるべきことがある。エリーはケイスにハグをして、ミアともハグをした。ずっと欲しかった妹らしい妹ができたのだ。

「またすぐに戻ってくるわ。うちの男の子たちをよろしくね」とミアが小声で言った。「あの人たちにはあなたのような分別ある人が必要なの。姉妹になれて、ほんとによかったわ」

エリーは黙ってうなずいた。ミアにしろ、誰にしろ、ライリーとの取り決めのことを話すわけにはいかなかった。また一緒に寝るようになったのだから、ふたりはうまくいっているはずだと、ミアたちはおそらく思っている。

「ブラン、頼んでもいいか?」とライリーが尋ねた。「ぼくはいま出られないが、彼女は外出する」

ブランは兄に親指を立てて、同意した。「エリーの見守り役を引き受けるよ」

「べつに見守られていなくてもだいじょうぶよ」とエリーは抗議した。

ドルーがエリーをなだめた。「スティーヴン・カスタラーノはおれたちの両親を殺害させた。いまきみがひとりで外出したら、おれたちはみな、心配で生きた心地がしない。頼むからブランを連れていってくれ。普段のあいつはぼんくらみたいに見えるが、いざとなると、役に立つ男だ」

彼らの心配にはちゃんと理由がある。スティーヴン・カスタラーノに脅迫された以上、エリーはひとりで外出することが許されない。それもまたあと二週間で事情が変わることだ。「わかったわ。妹のアパートメントの鍵は持っているの。リリーと会ったあと、そっちへまわりましょう。リリーはなにか情報をつかんだらしいのだけど、電話では話したくないんですって。目立たないようにしてもらうわ。リリーはあなたたちをよく思っていないから」

ライリーは眉をひそめた。「リリーはぼくたちがきみを誘拐したと思っている」

リリーはエリーが快くライリーと結婚したとは信じられないでいる。エリーに電話をかけてきて、ライリーと別れさせようとしたり、お金に困っているなら用立てようかと申し出たり、人生をめちゃくちゃにした人からあなたを引き離すためならなんでも協力すると提案してきたりした。

ライリーと一緒にいることを強制されていなかったら、話をしたり、彼とうまくいくか様子を見たりすることを強制されていなかったら、同じように感じるだろうか。つらい思いをしたり、怒りを覚えたりしたのだろうか。

そういうことを考えると、エリーはまだ腹が立ったが、もしライリーのような子ども時代を過ごしていたら、同じように振る舞ったのかもしれない。ライリーは両親の復讐をするしかないと思っている。それだけが生きがいなのだ。

大切なものをすべて捨てるとライリーは口ではなんとでも言えるが、エリーはそれを信用できなかった。なんだかんだいっても、ライリーは家族を取る。以前と同じく、エリーよりも復讐を選ぶ。

「誘拐じゃないとリリーに説明してみるわ」とエリーは約束した。「帰ってきたら、話しましょう」

エリーにもやるべきことがある。そして、すべてが終わったら、ふたりはようやく別々の道を歩いていける。

ライリーは会議の席につき、ノートに目を落としていたが、文字はろくに見えていなかった。ドルーと弁護士の発言をとりあえず全部書き留めておいてよかった。論理的にものを考えることができなかったからだ。

会議が進むあいだ、ライリーもときどきは集中力を取り戻し、意見を差しはさんだりしたが、エリーのことしか頭にないときに、株や自分の地位を守る心配をしろというのが無理な話だ。

こっちもばかではない。エリーはやっぱり別れようとしている。

エリーが出ていってしまうことを思うと、ライリーはパニックに襲われた。あらたな悪夢だった。養護施設で暴行される悪夢はどうにか消えていったが、入れ替わりにエリーのことで悩まされるようになっていたのだ。彼女は出ていってしまう。そうなれば、ときには話くらいするかもしれないが、次第に疎遠になっていくだろう。エリーがここから立ち去ったら、つまり妻を失うことになる。

彼女にしてみれば、これは便宜上の結婚だ。ライリーにとっては新しい人生の幕開けだった。エリーと結婚して以来、世界は明るくなったようだった。ライリー自身もまえよりも幸せになった。将来について、これまで考えもしなかったことを考えるようになった。終わりのない復讐がすべてではなく、自分の能力を証明してみせなくてもいい。もっとちがう人生を歩むこともできるのだ。

エリーを愛している。どうして彼女を手放してしまえる？

「最近のおまえは大いに役に立ってくれる」ドルーは電話を切り、そう言った。

「できるだけは」ライリーは上の空で返事をした。急げば、リリーに会いに行くエリーを出かけるまえにつかまえられるかもしれない。

ドルーはうなるような声で言った。「あてつけに言ったんだよ。近ごろのおまえはなにも手につかない状態だ。ガールフレンドにラブソングを書こうかというなら話は別だが。まちがいなく名曲が生まれる。それがおれから見たいまのおまえだ。どこかに座って、愛の詩をしたためている」

ライリーは皮肉を言われても聞き流した。ドルーは、こういう物言いしかできないのだ。「彼女はガールフレンドじゃない。ぼくの妻だ」

ドルーは真顔になって言った。「なあ、そこだよ、おれが心配しているのは。エリーはほんとうにおまえの妻なのか？」

「毎晩、一緒に寝ている。正式に結婚は成立していると言える」この会話の流れはまずい、とライリーは思った。注意深く立ちまわり、自分とエリーの仲は順調だというふりをしていた。順調は順調だ。ベッドをともにしているとき、エリーから拒まれることはない。ひと晩じゅう抱きしめさせてくれもする。

朝になると、距離が生まれ、エリーが遠ざかっていくのをライリーは感じとっていた。エリーがいくらほほ笑んでいても、以前のような屈託のない明るい笑みではない。万人に見せる儀礼的な表情だった。

「体を許しているからといって、ずっとそばにいると決まったものではない」とドルーは切り返した。「覚悟はしておいたほうがいい。エリーはおまえとうまくやっていくつもりはない」

「なぜそう言いきるんだ？」答えを聞きたいか、ライリーはよくわからなかった。

「なぜならエリーがビルの管理人に電話をかけているのを立ち聞きしたからだ。あと二週間ほどで自宅に戻ると伝えていたよ。おまえはまだ聞いていないんだろう」

エリーが考え中だというのはわかっていたが、管理人に電話で伝えただって？　エリーはもう計画を立てたのか？　考え直す見込みはあるのだろうか？

ドルーはライリーの顔をじっと見つめた。「やっぱり聞いていないということか」

ライリーは腹にパンチをたたきこまれたような気がした。「ああ。エリーがすでに段取りをしているとは知らなかった」

ドルーは目を剝いて、額にしわを寄せた。「すでに？　つまり、おまえはいずれそうなると知っていたのか？　てっきりおれたちには計画があるものと思っていた。エリーは会社を取り戻すまではここでおれたちと暮らすことに同意した。二週間で会社を取り戻せるってわけか？　そんなにすばらしい才覚がおまえたちに芽生えたのなら、おれに教えてくれてもよかっただろうが。さあ、どうするのか聞かせてもらおう」

こんなやりとりは意味がない。「もちろんどうするつもりもない」

「だったらなぜエリーはあと二週間でここを出ていこうとしているんだ？」

「本人がここにいたくないのなら引き留めはしない」無理に引き留めたら、エリーの人生をめちゃくちゃにした男であるばかりか、誘拐犯にまでなってしまう。これ以上きらわれる理由は必要ない。きっとエリーは毎朝目覚めるたびに、したいことをできないのだと思い知らされるのだろう。そして、それは隣に寝ている男のせいだと思うにちがいない。

「おれたちはいたって明確な取り決めをした」一語一語がドルーの口から冷ややかに発せられた。「エリーをここから出すわけにいかない。カスタラーノがじかに接触する恐れがあるからだ。エリーにはおれたちの目の届く場所にいてもらわなくてはならない。それがこの企画を成功させる唯一の道だ」

結婚を〝企画〟呼ばわりされるのはいやなものだ。「自宅に戻ったら、エリーはどうなると思うんだ？」

ドルーはじれったそうに息を吐いた。「カスタラーノはエリーに接触しやすくなる。近づいて、耳打ちしはじめる。するとどうなる？　いまエリーは〈4L〉の株を持っていて、それを自由にできる。おれたちが株を分けあたえたからだ。カスタラーノが自分と組んだほうがいいとエリーを言いくるめたら、おれたちは厄介な問題を抱えることになる。だから、なぜエリーが二週間後にここを出ていこうと考えているのか、その理由を知りたい」

「ぼくと取引をした」

ドルーは椅子の背に頭をもたせかけた。「あてさせてくれ。おまえはエリーを抱ける。エリーは所定の回数オーガズムに達したら、自由になれる」

「そういうことじゃない」

ドルーは頭を起こし、目を細めた。「ほんとうか？　じゃあ、どういうことだ？」

「一カ月の猶予をくれと頼んだ。親密な関係を築けば、ぼくの気持ちがどれだけ本気かエリーに伝わると思った。夫婦でいるべきだとわかってくれるのではないかと」

「そうか、だったらせいぜいがんばりたまえ」ドルーは口をへの字に曲げた。「なぜならおまえにはあと二週間しかなくて、エリーは非常口の場所を確認ずみだからだ。おまえが気づきもしないうちに〈ストラトキャスト〉の会議に出ているだろうよ」

「エリーがカスタラーノと手を結ぶとほんとに思うのか？　夕食に招いたりすると？」取引の期限が終了してエリーが出ていってしまったら、心配なことはいろいろあるが、まさかエリーが自分たちに敵対するとは思えない。エリーはそういう人ではない。

「状況が状況なら、誰でも魔が差すものだ。そして、おれたちはそういう状況にエリーを追いこんだ。おれたちのしたことをエリーは水に流せない。好きなだけ抱かれても、エリーはまだおまえを許してはいない。おまえを許すまで、エリーにはここにいてもらわないといけない。おれの目の届くところに」

ライリーは立ち上がった。「だめだ」

ドルーは目を見開いた。「だめだ、だと？」

それはドルーがめったに耳にしないことばである、とライリーはわかっていた。

「兄さんのことは好きだ。いくらお礼を言っても言い足りないほど、ぼくにいろいろなことをしてくれた。でも、だめなんだ。エリーはぼくの妻だ。離婚届にサインするまでは、エリーの幸せを守るためなら、ぼくはなんだってする。ぼくのやり方はまちがっているとわかっている。不安のあまり、エリーと取引をした。ぼくはエリーのことを予定に組んだ。子どものころからそうしてきたからだ。あらゆることが次の計画の一環だった。進むべき次のステップだった。もう次のステップはない。エリーはぼくの歩んできた道の終着点だ。ぼくはまるでゲームのように、エリーを相手に駆け引きをしてきた。エリーとの関係はゲームなんてものではないのに。ぼくの結婚は商談ではないんだよ、ドルー。口出しはしないでほしい、と頼むどころではすまない。口出しは無用だ」

ドルーも立ち上がった。「おまえの結婚うんぬんだけではないんだ、ライリー。これはおれたちが実現に向けて必死に取り組んできたすべてにかかわることだ」

それはライリーも、ここのところとことん考えていたことだった。「それがなんなんだ？　父さんと母さんを殺したやつらをほんとうに捜すつもりなのか？　それとも、ぱっくり開いた傷口にバンドエイドを貼ろうとしているのか？　スティーヴン・カスタラーノを刑務所に入れれば気が晴れると、本気で思っているのか？　そうすれば苦痛を取り除いてくれるのか？　なぜ訊くかといえば、なにが苦痛を取り除いてくれるのかぼくはわかったからだ」

「じゃあ、おまえはどこかの女がほかの女よりも気持ちよくいかせてくれるから、すべてを投げだすのか？　彼女は名器の持ち主なのか？　そういうことか？　あそこの魅力でおまえを癒してくれるって？」

ライリーは頭で考えたわけではなかった。気づくと兄にパンチを浴びせていた。顎に一発。くそ兄貴の顎は頑丈だった。拳がひどく痛んだが、殴ってもなんの解決にもならない。ライリーはうしろに下がった。「妻をそんなふうに言わないでくれ」

ドルーには理解できなかった。ことばがわからないから通訳してくれ、と思わず弟に頼みそうになった。自分にとってエリーがどんな存在か、ライリーは話したければ一日じゅうでも話せばいい。こっちの頭でどうにか理解できるのはせいぜいセックスのことだけだ。愛は理解不能だ。愛に触れた経験がないからだった。

知らずじまいに終わるのかもしれない。

「殴ってすまなかった」ライリーは兄を一度も殴ったためしがなかった。

ドルーは顎に手を走らせた。「こっちこそ不快にさせてすまなかった。そういうことに疎いから。悪く取らないでくれ。エリーのことは好きだ。感じのいい女性だ。でも、おまえを愛しているとは思えない。おまえは傷つくことになる。それを黙って見ていられない」

仕切り屋め。ドルーは長いあいだ兄弟の面倒を見てきたから、ほかのやり方を知らない。「傷つく価値のあることもある。それに、エリーはぼくを愛している。愛されているとぼくにはわかるんだ。エリーを見ていると、あの物語を思いだす。母さんがぼくたちによく読んでくれた物語だ。憶えているか？　ドラゴンが出てくる話だ」

「『眠れる森の美女』だろ。いつもドラゴンに勝ってほしいと思っていた」

少年たちにしてみれば、物語のなかでドラゴンがいちばんかっこいいキャラクターだったからだ。ミアのお気に入りはお姫さまだった。「エリーはいま眠っているような状態だ。エリーは大切な思いを忘れようとしている。なぜならぼくが傷つけてしまったからだ。ひどく傷つけてしまった。エリーは自分を守るために心に壁をつくった。でも、いずれは壁を取り払う。エリーはそういう人だからだ。どこかの王子が現われて、エリーにキスをして目覚めさせるかもしれない。ぼくはドラゴンで、みんなを蹴散らし、エリーにキスをする。王子さまは意気地なしだった。エリーが必要としているのは彼女を守るドラゴンだ」

それを聞いて、ドルーはにやりと笑った。「二週間でエリーを説得できると思うんだな？」

「いや、あんな取引をしたのはまちがいだった」ライリーはとうとう、彼女になにをしていたのか気づいた。境界線を引いていたのは自分だったのだ。ふたりをひどい立場に置いている張本人は自分だった。それはやめにしなければいけない。

「エリーはおれたちを破滅させるかもしれないんだぞ、ライリー」

かわいそうなドルー。果てしなくつづく計画にこだわるしかないのだ。「エリーはそんなことはしない。ぼくたちとはちがうんだ、そういう意味では。兄さんはエリーを見て、自分が持っていないあらゆるものを彼女は持っていると思う。でも、兄さんが思うよりも、エリーの経歴はぼくたちに似ている。エリーも孤独な子ども時代を送っていた。父親は愛情たっぷりのパパではなく、せいぜいたんなる保護者程度の存在だった。母親とは早くに死別している。全寮制の学校で思春期を過ごした」

「くそ養護施設とは段ちがいだ」ドルーが言い返した。

「エリーには誰もいなかった。それでもまわりの人たちを思いやるすべを見いだした。エリーを一瞬でも敵視しないでくれ。彼女はぼくたちが手本にするべき人だ。ミアはケイスと出会ってほんとによかったと思う。ぼくたちの惨めな世界に引きずりこまれるまえに」

「ばかを言え、惨めなんかじゃないぞ。これは正義だ」

「ちがう、復讐だよ」ライリーはいまそれがはっきりとわかった。「カスタラーノがぼくたちの父親殺しに関与していたと証明するなら正義だ。正義を振りかざして、まわりをすべて巻き添えにしてカスタラーノを降参させることじゃない。エリーの会社を取り戻したら、ぼくは降りる」

「四人めが誰だったか、おまえはどうでもいいのか？」ドルーは憤りをにじませた声で尋ねた。「父さんと母さんの殺しにかかわったもうひとりの名前なんか知ったことかってわけか？」

「そんなことはないよ。パトリシア・ケインとその謎の人物を両親殺害事件と結びつけることができたら、当局に訴え出る。でも、それ以外は父さんがぼくに望んだはずのことをするつもりだ。ぼくは普通の人生を送る。まわりの人たちのためになる人間になる。ああ、ドルー、父さんのことをもう思いださないのか？」

「思いだすさ、父さんのことも母さんのことも」ドルーは目を赤くして、体の脇で拳をにぎった。「ふたりがどんな叫び声をあげたか」

ドルーは背を向けて、部屋を出ていった。

ライリーは兄の気持ちを思い、胸が痛くなった。ドルーが思いだせるのは、あの最後の瞬間だけのようだ。兄弟がみな愛されていたことを忘れてしまったのだろうか。母さんがケーキを焼いてくれて、子どもたちをちびっ子モンスターと呼んでいたことを？　父さんが子どもたちを抱き上げて振りまわし、この世はすばらしい冒険に満ちているると教えてくれたことをドルーは憶えていないのだろうか。

妻が通りすぎる姿がちらりと見えた。

すぐさまライリーはあとを追った。

ブランが薄手のジャケットをつかみ、エリーにつづいた。ライリーがふたりに追いついたとき、ちょうどエレベーターのドアが開いた。

「エリー、三分だけいいか？」

エリーはうなずいて、ブランを見た。「ロビーで待ってる」ブランがエレベーターに乗り、ドアが閉まると、エリーはライリーに振り向いた。「なんの用？　ねえ、そのうちボディガードなしでわたしが街を歩きまわるのを許可せざるを得なくなるわよ」

「カスタラーノがきみをつけ狙っているあいだはだめだよ」ライリーは思わず頬がゆるんだ。エリーはきれいな白いトップスに黄色いスカート、ウエストには黒いベルトというでたちで、可憐《かれん》にしてセクシーに見えた。

「なにをにやけているの？」

「きみを見ていると幸せな気持ちになるからだよ」

エリーはうつむいた。「ライリー、話があるの」

「ビルの管理人に電話をかけて、出ていく予定だとすでに話したんだろう？」

「どうして知っているの？」

「ドルーがたまたま立ち聞きしていた。べつにいいんだ。ぼくがばかだったんだよ、きみとあんな取引をして」

エリーは強情そうに顎を突きだした。「つまり、阻止するの？」

「ちがう。きみの自宅と同じ館内でアパートメントを探す。そして、もう一度きみに交際を申し込もうと思っているんだよ、ベイビー。一からやり直すつもりだ。ぼくは自己紹介をする。なぜなら、きみが歩いてくるのを見て、きみに目が釘づけになったからだ。ぼくはきみの食料品を運ぶのを手伝ってあげるが、それもこれもきみがデートに応じて、ぼくにチャンスをくれることを願っているからだから、そこのところはよろしく」

エリーは首を振った。「うまくいきっこないわ」

うまくいかなければ困る。「きみを待つ。それはまえに言わなかったことだ。ぼくはせっかちで、きみがまだ心の整理がつかないでいることを無理強いした。それはぼくのやるべきことじゃない」

「夫としてということ？」

ライリーは首を振った。「そうじゃない。たぶんしばらくは夫はやめたほうがいいだろう。ぼくがいま言っているのは、きみを愛する男としてやるべきことの話だ。きみを誰よりも優先する男として、だ。ぼくはけっしてきみをあきらめないよ、エリー。二週間たっても、二十年たってもだ。もしもきみが二度とぼくを愛せないとしたら、ぼくはきみのいちばんの親友になる。頼りがいのある友人に、きみの味方になる。ぼくは生涯をかけて、きみを愛しつづける。どうなろうとも」

目に涙が浮かんだが、エリーはライリーのほうに一歩も近づかなかった。

時間をかけるのだ。脅したり、待っていると伝える以上の約束を押しつけたりしてはいけない。

「さあ、出かけておいで。なにかあったら電話をくれ。すぐに駆けつける」ライリーはうしろに下がり、場所を空けた。

エレベーターが来ると、エリーは乗り込んだが、ドアが閉まるまで、まっすぐライリーを見つめていた。

ライリーは足取りも軽く、その場を立ち去った。

15

「理解に苦しむわ、どうしてあの男とベッドをともにできるのか」とリリーは言って、口をきゅっと引き結んだ。

「ベッドでは最高なの」エリーは手もとのメニューに視線を落とした。リリーには悪いけれど、ハッピーアワーに会いましょうという誘いに乗らなければよかった、とすこし後悔した。考えたいことが山ほどあるのに、どうやらリリーは夫を憎むべき理由を思いださせよう思いださせようとしている。ライリーとまだ体の関係をつづけている、と口をすべらせたのが大きなまちがいだった。

リリーは目を剝いた。「あの男になにをされたか忘れたの？」

エリーはメニューをおろし、友人に目を向けた。「これっぽっちも忘れてないわ。来る日も来る日もそれについて考えているもの」

そして、どうしたものかと頭を悩ませている。残すところあと二週間だが、自分のいるべき場所へ戻る道を見つけるにはまだ程遠い。

アパートメントを維持する手はずをととのえたことをライリーは知っている。彼が知らないのは、ペントハウスを出ていくことを思うと胸が張り裂けそうになるエリーの気持ちだ。

彼の計画は見事にうまくいった。エリーはペントハウスが気に入った。ローレス一族と食事の席につき、肉の煮込み《ポットロースト》を食べ、ワインを軽く飲みながら、雑談をしたり、議論を闘わせたりするのが好きだった。

大人になるときに経験できなかったすべてがそこにある。ローレス家の人びとはまさしく家族であり、仲間だ。ドルーには一家の長としての威厳がある。みんなを笑わせるのがミア。物静かで、思いやりがあるブラン。いかれたハッチはみんなのおじさんだ。そして、ライリーは働き者だ。ドルーの強力な右腕でもある。

エリーはこの一団のなかにすんなりと自分の居場所を見つけた。ドルーやライリーに反論し、金を稼いだり、復讐をたくらんだりする以外のことを彼らに考えさせた。政治談議に花を咲かせたことも何度かあったし、エリーは義理の兄弟におのれを振り返らせることもできた。従業員を思いやるエリーの方針をいくつか〈4L〉で実践できないか、ドルーは検討にはいっている。

「エリー、彼はあなたのキャリアをめちゃくちゃにしたのよ」

エリーは視線を遠くに向けた。ブランはバーの止まり木に座り、ウェイトレスにほほ笑みかけている。義弟は女性にめっぽう弱いのが欠点だ。エリーは本気でブランを心配していた。ブランの過去になにかがあった。誰も口に出さないなにかが。ブランは女性にほだされやすく、どんな女にもお涙頂戴話のひとつはある。ブランはエリーのほうを振り返り、励ますような笑みを送ってきた。

やれやれ。エリーはすでにブランを愛している。ライリーを愛する気持ちとはちがうが。ライリーを愛していないならいいのに。

「従業員はまだわたしの味方だと、あなたから聞いた憶えがあるんだけど」ライリーがことに及んだとき、予想どおりのことが起きたのだろうか、それとも予想外のことが起きたのだろうか、とエリーはあれこれ考えていた。こちらがするりと窮地を切り抜けるもの、と彼らが考えていたとしてもおかしくない。

リリーはワインをひと口飲んだ。「何人かはそうよ。でも、あなたの味方につくことで、彼らはすべてを失う危険を冒している。それもこれもライリーのせいなのよ。彼はあなたを利用した」

「わたしにその埋め合わせをしようとしている」

「あなたと結婚して、あなたの株を奪うことで？」

「いまは紙くず同然の株でしょ」それを考えると、ライリーは結婚を申し出る必要はなかったのだ。結婚しないほうがずっと簡単だったはずだ。ドルーは自社の株をエリーに分ける破目になった。かなり信用しなければできないことだ。エリーがその気になれば、その株を使って、ドルーと〈4L〉を不利な立場に追いやることもできるからだ。

ライリーのことばに注目するべきだろうか？　それとも行動に注目するべき？　ライリーの行動は具体的なことを物語っている。ふたりがカスタラーノに打撃を受けてからというもの、ライリーが起こした行動はどれをとってもエリーを助けるためのものだった。エリーを救いだすため、ライリーはありとあらゆる手をつくしてきたのだ。

罪悪感から行動を起こしただけなの？

「株価はいずれもとに戻るわ」とリリーが言った。

ふたりは小さなレストランの奥のテーブルについていた。リリーは偽装工作をすると言って聞かなかった。裏口からこっそり入店し、帰りは厨房《ちゅうぼう》を通って出ていくつもりだという。ここは〈ストラトキャスト〉から離れているため、誰かがふらりとはいってきて、ふたりが一緒にいるところを見られる恐れはまずない。いくらなんでもやりすぎだ。

「リリー、そろそろ〈ストラトキャスト〉を辞めたほうがいいんじゃないかしら」

友人は目を丸くし、そんなことは考えもしなかったというように椅子の背にもたれた。「どうしてわたしがそんなことを？　降参しろとライリーに言いくるめられたの？　あなたは彼と一緒にいて幸せだから、わたしたちのことはもう忘れちゃった？」

エリーの胸に罪悪感がずしりとのしかかった。「いいえ、忘れていないわ。あなたを心配しているだけよ。スティーヴンの底力をあなたは知らない」

「知ってると思う。カイルの秘書役を引き継いだから。彼は実の父親のことをまるで悪魔かなにかのように話すのよ。ご老人が引退するのをふたりでじっと待っていれば、すべては自分のものになるって、カイルは言うけどね」

「リリー、まさか彼とつきあっているんじゃないでしょうね」カイルは要注意人物だ。

「カイルのことならだいじょうぶよ」リリーはエリーを安心させるように言った。

「そんなに悪い人じゃないの。父親はひどい人だけど、カイルが守ってくれるからわたしは平気。こっちこそあなたが心配だわ。ローレス一家をめぐる状況をカイルが説明してくれたの。あなたの身が危ないということもね。あの人たちは陰謀をめぐらし

ている のよ」

「ふうん、それでカイルがどんな説明をしたか、ぜひ聞かせてもらいたいわ」

リリーは向こうのバーにいるブランに話を聞かれるとでも思ったのか、体をまえに乗りだした。「ローレス家の人たちの考えでは、あなたのお父さんとスティーヴンが彼らの父親からソースプログラムを盗んだんですって。さらにいかれちゃってること に、スティーヴンとあなたのお父さんとパトリシア・ケインに両親を殺されたと思いこんでるのよ。パトリシア・ケインが人殺しだなんて、想像できる？ 殺しのエチケットとそのあとにお客さまをどんな食事でもてなすか、テレビ番組で紹介するってわけ？」

実際のところ、あの女性はそんなことをやりかねないほど冷酷だ。「亡くなる瀬戸際に父から真相を聞いたのよ」

リリーはうなずいた。「カイルはそれも全部知っている。そのソースプログラムは最初からあなたのお父さんのものだった。盗もうとしたのはベネディクト・ローレスだったのよ」

「ちがうわ。わたしの父はベネディクトを殺して、ソースプログラムを奪った。そういう経緯で父とスティーヴンとパトリシアは〈ストラトキャスト〉を設立した。父はわたしに告白していたの。わたしの夫の家族の言い分が正しいのよ。スティーヴンは二週間まえに電話をかけてきて、わたしに脅しをかけさえしたわ。父が引き渡そうとしなかったソースプログラムを見つけてこなければ、わたしの大事な人を全員痛めつけてやる、と。スティーヴンが恐れているのは、ソースプログラムのせいで自分の罪が証明されることなんじゃないかしら」ドルーは半信半疑だが、ソースプログラムを調べてみたいと思っている。ソースプログラムを見つけだしたら、ドルーに渡して、すべてのごたごたが解決することを願うばかりだ。

ライリーは口にしたことを実行するかしら？　一からやり直す？　やるだけやらせてみる？

ライリーを拒絶する自分を思い浮かべてみようとしたが、どういうわけかイメージが像を結ばなかった。なんら因縁のない状態で会えたらどうなるだろう？　今度はうまくいく？

リリーは椅子の背によりかかった。「スティーヴンが人殺しをするなんて想像もつかないわ。ひどいことをしたのは知ってるけど、殺しとなると……」

リリーに信じてもらわなくては。「スティーヴンはやったのよ。告白したとき、父は病状がかなり悪化していた。父から聞いたほかのことについても、最近ますます考えているの」

「ソースプログラムのこと？　スティーヴンはあなたのお父さんが奪ったものについてひどく腹を立てているようね。会社に属するものなのに、自分を脅すためにあなたのお父さんが奪ったのだと言っているわ」リリーは唇の両端を上げ、皮肉っぽい笑みを浮かべた。「当然ながら、スティーヴンの話のなかでは、あなたのお父さんは悪人にされている。スティーヴンがカイルに話したことによれば、あなたがプログラムを渡せば、スティーヴンはあなたに圧力をかけるのをやめるそうよ」

嘘八百だ。「それならスティーヴンは嘘をついているのね。プログラムを渡せば、あなたに危害を加えない、とわたしに言ったのよ」

リリーは眉をひそめた。「わたしに危害を加えないですって？　スティーヴンはわたしを使ってあなたを脅しているの？　自分の身ぐらい守れるわ」

彼女ならそう思うだろう。けれど、身の危険に直面したら、友人に抵抗するすべがあるのか、エリーは疑問だった。「くれぐれも気をつけて。あなたが会社を辞めてくれたら、もっと安心できるけど」

「それはできないわ。誰かが会社の様子を見ているべきだもの。カイルは気に入らないからという理由で三人を解雇したの。いい人たちだったのよ、エリー」

「それもそうね。でも、あなたはカイルを止められなかった。ほかの従業員はあなたのまわりで話をしない。情報がはいってこないなら、あなたが命の危険を冒す価値はないと思う」

「スパイの仕事がへたでごめんなさい」リリーはまばたきをして涙をこらえているようだった。「たぶんそのソースプログラムを捜す手伝いならできると思うわ」

エリーとしては、これ以上リリーを巻きこみたくなかった。「父の隠し場所に心あたたりがあるの」

「でも、脅しに応じるつもりはないんでしょう？　あなたがどういう人かわたしは知ってるのよ、エリー。こんなふうにあなたを脅迫した時点で、スティーヴンは過ちを犯した」

エリーは手を伸ばして、リリーの手に自分の手を重ねた。「だからあなたに会社を辞めてほしいの。わたしの脅迫にスティーヴンが利用できる人物がいなければ、あとはすべてビジネスだけの問題になる。スティーヴンにはまだ欲しいものが〈ストラトキャスト〉にある、と期待をかけるしかない。スティーヴンは誰でも好きに解雇できるけれど、会社が生みだすお金も必要だわ」

「あなたはソースプログラムを自分の夫に渡す」リリーは宿命としてあきらめざるを

得ないというように言った。

エリーはうなずいた。「父から聞いた話を信じているの。そのプログラムがなんであれ、ローレス一族のものだと信じている。でもね、リリー、ライリーがこの先もずっと夫であるのかどうかはわからないわ。あと二週間たったら、わたしは自宅に戻るの。そのあとのことは、なるようになる」

「どうしてペントハウスを出るの？　あなたの身の安全を守る目的で同居しているのかと思っていたわ。ライリーに追いだされたの？」

ちょっと待って。ライリーのことになると、友人は即座に最悪の筋書きに飛びつく。

「ちがうわ。普通の暮らしに戻ろう、と自分で考えたの。身の振り方が決まるまで、ローレス家の人たちに支援してもらえるわ。先のことは誰にもわからないでしょう？ライリーとつきあうかもしれない。肝心なのはこの戦争からわたしは抜けるということ。自分の仕事と会社を取り戻したいという気持ちは別として」

「つまり、ソースプログラムは見つけられると思うのね？」

それについてはエリーも自信はない。「捜し場所はわかったと思う」

「それで、あなたはわたしに手を引かせようとしている」

「ええ、そうよ。目当てのものをわたしが持っていると気づいたら、スティーヴンはわたしを降伏させるためにあなたを利用する。あなたがわたしの大事な友人だと知っているから」

リリーはエリーの手をぎゅっとにぎった。「わたしもあなたを大事に思ってる。それに、あなたのいい人をあまり厳しい目で見るのはやめるわ。やめるべきよね。誰でも決断を誤ることはあるし、愛する人を窮地に追いやってしまうこともある。あなたがライリーを許すとは考えもしなかった」

「わたしもまだそこまでの気持ちにはなっていない。それに、たとえ許せはしても、忘れることはむずかしい。ライリーが家族のために正しい行ないをしているつもりだったことは理解しているの。もっとも、夫婦としてうまくいくかわからないわ。スティーヴンを牢屋へ入れたとしても、ローレス一家はそれでおしまいにはしないから」

リリーは驚いたようで、かたちのきれいな眉を吊り上げた。「パトリシア・ケインも倒したいの？　どうやって？　彼女はもうハイテク業界にいないのよ。ローレス一家はパトリシアの秋にぴったりのパイに毒を盛るの？　それとも、若いころに出演したポルノ映画でも見つけてくるの？　そこまでしたらあっぱれだわ」

パトリシア・ケインについて、エリーは首を突っこまないようにしていた。「さあ、どうなのかしらね。でも、スティーヴンはモンスターだとローレス兄弟が思っているなら、パトリシアのことはどう呼ぶのかしら」

「パティおばさんではないわね」

「それはぜったいにないわ」エリーはパトリシアがそんな愛称で呼ばれることを思ってぞっとした。「父は彼女をきらっていたわ。〝パット〟と呼ばれる柄でもないしね。いくらアメリカの主婦代表ぶっても、彼女は嫌な女だわ。それでも、ローレス一家が彼女を狙おうとするのはよくないと思うの。誰かが痛い目にあうわ」

それがパトリシアであるとはかぎらない。

自分が出ていったら、誰が理性の声になるのだろう？　ミアとケイスはダラスに戻らなければならない。ミアがいま夫のケイスのそばを離れるのは無理だ。

エリーが去れば、一家は男性たちだけになる。彼らがつねに最善の決断をくだすと決まったものではない。

エリーはブランに目を向けた。彼は静かにバーテンダーと話をしている。エリーのほうをちらりと見て、屈託のない笑みをよこした。

パトリシア・ケインの縄張りに送りこまれるのはブランかしら？　あるいは、ニューヨークでほかにやることはほとんどないからライリーが行くの？

エリーはローレス一家に自分の居場所を見つけていた。いま彼らのもとを去る覚悟はあるの？

「じゃあ、オフィスに戻ったら、私物をまとめるわ。カイルには〝くたばれ、大嘘つき〟って置手紙をする」リリーはエリーに笑顔を向けた。「〈4L〉に秘書の口はあるかしら？」

「わたしが復職するまで、義兄があなたのお給料を払ってくれると思う」ドルーならなんとかしてくれるだろう。またリリーと一緒にいられるのはいいことだ。そうすれば、エリーも仕事モードに戻れる。

リリーは小さく敬礼した。「あなたについていくわ」

ウェイトレスがテーブルに来て、ふたりはおかわりを頼んだ。そのあいだ、エリーは自分の将来について思いをめぐらした。

二時間後、エリーは妹のアパートメントのなかを見まわしながら、そのうちライリーのことを考えなくなるのだろうか、と思い悩んだ。

彼にどう折り合いをつけたらいいのだろう？　最後に言われたことばが頭から離れなかった。どうしてあんなことを言ったの？　今度はどんなゲームを始めたの？

ブランが歩きまわりながら、部屋の様子を見て、口笛を吹いた。「いい住まいだ。すごいや。モデルの仕事って稼げるんだね」

「シャリはそんなに稼いでいないわ。始めたころはよかったけど、いまはなかなか仕事をもらえないみたい、一緒に仕事がやりづらい性格だから。待機することも仕事のうちだと思っていないのよ」

「だったら、誰かさんの稼ぎがいいんだな。ここは安い部屋じゃない」

シャリがこの物件を購入したとき、姉妹で大げんかをしたのだ。「コリンとわたしが住んでいた部屋を売却した代金の半分と、結婚しているあいだにわたしが稼いだ資産の半分と、父の遺産相続のシャリの取り分を合わせて、あのふたりはここを買ったの。財産をはたくべきじゃないとわたしは反対したけれど、体裁を保つために最高級の部屋に住みたいとシャリは言い張ったの。あのふたりは一年後もここに住めたら御の字でしょうよ」

「ひどい話だ」ブランは玄関のテーブルに飾られた写真を手に取った。「きみの元夫？」

エリーはちらりと目をやった。案の定、シャリとコリンの写真だった。「そうよ。去年のクリスマスにその写真を撮影して、カードに印刷して送ってきたわ」

「きみのタイプに見えないな」ブランは写真立てをテーブルに戻した。

「ライリーがわたしのタイプだと思うわ」

ブランはアパートメントのなかをぶらぶらと歩いた。「そうだね。ライリーは硬派で、体も引き締まっている。写真のあの男は髪に時間をかけすぎだ。ライリーは身なりに気をつかっているけど、それは仕事柄だ。体を鍛えているのも強い男でいるためで、割れた腹筋を見せびらかすためじゃない」

「コリンも昔はああいう感じじゃなかったの」エリーは部屋のなかを見まわした。厄介なことに、ここにあるものはほとんどすべて、実家から持ってきたものだった。上品なソファ、戦前のテーブル。シャリは頭のなかはからっぽかもしれないが、上質な家具を見る目は持っていた。

なぜ父親の仕事部屋から家具を持ってきたのだろう？

「へえ、それは問題だな。ほら、つまらないことでも役に立つってわけだ。ドルーは説得できないけどな。禁欲を貫くつもりだから。個人的には、全部捨てちゃえばいちばんだと思う。ぼくの場合、気に入ったかもしれない女性を何人も失うけど、ほら、長距離に耐えられないつくりなら、最初から乗らなければいいだろう？」

エリーは義弟のほうを振り返った。「いったいなんの話をしているの？」

「ライリーにたっぷり向けているきみの怒りはじつは怒りではないという話さ。きみが大事に思う男がまた寝返るんじゃないかという不安だ」ブランは穏やかなまなざしをエリーに向けた。「ライリーはそうはならないさ、ぼくにはわかる。きみの最初の夫とは生まれも育ちもちがう。ライリーにはきみが必要だ。きみには計り知れないほど。ライリー本人が口にするよりも、もっときみが必要になる。あそこの写真の愚か者よりも確実にきみを必要とする」

「わたしは離婚を引きずっているわけじゃないのよ、ブラン」そんなのはばかげたことだ。「わたしが怒っているのは、あなたのお兄さんがわたしに嘘をついて、わたしを利用したからなの」

「だったら、どうしてライリーとまだ寝ているんだ？」

ケイスはこういう質問をけっしてしない。エリーの子守り役を務めていたとき、大男のカウボーイが話題にしたのはアメリカンフットボールのことや、どこへ行けば最高のハンバーガーにありつけるかということだった。エリーはどちらかといえばケイスのほうが好きだ。もしかしたら、赤裸々に話せば、ブランを黙らせられるかもしれない。

「あなたに関係ないけど、教えてあげる。お兄さんはベッドで最高なのよ」

ブランはにやりと笑った。「血筋さ。でも、それも戯言だと言わざるを得ない。きみは快楽だけを求めて男と寝る女性じゃない。ほかにもなにかないとだめだ」

「わたしはオーガズムを求めちゃいけないって？」

「きみにとってオーガズムはたんなる欲求不満の解消ではない。それ以上のことを求めていて、ライリーと出会ってそれを見つけた。しかし、まえにも見つけたと思ったことがあるから、きみは怖くて信じることができない」

エリーは長いため息をついた。「精神分析をしたいなら、ほかをあたって、ブラン。わたしには……」どんなかたちのものを探しているのか、エリーはよくわからなかった。「探しものがあるから」

エリーは廊下を奥へと進んだ。どこかにコリンの仕事部屋があるはずだ。最近は学問の世界から遠ざかってしまったが、コリンには仕事部屋をかまえる習慣があった。いまはシャリのなきに等しいキャリアを〝管理〟しているわけだから、習慣をやめるはずはない。

廊下の先にあった。羽目板張りの美しい部屋で、壁一面に整然と本が並んでいた。

コリンは本好きだった。エリーは書棚を眺めた。コリンに贈ったたくさんの本がまだ残っていた。シャリは好きな本に出会う経験を知らずにいる。

人生はほろ苦いものだ。その苦味が実際に口のなかに広がるようだった。コリンを愛しているわけではない。そんな気持ちはまったくなかった。かつてコリンを愛していたのかさえ、エリーはわからなかった。けれど、怒りがこみ上げてきた。ブランが正しいのだろうか？　人は愛を手放し、恐れと怒りを抱えていることなどできるのだろうか？　心変わりされるのが怖いからという理由で、ライリーを遠ざけられるものなの？

ライリーは出会いのきっかけになった理由を、エリーの弁護士になった理由を偽っていた。ということは、自分が何者かということも嘘をついていた？　エリーへの気持ちも嘘だった？

ライリーの口にすることばを信じられるだろうか？　そう、それこそがほんとうの疑問だった。

かつてコリンを信じていた。コリンに心を許し、彼を立てて、彼を中心に生活設計を立てた。そして、コリンへの思いはライリーに感じている思いの半分にも満たなかった。それでも、コリンが去っていったとき、エリーは傷ついた。ライリーが自分の行ないの罰はじゅうぶん受けたと判断したら、そのときわたしはどんな気持ちがするの？

ああ、つまりそういうことだ。そんなふうに考えていたのだ。一カ月の猶予をライリーが申し出たとき、自分は出ていくことになるとエリーははっきりと思った。なぜならライリーは自分と一緒にいて一カ月も持つはずがないからだ。ライリーが根を上げるまえに、自分から出ていくほうがましだからだ。

「なあ、エリー」ブランがドアのところに立っていた。大柄な体は出入り口の隙間をすっかり埋めていた。「すまない。ずけずけ言うべきじゃなかった。ぼくはただ、きみが出ていってしまうんじゃないか心配なんだ。きみに出ていってほしくない。近くにいてほしいんだ」

「ライリーの心変わりをわたしが心配しているというのはあなたの勘ちがいよ。たしかにコリンは心変わりした。真剣に交際した相手はコリンが初めてだった。そして彼はあっという間に変わってしまった」

「ライリーは変わらない。コリンとはちがう。一貫性のある男だよ、エリー。二十年間ひとつの目標に向かっていた。なにがあってもその目標が変わることはなかった。唯一の例外がきみだ。ライリーはきみを愛している。きみを必要としている。ぼくにはわかるんだ。なぜならぼくもきみのような人が必要だからだ。ライリーの持っているものを手に入れるために、ぼくならどうするかわかるか？」

エリーは鼻で笑った。冗談でしょう？「ライリーのそばにいる女性は約束をしようとしないのよ」

ブランは深く息を吸った。ブランの胸から感情があふれていることにエリーは気づいた。彼は言った。「ライリーは愛する女性を射止めた。そう、ぼくもそういう人が欲しい。ぼくも誰かを愛したいんだ。誰もが犯す大きなまちがいさ。人は自分を愛してくれる人が必要だと思う。でも、誰かを愛することのほうがもっと大切なんだ。愛せるということこそ、その人が何者であるか多くを物語る。ぼくは愛したいんだ、エリー」

いいかげんにして。エリーはまたもやブランにいらいらしてきた。「わたしとライリーがそうなるかわからないわ」

「べつにかまわないさ。いずれにしてもライリーはきみを愛することになる。誰かを愛することは誰かに愛されることより断然大切なことだ。ぼくが思うに、兄はきみを愛している。その愛が兄の人生を一変させると思う。兄はぼくたちが築いた復讐の洞穴で人生を送ることもできるし、そこを出て、光のなかを歩むこともできる」

エリーの父は愛する者も大事に思う者もいない洞穴で一生を終えた。自分を愛する者が誰もいない洞穴で。

そういえば、父は洞穴のことをよく口にしていた。洞穴にいれば安全だと言っていた。誰も必要ない、だから洞穴は安全だと言っていた。すべての罪を洞穴に隠したとも言っていた。

それが意味のあることだったとしたら？　モルヒネのせいでうわごとを言っているのかと思っていたが。父がちゃんとなにかを伝えようとしていたのだとしたら？

洞穴。父が洞穴と呼んでいたのは仕事部屋だった。

「こっちはだめかもしれないわ」

「だめって？」とブランが尋ねた。

「父の仕事部屋にあったものを探せばいいと思うの」

「了解。それはできるさ」

そもそもの問題をブランはわかっていない。「でも、シャリがすでにいろいろ売却してしまったの」

ブランは顔をくもらせた。「くそっ。でも、それならどこかにあるはずだ。そう、まずはざっと見てみよう。どこかに隠されていると思うんだね？　きみのお父さんなら秘密をどこに隠すだろう？」

「さあ、どこかしら。ちょっと考えさせて。そうね、本を調べてみて。父の書斎に並んでいた本もあるから」シャリは父の遺品をいくつかクリスティーズで競売にかけて売却していた。そのほかに、〈eBay《イーベイ》〉で売り払ったものもたくさんある。

エリーはコリンのデスクを調べたが、シャリのミーティングのメモや、出席するべきパーティーのメモが出てきただけだった。どうやら妹は女優業に進出しようとしているようだが、うまくいかないようだ。

デスクにはなんの仕掛けもなかった。偽の引き出しも秘密の隠し場所も見つからなかった。

またアパートメントのなかを歩きまわってみたが、これといってなにも見つからなかった。一時間が過ぎ、エリーの苛立ちは極限に達しそうだった。

ブランが居間で見かけたとき、エリーは声をたてずに妹をののしっていた。

「もうないのよ」と彼女は言った。「ミネソタの誰かか、フィンランドのバイヤーの手に渡ったのかもしれない」

ブランはエリーの肩に手をまわした。「残念だね、エリー。別の方法を見つけよう。なあ、欲しいものがあれば、もらっていけばいいよ。兄から金をもらったら、シャリはたぶん全部売り払うんじゃないかな。子ども時代のあの肖像画は欲しいんじゃないかい？」

エリーは足を止めた。まさか。継母が画家に依頼した肖像画を父は手もとに残していた。思春期のころのエリーが、よちよち歩きのころの妹を膝に載せている構図だった。絵に描かれた姉妹は天使のようだった。デスクの奥の壁にその肖像画を飾っていたのは自分の悪事の隠れみのになるからだ、と父は言っていた。小さな天使たちを見て、その父親を悪魔だと誰が思う？　と尋ねたのだった。

そこに秘密を隠すとは、いかにも父らしい。

「あの絵を壁からおろすから、手を貸してちょうだい」エリーは居間に戻った。そこはシャリをテーマに装飾された部屋だった。あちらこちらにシャリの写真が飾られ、姉の膝で抱きしめられている幼女のころの大きな肖像画も壁にかけられていた。シャリにも家族がいた唯一の証だ。

ブランは壁際に近づいた。彼の背の高さなら肖像画をおろすのは朝飯まえだった。壁から絵をはずして、下におろした。「いったいなにを探すんだ？　キャンバスの裏にあると思うのかい？」

「さあね」エリーは油絵の表側は無視した。画家は軽いタッチで絵の具を載せていた。キャンバスの表面はなめらかだった。向きを変え、裏側を調べた。

画布は木枠に張られている。見たところ、張り直しはされていない。目で確認するかぎり、気になる点はない。いたって正常に見える。

「エリー、上の右角の下になにかある」ブランがつぶやいた。「絵の具で覆われているからはっきりとは見えないけど、なにかが木枠の下に突っこまれていると思う」

エリーは木枠の下に手を走らせた。すると、たしかになにかがあった。指をくねらせながら木枠の下に挿し入れ、ＵＳＢメモリーを取りだした。

やっぱりここだ。

ブランはエリーを見てにっこりとした。「これがぼくたちの思っているものだといいな」

「試してみるまでわからないわ。仕事部屋にコンピュータはあった？」エリーはこのＵＳＢメモリーを開いて、本物か確認したかった。

「コンピュータはなかったよ。南太平洋に持っていったんじゃないかな。でもって、インターネットに接続できないとわかったというおちだ。電源をすべて切って、食料も送ってやらないという方針に一票入れたよ。どっちが相手を先に食うか見てみればいい。男のほうだと思うよ。きみの妹はものを食べるように見えないから」

説明はつかないけれど、エリーは急に楽観的な気分になった。証拠を見つけた。なんであれＵＳＢメモリーに重要なものが保存されている。「たしかに妹はそうだけど、どちらも手を血で汚しはしないでしょう」

「きみもだ。それはなによりだよ」

そこはちがう。エリーは世間で思われているよりたくましい。「それなりの理由があれば、手を血で汚してもかまわないわ。スティーヴン・カスタラーノにすこしは血を流させる覚悟はできているの」

すべてうまくいくチャンスがあるかもしれない。もしかしたらまったくないかもしれない。けれど、父の過ちを正す仕事に取りかかることはできる。

まずは大事なことからだ。エリーは携帯電話を取りだして、リリーにメールを送った。


ペントハウスに戻るわ。情報発見。


USBメモリーを開くときには、エリーは家族にそばにいてほしかった。リリーはエリーに残された家族と同じくらい親しい間柄だ。新しい身内と仲よくしてもらいたかったのだ。

「もう出られるか？　タクシーを拾ってくるよ」ブランはウインクをし、戸締りをするエリーを残して先に出た。

ブランがドアを閉めたちょうどそのとき、エリーの携帯電話が振動した。電話に出ると、エリーの全世界はまっさかさまに地獄に落ちていった。

16

ライリーは〈マッケイ - タガート〉の専門家がいましがた送ってくれたデータに目を通していた。〝タガート家の親戚として〟人脈を鈍器のように使えるのはありがたいことだ。アダムと名乗る男が電話に出て、こちらはミアの兄だと説明すると、二日から三日かかる作業がざっと三十分に短縮された。アダムは仕事を終えて帰るところだったにちがいない。しかし、どうやらミアはみんなに好かれているようだ。

「誰か抜けているやつはいるか?」とアダム・マイルズは電話の向こうから尋ねた。

「いないと思う。名前がずらずら並んでいるが」〈ストラトキャスト〉には多くの従業員がいる。最後の銀行口座が開設された年、千人近くの従業員が〈ストラトキャスト〉で働いていた。そのなかの多くの者がバハマに渡航していた。

ニューヨークから手軽に出かけられる冬の玄関口だ。すこし考えてみればわかることだった。

「追加の問題点がある」アダムが指摘した。アダムは〈マッケイ・タガート〉の〝通信専門家〟である。もしくは、ケイスの好きな呼び方に倣えば――システムハッキング術の心得がある男、だ。

ライリーはリストに目をやった。知っている名前もひとつ、ふたつある。「どんな問題点だ？」

エリーとブランが出かけたあと、あることを思いついていたのだ。ケイスが見つけた写真の女が誰なのか判別できないなら、可能性をしぼる必要がある。カスタラーノには交友関係の大きな輪があるわけではない。そう何人もの人間を信頼するはずはない。人を雇って、エリー役をやらせた可能性もあるが、賭けてもいい、カスタラーノはその女を身近に置いている。女の弱みをにぎっているのだろう。

カスタラーノがまだその女を始末していないことを願うばかりだ。

「あんたらが追いかけている悪党が会社と無関係の人間を使った可能性は置いといて、おもな問題点はクルーズ船だ。その悪党がほんとに頭の切れるやつだとしたら、女をクルーズ船で送りこんだはずだ。なぜならパスポートはチェックされるけど、スタンプは押されないからだ」とアダムは説明した。「飛行機で入国したら、記録が残る。女がクルーズ船で往復していたら、あんたらにはつきがないってことだ」

「あるいは、当該週の乗船名簿を調べればいいんじゃないか?」いたって単純なことに思われた。

しばしの沈黙のあとで返事が来た。「くそっ、そう来るか」

〈マッケイ・タガート〉は接客態度が好評を博しているわけではない。仕事をきっちり片づけることで知られている。しかもライリーはすでにプロ意識をかなぐり捨てて、タガートの子種がうちの家系に受け継がれているのだぞ、とアダムに言い聞かせていたのだ。そう、厳密にいえば、いまのところはまだだが、近いうちに妹はケイスの子を宿すだろう。あのふたりは四六時中せっせと励んでいるようなのだから。

エリーともそういう幸せな取り決めがあればな、とライリーは願った。ふたりが愛を交わすのは、夜、ベッドにはいったときだけだ。そのせいか、夜以外にするのはみだらとも思われた。ライリーにとって一日のなかで最高の時間であり、生きていることを実感できる唯一の時間でもあった。エリーが真実を知る以前にしていたように、いつでも手をつないだり、愛を交わしたりする権利をライリーは取り戻したかった。

「すまない。重要なことなんだ」

長いため息が電話の向こうから聞こえてきた。「あんたの奥さんの件なんだよな?」

「そうだ。トラブルに巻きこまれているのは妻だ」ミアの新しい家族に嘘はつけない、とライリーは気づいた。「でも、彼女がぼくと結婚したのはぼくに強制されたからだ」

「つまり、名ばかりの夫婦か？」

「ぼくの気持ちはそうじゃない。この結婚は一生つづく。彼女と意見が一致していないのはぼくもよくわかっているけど」

「おいおい、あんたは彼女の名前が載った書類を持っていて、ふたりは夫婦だとそこには書いてある。並みのやつらより恵まれてる。奥さんをベッドに連れていって、スペシャルサービスをしてやればいい。ふたりきりだったら、うんと簡単だ。ジェイクとおれなんか奥さんを共有していて、当の彼女には深く考える暇もないってわけさ」

そう、〈マッケイ－タガート〉のメンバーにはぶっ飛んだ性生活を送っているやつらがいると噂に聞いたことがあった。「自力でなんとかしないと、だな」ライリーは名前の一覧に目を通していった。「おや、リリー・ギャロの名前がないな」

「当該年に〈ストラトキャスト〉で働いていた従業員を調べてくれとあんたに頼まれた。そのリストにないのなら、従業員名簿に載っていないということだ」

写真の女はどことなくリリーに似ていた。そうであってほしいという願望のせいかもしれない。リリーにきらわれているからだ。

しかし、なりすましていたのがリリーだと判明したら、エリーは打ちのめされてしまう。

「もちろん」とライリーは言った。「それならそれでけっこうだ」

「そのままちょっと待ってくれ、その出入国記録を引きだしてみる」とアダムは言った。

「待つのはいいが」とライリーは言いかけたが、保留音が流れはじめた。〈マッケイ・タガート〉では、ある曲だけがくり返し流れる。『スウィート・チャイルド・オブ・マイン』のろくでもないBGMバージョンだ。聞いていたら、頭がおかしくなる。誰がこんなことを考えた？　ロックの名曲をエレベーターミュージックにつくりかえようなんて？

もっといえば、なぜぼくは保留音に合わせて鼻歌を歌っている？

カスタラーノの妻ということはないか。ライリーはその可能性をいったん考えて、すでに却下していた。写真の女であるにしては痩せすぎている。記録によれば、年齢は六十歳だ。整形手術をたっぷり受けているが、写真の女ほど若くはない。この写真の女は二十代後半から三十代前半だろう、とライリーは推定していた。カスタラーノの妻や、四十代後半である愛人の年齢とはかけ離れている。

ほかにも女性はいるが、危険を冒してゲームに使うほどの関係ではない。カスタラーノはおそらくこの女の弱みをにぎっている。なにか重大な弱みを。

ガンズ・アンド・ローゼズの曲を聞きつづけているうちに、エリーはどこにいるのだろうか、とライリーはふと思った。そろそろ帰ってくるころだ。しばらくまえにブランがメールをよこし、リリーとの会合は終えて、シャリのアパートメントに向かうところだと知らせてきた。

シャリ。人間のくず。姉であれ妹であれ、あるいは兄であれ弟であれ、自分の兄弟姉妹をあの女がしたように扱う者がこの世にいるとは、ライリーは理解できなかった。おそらく両親が惨殺されていなかったら、ライリーもドルーもブランもミアも普通の人生を送り、毎年感謝祭やクリスマスには集まるけれど、それぞれの日常でなにが起きているのか、たがいにろくに知りもしなかっただろうが、実際にはそういうことにならなかった。彼ら四人には自分たちしかいない。幸せを見つけたミアでさえ、持てるものすべてを兄たちに捧げている。

そして、ライリーの家族のなかにエリーは居場所を見つけた。本人は気づいていないのかもしれないが、エリーはローレス一家にとって、すでになくてはならない存在になっていた。なにかあれば、相手が家族の誰であろうと、エリーは異議を申し立てた。ローレス一家の面々はたとえ自分ではあまり認めないにしても、そういうエリーの言動を必要としている。そう、ミアなら嬉々《きき》として認めるだろう。ミアは誰よりもエリーの肩を持っている。家のなかにもうひとり女性がいることを歓迎し、とくにそれがローレス家の権力者に物申す女性であることを大いに喜んでいるのだ。

エリーはドルーに意見することをまちがいなく楽しんでいる。ドルーを相手に、政治や宗教など、あらゆる問題で議論を闘わせた——世界をよりよくするためになにを実践しているのか。それだけでは足りない、とエリーは考えている。復讐は心の傷を癒す薬であるという趣旨はあまりいただけないと思っている。

「なあ、ブランがいつ帰ってくるか、なにか連絡はないか?」ハッチがドアの隙間から顔をのぞかせた。襟のあるシャツにスラックスという外出着に着替えていた。

「べっぴんさんふたりと会う約束が今夜ブランとおれにはあるんだよ」

やれやれ。「あんたの言うべっぴんさんはストリッパーのことか?」

ハッチの目が細くなった。「ポールのまわりで踊るときもあれば踊らないときもある美女のことだよ。彼女たちはアーティストだ。人のことを勝手に決めつけるくそったれになりたいか?」

人のことを勝手に決めつけるくそったれにはライリーもなりたくないが、弟のストリップ通いはやめさせたかった。「ブランはもっとまじめな生活を送るべきだと思う」

ハッチは部屋のなかにはいってきた。「あいつにはきついよ。昔はまじめだったけど、おれに言わせれば、目も当てられない状態だった。またまじめになったらどうしようか、ブランは不安なんだよ」

その話は初耳だ。ブランは里親に育てられたあいだの話を頑として口にしない。ブランが十七歳になるころ、ドルーが引き取ったのだが、それまでに何年もときが流れ、ブランはミアとちがって、ひとつところにうまく落ちつくことができなかったのだ。あちこちの里親家庭をたらいまわしにされた。どこも一年以上つづかなかったが、ライリーはブランが世話になった里親たちの名前程度しか知らなかった。思春期に非行に走り、何度か裁判沙汰にもなった。ほとんどの事件で、ブランは加害者側だった。

「そういう話をあいつはするのか？」

「べろべろに酔っぱらったときだけだ。それ、『スウィート・チャイルド・オブ・マイン』か？　ひどいな。誰が名曲にこんなことをしやがった？」

保留音は同じ曲が何度もくり返されていた。〈マッケイ・タガート〉は顧客を待たせるあいだにどうもてなすか、真剣に考え直したほうがいい。「BGMは気にするな。ブランはどういう話をするんだ？」

ハッチはため息をついた。「ある女の子の話をする。十六歳のころのことらしい。

その子を救おうとしたが、救えなかった。おれが知ってるのはそれだけで、あいつが話すのもそれだけだ。しらふのときは、なにもなかったかのように振る舞っている。名前を聞きだそうとしたが、ぜったいに教えてくれない。ブランは人にほとんど明かさないが、ひどい目にあってきた」

その事実に疑いをはさむ余地はない。ブランはかぞえきれないほどけんかをし、異常なほど頭に血がのぼりやすい。ライリーは、ドルーの北極並みの冷ややかさも心配だが、ブランの怒りっぽい性格も心配だった。ブランが烈火のごとく怒るのに対し、ドルーは氷のように冷たい。どちらもそれが欠点だ。

エリーは心の温かい人だ。一緒にいると、こちらの心も温まり、幸せな気分にさせてくれる。男はそういうところに身を置きたいと思うものだ。そこへたどりつく唯一の方法は相性の合う女性との出会いだ、とライリーは急速に結論に行きつきはじめた。あるいは同性の仲間か。仲間をつくるのなら、気の合う仲間が必要だ。心の友がいなければ、人は満たされないものだ。

「ブランはもうじき帰ってくるはずだ」ライリーは名簿に目を通す作業に戻った。例の写真の条件に照らせば、おそらくほとんどが除外可能だ。妥当な数までしぼりこんだら、本格的に調査を開始できる。今回のリストでめぼしい名前が出てこなければ、範囲を広げる。

「ソースプログラムについておまえの奥さんから知らせはないのか？」とハッチが尋ねた。「フィルがそれを隠そうとするなんて、おかしな話だと思うがね」

ライリーは顔を上げず、アダム・マイルズが送ってくれた名簿のより分けをつづけていた。「あれは盗品だ。当然隠したいだろうよ」

「なぜだ？　実際、いまさら誰が気にかける？　警察が本腰入れて捜査するのは大金がからむ事件だ。そんなのは関係ないと思うなよ。被害者に補償する道がない場合、正義は脇に追いやられがちになるものだ。だからこそおれたちはこういうやり方を取った。ソースプログラムを盗んだ罪でストラットンもカスタラーノもケインも逮捕できないとわかっているからだ」

ハッチの推理は筋が通りすぎるほど通っている。「いいだろう。あんたの言うとおりだとしよう。だったら、なぜカスタラーノはあえてエリーにソースプログラムを捜させるんだ？」

「なぜならカスタラーノにはほかにもっと欲しいものがあるからだ。いいか、あの連中がどういう動きをするかおれにはわかる。なぜならおれもかつては一緒に仕事をしていたからだ。カスタラーノは運命共同体の関係を結ばなければ、誰とも協力しない。

つまり一蓮托生《いちれんたくしょう》の覚悟がないのなら、誰かをパートナーにすることはけっしてない。ましてやふたりもパートナーにするはずはない」

「ひとつ聞かせてくれ」とライリーは切りだした。「カスタラーノからあんたにアプローチはあったのか？」

それはつねづね疑問に思っていたことだった。ハッチはもともと投資者のひとりだ。〈ストラトキャスト〉の前身の会社にかかわっていた。

ハッチは首を振った。「いや、なかった。おまえと同様におれも大きなショックを受けたが、おれは忠誠心については昔からこだわりがなかった。おれを仲間に入れようと思うほどカスタラーノたちもばかじゃないと思う。でも、おれに疑問を感じるおまえの気持ちはよくわかる。ドルーからちゃんと問い質されていないしな」

なぜドルーがこれほどハッチに信頼を置いているのか、ライリーはよくわからなかった。ドルーがそうしていると知っているだけだ。ドルーは〈４Ｌ〉のことからブランの世話まで、あらゆることでハッチを信頼してきた。そして、ライリーを引き取ったあとの大変な数年間もそうだった。いまでも大変なときもある。

「あんたが四人めの人物じゃないとぼくたちはわかっている」

ハッチは急に口が重くなったようだった。「どうしてわかる？」

こうとしか答えようがなかった。「そんな世界には誰も住みたくないからさ」

ハッチは肩を落とした。「おれじゃない。おまえの父さんを兄弟のように慕っていた。それにアイリスのことは……」

「あんたは愛していた」アイリス・ローレスはとても魅力的な婦人だった。出かける身支度をした母がどれほどきれいだったかライリーは憶えている。鏡台のまえに座り、化粧をしている姿をライリーが見ていると、母はにっこりとほほ笑みかけてくれた。大きなブラシに頬紅をつけ、ブラシを持った手を伸ばして、ライリーの鼻に頬紅をこすりつけたりもした。そんなとき、ライリーはきゃっきゃと笑って、逃げていったものだった。

母が叫び声をあげ、なにも心配ないわ、と断言したことも憶えている。

「ああ、そうだ」とハッチは認めた。「でも、ちょっかいを出したりはしなかった。自分の親も人間だということは理解しがたいものだ。親も人並みにまちがいを犯したり、失敗したりする。まあ、おれはおまえの親じゃないが……」

「血のつながった父さんよりも長いあいだ、あんたがぼくの父親代わりだった」なかなか認識しがたいときもあるが、それは事実だった。それに、ハッチの言うとおりだ。父親代わりだったふたりの男にも欠点はあるという事実に折り合いをつけなくてはならない。おそらく、両親が生きていたら、母や父のことも同じように現実を直視しなければならなかっただろう。

「まあ、なんだな、ブランに性教育をする役目はおまえの父さんにやってもらいたかったよ。あの坊やはおかしなことを考えていて、その考えをためらいもなく披露する始末だ」

ライリーはにやりとした。ブランが十六歳か十七歳になるころには、さして話して聞かせる必要はもうなかっただろう。

携帯電話が鳴り、視線を落とした。幸い、アダム・マイルズからは固定電話にかかってきていた。携帯電話に出ながらも、まだ例の保留音は流れていた。「もしもし、エリーとのお出かけはどんな具合だ？　彼女とリリーは楽しい時間を過ごしたか？」

「まかれた。嘘みたいだけど、ほんとだ。ぼくは先に階下《した》に降りて、タクシーを拾おうとしたけど、エリーは来なかった。あちこち全部捜したけど、どこにもいない」とブランは説明した。

「どういうことだ、まかれたって？　なんだってエリーはおまえをまく？」ライリーは鼓動が激しくなっていった。

「どうもこうも管理人に話を聞いたら、エリーが通用口から出ていったのを見たらしい。彼女は自分がなにをしているかわかってる。ぼくから逃げようとしたんだ」

「なぜそんなことを？」ライリーはいくつもの筋書きを頭のなかで思い描いた。

「さあね。でも、エリーはソースプログラムを持っている。少なくともそれがソースプログラムだとぼくたちは思っている。エリーのお父さんがエリーに遺したものだけど、中身を確認する機会はなかった」

「どうしたんだ？」ハッチが両手をテーブルに突き、ライリーをじっと見た。「エリーがどうかしたのか？」

ライリーは電話をスピーカーフォンに切り替えた。「エリーが建物のなかにいないのはたしかなんだな？」

「エリーを見失ったのか？」ハッチは叫ばんばかりに声を張りあげた。すぐさま自分の携帯電話で電話をかけていた。ドルーに連絡しようとしている。それはまちがいない。

「たしかだよ。くまなく捜したんだ。話を聞いた管理人が言うには、エリーはひとりだったらしい」とブランが説明した。

現実とは思えない妙な話だ。『スウィート・チャイルド・オブ・マイン』がまだ流れている。まわりの世界が崩壊していくライリーの人生のサウンドトラックのようだ。

エリーは歩いて立ち去った。ソースプログラムを見つけ、弟を追い払って。

いや、そうなのか？

「エリーがおまえにタクシーを拾いに行かせたのか？」

「ちがう。ぼくが自分から言いだしたことだ」

ライリーはさっとコンピュータのほうを向いた。「エリーはおまえを追い払ったわけじゃない。そうするつもりはなかった。なにかが起きた。誰かがエリーに連絡を取った」

ハッチは携帯電話を肩の上に載せて押さえていた。「本気で言ってるのか？　おまえは二秒でそう考えてる。エリーはソースプログラムを手に入れ、ブランをまいた。起訴を取り下げてもらう条件でカスタラーノのところに持っていくか、ソースプログラムを材料におまえの兄さんを脅迫するつもりか、どう考えたって、そのどちらかだ。すぐにおれたちに連絡してきて、目が飛び出るほどの大金を要求するさ」

ハッチの言ったことはつじつまがぴたりと合う。どこからどう見ても。ただし、ぼくはエリーを知っている、とライリーは思った。あの女性のことは心の奥底まで知り抜いている。「ちがう。誰かがエリーに連絡を取った。彼女は困ったことになっている」

「困ったことになっているのはおれたちのほうだよ、まったく」ハッチはあらためて携帯電話を耳にあてた。「ライリーはまた下半身でものを考えはじめた」

心で考えているのだ。陳腐に聞こえるが、エリーに裏切られる可能性は考えることすらできなかった。

「エリーが心配だよ」とブランが言った。

着信音が聞こえた。ライリーは携帯電話を耳から離した。エリーからかかってきている。

「ブラン、エリーからだ。切るぞ」弟の返事を待たず、エリーからの電話に出た。「ベイビー、だいじょうぶか？　どうしたんだ？　どこにいるか教えてくれ、迎えに行くから」

ハッチがにじり寄ってきた。「金は一セントもやらないと言ってやれ」

「ライリー、ソースプログラムは手もとにあるけど、あなたに渡せないの」エリーは張りつめた声で言った。まるで泣いていたような声だ。

「いったいどうしたんだ？　どういうことであれ、だいじょうぶだ」ソースプログラムを渡そうとしないというのなら、なにかとんでもないことになっている。

「だいじょうぶじゃないだろうが。ソースプログラムをこっちによこさないのなら、おれたちは彼女を訴えるぞ」とハッチが言った。

「引っこんでてくれ」ライリーは大股でハッチのそばを離れ、エリーの話に集中しようとした。

「これから〈ストラトキャスト〉に行くの」とエリーが言った。「あなたに一生恨まれるとわかってる。でも、スティーヴンに渡さないといけない」

エリーがそうする理由はひとつしかない。それは金とも権力とも関係ない。自分を裏切った夫への仕返しでもない。「わかってるよ。リリーがカスタラーノの人質になってるんだろう？　ベイビー、ぼくがそこに行くまでなんとか待てるか？」

ライリーはすでに財布をつかんでいた。

「ええ、リリーが人質になってる。どうしてわかるの？　ブランをまいて逃げたの。ソースプログラムを取り上げられてしまうと思ったからよ」

「そんなことしたらぼくがあいつの尻を蹴飛ばして、きみに返すよ」エリーのもとに駆けつけなければ。「十五分でそっちに行けるよ、エリー。頼むから待っててくれ」

銃が必要だ。なぜ銃を持っていない？

エリーが息をのむ声が聞こえた。「待てないわ。でも、あなたに知らせておきたかったの。できれば……ううん、あなたのご家族に恨まれるわね、ライリー。もうもとに戻れない」

ライリーは電話をにぎりしめた。エリーの顔が見えたらよかった。「ぼくは恨まないよ、ベイビー。できるだけ急いでそっちへ行く」

「ごめんなさい、ライリー。あなたにはわからないわ、どれだけすまなく思ってるか」

電話が切れ、ライリーは携帯電話をにぎったまま、息を切らし、恐怖に襲われた。

「ライリー?」アダムの声が固定電話からまた聞こえてきた。延々とつづいていたガンズ・アンド・ローゼズの曲は止まっていた。「言っても信じないだろうな。リリー・ギャロが当該日にバハマにいた。すべてがつながった。時間がかかってすまなかった。なんやかやしてわかったが、あんたが捜している女はこのリリー・ギャロだと思う。どうやら、父親も〈ストラトキャスト〉で働いていたようだ。名字は別々だが。父親は当時のさらに二年まえにインサイダー取引で逮捕され、保釈金を支払ったのがカスタラーノだった」

エリーは罠にはまってしまう。ライリーはハッチを振り返った。

「銃がいる」

ハッチは目を剝いた。「それならたぶん手伝える」

エリーは震える手で携帯電話の電源を切った。ライリーはきっとかけ直してくる。電話がつながったら、USBメモリーをこっちによこせと説得しようとするだろう。ただし、いまはそんなことを言われなかったけれど。

電話をかけたのは、自分がこれからなにをするかライリーにひと言も知らせずにソースプログラムをスティーヴンに手渡すことはできないと気づいたからだった。エリーはビルのまえにたどりつくまで、電話をかけたいという衝動を抑えていたのだ。

「ミズ・ストラットン？」詰所の守衛が腰を上げた。

いまはもうミズ・ストラットンではない。もちろん、もうすぐまたミズ・ストラットンに戻るかもしれないけれど。「こんにちは、トーマス。ミスター・カスタラーノにわたしが面会に来たと知らせてもらえる？」

自分の会社への入館許可を求めなくてはならない。エリーはあの男が憎かった。激情に駆られるほどの憎悪が胸にこみ上げた。その瞬間、義兄や義弟がなぜ復讐に燃えるのか、エリーは理解した。スティーヴンは悪魔だ。

トーマスは電話をかけ、エリーに頼まれたとおりにした。受話器をおろすと、怪訝《けげん》な顔をエリーに向けた。「ほんとうに階上《うえ》に上がりますか？　今日はもう全員帰りました。おそらくミスター・カスタラーノとふたりきりになりますよ」

それがスティーヴンの望んだお膳立てだ。こちらがひとりきりで、誰にも頼れない状態になるようにして呼びつけた。「わたしはだいじょうぶよ」

トーマスはボタンを押し、エリーを館内へ通した。「あなたについてミスター・カスタラーノが言っていることは信じていません。従業員はほとんどみなそうです。どうか気をしっかり持っていってください。われわれはみな、あなたに戻ってきてもらいたいんです。なにかあったら、ご連絡ください」

トーマスに頼みたいことがエリーにあるとしたら、たぶんひとつだけだ。「トーマス、あなたを面倒に巻きこむ恐れがあることは承知しているけれど、たぶんわたしの夫はこちらに向かっているの。彼はここを出入り禁止にされていると思うの」

「あなたのご主人は切れ者だ。こっそり忍びこむのもお手のものといったところでしょう。そんな人物なら警備の目をかいくぐることもできる」トーマスはうなずいた。

「おそらくぼくはなにかを聞きつけて、ちょうどそのタイミングで席をはずし、様子を見に行かなくてはならなくなる」

つまり、エリーは孤立無援ではないかもしれない。

「ありがとう」エレベーターへ歩き、震える手でボタンを押した。

ライリーにはひと言も怒鳴られなかった。そう、ハッチの声が聞こえた。ハッチの反応こそ、ライリーから返ってくるものと予想していた反応だった。

〝ぼくは恨まないよ、ベイビー。できるだけ急いでそっちへ行く〟

自分の家族から盗みを働こうとしていると非難されもしなかった。どんな問題が起きたか、ライリーは即座に悟ったのだった。好き好んで彼を傷つける真似はしない、とわかっているかのようだった。

ライリーはわたしを信頼している。ろくに考えもせず信頼してくれた。

そして、ライリーが来てくれると、エリーは心の奥でわかっていた。たとえトーマスがさっきのことばとは裏腹にスティーヴンに忠実だったとしても、ライリーならどうにかして駆けつけてくれるはずだ。

エレベーターに乗りこみ、ドアが閉まってから最上階のボタンを押した。

エリーは自分の命をかけてライリーを信頼した。罰をあたえようとする考えを捨てて、許しにもう一度目を向けなくてはいけないのかもしれない。

わたしはなにをしているの？　エレベーターが各階を通りすぎ、上昇していった。スティーヴンになにを言い含められたのであれ、警察に通報すればよかったのだ。

〝ここに来て、友人を救える時間はごくわずかしかきみにはない。二十分以内に来なければ、あるいは、警察に通報した気配が感じられたら、ミス・ギャロは女性用トイレで死体となって発見される。彼女はすでに遺書を書いた。その遺書にはきみの犯罪に関与し、刑務所に行くことを考えて耐えられなくなったと書いてある。最近は睡眠薬も手軽に買えるようになった。悲しい話じゃないかね？〃

リリーにメールを送ったとき、スティーヴンはすでにリリーを捕えていたの？ それとも、あのひとでなしはリリーの携帯電話を不正に複製し、こういうチャンスを待っていた？

まっすぐ帰って、すべてをライリーにゆだね、自分は手を引けばよかったのかもしれない。いや、それはだめだ。友人にメールで知らせずにはいられなかった。まちがったことをひとつはきちんと正せた、とリリーに知らせたかったのだ。

そしていまリリーは危険にさらされ、義兄や義弟は二度と口をきいてくれなくなる。やっぱりやらなければ。スティーヴンはためらいもなく計画を実行に移すと、エリーはよくわかっていた。首尾よく片づけると。自殺に見せかけるというのなら、きっとそう見えるのだろう。

結局のところ、〝自殺に見せかけた殺人〃をまえに一度やり遂げている。

エレベーターのドアが開くと、そこにカイルが立っていた。悪事を働くにしてはやけに小粋なスーツ姿だった。すばらしい。少なくともこちらの人生を支配する犯罪者にめかしこませることができた。

エリーは肩を怒らせた。「リリーがまだ元気にしていることが確認できるまで、なにも渡さないわ」

カイルは目をくるりとまわした。「おやおや、最後まで演じきるってわけか？　みんなの救世主、気高いエリーを。はっきり言って、相当鼻につくね。だからきみはこのゲームに敗れたんだよ」

カイルはエレベーターのドアを手で押さえ、閉まらないようにした。

「たしかにいくつか負けたこともあったかもしれない」とエリーは認めた。「でも、この戦いはまだつづくわ」

カイルは薄ら笑いを浮かべてエリーを見た。「おやおや、かわいこちゃん、戦いのルールすら理解していないんだね。さあ、おいで。彼らがきみを待っている。それから、その気になれば、例のものをきみから取り上げられるが、とにかく大いに愉快なことになりそうだ」

エリーはエレベーターを降りて、視線を上げると、カメラが作動していることに気づいた。小さな緑色のランプが点滅している。スティーヴンのオフィスに行けば、監視カメラはないはずだ。エリーの父とスティーヴンは、プライバシーはなにを置いても大切だとしていたのだ。けれど、おそらくトイレまでリリーを引きずっていかなければならなかっただろう。監視カメラに録画されていれば、警察に通報できるかもしれない。

リリーが証言するだろう。

だからこそ当然ながらスティーヴンがリリーを解放するわけがないのだ。

エリーは廊下のまんなかで足を止めた。なぜスティーヴンがリリーを解放する？　なぜ無傷で帰すだろう？

カイルに肘をつかまれた。「どうかしたか、エリー？」

そうよ、どうかしたことだらけだわ。状況をよくよく考えていなかった。カイルはその点、正しかった。誰かが助けを求めていると聞いたとたん、エリーは走りだしてしまう。

〝どうかライリーをここに通して〟

「リリーはまだ無事なの？」二十分あれば、目撃者のひとりくらい余裕で始末できる。自分たちの決めたルールにエリーが従うと、おそらくスティーヴンたちはわかっていたはずだ。まずいほうにころがらないと、なぜ一瞬でも思ったの？

「もちろん彼女はまだ無事だ」カイルはエリーを引っぱっていった。

「でも、このままというわけにいかないでしょう?」エリーには切り札がある。「夫はわたしがどこにいるのか知っているのよ」

「それはけっこうだ」カイルは廊下を曲がり、エリーのオフィスのまえを通りすぎた。そのドアに向かってうなずいた。「いまはぼくのオフィスだ。ここは昔からぼくが使うべきだった。きみのお父さんは病弱だったし、きみの仕事ぶりはまるっきりお粗末だった。きみはこれくらいの水準のビジネスの世界には向いていない。まえからぼくにはわかってたけど」

「そうね、あなたのほうがずっと向いているわ。大学も卒業できなかったんですものね。この会社を率いていけると思うなら、あなたは酩酊《めいてい》状態なのよ。あなたにまかせたら、たぶん会社はつぶれるわ。でも、あなたのお父さんはどんな計画を立てているのかしら」

「息子に譲るつもりだ。もともとそれが理想的だった。なぜ父がこんなことをしたと思う? ぼくのためだったのさ」

「今度は妄想にふけってるってわけね」エリーはカイルの足取りに合わせて早歩きを強いられた。誰かいないかとあたりに目をやった。誰かオフィスに残っていないかと。

「あなたのお父さんは重要な研究を売り払って、そのお金を着服しようとしている。もしくは、ただたんにお金を独り占めできるだけ独り占めして、引退しようとしている。〈ストラトキャスト〉がこの先五年も持てば、御の字ね。スティーヴンは隠居生活の計画を立てているわよ」

カイルはエリーを引きずりながら足をまえに運びつづけていた。「もちろんそうだ。それが肝心だ。父は引退し、ぼくが会社を引き継ぐ。父はヨーロッパでいい家を買った。ぼくは二年以内にCEOに任命される」

「ヨーロッパのどこ？」

「きみに関係ないだろう？」

エリーの胸に疑念が浮かんだ。「ないことないわ。ねえ、隠居生活の家はどこなの？」

「サンクト・ペテルブルクだ。父はすべて手配した。ぼくの継母の一族はその地方の出身なんだ。北のベニスさ。父さんはそこで幸せな余生を送り、ぼくはここで会社を動かす」

「ロシアね。スティーヴンはロシアで隠居生活を送るの？　ねえ、どういう人たちが引退後にロシアへ渡るか知っている、おばかさん？　身柄を引き渡されてアメリカに戻ってきたくない犯罪者よ」エリーもそこまで考えが及ばなかったかもしれないが、カイルはまったく知らなかったようだ。初めて聞いたという顔をしている。「取締役会があなたをCEOに推すとほんとうに思う？　あなたには会社経営の経験もほとんどないし、大学の学位もないのよ」

そう言われて、ぎくりとしたようだった。一瞬、カイルの足が止まり、顎がこわばった。やがてまた歩きだし、父親のオフィスへ向かった。前方に見えるドアは閉じられていた。

「推してくれるさ。父がほかの役員に頼んでくれるんだから。それに、父はきみが言うようなこともしない。嘘をつくわけない。ぼくはひとり息子なんだ」

「それなのにスティーヴンは養育費を払わずにすませようと、必死に手を打った」

「母は売春婦だったからだ」カイルは顔をしかめた。「一銭も母に払わなくて正解だった。お金をもらっても、どうせドラッグに使った。それもまた父がぼくに会社を譲ってくれる理由だ。母ひとり子ひとりにして捨てたからだ」

「あなたのお父さんには罪悪感を覚える感受性があると思ってるの？　なぜあのUSBメモリーを彼が欲しがっているかわかっているの？　あなたのお父さんがベネディクト・ローレスから〈ストラトキャスト〉の根幹を成すものを盗んだと証明されてし

まうからよ。あなたのお父さんは人を使って、わたしの夫の両親を殺害させた」

「ああ、そうとも。さあ、妄想しているのは今度は誰だ？」

「妄想じゃない、事実なの」なぜカイルを説得しようとしているのか、エリーはわからなかったが、それでも話しつづけた。

「ちがう。泥棒はきみの父親だった」カイルはドアをあけ、エリーを小突くようにしてなかに入れた。「ぼくの父はぼくとこの会社を守ろうとしている」

カスタラーノがデスクの奥で腰を上げた。「そのとおりだ、息子よ。わたしはおまえの財産を元ビジネスパートナーから守っている」

リリーがデスクのまえの椅子に座っていた。振り返り、真っ赤に泣きはらした目をエリーに向けた。「エリー、ほんとにごめんなさい」

エリーはうなずいた。こうなったら毅然《きぜん》として立ち向かうしかない。「いいの、仕方ないわ。スティーヴン、USBメモリーは階下《した》で渡すわ。一緒に来てちょうだい。それで終わりにできるわ」

「あるいはカイルがきみから奪うか」カスタラーノは息子にうなずいた。

カイルはエリーの肩からバッグをひったくり、逆さにした。USBメモリーをすぐに見つけた。「あった。それにしても、きみはばかだな、エリー。わからなかったのか？　きみがこれを持っていると、ぼくらはどうしてわかったんだろうね？　誰がきみを突きだしたと思う？」

エリーはカスタラーノに視線を戻した。「あなたがリリーの携帯電話を盗聴した」

リリーの顔から血の気が引いた。「エリー……」

カスタラーノはリリーの肩に手を置いた。「リリーは何年もまえからわたしに仕えていた。こうなることは昔からわかっていた。きみの名義で銀行口座を開設したのは誰だと思う？」

エリーは胸にぽっかり穴があいたような気がした。リリーは長年の友人だった。それにもかかわらず、入念にエリーを手なずけ、誘導した。羊を食肉解体場へ引いていくように。たったひとりの友だちだったのに。

「エリー、父を救うためにやらなくてはいけなかったの」とリリーが言った。「あなたを傷つけるつもりはなかった」

いつでも二番手だった。父は仕事を優先し、元夫は妹に乗り換えた。つねに二の次にされる。

ただしライリーだけはちがう。復讐を果たす最大のチャンスをエリーがふいにしようとしても、意に介さないようだった。どうやらエリーを第一に考えようとしている。

ライリーのもとに戻ること以外はなにもかもどうでもいい。

「あなたはソースプログラムを手に入れ、すべてを奪ったとわたしに知らしめた」エリーはこの三人のまえで涙を見せるつもりはなかった。この人たちにそんな価値はない。涙はあとに取っておく。夫の腕に包まれて、ぎゅっと抱きしめられたときに。ドルーのためにもぜひとも取っておこう。たぶん怒鳴りつけられるけれど。それに、ハッチのためにもだ。ハッチにもぜったい怒鳴られる。もしかしたら泣き落としがあのふたりにきくかもしれない。

彼らの怒りはどうにかなる。それはまちがいない、とエリーはふと気づいた。ドルーとハッチにがみがみ言われてもどうにかできる。なぜならあのふたりはエリーを追いだそうとはしないからだ。ひとしきりどやしつけはするが、そのあとはエリーを同席させ、この次なる問題を家族として解決しようとする。

それこそエリーがこれまで縁のなかった関係だ。

「わたしは帰るわね。あなたはここに残って、ひと晩じゅうこのふたりのご機嫌取りでもしていればいいわ」エリーはそう言い捨ててうしろを向いたが、カイルがそこで行く手を阻んでいた。

「奪えるものはまだある」とカスタラーノが言った。

彼の手に銃があると気づいたのはそのときだ。銃口をまっすぐエリーに向けていた。

エリーは立ちすくんだ。「わたしを殺して、どう釈明するつもり?」

「そうだな、きみはわたしを殺しに来た。きみがここに現われ——呼んでもいないのに、とつけ加えておこうか——きみの事件の起訴を取り下げるよう、わたしを説得しようとし、そのつもりはないとわたしは説明した。きみが暴れだしたのはそのときだった。そうじゃなかったか、カイル?」

カイルはくっくと笑った。「そう、彼女は暴れた。ぼくは一部始終を見ていた。きみもそうじゃなかったか、リリー?」カイルはエリーに顔を寄せた。「話はちがうが、彼女は何年もまえからぼくの愛人だった。わかるか、きみのことをどんなふうにふたりで笑ってたか?」

リリーが立ち上がった。「そうじゃないのよ、エリー。カイルと寝たのはほかにどうしようもなかったからなの。でも、あなたを笑ったりなんかしていない。あなたが大好きなのよ。憧れているの。自分がいやになるわ、あんなことをして」

「でも、これからもきみはそれをつづける、そうだろう?」とカスタラーノが猫撫で声で尋ねた。「友人は汚職に手を染めていた、と警察に話すのはきみだ。なにもかも見た、と」

リリーは振り返った。頬を涙が伝っていた。エリーをじっと見て、すぐにボスに向き直った。

「お断りよ。エリーを殺す手伝いなんかしない。それからカイル、あなたのお父さんは何年もまえから技術をロシア人に横流ししているのよ。会社を骨抜きにして、海外へ逃げる算段をしている。あなたになにひとつ残すつもりはないのよ」

「残念なことに」カスタラーノは狙いを変え、リリーの頭に銃弾を撃ちこんだ。

エリーは声をのみ、目を剝いた。息ができない。なにが起きたの？　親友が、自分を裏切っていた女性が床に倒れて死んでいる。

「どうしてこんなことをしたんだよ？」カイルが叫び、リリーのほうへ駆け寄った。

エリーは悲鳴をあげたかった。カスタラーノをなじりたかったが、まだ逃げるチャンスはある。うしろを向くと、なにもかもほうりだして、オフィスを飛び出た。

心臓がばくばくする。リリーが殺された。スティーヴンに撃たれ、もうこの世にいない。なにをされたのであれ、リリーに死んでほしくなかった。エリーはまだ状況をよくのみこめずにいた。

時間の猶予はない。エレベーターを待っているわけにはいかない。階段にたどりつけるか、それはなんとも言えない。目のまえに小さく区切られた作業ブースが並んでいる。二発めの発砲音が聞こえ、いちばん端の間仕切りのうしろにしゃがみこんだ。

鼓動が激しく胸を打ち、全身にアドレナリンが湧き出た。どうなったの？　自分の息子を撃ったの？

「エリー、こんなことをしてもだめだ。なぜ友だちを殺した？　わたしの息子まで。ふたりの交際にそんなに嫉妬していたとは信じられないよ。でも、カイルと関係を持っていたんだから仕方ないか。きみの夫に感謝しないとだな、記者をよこしてくれて。おかげでことはうんと簡単になった。きみがカイルと寝ていたことはみんな知っている。カイルを殺すつもりはなかったが、これできれいにおちがついた」

当然ながら、カスタラーノはそういう芝居を打っているつもりだ。エリーは口をしっかりと閉じたまま、耳をすました。カスタラーノは絨毯敷きのオフィスを出て、大理石張りの床を歩いている。大理石に靴音を響かせていたが、やがて絨毯の上にブースが並ぶあたりに達し、物音は消えてしまった。

カイルの声も聞こえない。カスタラーノは嘘をついているのかもしれない。たくらみの可能性もあるが、そうではないだろう。ほんとにやったのだ、とエリーは思った。犯罪行為をしゃべってしまう恐れのある目撃者を全員始末したのだ。

「いずれにしてもあいつを自分の息子だと実感したためしはなかった。あんな女が鑑定人を買収できるわけはなかろうが」カスタラーノの足音が近づいてきた。

エリーは床を這って、隣の列に移動し、間仕切りにぴたりと体をつけた。どうにか階段へたどりつかなければ。あるいは、廊下を走って、裏の階段を目指してもいい。

「きみには苦労させられる」カスタラーノはため息をついた。「監視カメラはすべて接続を切った。警察に訊かれたら、きみが泣きついてきた姿が放映されるようなことは避けたかったからだと説明する。なんだかんだ言っても、きみはビジネスパートナーの娘だ。小さいころから知っている。言っておくが、尋問の答えも用意してある」

きしむような物音が聞こえ、エリーは注意を惹きつけられた。じっとしていると、カスタラーノもしばらく黙った。

「誰もきみを救いに来ない。入館許可をすべて停止するよう指示してある。このなかにいるのはきみとわたしだけだ。さあ、堂々と出てきたらどうだ？」

どれだけ人にきらわれているか、カスタラーノは気づいていない。さっきの守衛はライリーを通さないかもしれない。でも、もしかしたら通すかもしれない。

そうしたら、どうなる？　ライリーは罠にはまってしまう。おそらくエレベーターに乗ってここに来る。カスタラーノに物音を聞きつけられてしまう。自分の息子とリリーを射殺したように、エリーの夫に銃弾を浴びせるだろう。

ライリーを廊下から遠ざけなければ。おそらくカスタラーノは廊下に立っている。エレベーターを降りてくるライリーがすぐに目にはいってしまう。

「わたしの夫はあなたをただではすまさないわ」エリーは頭を低く下げたまま隣の列へすばやく移動した。ブースの壁はちょうどいい高さだ。デスクに飛び乗らないかぎり、カスタラーノにはエリーの姿が見えないはずだ——そこそこ健康そうに見えるものの、もうすぐ七十五歳になるご老人で、過去には人工股関節置換手術も受けている。カスタラーノが移動している物音が聞こえてきた。エリーのあとを追おうとして、エレベーターのまえから遠ざかっている。これでライリーにチャンスが生まれるかもしれない。とはいえ、駆けつけてもらいたいのか、エリーにもはやわからなかった。

彼が死ぬよりひどいことは、なにも思いつかない。ライリー・ローレスのいない世界に生きることは考えられなかった。

「ああ、ライリーはやるだけのことはやるだろう。でも、あと数週間でわたしはいなくなる。最後の取引をした」

「冷却装置をロシア人に売ろうとしているのね」エリーはまた移動を開始し、じりじりと階段へ近づいた。カスタラーノを振りきって逃げられるかもしれない。ほんの数秒、時間を稼ぎ、相手の気をそらすちょっとしたことがあればいい。上から狙い撃ちはさせない。階段を一階分降りられれば、下の階に逃げこみ、警察に通報できる。研究開発室に隠れればいい。

「きみの冷却装置で身柄を引き渡されない保証と二千万ドルが手にはいる。まさに一挙両得だ。わたしはこの街から抜けだして、隠居暮らしを送る。そして、ベネディクトの哀れな子どもたちはなにも手にすることなく取り残される。またしても。あのUSBメモリーに保存されているのはソースプログラムではない。あれはずいぶん昔にわれわれが破壊した。そうじゃなくて、もっとまずいものが保存されている。きみのお父さんが所持していた、わたし個人の秘密情報のファイルだ。わたしがしたことがすべて網羅されている。わたしはきみのお父さんのファイルとパトリシアのファイルを持っていた。一蓮托生。その路線で行くしかなかった。遺言書にファイルはわたしに遺すと記載されるはずだったが、きみのお父さんはとんでもない食わせものだった。パトリシアへは彼女の個人情報ファイルを送ったが、わたしは放置された。思うに、わたしが娘のきみを罠にはめていたことにどこかの時点で気づいたんだろう。お父さんはお父さんなりにきみを愛していた」

「ベネディクトとアイリスのローレス夫妻の殺害に関与したことも、そのファイルがあれば証明されるの？」あともう少しだった。ふたつか三つ分のデスクを通りすぎたら、覚悟を決めなければ。

「それはないはずだ。われわれもその情報は隠した。証拠はない。そうだな、もしかしたらちょっとした証拠はあるかもしれないが、その情報はパトリシアしか持っていない。なぜあの女にそれを渡したのか、わたしには永遠の謎だが、われらの友は彼女をいちばん信用していた」

友？

共犯者である四人めの人物のことを言っているの？　ローレス兄弟の両親が亡くなった夜について、エリーはなにからなにまで知っていた。この二週間のあいだに彼らのことを調べていたのだ。アイリスの死体は夫の隣で発見され、頭部に一発、銃弾が貫通していた。警察の発表では無理心中とされた。ほんとうは計画的な殺人だった。あのいまいましいUSBメモリーを取り返さなければ。もしかしたら、カスタラーノが思いもしない情報を父は残してくれたのかもしれない。

エレベーターのドアが開く音が聞こえた。

「エリー？」ライリーの声がオフィスに響いた。

「向こうは銃を持ってるの！」とエリーは叫んだ。自分の居場所がばれても、もはやかまわない。

　銃声が室内に轟き、誰かのうめき声がエリーの耳に届いた。

「エリー、その場を動くな！」とライリーが叫んだ。

「おやおや、かわいそうなエリー。きみのご主人に命中した。わたしは年寄りかもしれないが、動作は機敏でね」とカスタラーノが言った。

　ライリーに命中したですって？　エリーはじっとしゃがんでいられなかった。立ち上がり、廊下を目指して走った。カスタラーノが自分に向けて発砲した。エリーはどこかが焼けつくような感じがしたが、気にも留めず、走りつづけた。ライリーが床に倒れているからだ。ブースの間仕切りのうしろだったが、カスタラーノが近づいてくる。エリーは床に飛びこむようにしてライリーのもとに駆けつけた。絨毯敷きの床に膝をしたたかに打ち、痛みが全身に広がった。

　ライリーの白いシャツが真っ赤な血で汚れていた。この血はどこから流れているの？　いたるところから出血しているようだった。

「じっとしていろと言っただろう」とライリーが言った。手にはまだ銃をにぎっていたが、体が震えていた。

　エリーは涙で視界がぼやけた。「どこを撃たれたの？」

ライリーは首を振った。「どこでもいい。この銃を持って、ここから逃げろ。ぼくにはもう一挺《ちょう》ある。こっちはくそったれの気をそらしておく。ドルーが階段でこっちに向かってる。ドルーがきみを守ってくれる。ドルーを見つけろ。ブランも一緒だ」

「どうしてあなたはふたりと一緒じゃないの？」

ライリーはエリーの顔を見上げた。あの魅力的な唇がカーブを描いた。「気がはやったんだよ。早くきみのもとに駆けつけないとってね、ベイビー。愛してるよ」

ライリーの顔から血の気が引いていった。見る見るうちに肌は土気色になった。

ライリーはなにかをエリーの手に押しつけた。ひやりとした金属がてのひらに触れた。銃だった。エリーの夫はしっかりと武装し、戦う覚悟で駆けつけたようだった。

エリーは銃を使った経験がなかった。実際に手に持ったことさえなかった。

「ほう、美しき夫婦愛か」カスタラーノがそばに立ち、ふたりを見下ろしていた。

ライリーは銃を構えようとしたが、手が震えた。そして、カスタラーノに撃たれ、その拍子に肩がびくりとうしろに動いた。

「彼も浅はかだったな。エリー、きみはビジネスの世界に向いていない。これがどういう結末になるか教えてあげよう」

エリーはべつに知りたくなかった。カスタラーノの世界にもう用はない。ライリーが安全装置を解除しておいてくれたことを願うだけで、あとはなにも考えなかった。銃を上げると、撃って、撃って、撃った。

刺すようなにおいが鼻を突き、エリーの見ているまえで、カスタラーノは視線を落とした。両手で腹を押さえ、膝を突いた。

エリーは立ち上がり、カスタラーノに近寄ると、彼の銃を蹴り飛ばした。

「エリー！　ライリー！」ドルーがいかにも堂に入った手つきで銃を持ち、駆け寄って来た。そのうしろにブランがいた。

ふたりが来てくれて助かった。ひとりで敵を見張るのはいやだった。エリーにはもっと大事なことがある。

夫のかたわらでひざまずいた。「ライリー、どこを撃たれたの？」

「どこもかしこも撃たれた気がする」ライリーは床に倒れこんだが、エリーの手をにぎった。「すごくきれいだって、いままできみに言ったかい？」エリーを見つめるその目には生気がなかった。「むちゃくちゃきれいだ。ぼくのエリー」

ライリーを失うわけにはいかない。いまはだめ。

ブランがエリーの横でしゃがんだ。「救急車がこっちに向かってる」

「やらせたらだめだ」とライリーがうなるように言って、体を起こそうとした。

「そこでじっとして、動かないで」とエリーが命令した。

「ドルー、だめだ」とライリーがろれつのまわらない声で言った。

エリーがさっと目を向けると、ドルーはカスタラーノの横で膝を突いていた。

「頼む、ドルーにやらせないでくれ」ライリーが必死で訴えた。

エリーは立ち上がった。夫を失望させたくないからだった。彼はエリーのために駆けつけてくれ、エリーのために撃たれた。エリーの心のなかにはライリーへの愛しか残されていない。そして、彼の兄さんが大変な過ちを犯さないよう止めなければならない。

「ドルー、よして」

ドルーは無表情な顔で、カスタラーノの首に両手をまわしていた。カスタラーノは意識を失っていたが、まだ息をしていた。「一度手をひねるだけで終わるよ、エリー。たった一度だけ、ちょっとひねるだけで」

「そして、あなたも彼と同類の悪人になる」エリーは義兄の肩に手を置いた。

「もうなってる」

「ちがうわ」エリーはドルーの隣でひざまずいた。ドルーは老人の首にまわした左右の手と手を近づけてはいなかったが、まだ予断を許さない状況だ。「あなたは悪人じゃない」

「おれがどんなことをしてきたか、きみは知らない」とドルーは言った。

「あなたは自分の家族を救ったわ。どうか家族のみんなを見捨てないで。お願いよ、ドルー。裁きは法廷にまかせましょう。正義に裁いてもらうのよ。ねえ、お願いだから」

ドルーは毒づいて、最後には立ち上がり、弟たちのほうを向き直った。

「おまえの傷は浅いぞ、ライリー」ドルーは首を振った。「それから、すべて録画してある。ブランとおれが状況を説明したら、守衛は監視カメラの電源をすべて入れ直すことに同意してくれた」

「スティーヴンは告白したわ」とエリーは説明して、夫のそばに戻った。「洗いざらいわたしに告白したの。それから傷は浅くないわ。重傷よ」

ライリーはにんまりと笑い、冗談まじりに言った。「女は傷痕のある男に弱い」

エレベーターのドアが開いたかと思うと、オフィスのなかは一気に救急救命士とニューヨーク市警の捜査員であふれた。

エリーは夫が急いで運びだされていくのを、ブランとドルーに手をつなぎながら見守っていた。

17

三週間後

ライリーはエレベーターに乗りこみ、弟の助けをはねのけた。ブランは世話焼きになり、つねにライリーのかたわらに立ち、見守っていた。「だいじょうぶだ」「だいじょうぶだって？　いくつも手術を受けて、退院したばかりなのに」

あらたな傷跡がいくつか残った。まさに自分の女が傷痕のある男に弱いことを願うばかりだ。

とはいえ、妻はライリーを迎えに病院に来なかった。見舞いには来た。手もにぎってくれたが、やけに慎重な態度で接し、それが愛ゆえなのか罪悪感ゆえなのか、ライリーはよくわからなかった。

ブランがボタンを押すと、ペントハウスへ向かってエレベーターは上昇した。

「エリーは引っ越したか引っ越していないか、教える気はあるのか？」ライリーは弟のほうに目は向けず、まっすぐまえを見つめていた。

ブランはため息をついた。「あるよ。ライリー、残念だけど、エリーは数日まえに引っ越した」

ライリーはひとりでうなずいた。「そうか、わかったよ」

それならそれでいい。荷造りができるようになったら、エリーの自宅のできるだけ近くに住む場所を見つけよう。一からやり直し、今度はうまくやる。

「病院に行けなくてごめんなさいと伝えてほしい、とエリーが言っていた。兄さんが今日退院すると思っていなかったようだ」とブランが説明した。

「ああ、知ってる。メールをもらった」無事に帰宅できますように、というエリーからのメールを受信していた。そのメールを読んで、彼女は帰りを待っていない、と気づくべきだった。「ニュースも見た」

「ああ、その話をしようと思っていた」

「いつまでも蚊帳の外に置きっぱなしにはできないぞ」ブランとドルーとハッチは、カスタラーノのことも、エリーが彼を撃ったあとなにが起きたかということも口をつぐみつづけていた。ドルーがカスタラーノの体に覆いかぶさるようにしていたことはライリーもおぼろげに記憶があり、兄があの老いぼれを始末しなかったのならいいのに、と願っていた。殺さなくてもいいじゃないかということではなく、あんな血でドルーの手を汚してほしくなかったのだ。

エリーにためらいがなかったことも憶えている。あのときライリーにもはや余力はなく、エリーが弾丸《たま》を撃ちつくした。逃げろとライリーに言われても、エリーは逃げなかった。ライリーのかたわらを離れず、あのくそったれを倒したのだ。

エリーに銃弾を三発撃ちこまれてもどうにか生きのびたが、結局は昨日、心臓発作を起こしてぽっくり逝った。とうとう警察に供述することになっていた前日に。担当弁護士はカスタラーノの行動と共謀者をすべて明らかにする見返りに司法取引を要求していた。

「カスタラーノの病室に出入りした者全員を知りたい」とライリーは言った。

「すでに調査中だ」とブランが答えた。「言わなくてもわかってると思うけど、ドルーがなにを考えているか」

「おそらくぼくとまったく同じことを考えている。パトリシア・ケインと残りのもうひとりが供述されてしまうまえにカスタラーノのもとを訪れた。ストラットンのUSBメモリーに自分の情報ははいっていなかったとパトリシアは知っていた。警察関係者がファイルの中身についてリークしたから」

カスタラーノが外国の企業や政府に技術を売却した取引の体系的な記録だった。その闇取引でカスタラーノは数百万ドルを稼いだ。残念なことに、散財してしまったが。

リリー・ギャロも証拠を残していた。上司を陥れるために協力したすべてのことを詳細に記録した資料をコンピュータに保存していた。三十六時間に一度サーバーにログインしなければ、そのドキュメントがエリーと警察に転送される設定だった。

エリーは容疑が晴れて、自由の身となった。そして姿を消した。

「そう、エリーはここ二週間やることがたくさんあったんだよ」とブランが言った。あたかもライリーの心を読んだかのように。

最上階までの移動は果てしない道のりに思われた。できるだけ早くまた階下《した》へ降りよう。アパートメントへ乗りこんで、エリーをデートに誘いだす。ノーと言われたら、明日また出直してやる。

妻を失うわけにはいかない。自分にとって彼女は誰よりも大切な人だ。

「ああ、〈ストラトキャスト〉に出勤しないといけなかったんだろ」

「会社全体が大混乱だった。法的な問題が山ほど発生して、エリーの弁護士は対処に追われて頭痛薬を飲んでた」

「やっぱりぼくが担当すればよかったんだよ」とライリーは文句を言った。

「だめだ」ブランは首を振った。「こんな強情っぱりはどこにもいないな、ほんとに。

まえはいちばん強情なのはドルーだったけど、いまはぜったいにあんただ。ガリソンの仲間がいい仕事をしてくれた。カスタラーノとエリーのお父さんのあいだで結ばれていた共同経営契約書にのっとって、株はすべてエリーの名義に変更された。カスタラーノが死んで、相続人もいないから、すべてエリーのものになった。死亡した時点でカスタラーノはすでに容疑者になっていたからエリーにその義務はなかったけれど、カスタラーノの未亡人に相当な額の小切手を切った」

「それがエリーさ」未亡人が貧乏暮らしを強いられると思うといたたまれなかったのだろう。カスタラーノの妻は内気でおとなしく、ひどい夫との暮らしに苦しめられているような女性だった。

「エリーはリリーの葬儀代も出してやった」ブランは静かに言った。

ライリーはリリー・ギャロに怒りを覚えていたが、エリーの心痛のまえではその怒りなどなんの意味もない。「同席してエリーの手をにぎっていてやれたらよかった」

「エリーの面倒はドルーとぼくが見た」

「へえ、エリーがおまえたちにそんなことをさせるとは意外だ」てっきりエリーはローレス一家から離れるものとライリーは思っていた。

エレベーターのドアが開き、ブランは手を伸ばしてドアを押さえた。「エリーはいつも感じがいいけど、けっこう仕切り屋だね。ドルーも最初はむっとしてたけど、わたしは一家の女主人のようなものでしょ、とエリーが指摘した。ここはおれさまの家だぞ、とドルーはつい応戦した。そのときだよ、エリーが脅したのは。だったらとびきりおいしいお手製のチョコチップクッキーを全部持って、夫婦でここを飛びだしてやるって。それでドルーは決心した。作戦室と呼ぶ部屋はもういらない、と」

ライリーは首を横に振った。「なんだって？」

玄関にドルーが立っていた。苦笑いを浮かべて言った。「エリーは作戦室に異議を申し立てた。作戦室がある家で子育てはしたくないらしい。そういうわけで、作戦室は目下改装中だ」

ブランはハイファイブを求めて手を上げた。「オンラインゲームの遊戯室ができるんだよ。エリーは夢中になって模様替えをしてる」

「おまえの女房は困り者だよ」ドルーは愚痴をこぼした。「だけど、彼女は家族だから、これからもおれたちと一緒だ。それから、おまえにはさっさと元気になってもらわないとな。彼女の会社の取締役会も厄介だからだ。おれの持ち株はすべておまえに譲渡した。エリーはよりよい経営だかなんだかを通じて世界を変える決心をしたから、おまえがそれにつきあってやればいい」

ライリーは足を止め、ブランをにらんだ。「エリーは引っ越した、とさっき言ったよな」

「ブラン、おまえってやつはたいした悪党だな」とハッチが言って、エレベーターのほうへ歩いていった。

ブランはにやりとした。「そうだよ。だって、兄貴たちをいじめる機会のない弟だぞ、こっちは。失った膨大な時間をすこしは取り戻さなくちゃだ。それに車が待ってる。今日のぼくらの夜遊びメニューには、極上のストリップクラブがはいってる」

エレベーターに一緒に乗りこんだハッチとブランを見て、ドルーはあきれたように目を上に向けた。「おれもすぐに追いかけるから、階下《した》で待っていてくれ。言っておくが、今夜の予定はストリップじゃないぞ。野球観戦だ」

「まあね、だけど、そのあとどうなるかお楽しみに」ブランはいたずらっぽく笑った。

エレベーターのドアが閉まり、ドルーはライリーの肩に手をかけた。「具合はいいか？」

「ああ、元気さ、妻がまだここにいて、部屋の模様替えで兄さんとけんかしているなら。なあ、ぼくたちは引っ越してもいいんじゃないか？」

ドルーは首を振った。「だめだ。ここに残ってくれとエリーに頭を下げた。おまえたち夫婦が家族のなかでいちばん頻繁にここで寝泊まりする。だからこのペントハウスは結婚祝いだと思ってくれ。いずれはみんなここを出ていくことはおれもわかってる。だからもうすこしだけ家族と一緒の時間をおれにくれないか？　そう、エリーは引っ越すことは引っ越した、おまえの部屋からな。ふたりに主寝室を譲った。エリーは一週間であの部屋を改装した。内装業者があんなに猛スピードで仕事をするのを初めて見た。どうやらおれは洞穴で暮らすのが好きらしい。エリーの好みは明るい部屋だ。彼女と一緒にいれば、おまえはきっと幸せになるだろうな」

「みんなが幸せになる、兄さんがエリーを家族の輪に入れてくれたら。兄さんもそろそろ身を固めたらどうだ？　結婚を考えたことはないのか？」

ドルーは体を引いた。「よせよ。その話はやめてくれ。エリーは好きだ。でも、おれは結婚しないからそのつもりで。子どももいらない」

「なぜだ？」ライリーも自覚していたが、二カ月前に同じ質問をされていたら、自分もドルーと同じ返事をした。しかし、いまはエリーと結婚し、未来の可能性が思わず手を伸ばしたくなる熟れた果実のように、目のまえにぶら下がっている。「兄さんにも未来があるんだよ」

「過去と決別しないかぎり、おれに未来はない」エレベーターのドアが開いた。「パトリシア・ケインを成敗する。この件におまえたちは巻きこまないが、パトリシアが牢屋にはいるか死ぬかするまで、おれは休まない。そして、おれたちを裏切った者を見つける」

エレベーターのドアが閉まると、ライリーはひとり残された。ただし、ひとりぼっちではない。もう二度と。

兄のことを思うと胸が痛い。しかし、エリーの顔を見ずにはいられない。彼女こそわが人生の光だ。

ライリーは廊下を主寝室へ向かった。

部屋のなかに足を踏み入れ、兄の陰気で男くさい洞穴じみた住みかがエリーの手で明るく華やかな空間に変貌を遂げたさまを目の当たりにした。スイートの居間にあたる場所は美しい黄色の色調で設えられている。太陽を思わせる部屋だ。わがエリーのように。

「あと一時間は帰ってこない、とお兄さんたちに聞いていたのよ」エリーはヒップの曲線に貼りつくジーンズにTシャツという恰好で、足もとは裸足だった。ものをあちこちに動かし、完璧に整理整頓しようとしていたようだ。

夫のために。彼女が部屋にいるだけで完璧だという単純明快な事実をどう伝えればいいだろう?

「ぼくにも嘘をついた。きみが引っ越したと聞かされたんだよ」

エリーはライリーのまえまで来て足を止め、両手を上げて彼の顔をはさんだ。

「じゃあ訊くけど、どうしてわたしがそんなことをするの?」

理由ならいくつか思いつく。「ぼくはきみに嘘をついた。きみを裏切った」

「以前のあなたは別人だった。いまはちがうわ。あなたはまるで中古物件で、ちょっと手直しが必要だったけど、わたしの父はひどい暴君だった。だからわたしにとっては進歩なの」

「そういう話じゃない。言うべきことを言ってくれ」ライリーは愛のことばを聞かずにはいられなかった。生意気なエリーも好きだし、気のきいたことを言う愉快なエリーも好きだが、いまは正式なことばをエリーの口から言ってほしかった。「お願いだ」

「あなたを愛しているわ、ライリー」

ライリーは身をかがめてエリーに口づけた。「ぼくもきみを愛しているよ、エリー。一生をかけてぼくの愛を証明してみせる。手はじめに、この部屋に洗礼を施そう。ここで営みが行なわれたことはたぶん一度もない」

なぜなら兄は人生には復讐よりも大切なことがあると気づいていないからだ。

「ちょっと待って」エリーが異議を唱えた。「手術を受けたことを忘れたの？」

エリーがそれを見過ごすはずはない。ライリーはとりあえずもう一度キスをしたが、エリーが不服そうに顔をくもらせたのを見て、気をよくした。「ぼくにやさしくしないと、だ。結局きみがボスだ、女社長さん。ぼくはしがない弁護士さ」

エリーは笑って、爪先立ちをした。「やさしくできる手がわたしにあることをご存じよね？　どんなふうにできるかやってみましょう」

ライリーはエリーに連れられて寝室にはいった。

ローレス家の新しい世代を世に送りだす頃合いだ。

こんな計画ならきっと父さんも喜んでくれる。

エピローグ

二カ月後
フロリダ州セントオーガスティン

ブランは小さなイタリア料理店のテラス席につく若い女を見つめていた。彼女はこれからデートをすることになっている。

カーリー・フィッシャーは大失敗に終わった結婚のあと、また出会いを求めはじめていた。元夫は目下、州立刑務所で服役中であり、すてきなカーリーはインターネットの出会い系サイトに手を出してみた。

そう、たぶんカーリーの恋人探しはうまくいかない。残念ながらデートの相手はブランの兄のドルーだ。ドルーはレストランにはいってきて、この女性を魅了し、おそらくベッドに誘う計画だ――彼女の上司に近づくために。

カーリーは横暴なくず人間を引き寄せてしまうタイプのようだ。彼女が仕事で仕えている人物は、全米随一の生活研究家パトリシア・ケインだ。つまり、殺し屋にブランの両親を殺害させた連中のひとりでもある。

人生はかわいらしいカーリーにとってあまり公平ではなかった。体型は小柄でぽっちゃりしている。ブランがいう小柄は、自分よりも小さいという意味だ。華奢《きゃしゃ》な女性に心を惹かれたことは一度もない。折れてしまいそうだからだ。ブランは三兄弟のなかではいちばん小柄だが、それでも身長は百八十五センチあり、筋肉もしっかりついている。ぎゅっと抱きしめられる女性が好みだった。温めてくれる女性が。なぜならこの世はときとして寒々しい場所だからだ。

「彼女は位置についたか？」とハッチが尋ねる声がイヤホン越しに聞こえた。

ブランたちはあらゆるスパイグッズを駆使している。三名の人員を配し、哀れな女を監視していた。「席についている」

「よし、十分かそこら気を揉ませよう」とハッチは説明した。「そうしたら、ドルーを送りこむ」

カーリーを心細くさせ、神経をぴりぴりさせたかった。不安な気持ちにさせたいのだ。おそらく彼女はドルーをひと目見て、なぜ自分を選んだのか疑問に思うだろう。そしてドルーは嘘をつく。写真を見た瞬間に会いたくなった、と。

大げさかもしれないが、ブランはカーリーを見て、心を惑わされた。彼女は自分の体型に合った服装をしていない。体を隠しすぎていた。外は暑いのに、ジーンズに黒いシャツという恰好だ。黒は着痩せして見えると誰かに言われたかのように。着痩せする必要などないのに。黒い髪はポニーテールにまとめている。カーリーは顔をしかめ、メニューに視線を落とした。

資料に目を通していたので、カーリー・フィッシャーが二十八歳であるとブランは知っていた。子どものころから妹の面倒を見ていた。苦学して大学を卒業し、最高に嫌な女であるパトリシア・ケインの下で働く仕事についた。結婚し、夫はパトリシア・ケインのクッキー用の瓶に手を入れるために自分と結婚しただけだったと気づいた。そう、カーリーの元夫はパトリシアの会社の金を使いこんだのだ。それで結婚生活は終わりを迎えたが、どういうわけかキャリアの終わりにはならなかった。

カーリーはドルーを見て、とうとう人生が上向いてきたと思うだろうか？　ドルーをベッドのなかにも自分の心のなかにも招き入れ、やがて真実を知ったときに心が粉々に砕けてしまうのか？　彼女は仕事を失い、恋人も失う。楽観的な気持ちにとどめを刺されてしまう？

いまでさえ、楽観的には見えない。下唇を噛み、逃げだそうとしているのか、あたりをちらちらと見まわしている。

やがてウェイターがテーブルに来て、カーリーになにか尋ねた。カーリーがにっこりとほほ笑んだとき、世界が明るくなった。ブランはその場にじっと座ったまま、しばらくカーリーを見つめていた。笑ったときの彼女はとてもすてきだからだ。

「ドルー、準備はいいか？」とハッチが尋ねた。

「そっちの準備がよければ、こっちもだいじょうぶだ」と返事をしたドルーの声は冷ややかだった。

彼女の準備ができたら、ではない。カーリー・フィッシャーはどうでもいいのだ。兄にとって。

ブランは通りを横切り、小さなテラス席にまっすぐ歩いていった。

「ブラン、なにをしている？」とドルーが尋ねた。

正しいことを、だ。ブランはイヤホンを耳から引き抜き、ほうり捨てた。男には作戦を変更しなければならないときがある。

カーリーの向かい側の椅子を引いた。「やあ、ぼくはブランドン・ローレスだ」

カーリーは自分を見つめているのは誰なのか答えを探そうとするように、あたりをきょろきょろと見た。「あの、相手をまちがえているわ」

ブランはカーリーにほほ笑みかけた。「いいや。ぼくは出会うべき女性に出会った。カーリー、きみのボスは二十年まえにぼくの両親を殺した。彼女に裁きを受けさせたいから、ぼくの力になってくれないか?」

「あなた、頭がおかしいの?」

よし、反応があったぞ。

訳者あとがき

レクシー・ブレイクの初邦訳作品である、ニューヨークを舞台にしたロマンティック・サスペンス『背徳の愛は甘美すぎて（*Ruthless*）』をお届けします。

テキサス州ダラスで民家が火事になり、十四歳を頭《かしら》に四人の子どもたちだけが残され、一家離散となる痛ましい事件が起きました。地元警察はろくに捜査もせず、一家の主《あるじ》ベネディクト・ローレスが妻を殺して自宅に火を放った挙げ句に自殺した無理心中として簡単に片づけてしまいますが、長男ドルーは事件の一部を目撃しており、父母は何者かに殺害されたのだと確信し、犯人への復讐を誓います。

それから二十年の歳月が流れ、苦学の末、世界的なＩＴ企業の経営者に立身出世したドルーは周到に準備を重ねた計画をいよいよ実行に移すことにしました。亡父の仕事仲間だった三人の男女が両親殺害に関与していたと睨み、そのうちのふたり、スティーヴン・カスタラーノとフィリップ・ストラットンが共同で経営していた通信会社の業務妨害をもくろみ、病死したストラットンの娘エリーに弟ライリーを接近させました。

近々の引退を宣言しているカスタラーノの跡を継いで時期CEOに就任する予定のエリーは、カスタラーノと株式譲渡契約を結ぶためにあらたに弁護士を雇い入れたのですが、その新任弁護士がライリーだったのです。

一方、憎むべき男の娘であるエリーを陥れる目的で近づいたライリーでしたが、誤算だったのはそのエリーにひと目惚れしてしまったことでした。

つらい離婚を経験したばかりのエリーは恋愛に臆病になっていたのですが、ギリシャ神を彷彿とさせる容姿端麗なライリーをまえにして、久しぶりにときめきを覚えます。それでもまじめなエリーは公私混同を嫌い、ライリーの誘惑にもかろうじて踏みとどまっていました。

ところが仕事でも私生活でも思わぬトラブルに見舞われ、張りつめていた糸が切れたある夜、ライリーのたくましい胸に安らぎを求めます。ひととき現実を忘れたエリーでしたが、彼女の受難はまだ序の口だったのです——。

本書はローレス兄弟が非業の死を遂げた両親のかたきを討つべく、長年にわたる下準備をへて復讐に挑む冒険を描いた三部作の第一作で、主役を務めた二男ライリーは兄弟のなかでもっとも女性にもてる甘いマスクの持ち主です。養護施設時代の体験がトラウマとなり、交際相手となかなか親密な関係を築けずにいたのですが、気立てのやさしいエリーとの出会いで心境に変化が生まれていきます。ホットな場面と合わせて、そのあたりの恋愛模様も読みどころでしょう。

第二作"*Satisfaction*"は、本書のエピローグでちらりと触れられているとおり、三男ブランがパトリシア・ケイン（両親殺害の関係者のひとり）の側近に近づく物語です。そして、最終作の"*Revenge*"でいよいよ長男ドルーが本格的に活躍します。ローレス兄弟の悲願は果たせるのか、こちらの二作もいずれご紹介できることを願っております。

ちなみに、ローレス四兄弟の末っ子ミアの物語はないのか、と疑問に思われる方もいらっしゃるのではないでしょうか。

じつはミアのロマンスは著者の別シリーズ"Masters and Mercenaries"の第十一作めにあたる"*Dominance Never Dies*"で描かれています。お相手はもちろん本書にも登場する夫ケイス・タガート。同シリーズは本書でローレス兄弟に協力する警備会社〈マッケイ‐タガート〉の面々がそれぞれ主役を務め、現時点で第十五作までが本国で上梓されている人気シリーズです。

著者レクシー・ブレイクはテキサス州ダラス出身。二〇一一年にシャイラ・ブラックとの共著“*Their Virgin Captive*”（“Masters of Ménage”シリーズ第一作）で作家デビュー。共著、別名義も含め、七つものシリーズを抱えて精力的に執筆活動をつづけています。

二〇一八年六月

ザ・ミステリ・コレクション

背徳《はいとく》の愛《あい》は甘美《かんび》すぎて

著者　レクシー・ブレイク
訳者　小林《こばやし》さゆり

発行所　株式会社 二見書房
東京都千代田区神田三崎町2-18-11
電話　03(3515)2311［営業］
　　　03(3515)2313［編集］
振替　00170-4-2639

印刷　株式会社 堀内印刷所
製本　株式会社 村上製本所

落丁・乱丁本はお取り替えいたします。
定価は、カバーに表示してあります。

ISBN978−4−576−18109−7
http://www.futami.co.jp/